战国
白云谣
踏歌 著

图书在版编目（CIP）数据

战国·白云谣 / 踏歌著. -- 重庆：重庆出版社，2021.10
ISBN 978-7-229-15886-6

Ⅰ.①战… Ⅱ.①踏… Ⅲ.①长篇小说—中国—当代
Ⅳ.①I247.5

中国版本图书馆CIP数据核字（2021）第113080号

战国·白云谣
ZHANGUO BAIYUN YAO
踏 歌 著

丛书策划：李　子
责任编辑：李　子　汪建华
责任校对：朱彦谚
封面设计：回归线视觉传达
版式设计：侯　建

重庆出版集团
重庆出版社　出版

重庆市南岸区南滨路162号1幢　邮政编码：400061　http://www.cqph.com
重庆天旭印务有限责任公司印刷
重庆出版集团图书发行有限公司发行
E—MAIL:fxchu@cqph.com　邮购电话：023—61520646
全国新华书店经销

开本：890 mm×1240 mm　1/32　印张：10.25　字数：316千
2022年1月第1版　2022年1月第1次印刷
ISBN 978-7-229-15886-6
定价：52.00元

如有印装质量问题，请向本集团图书发行公司调换：023—61520678

版权所有　侵权必究

\ 序 \

踏歌让我帮她的新书写序言，稿子发给我的时候，我看到她的标题《战国·白云谣（第十稿）》，就已经哑然失笑——改到第十稿啊，果然，现在的武侠，就是要这种肯下死力气的老实人，才写得出来。

不知不觉，武侠小说其实已经发生了很大的改变。这个改变和时代的变化、作者的出身、市场的热度都有很大的关系。而这种改变最终会使武侠走到什么地步，我们也很难断言。但当踏歌这部小说摆在我面前的时候，我觉得，我们其实可以把这种改变，说给更多的也许还没注意到这一点的读者听一听了。

这种改变就是：武侠小说，其实正在从鼎盛时期粗放型的快餐文学，慢慢地转为苦吟型的经典文学了。

当然，这里"经典文学"的意义，并不是说我们已经写出了"经典"——那是需要交给时间去评判的，而是说，我们的创作态度，是更认真、更个人、更追求文本价值和社会意义的"文学"式的。

以"大陆新武侠"为代表的这一代武侠创作者，机缘巧合，其实与港台武侠相反，是从一开始就与商业写作几乎无关的。较早的一批作者，萌起于网络文学的兴起之初，几乎完全是免费写作。之后，虽然有《今古传奇·武侠版》等杂志提供发表平台，但杂志的体量与固定的稿费，也是非常有限的，甚至都无法支撑作家们的全职写作。

这样过了十年，网络文学爆发、IP热潮兴起，武侠却刚好随着传统纸媒的衰落，而陷入低谷。除早期的几位顶尖作家的作品得以变现之外，其他的绝大多数人则只能无奈地看着资本的列车呼啸而过。

因此，可以说，"始终看不到赚钱的希望"，是大陆新武侠一个闪闪发光的金字招牌。

在这块招牌的指引下，什么人会来写武侠呢？

当然是，对武侠真正有爱的人。

仔细研究这一批大陆新武侠的作者，你就会发现，他们中的许多人，其实是拥有高学历、稳定收入的。因此，他们完全不必靠写作养家糊口，也没有金庸、古龙他们周更、日更的压力。写武侠是他们的一个业余爱好，有灵感了写一点，没灵感了就放一放、改一改，写完了，沉淀一段日子，再批阅、增删、推倒、重建……

如此一来，一部作品，在最终与读者见面的时候，如《战国·白云谣》一般，修改到第十稿，实在是再正常不过的事。

和港台武侠与市场的赤膊相见，和网络文学与读者的即时互动不同，大陆新武侠与"读者"始终是隔了一层的。作家通常会处在被遗忘的角落里，完全自由地构思一个故事，并按照自己的追求，将它精雕细琢，尽量完美地创作出来。其间，几乎不会受到外界的干扰。

因此，这些作者其实被允许有更多的自我表达和文学追求。

这些二十多岁开始创作的年轻人，与三十多岁才开始武侠写作的金庸、古龙不同，正处于表达欲最强烈的时候。受过较高教育，并在求学期间常常处于学霸地位的他们，不可能老老实实地写那种被前人写过无数次的升级、冒险故事。他们更想写的，往往是关于个体成长的困惑、社会现象的反思、历史事件的见解，以及自己对人性的理解。

所以，虽然使用了通俗文学的外壳，但这些人所写的武侠，炼字、炼句、留白、解构，写法却是纯文学式的精巧细腻；同时，内里充斥着作者对这个世界的自由表达——这也就是我所说的，现在的大陆新武侠，更接近于"经典文学"的原因。

那么，这种创作态度是不是好事呢？

在过去的几年中，这种处于摸索中的写法，其实曾令很多读者一度非常不适。因为作为通俗文学，它的"爽"度，其实是下降了的。作者大多在深意上加以探索，加入了大量的反情节、小情节，塑造了大量的反英雄、平民英雄，以至于很多读者劳累一天，想要躲进"成人的童话里"休息一下，反倒又掉入了现实主义的灰暗之中。

同时，深受港台武侠影响的这一些作者，也习惯了传统的"江湖"的设定，导致许多作品，其实还是在沿用金庸等前辈的门派制度，使得整个作品缺乏了新意。

但这，其实也便是武侠文学，在转型时必须经历的阵痛。

在这阵痛中，许多读者流失了，许多作者也转型了，但我们可以看到的是，还有一些人——比如我，还在慢条斯理地写着武侠；还有一些人——比如踏歌，仍在义无反顾地踏入江湖。作为一名已有《我和你的大城小镇》这样青春畅销书的作者，她仍然因为心中的热爱，创作武侠，并一口气写了七年，写到了第十稿。

而在经历了漫长的蛰伏与思考，锤炼与打磨之后，《战国·白云谣》试图为我们呈现出来的，是一场武侠世界很少涉及的战国风云；是一个更平衡了浪漫情怀，与文学深度的"好"故事。

新奇、浪漫、细腻、深度、完整……赌上更多的心血，花费更多的时间，所有这些优秀的要素，我们全都要！

过去的武侠，永远留着遗憾与不足，因为它们已无法改变；

而我们的武侠，则始终存在更进一步的可能，因为我们还在创造。

李亮

2020/9/28

目录

序 / 1

楔子 / 1

第一章　既见君子 / 7

第二章　微我无酒 / 25

第三章　今我来思 / 49

第四章　雄雉于飞 / 73

第五章　击鼓其镗 / 101

第六章　式微式微 / 127

第七章　邯郸夜猎 / 145

第八章　巍巍南山 / 189

第九章　将子无死 / 203

第十章　刺 / 245

尾声 / 313

楔子

刺客不是杀手。

刺客的剑锋上，流淌着天下与家国。

公元前260年，秦国"战神"白起于长平杀降二十万，举世大哗。

白起自掌军权已杀人百万，被喻为"人屠"。无数志士筹划刺杀之，却无一人能回。唯在长平，曾有一名赵国"黑衣"夜入军帐，几近得手。

战后，秦军围困邯郸。六国深恐赵国被灭，接下来就会是其他诸国的灭顶之灾。

因此，遍布六国的各大势力都开始谋划一件事——刺杀"战神"白起！

"不论你是安坐于重檐之下，还是披坚于万军之中。邯郸赵氏，必为枉死于长平的二十万将士，讨回血仇！"

"报告将军,刺客抓到了!"

"哗啦"一声,一个半边身子都糊着雪的传令兵风风火火地冲进了军帐里。

天已经快黑了,外面的雪狂得几乎看不清人影。然而,耸动的呼喝声、脚步声、兵器叮当相击声,却源源不断地从大帐顶部的裂口处涌进来。

"没死?还不带进来!"正在裹伤的主将王陵身子一抖,抽了口冷气,哑着嗓子大声喝道。

"呃……没有。其实……还没抓到,但是已经围住了!"传令兵气喘吁吁,有些磕巴,攥着战剑的手指颤抖着,"青、青山仍在跟她对战!"

"什么?真是荒唐!"王陵瞪大了眼睛,气得髭须皆张,却又说不出话来。

围困赵国都城邯郸的秦军已经许久都没有经历过这样的慌乱了——已是围城的第三年,望不到头的苦战已经把所有人的心神都磨得麻木。有谁能料到,在这被重重警卫和连天大雪包围的中军大帐里,竟会突然出现不知来历的刺客?

一刻之前,秦国主将王陵正独自伏在暖和的军案上烤着火盆昏昏欲睡,忽然帐顶传来"嚓"的一声脆响,一大蓬积雪猛然从半空向他倾泻下来,而雪里裹的白刃更如一道惊雷直劈他的后颈,速度快得几乎不可阻挡!

在那一瞬,王陵的心一下仿佛从悬崖跌落,身体却来不及反应。只想到,若自己竟在中军大帐中被刺,秦国这场势在必得的胜利怕是要被六国联手反转,结果难料了。

所幸的是,守在近旁的侍卫青山反应奇快,及时推了王陵一把。若非如此,刺客那一剑此时必定已把他的脑袋割了下来,断然不会是现在贯穿臂骨这点伤。

而王陵更没有料到，那个平时不甚显眼的年轻侍卫接着竟抽出短剑，跟那裹雪而落的刺客在军帐中对战起来，一时之间剑气纵横呼啸，两人竟难分高下！

中军大帐里的军士全都惊愕了，只能亮出兵器把王陵团团护住，竟无一人能上前援手。那刺客见行刺不成，寻隙逃出帐外，青山仗剑追了上去，再便是现在传令兵来报战况。

"那刺客到底什么来头？岂会行进到中军帐顶都无人觉察！"王陵由着军医裹好了伤，仍觉气愤难当。

"青山说，那刺客拿的剑……好像是……是青螭！"传令兵脸上神色有些惊惶。

"青螭？什么青螭？"王陵脑子一下子没转过弯来，紧接着一个激灵从案上弹起，"你是说'北姜'的青螭剑？当年他比武不是输给咱武安君了？"

传令兵急急点头，抱拳上前，舌头也有些打结："是的！也不知……怎会又回到'北姜'手上？那快剑……真的是……锐不可当！多半就是'北姜'路数！就这么一会儿，已经杀了我们数十人了！"

"啐！"王陵忽然骂开，一把抄起案边的战剑，"姜谢老匹夫也来掺和！嫌当年输得不够惨吗？老夫去看看！"

"将军，不可啊！"那传令兵猛地抓住王陵战袍的下摆，"那女杀神本来就是冲将军来的，您还是暂避一下吧！"传令兵冻得发青的脸上忽然浮现出一丝赧色。

"什么？女人！"王陵全没料到，猛地瞪大了眼。

军帐内光线昏暗，那刺客蒙着面，身形也似一团风，还真没让他看出来是个女人。但此刻回想，她身形纤瘦灵活，出招迅疾却无声势，的确像个阴狠如蛇的女人。

"呸！"王陵啐了一口，感觉被刺的羞辱又更盛了一层，加快步伐向外冲去。

"将军！"传令兵见状，又上前阻拦。

"滚蛋！"王陵一脚踹倒了传令兵，"锵"的一声拔出剑来，"老夫百战浴血，怕过谁来！"说罢，他衣甲一振，大步冲进了帐外的风雪中。

邯郸东门战场，持剑女子已浑身染血，身后尸身垒起一座小丘。漆黑

3

的铁甲和箭镞铁桶一般将她围在中央,只有一个身材瘦小的亲兵横着短剑站在她面前。

雪片大如鹅毛,很快把满地的红色覆掉了大半。雪花在热气蒸腾的女子身上融化,把那溅上去的血水溶得淋漓一片。灰黑色的毛皮胡服在她身上贴得更紧,勾勒出纤细却坚实的战士身形。她头上裹了一层挡风雪的厚巾布,只露出一双眼睛,鼻梁颇高,瞳仁乌中含金,光芒璀璨,竟似有些异域特质。

"你是谁?剑是哪儿来的?"青山有些气喘,大声喊道。

这小侍卫年纪不大,唇角才刚刚泛青,一双眼睛黑白分明,透着少年人特有的精神劲儿。应是嫌皮甲厚重,已经脱去了,此刻只穿了一身单薄的黑色布衣。

那女子没有说话,只举起剑,剑脊上闪过一缕青光。

"冯左更到底在何处?"青山语速越来越急,手里的剑也"嗡嗡"鸣动,暴露了他心神的震颤。

"什么冯左更?废话未免太多!"那女子眉心轻皱,手腕一压,剑锋间立刻旋出一道青色的龙影,直取面前少年的喉头。

青山一声惊呼,连忙侧身闪避,举剑格挡。剑锋轻擦而过,"锵"的一声,两人所站位置已然对换。

这时,秦兵队中传来一片兵甲相击声。

"你到底是何人,同谋在何处?乖乖招来,我王陵保你这女娃子一个全尸!"黑甲阔剑的秦军主将王陵一声大喝,翻身下马,大步踏来。包围圈裂开一个小口,渐渐扩大。

那女子转过眼去,眸中乌金色的光芒忽然暴涨。

"总算来了。"她举剑一指,睥睨无两。

王陵在军前站定,慢慢抬起手中的战剑。尚未来得及开口说话,突然眼前一花,锐利的剑锋已刺到身前!

王陵肝胆巨震,暗叫不好。

他轻敌了——那是柄绝杀之剑!

在万军阵前,这女人竟然发起了第二次行刺!

虽然实际还有两丈远的距离,王陵眼前却只剩一抹血红,喉头的皮肤一下剧痛,仿佛已被刺穿。

"叮！"

千钧一发间，青山的短剑终于从斜里追到，将那女子的剑尖狠狠地拨开了一寸，顺势飞起一脚把王陵踢回了阵后。

"'南邓'的'捉影'？"女子轻灵的身形又向后飘了回去。

青山足下站稳，将短剑换到了左手，向女子比了个拱手礼："'萤火'青山，师出邓陵氏之墨。再次请教剑士名号！"

"'北姜'门下，赵宁。"女子却没有看他，掩藏起了眼神中一闪而过的失望，只留下锐气难挡的杀意。话音刚落，她缓缓伸出两指，"叮"的一声弹落了剑刃上的血，而后再次摆出了起手式。

"青山！"

周围的秦军这才看到，青山藏在背面的右手上满是鲜血，正滴滴答答地往下落，越来越多，染污了鞋面。刚才的那一剑他赶得太急，竟被那女刺客的青蟒剑切断了四指，瞬间战力尽毁。

"青山回来！弓箭手准备放箭！"这时，王陵已爬了起来，嘶声大吼下令。

可是——已经晚了。

一团青影向少年呼啸而去，剑锋陡然突刺出一抹艳极的红。

青色的长剑利落地将短剑斩为三截，又将之一一挑开——每一截都正好撞开几支失控抢先射来的铁箭。而后那长剑漾出一片水波纹似的清光，一下淹没了少年侍卫的咽喉。

"停下！"王陵赶忙又喝令弓箭手收箭。

赵宁把青山拉到身前作为掩护，长剑稳稳架在他颈上，轻笑道："'萤火'？原来秦王座下还真有这么个组织。你这么年轻，就有如此战力。啧，即便在南墨也定是珍宝。南墨将你送给'萤火'，怕不是得收一支军队的钱？"

"呵。"青山却惨然一笑，"邓陵氏之墨受秦之恩，效力于秦，谈何钱财？"他顿了顿又道，"不过，阿姊走了眼，我可不是什么珍宝。"

赵宁皱起眉。

"而是——"青山仰起头，口中吐出两个字，"死士。"

刹那间，脆弱的咽喉狠狠撞向锐利的青锋。

赵宁怔愣了。就在这一瞬，不及转动的剑锋已将少年的喉头整个割开，鲜血霎时如瀑布喷涌！

便在此时,"放箭!"主将王陵挥手下令。

只听"扑扑"几声,金铁入肉,血花猛地炸开。

大雪中,少年被扎成箭垛的身体向后倒去。而缝隙间,四支铁箭也钻了过去,钉进了赵宁的身体。

"哈!"看到刺客重伤,王陵十分得意,拨开簇拥的兵士又爬上了马背,缓缓上前,用将士递上的长戈挑开了赵宁蒙面的布巾。

"哟,原来是赵国人?"他未曾听到她方才跟青山自报的名号,看到一张胡汉混血的面容有些惊异。

这女子生得高鼻深目,瞳仁乌金,竟甚是美丽。而此时,她身陷重围,中了四箭,脸上却无任何惧色,显是根本就不曾计划过行刺之后的退路。

"只为救赵而来?那可真是可惜了。"王陵看着青山的尸身,恨恨地拨马准备退回。

围困邯郸这么久,秦军营里最不稀罕的便是赵国的刺客了——无非就是一群国之将破的扑火飞蛾罢了。这些刺客大多恃勇独行,没有同盟,凶悍死战,赴死无悔。没什么道理可讲,只有杀尽才能停止。这女刺客既是赵国人,那跟武安君白起应当也没什么关系。那青螭剑本就是姜谢的,许是武安君因什么缘由还了回去,又落到了这女徒弟手上。

"杀了吧。"王陵拨转马头,挥了挥手,懒得再说。手臂的重伤外加接连两次刺杀的惊吓,让他在刺骨的风雪里感到有些眩晕,恨不得马上回到营帐中躺下。

而就在这时,他忽然感觉到对面远方的高树上,有一蓬雪粉震动了一下。

"砰"的一声弦响,一道穿云裂天的冷箭陡然而至,瞬间把王陵射落马下,钉在了地上!

将士们皆怔住了。

紧接着,刺耳的尖啸声突然在军阵背靠的山林中响起,好似一颗雷子滚入了兵阵,轰然崩碎!

第一章
既见君子

大雪狂落。寂静的山林间，飞鸟绝迹，走兽隐匿。

本是在家围着炉火窝冬的时节，却有一个马队在无边的雪野上向着南方慢慢行进着。

领头的是一个身穿绛色皮甲、背负犀角长弓的青年男子。本是平常时候，他嘴角却微微上挑，狭长的眼中精光闪烁，好似天生带着一股戏谑和警觉。

在他后面紧跟着的是两辆双马辎车。前一辆形制略小，厢壁纹样古朴，却有些陈旧了。后一辆却是宽大稳重，崭新亮丽，两匹马也是高大的胡马，毛色漂亮得紧。

再后面是七八辆辎重货车，约有二十几个带着兵刃的民夫骑着马左右押送，一步步走得甚是小心。

忽然，那宽大辎车的门帘一动，一个眉目柔美的年轻女子探了小半截身子出来。

"停车！喂——邵云，过来！"她冲着队伍的前端一边招手一边高声喊道。

领头的负弓男子闻声，兜转马头，向辎车慢慢靠了过来。

"怎么？"他在车辕边勒住马，从掀起的门帘缝中斜斜睨了一下车厢里。

"去告诉少东，她醒了。"年轻女子下巴向车里轻轻点了一下。

那名叫邵云的负弓男子眉梢一挑，没说一句话便打马向前一辆辎车走去。片刻后，辎车停住，门帘一动，稳步走下来一个青衣白袍的年轻男子。

赵宁迷迷糊糊间，感觉有人用手搭了一下她的额头，又掖了掖她的被角。

车厢里烧着暖炉，略有一些气闷。她忍不住轻轻咳嗽了几声，忽觉胸腹间传来一阵剧烈的疼痛，刺得她立刻清醒了过来。

原来……没死吗？浑身都是刺到骨髓里的痛，真真切切，毫不含糊。

"哎，你醒了。"略带惊喜的男子嗓音在耳边响起——那声音清朗温润，犹如玉击。

赵宁猛然睁开眼，只见一个乌发冠玉的年轻男子端正跪坐在自己的右手边，笑吟吟地望着自己。而她那一身血污的胡服已被换成了干净柔软的深衣，伤处都被仔细包扎好了，断骨处也绷上了夹板。

"你是何人？"赵宁挣扎着想要坐起。然而刚一用力，几处伤口又传来一阵剧烈的疼痛，浑身都像要散架了。

"哎，阿妹莫动！"男子急急直起身，抬手按住了她的胳膊，"躺着说就好。"

赵宁蹙眉，依言不再挪动。仔细打量，只见他皮肤莹白，五官端正，俊眉修目，一双手尤其修长漂亮，右手上戴着一枚翠玉戒，显是出自名门望族。

"在下田牧，来自齐国即墨。"男子微微一笑，抬起手臂恭恭敬敬地比了个拱手礼，"幸会。"

赵宁僵硬地动了一下脖颈，点了个头。

"阿妹感觉如何？车马颠簸，可消受得了？"田牧见赵宁不接话，又再问道。

"无碍。"赵宁蹙起眉头，"你们到底是什么人？怎么会在这里？"

"我等乃是齐商。"田牧道，"齐国田氏商社，在下正是少东。"

"齐商？"赵宁的眉头皱得更紧了。

她万万没想到，那日，就在她生路已绝之时，秦军背后的雪地里竟忽然杀出一队不知已埋伏了多久的人马。为首之人箭法超绝，一箭射中王陵后，竟几乎同时疾发数箭，且后发先至，准准挡开了射向她的七八支铁箭。

异变之后，秦兵措手不及，包围圈竟被撕开了一道裂口。紧跟着，三四个武士持着剑盾杀入，硬生生从飞箭铁流中将她抢了出来，又在那高处的神射手掩护下飞快撤离战场，隐入被大雪埋没的密林。

这样的一路神出鬼没的人马，怎会是商队？更何况，邯郸此时正被秦国大军铁桶一般围着。如若是齐国人，他们潜入秦军阵地又意欲何为？难道是和自己一样准备刺杀王陵？

"王陵死了吗？咳咳……"赵宁一时情急，呛得咳嗽了起来。

田牧赶忙又伸手在她胳膊上拍了拍，微笑着缓缓慰道："若真杀了王陵，秦军悲愤死战，我们怕是也没法顺利脱身了。"

赵宁心中突的一下，手不自觉去摸剑，却摸了个空。她立时冷下了脸，咬牙撑身坐起。

"当心。"田牧立刻伸手去扶，脸上神色关切。

赵宁躲开他的手，脸上罩了一层厚厚的寒霜："这么好的刺杀机会，为何白白放弃？王陵若死，赵国趁机出城痛击秦军，邯郸之围或许便可破了！"

"哎，哎，阿妹莫要激动，注意身体！"田牧却不接话，脸上还是笑吟吟的。

赵宁被他这笑容一刺，忽然冷静下来，回过了味。

"你们不是为刺杀王陵来的？是为了我？"她直视田牧，乌金色的眸子里精光忽绽。

田牧与她目光相接，却没有慌忙躲开，只又笑了笑，轻轻摇了摇头。

"阿妹莫急。你我既然相见，自然是要说清楚此事的。"他说着，脸上的笑容渐渐隐去，"在下愚见，如今秦国与赵国对峙已逾三年，双方都已疲弱不堪。主将王陵虽是一员猛将，但生性鲁莽，不善计谋。由他统率秦军围赵，未必是一件坏事。但若王陵真的遇刺身死，秦国举国声沸。那么秦王，又将派谁出战呢？"

田牧声音很沉，停在此处，陡然让赵宁结结实实打了个冷战，背上霎时湿了一片。

"三年了。"田牧叹了口气，"那个人，是否仍会闭关不出呢？"

"你别说了！"赵宁厉声喝止，止不住又咳嗽了起来。

田牧没有提那个名字，但意指为谁，再明显不过。

平生百战，无一落败。长平杀降，血犹未干。

若秦国换将，换来了"战神"白起——那赵国覆灭，怕是只在顷刻之间。

"阿妹莫慌，牧只是随口一说罢了。"田牧看她色变，眼中有些歉疚，"看眼下情势，想必秦王也很难阵前换将。就算要换，现在大雪连天，从咸阳到此，也非几日便能成的。"

"嗯。"赵宁点了点头，努力平复了呼吸。

"说到这个，阿妹怎会独身一人深入秦营刺杀？"田牧转念问道。

"我要进城，这个方法最快。"赵宁不肯多说，抬起眼，"你们又为何会潜伏于秦军阵中？"

"噢,方才未说完。"田牧又笑了笑,从怀中摸出来一个锦囊,里面似乎装着个沉甸甸的东西,"我族叔,乃是如今赵国主持守城的外相——安平君田单。牧奉命协助族叔了解城外军情动向,每隔几日便会传信入城。到今日,已有月余。"

听了这句,赵宁微微吃了一惊。

田单本是齐国名臣,三十年前齐国被燕国上将乐毅连攻七十余城,险些国灭。正是田单坚守即墨孤城数载,最后以火牛阵破围,一举复国。可惜这位名臣在新王登基后屡受排挤,愤然出走。之后便入赵,做了相国,还为赵国攻下了几座燕国的小城。如今有他主持邯郸守城大局,倒也令人有些微宽心。

"我日前收到族叔讯息,命我带人在邯郸城外某处寻找一件密函,并寻觅接应阿妹。他嘱咐我,倘若接应到你,此物便可由你打开。"

一个精巧的金属圆筒出现在赵宁面前。

"'黑衣'密令!"赵宁猛地被刺了一下,继而惊声,"你怎知我是谁!"

"你吓唬王陵的那一剑,不是赵国'黑衣'统领赵崧的绝技'裂风'吗?"忽然,一个懒洋洋的年轻男子嗓音在车窗外响起,语气里满是戏谑,"除了自己的子女,赵崧应该也不舍得传给别人吧!呵,还以为当真一击必杀呢!原来,也不过如此嘛。"

赵宁心头又狠狠一震,胸中一股热血霎时涌到顶心。

"哎,邵云,休要无礼。"田牧眉心一皱,转头叱责。

只听窗外的人"哈哈"一笑,竟扬鞭打马,一句话不说便向队伍前方远去了。

赵宁咬着嘴唇,强忍着浑身火燎般的痛楚,心头情绪翻涌。

那个"邵云"应当便是当日一箭破围把她救出来的卓绝弓手。方才他一直跟在轺车旁边,她竟是未有丝毫察觉。

"抱歉,邵云是我的护卫。粗野武人,不知礼数。阿妹莫怪。"

赵宁轻轻"嗯"了一下,深吸了口气。

"赵宁多谢相救。"她从田牧手上拿过铜管,看也不看,手指一挫一拉,"喀"地一声便打开了。"但是,我跟赵国'黑衣'没什么关系,也不知城中情况。你们要做什么,自己去做,不必问我。"

她把铜管丢回给田牧,扭过头去,对里面的东西分毫不感兴趣:"我还是要回邯郸。劳烦先生，就在前面的城邑把我放下来吧。"

"这怎么可以？"田牧皱起眉，"阿妹受了四处箭伤，断了两根肋骨，必须静养。实不相瞒，你已昏迷了两个昼夜了。而直到今天早上，我们才甩脱秦国的追兵，进入魏国。"

赵宁心中一梗，一时没有说话。

她知道田牧说的是实情。这一场刺杀闹得动静太大，此时消息大约已传回咸阳了。而那个叫做"萤火"的组织，从此必定会如同附骨之疽，与她不死不休。

想到此处，她问道："我的剑呢？"

田牧叹了口气，伸手从轿椅下摸出一柄苍青色的青铜剑，双手呈了上去。

"青螭在此。"他面上露出一丝遗憾，"只是可惜……剑身上有一些磕损了。"

赵宁接过剑，"嚓"地拉开，眉心陡然一皱，眼中流露出几分心疼。剑脊靠近护手的地方果然被磕出了几处小口，虽不严重，却有些明显。

"阿妹可知道，为了救你出来，田氏商社折损了多少人手？"田牧脸上的神色难得如此沉郁。

赵宁皱着眉，沉吟良久，终于叹息着道了句："抱歉。"

田牧忽然有些后悔似的笑了笑，摇了摇头："田某失言。即墨田氏一族立誓追随安平君救赵抗秦，岂能把牺牲怪罪到阿妹身上？"

赵宁又沉吟了片刻，低声道："不论为谁，总是为赵国。赵宁……谨记先生恩情。"

田牧手握铜管，摇了摇头想说什么，却无法开口。最后，他叹了口气，兀自低头把铜管里的绢帛取出来，就着窗口透进来的光看。

绢帛有两张，质地不同。一张大的略微硬挺，摸着有些奇特。小的便是士人写字常用的绢帛，却空空荡荡地只写了寥寥数语。

田牧看了好一会儿，而后把那硬帛又细细卷好放回了铜管里。那张绢帛他却对折了一下，放在膝头。

"阿妹可愿先跟我们去陈城躲避一阵？陈城乃工匠之都，可以找家甲兵铺给你修缮一下宝剑。"田牧道，忽而一扶额，"噢，倒忘了，那里早已是叫郢都了。"

"去楚国？"赵宁皱起眉。

二十二年前鄢郢之战,秦国白起拔郢都、烧夷陵。楚顷襄王一路东逃,迁都于陈,更名郢都。那座矗立于颍水之畔的古老城邑,一直是地处中原边缘的最为繁华的商旅都会。楚国法不扰民,对所有人口皆不盘查,只要有一技之长,便能留下生存。故而陈城会聚了七国能人巧匠和江湖草莽,对于现在的他们,倒是一个好去处。

"怎样?"田牧有些着急,"这一路过去大致需要月余,阿妹正好可以在车上静养。"

赵宁抬起头,直直看着他的眼。那双俊秀明净的凤眼却是清朗坦荡,看不出丝毫藏掖。

"我只怕……会拖累你们。"过了一会儿,赵宁轻轻叹了口气,意思却已软了。

田牧看出她已动摇,掩不住脸上欣喜。刚想说话,却又被赵宁打断。

"我答应为你们做一件力所能及之事,以报救命之恩。"她果断说道,"一年为限。"

田牧一听,哑然失笑,摇了摇头。略想一下,刚欲开口,又被赵宁抢白:"请先生想好再说。"

田牧这才正色,敛起了笑容。

直过了一刻时间,田牧才深吸了一口气,整理了一下衣襟。他将膝上的绢帛拿在手上,挺身长跪,对着赵宁缓缓展开了那份密函。

"既然如此,田牧,便请女士,加入我们的计划。"

赵宁凝起眉,细看那张绢帛上的字。

字写得很稀疏,有些潦草,是齐国的文字。但最后的两字却写得很大,笔锋犀利,气势磅礴——弑神!

才刚过午,薄薄的日头就隐去了。吕氏甲兵铺的陈掌柜还没来得及叹口气,冰寒的阵雨又淅沥沥地洒了下来。楚地入春早,伴着春雨,雷声也层层叠叠,细密地敲在人心口,仿佛总在催促着什么。

陈掌柜放下锉刀,把竹简上的碎屑在桌边磕落,然后悉心卷起扎好,放进匣中。接着端起手边陶杯,将杯底剩水一口饮尽,准备起身活动活动。

然而,屁股才刚刚挪开,便有两位客人冒雨踏进屋来。

"哟,客官辛苦。进来坐!"陈掌柜站起招呼,顺带将两人从头到脚打量了一番。

来的是一男一女。男的锦衣高冠,面容俊秀至极,两道峻眉浓黑爽利;女的高挑纤细,斗篷垂纱遮住了容颜。

"阿鲁,来倒水,有客人!"陈掌柜冲着内室喊了一声,转头将客人引上坐床。

"多谢掌柜的。"男子礼貌地拱手作揖,继而广袖一摆,在长几边端正地跪坐下来。

女子却没有吭声,手臂一抬,掀起了斗篷。

陈掌柜转头一看,竟突然被惊得心头突突一跳。

这女子十八九岁年纪,也穿了一身游侠似的男装,把头发高高束起。她全然不施脂粉,皮肤不甚白皙不说,颈侧还有些仿若烧伤的疤痕,甚是可怖。不过五官倒生得俊挺,高鼻深目,瞳仁乌金璀璨,略有几分胡人神色。

也不是什么倾城国色,也不至多么丑怪可怖。但陈掌柜没由来地觉得这女子身上有别样的气息,让他有些不敢直视。像是刚刚发砸的剑,一触就要割伤流血。

陈掌柜想了好半天才回过神来,清了清嗓子道:"客人辛苦。等热水上来了,润润喉再说。"

两人依言坐定,理好衣袂。陈掌柜这才注意到,这女子手中还握着一柄苍青色的古剑。那年轻男子倒是空着双手,右手拇指上套着一枚浓绿的翠玉戒,一看便知价值连城。

不一会儿,小厮阿鲁便将陶壶陶杯送了上来,笑着行了个礼,退在掌柜身后垂手候着。

"两位从何处来啊?"陈掌柜一边斟水一边笑问道。

"齐国。"年轻男子拱了拱手,"在下田牧。听说陈掌柜这里有出身墨家的工师,极善做剑器弓弩?"

"噢,确是如此。"陈掌柜笑道,"先生要做什么?数量几多?何时交货?"

"这位工师姓甚名谁?可否请他出来一叙?"田牧不答反问。

"倒也可以。"陈掌柜微微一愣,捻了捻胡须,转头道,"阿鲁,去请梁工师过来!"

"好。"阿鲁应道,立刻向里屋行去。

"梁工师师从相里氏之墨,来我吕氏甲兵铺已有三年。"陈掌柜介绍道,"戈戟矛殳,刀剑弓弩,他是样样精通。在郢都,嘿嘿,绝找不出第二人!"

田牧温然一笑:"相里氏之墨啊!那敢情好。"

墨家自老墨子死后分裂为三派:邓陵氏之墨归附秦国,又称"南墨",所出器械工师、学界名士和技击高手大多为秦国所用,不做他想;相里氏之墨迁居北上,总院设在齐鲁一带的山中;最后一支散入江湖,神秘难测,可能已经失传,被笼统称为"隐墨"。三支之中,唯有相里氏之墨依然声名赫赫、传承繁荣。由钜子骆无尘直领而修武立学的内院弟子人数虽然不多,从事机械工技的外院弟子却是遍布天下。

不到一刻,里屋的帘子忽然轻轻一响。一个身材高大、红光满面的中年男子稳步走了进来。

"掌柜的,找我?"他一面说着,一面扫视了一下两位客人,微微颔首作礼。他的目光落在赵宁身上,也明显一震。

"这位便是我吕氏的首座制兵工师梁大武。"陈掌柜起身介绍道。

"齐人田牧,叨扰了。"田牧起身行礼,不卑不亢。

"不敢,不敢。"梁大武连连拱手,"二位有何要求,但说无妨。"

田牧笑笑,示意坐下详谈。梁大武行了个礼,跪坐在了赵宁对面。目光与她一触,立刻闪避开来。

赵宁转头与田牧交换了一下眼神,田牧笑笑,示意赵宁先说。

"不知梁工师对青铜剑器是否在行?"赵宁手臂轻抬,将那柄苍青色的长剑搁上了台面。

梁大武眼神陡然直了,看着那按在古朴剑身上的修长手指,暗暗咽了下喉。

"请借一观。"他沉声道。

赵宁抬起手,做了个"请便"的手势。

梁大武双手捧剑,一寸、一寸地拉开剑鞘,冰凉的水汽霎时迎面扑来。

剑身也是苍青色的,凝神细看,顺着剑锋方向,一条条细密晶莹的墨线直直延伸开去,直抵剑尖。然而若是远观,便只有一片深邃而隐秘的暗芒,仿若古井之波。

只是可惜,靠近剑格处的锷上崩裂了几个小口,蔓延出数道极细的纹。

"真是口上好古剑。"梁大武叹道,将剑身推回了剑鞘,脸上的表情甚是落寞,"只是可惜,咱坊里早已在用精铁制兵,这等铜料,还当真没有。"

15

他将长剑放回案上,满脸都是憾色,却也让人无话可说。

"那便罢了。"赵宁叹了口气,垂下头,抬手拿剑。

"阿宁。"田牧将她手腕一按,"青螭宝剑确不是寻常人能修的,要看机缘。郢都乃工匠之都,藏龙卧虎,定能找到合适的人,暂且莫急。"

"嗯,我明白。"赵宁点了下头,气息冲撞,不禁皱起眉头轻咳了几声。

"我还有一事要问梁工师。"田牧顿了顿,继续道,"这屋里气闷。我唤人来接你,先回商社。"

"不用麻烦。"赵宁站起身来,"我在院里随意走走,等你片刻。"

听她这么说,田牧眉心微皱了一下,似乎有些忧虑。但赵宁却并不看他脸色行事,说完话便转身走了,身影很快消失在门外。

轻叹了一口气后,田牧收敛神色,转头看向梁大武,问道:"不知梁工师是否做过连弩?"

"这个,自是做过。"梁大武点点头,"蹶张、臂张、三四连发,都不成问题,看先生作何用途。"

"那么,七连发呢?"田牧道。他一面说,一面从袖中取出了一卷柔软的绢帛,在案上小心地摊展开来。

外面的空气冷冽而清甜,吸入肺里,感觉全身的浊气都被洗刷了一遍。

赵宁戴上斗篷,在院里踱步。小雨薄纱似的飘在身上,有些冷,却不恼人。

这座甲兵铺的规制不小,从大门进来的第一进院子就有近两亩[1]大,石池草木精致丰茂,布局爽利,别有意趣。待客的正厅西侧,一条小径通往里院,径上搭的藤架上面枝叶已经泛绿。

赵宁信步走去,穿过小径便看到了院子的第二进。这一进景致却另有不同——中心一个平坦宽阔的小校场,四周围着木架,架上陈列着各种兵器铁甲,全都是吕氏甲兵铺的得意之作。校场西面的院墙上开了个边门,门庭宽大,可以进大车运载货物。车道又通向更里的第三进院子,热闹的人声隐隐传来,伴着金铁撞击和风箱震动的呼呼声,应是作坊的所在。

赵宁恐唐突碰到人家商事机密,转身准备往回走。没想那扇木质的边门突然发出了"咯吱"一声轻响。

她转过头去,瞥见一团白影一闪,一个毛茸茸的小东西从门缝里挤了

---

[1] "一亩"按出土的"商鞅方升"测算约相当于 0.2907 市亩。

进来,"喳"地叫了一声。

赵宁定睛一看,不由讶然:竟是一只雪白的小狐狸!

那小狐身长约莫有尺半,毛色亮丽得惊人。只是肚腹下沾满了黑红的污迹,一只血肉模糊的前爪半吊着,尚在不断地往下渗血。

它挤进来时也看到了赵宁,一对乌溜溜的眼睛跟她遥遥对视了一会儿,呜咽了一声,转头就向工坊方向一瘸一拐地跑去。

"喂——"赵宁不由一阵心疼,开口唤了它一声。

它那伤势实在严重,断骨一下下撞在地上,看着都觉得痛。赵宁赶忙跟了上去,几步便跑到了它前面,蹲下身拦住了它的去路。

小狐狸停下步,警惕地看她。

"我……给你包一下,好不好?"赵宁从怀中取出一卷随身带着的裹伤纱布,还摸出装药膏的小瓶子,亮给它看。

小狐狸歪歪头,没有动弹。

赵宁又蹲着往前蹭了几步,把纱布和药膏托到它眼前。

小狐狸迟疑地伸长脖子凑上去闻了闻,突然抬两只前脚往后一仰,一屁股坐在了地上——竟是乖乖伸出了伤腿给赵宁包扎。

赵宁哑然失笑,走上前去把它抱了起来,忍不住顺手抚了几下狐背。光润的毛发滑入指间,有一丝冰凉,软软糯糯的。

小狐乖乖的没有动,一直任由赵宁抱着,在院里走来走去找到清水、找到木枝,仔细接了骨、涂了药,包扎起来。待到最后全部拾掇好,小狐竟窝在她怀里睡着了,一点防备都没有。

然而此刻,坐在小校场边的石凳上,赵宁抱着熟睡的小狐,微微蹙起了眉头。

这分明是一只塞北雪原上才有的银狐,怎么会出现在这温暖湿润的中原地带?

看样子,它应是这甲兵铺里的人豢养的。可狐狸昼伏夜出,它又怎么会此时独自从外面回来,还受了这么奇怪的伤?

那只爪子的骨头碎成了好几块,血是从皮毛下面渗出来的——没有被利器切开的血洞,显然不是被兽夹所伤,更加没有齿印,绝非遇到天敌。仔细想想,倒像是被内家高手的剑气所伤。

赵宁想着,有些无所适从。这时,那扇边门旁边的墙头突然传来一阵窸窣的响动。紧接着,一个穿着熟悉的绛色皮甲、背负长弓的人轻巧地翻了进来。

"咦?竟然跑这儿来了!"

"怎么是你?"

邵云和赵宁同时开口,面面相觑。

邵云个子甚高,生得修长而结实,皮肤黧黑,一双窄眼总是微微眯着,带着点儿玩世不恭的味道。

他一出现,那小狐狸竟不知怎地一下子醒了,对他发出警惕而愤怒的咕噜声,尾巴上的毛都乍了起来。

"是你伤的它?"赵宁一下子就明白过来,眉宇间升起一抹怒色。

邵云耸了下肩,把两臂在胸前一插,漫不经心地答:"我看它长得挺好看,想捉来给你做个围脖儿呢。"

"胡扯什么?"赵宁怒道。

"哈哈!"邵云嗤笑了一声,转身就往外面的待客厅方向走去,边走边道,"少东还在?这间铺子里竟然有人养了只塞北银狐,看来不简单啊!"

甲兵铺待客的正厅里,梁大武捧着图稿,眉头拧成了山川。

这幅弩机图线条纵横交错,纠结在一起,不凝神近看,连来路走向都分辨不清。

梁大武的目光时而游移往复,时而又盯在一个关节点上久久不动。足足过了将近半个时辰,还不见任何的舒展和松弛,他的呼吸也越来越急促。

田牧渐渐失去了耐心,原本温雅的神情终于沉了下来。

"罢了。"他指尖在案上轻轻一敲,轻叹了口气,"不必勉强。"

梁大武焦虑的神情顿时崩溃,长长地呼出一口气,颓丧地将图稿抛回了案上。

陈掌柜却是急得红了眼:"哎,怎么了?大武,若连你都做不了,整个郢都也无人能做了!你再好好看看,琢磨琢磨?"

他一边说着,一边不忘时时观察眼前这位雍容的年轻齐商。毕竟已在江湖混迹了多年,见的人多了,难免会生出一份直觉。在这战乱年代,正是这一份直觉多次救了他的命,让他能够维持这样一家为各国做兵甲却置身事外的店铺。

而此时此刻，这份直觉正不停地告诉他，眼前这个带着弩机图远道而来的男人，也许比外表看上去要危险得多。他们若能接下这笔生意，一切倒还好说。可若接不下，说不定会有更多的麻烦。

但工师梁大武却管不了那许多，只无奈地摇摇头：“不是我看不懂图。七箭连发之弩虽然世所鲜见，理论上却并非不可能。只是，你看这弩臂、机心……若要达到要求的射程强度，依着图上尺寸扩大十倍或可一试。但如此一来，又成了庞然大物，绝无可能单人携带。”

话至此，田牧只得无奈笑笑，眼神却突然冷淡得有些可怕。陈掌柜陡然一个激灵，赶紧赔笑道："田少东请喝口水，可别生气。请放心，这买卖不成情义在，吕氏甲兵铺在郢都也算是最知名的铺子了。信誉无价，就算做不成，也绝不会向外透露任何客人的消息的。"

田牧"嗯"了一声，抬了抬手。就在这时，突然，门帘一响，一个高大的皮甲武士走了进来。

"你们铺子里，可有哪个工师丢了狐狸？"只见他没个正形地往门框上一靠，扬了扬下巴，"把图给他看看，说不定能成。"

"阿靖？"陈掌柜和梁大武同时叫出声，互一对视，又同时道，"屠嘉？"

"呵……这……"田牧尴尬失笑，"哪个是工师的名字？"

"噢噢！"陈掌柜回过神来，赶忙解释，"铺子里是有个叫屠嘉的工师养了狐狸……"

"我看还是不必了。"梁大武突然神色一变，板着脸生硬地将陈掌柜的话打断，"那工师只会做甲，手艺粗陋得紧，怕是看不懂这图，要让先生见笑了。"

看两人这个反应，田牧转头看了一眼邵云。

邵云向他扬了扬眉。

"既然连吕氏的梁工师都说没法制，那在郢都多半也找不到能制的铺子了。"田牧笑了笑，一面说，一面垂头细细卷起图稿，"不过，既然都来了，便去请这位屠工师看一眼图，碰碰运气吧！"

"好的，好的！"陈掌柜立刻起身，连连点头笑着答应，动作太快不禁一个踉跄。

"掌柜的小心。"田牧眼疾手快，伸手扶了一把，"不必着急，不赶这须臾辰光。"

"多谢多谢！见笑见笑！"陈掌柜不住道谢，心里也悄悄松了一口气。

感受着这彬彬有礼的男人从手腕上传来的坚实力量，他不由又有些疑惑，甚至觉得自己刚才的直觉有点荒唐。

他怎会觉得这个男人要取自己性命？相较之下，田牧可比他们即将要见的那位，在三年前初见时给他的感觉要好得多。

"小屠？小屠！"陈掌柜敲了敲木门。木门是虚掩着的，一道黑布帘软软地垂着，上面几个破洞清晰可见。

"请进。"一个沉静的男子声懒懒地应道。

陈掌柜推开门，当先迈了进去，继而抬手高高举着布帘，将田牧让了进来。

这是一间不过三丈见方的木棚，却分隔成了两块。靠门一侧是作工区域，中间一方厚重敦实的铁砧，旁边一口青石砌成的淬火池，池沿上散放着各式各样的工具，高大的火炉呼呼地散着热气。靠窗一侧却是极其简陋的卧房。一张破旧的草席抵墙放着，被子叠得还算齐整，其他器物尽管不多，却都归置得清爽。

田牧的目光扫过一遍，终于定在了坐在铁砧前垂头打磨甲片的年轻男子身上，不由眉心一皱。

那人一身肮脏旧衣，袖口乌黑发亮，遍是破洞油污。散发无冠，只在脑后随意一束，也如衣服一般脏乱纠结。满脸髭须更是如杂草一般，不知几月没有刮洗了。他身形瘦削，甚至略有些佝偻，露出的手腕倒是肌肉筋结，想必锤炼甲片很需要力气。

田牧即便涵养极佳，还是不免露出了失望的神色。

的确，跟容光焕发的梁大武相比，这个屠嘉实在太过寒酸窘迫，混到这个境地，怎么可能是个高明工师？

"噢，小屠啊！"陈掌柜上前一步介绍，"这位田先生从齐国来，要打造一批弩机。"

"造弩机找大武啊，找我作甚？"男子淡淡一笑，站起身来，抖了抖衣上沾着的碎屑。他转过身朝着墙边的杂物架走去，径自取了陶碗斟了一碗冷水，端起来对着田牧遥遥一敬算是招呼，仰头自顾咕咕喝下。

田牧又皱起眉头来。这人右腿似是有些残疾，走起路来微微晃荡，像是醉了。

"哎，大武看过了，不太成。"陈掌柜尴尬地笑笑，"你便帮着看看吧。想到什么方法，我去跟大武说。来，田先生，把图稿给屠工师看看？"

田牧"嗯"了一声，上前两步，将绢帛双手递到他面前。

走近了才看清，他的脸侧鬓角的皮肤上尽是坑洼疤痕，似是曾经常年被什么钝器刮擦。脸形方正，鼻梁颇高，没有皱纹，一双看不出年纪的眼睛，沉静而冷淡。

屠嘉放下陶碗，接过绢帛展开一看，立时摇头笑道："嚼！七连发的弩机，确是巧夺天工。无怪连大武也被难住了。"

"哎？你竟看得出！"陈掌柜显然有些惊讶，"可会做？"

"我？"屠嘉哑然失笑，"这般鬼斧神兵，我一个制甲工匠，哪里会做？"将图稿利落地卷起，手一伸递回给田牧，"还是另请高明吧！"

田牧皱起眉来，一时没有去接。就在这时，木门"嘎吱"一动，棉帘掀起，赵宁和邵云一前一后地走了进来。

屠嘉的眼神一移，落在赵宁身上，脸色突然大变，发出"啊"的一声惊呼。

赵宁被他的反应吓了一跳，本能地向后退了半步，险些踩上了邵云的脚。

屠嘉把图稿往田牧怀里一塞，猛地向赵宁冲了过去，一把把她怀里的小狐夺回，整个身子都在剧烈地颤抖。呼吸间，他又缩回到了铁砧后面，窝着身子捧着小狐一屁股坐下，背过身去。

"哎呀！小屠你这是作甚！"陈掌柜大为尴尬，数落道，"也太不知礼数了！唐突了赵姑娘……"

"没关系。"赵宁宽慰道。

方才邵云说作坊里太窄，让掌柜和少东先进去谈正事，他和赵宁在门口等等。听到田牧来去只几句便被下了逐客令，两人便对望一眼，抱着狐狸推门进去了。

看到屠嘉寒酸的模样，赵宁也有些震惊。方才在门外时，听到他说着一口堪称纯正的雅言，只带了一点点三晋的口音，几乎难以分辨。当今之世，会说雅言的已是极少，多半都是出自士人阶层。怎么也想不到，这人形貌竟是这般颓丧落拓。

"屠工师是哪里人？"赵宁脱口问出，死死盯着他看。

屠嘉仍抱着小狐缩成一团，避开所有人的目光，不发一语。

"噢,小屠从韩国宜阳来,三年前为避战火入楚,进了我这铺子,几乎就没出去过,呵呵……"陈掌柜笑着圆场,"我也常说他,好歹把自己拾掇拾掇!工钱都拿去养阿靖,这样子哪家姑娘肯嫁他啊?你们说是不是?"

屠嘉仍不抬头答话,屋里众人也不吭声,老掌柜的笑声愈拖愈显得尴尬。

"呃——"到后来,他实在继续不下去,挠了挠头,"既然如此,就……请客人们先回吧,容老夫再想想别的办法。"

"好。"田牧点头,将图稿细细卷好,放回怀中。

谁知,就在众人皆准备离开时,屠嘉忽然抬起了头,道了句:"等一等。"

田牧讶然。

"把图稿,再给我看一看吧。"他叹了口气,把小狐放在地上,站起身来。

赵宁的神色突然一动。

他站起的瞬间,赵宁忽觉周遭涌起了一种有些熟悉的氛围——仿佛是在哪里曾见过这样的场面,见过这样突然挺立而起的身形……和希望。

不过,屠嘉始终没有看她——除了在她进门时猝不及防对视的那一眼。

田牧已再次取出图稿,交到他手上。他把图稿展开,弯下腰平摊在铁砧上,取过油灯照着,细细地看了起来。

陈掌柜见状,赶紧唤来阿鲁,给几位客人添水。

约莫过了一刻时间,屠嘉直起腰来,深吸了口气,点头道:"可以一试。"

"哦?"这话一出,邵云突然毫不客气地嗤笑起来,"说得够轻巧啊。"

他转头看着赵宁,嘴里愈发刻薄:"就看了我们阿宁一眼,便灵台清明,仙人点化了?"

"你又胡说什么?"赵宁皱眉怒道。

"确是要多谢这位姑娘照料阿靖。"屠嘉神色不变,对着赵宁的方向微微点了下头,眼神却还垂着,"图先留在我这儿,你们按规矩给掌柜的付下定金。两日之后,过来取样吧。"

"当真?"田牧眉梢一扬,欣喜中又带了些许忧虑,"只是……这图稿……"

陈掌柜的目光在几人之间转了一下,立刻明白过来:"哎,还说什么定金?小屠,你粗人看不出,这弩机图可价值连城!岂能听你一句话就留在这儿?"顿了顿,看屠嘉没反应,"啧"了一声,又续道,"你倒是先划下道道儿来——弩怎么做?需要什么材料?价值几何?工期几何?我也好唤人先去准备着。"

话说到此,屠嘉终于无奈地叹了口气,把本已卷好的图稿又拨了开。

"这幅图,是据五十年前韩国弓弩名家谿子所制的十二石弩改制而成。我早年在韩,曾有幸一见。"他瘦长的手指在图上轻轻一点,"十二石弩筋弦至硬,体形庞大,因此常以蹶张,装置于战车之上,射程长达六百步。此图大大缩小了弩臂尺寸,筋弦之力也相应减小,矢匣却扩至七发,因此对弩机部的要求更为精细严苛。绘制此图之人,也真是会为难人啊!"

几人闻言,眉心皆动了动。

当今之世,天下强弓劲弩多出于韩,谿子一家也正是韩国四大弓弩名家之一。屠嘉有此眼力,看来也并非是虚言。

"不过,只要材料合适,也不是绝无可能。"屠嘉续道,"既有墨家神兵'鱼渊'在前,也无须断言不会成功。"

这句一出,田牧的脸色陡然一变:"屠工师见过'鱼渊'?"

屠嘉冷冷答道:"没有。"

"噢……"田牧有些失望。

"咳咳!看来,是有点本事,深藏不露啊!"邵云复又故意拖长语调,嬉笑道,"只是,这么一件神兵,只要两日?哪怕只是做张弓,干、角、筋、胶、丝、漆[1],也不止这点光景吧。"

屠嘉抬头,睨了邵云一眼:"你那张'裂天弓',自然不止。"

邵云陡然色变。

"弩与弓毕竟不同。"屠嘉不理会,径自叙说,"弓靠弓手,弩靠机括。弓愈磨愈强,弩用尽即废。其他的,不必多说了吧。"他顿了顿,"你们运道好,今晨我见到有批旧弩送回来修缮,或许可以找些旧部件顶上一顶。"

话说到此,已分外明了。

"好。"田牧点头,向屠嘉恭恭敬敬地行了个拱手礼,"那便拜托屠工师了。"

---

[1] 《周礼·冬官考工记》载:弓人为弓之法:干、角、筋、胶、丝、漆,取六材各有其时。六材既聚,巧者和之。冬渐干,春液角,夏冶筋,秋合三材,寒奠体,冰析爵。

第二章

微我无酒

田牧一行三人从吕氏甲兵铺出来时，细雨已经停了。冬日天黑得早，暮色眼见着就要把郢都城拢在怀中。

田牧与赵宁并肩慢慢行着，各想着心事，脸上表情都有些凝重。

邵云一个人跟在后面，不知从哪儿拔了根草叼在嘴里，晃晃荡荡地左顾右盼，越落越远。

"阿宁，这个姓屠的工匠……"过了一会儿，田牧开口道，"你可看出什么疑点？"

"还说不上来。"赵宁摇了下头，"总觉得有一点眼熟，但又确实不曾见过。"

"那只狐狸的确奇怪。"田牧道，"看样子他已养了很久。不知是从哪儿来的？一个工匠，应当多半时间都在作坊里磨炼技艺吧。怎会去塞北雪原？"

赵宁没有答话。

田牧叹了口气，也知这个问题眼下找不到答案。

"但是，他的态度，确是一见到你，便有改变。"田牧语气很是肯定，"不是因为狐狸。"

赵宁皱了下眉。

先前她也隐隐有所感觉，但没深想。此时回忆，屠嘉把小狐夺回去时，心神震动得身子都在颤抖。但躲回铁砧后面坐下后，却也没有怎么仔细检查小狐受的伤或追问受伤的缘由，而只是定定地坐着不动，像是在发呆神游。

"哎。"田牧又叹了口气，"无论如何，能找到一个高明的工师，也算有幸。至于这人的底细和背后的原因，阿宁若有心力，便帮我探寻一下吧。"

"好。"赵宁点了点头，答应下来。她也有些好奇，以此人之能，为何会落到这般境地。

两人边说边走，出了巷口，忽然看见道旁停了两辆马车，皆挂着"田氏商社"的旗幡。

　　"锦琅来了。"田牧道了一声，加快了脚步，"看来是快到时辰了，我们去停云楼。"

　　"停云楼？"赵宁蹙眉问道。

　　"噢，未来得及跟你说。今日我在停云楼设宴，招待几位旧友。"田牧解释道，"锦琅带了两辆马车，你若不想去，可以先回商社休息。养伤要紧。"

　　说着，两人已走到马车跟前。

　　锦琅已从车里下来，朝两人屈膝行了个礼。这女子是田牧的侍妾，生得娇俏温柔，一双杏眼光彩流盼，与田牧站在一起很是登对。赵宁刚从邯郸脱险时，身上伤势也多半是她照料的。

　　"赵姑娘是一同去，还是先回商社？"锦琅抬起眼，笑着问道。

　　赵宁回头看了一下，邵云竟已踪影不见，不知晃到哪儿去了。她想了想道："一同去吧。不过，我便不入席了。就在马车上小睡一会儿，等你们回来。"

　　田氏商社的大宴设在了郢都最大最奢华的酒肆"停云楼"。在寸土寸金的繁华闹市中，平地拔起雕梁画栋，朱瓦金漆熠熠生辉。当今天下，除了秦国咸阳的"栖凤阁"和魏国大梁的"回望楼"有此形制，再无其他建筑可与之匹敌。

　　田牧和锦琅在店家的引领下一步步走到顶层的"王道厅"。刚迈上最后一级台阶，便有商社的执事迎了上来，带他们入座。

　　这"王道厅"格局甚是阔大，从空中俯瞰下去，乃是一个巨大的"井"字，暗喻着周朝王道古礼的井田制。田氏大宴正设在"井"字正当中，数十张长案铺排开来，煞是壮观气派。

　　田牧在马车里换了一身深蓝色的锦袍，领口金丝刺绣的花纹鲜亮夺目，再配上头顶温润的白玉冠，更显得整个人神采奕奕。

　　锦琅也略微改变了妆容，将乌发盘起，披上了华贵的金红色狐裘，娇俏的气质霎时转变为雍容，像极了富贵人家威严又得体的女主人。

　　此时，已有许多客人到了。

　　"田少东别来无恙啊。"一位高冠博带的精瘦士人起身行礼，满面笑容。

"鲁兄远来辛苦。"田牧笑着回礼，转身介绍了一下锦琅，"这位是贱内杜氏。这次去秦国出货，带她出来游历游历。"

锦琅微笑着屈膝行礼，言语举止落落大方。

田牧甚是高兴，引着锦琅一案案挨个介绍过去。

"这位是何子陆何兄，齐国大商，老朋友了。现下在秦国咸阳经营着丝帛布匹生意，却路子遍及秦国各大郡县。今后还需何兄多多帮忙！"

"好说好说！"右边眉梢长着一颗红痣的中年男子连连拱手。

"这位是汪远汪兄，也是齐国人。咸阳的齐国商社有一半都是他出资建起来的，大大的义商！"

"哪里哪里！"汪远满脸堆笑，举起铜爵向两人敬酒，"二位何时成的亲啊？汪某竟是不知，这礼金都忘了带！下次见面，可要补上！"

"哈哈，也就不过半年。多谢多谢！今日便当是请汪兄补吃喜酒了！"

所有人都招呼完，田牧与锦琅终于入席，坐在主位悄悄吁了口气。

"演得可还行？"锦琅一边斟酒，一边轻声道。

田牧勾了勾嘴角："看他们穿这样的衣服，还真是奇怪。"

"仓促之间，能凑齐这许多人过来，已是不容易了。"锦琅白了他一眼。

其实，这座中数十人，竟无一位是真的客人——全都是田氏商队里的护卫，被锦琅揪出来打扮了一番，拉来撑场。

"看到了吗？那位已经到了。"田牧低声道，却并不抬头，径自举箸抬了一颗果子放进嘴里。

锦琅装作打量华贵的厅堂中的各种奇异精美的摆设，四面看了看。

这王道厅的"井"字，是由四根大柱顶住四角，再用四面整幅的珠帘隔开的。除了当中田氏大宴，外围八个隔间里也有些散客交饮闲谈。

正对面的隔间里独坐着一个女子。有珠帘挡着，面目看不太清，却无疑是穿着一身火红色的窄袖胡服，甚是艳丽。在她右侧的隔间里，也有一人靠窗独坐，自斟自饮。除这两人之外，其他的隔间里倒都是四五人同案，热闹非凡。

"就是她。"田牧又道，"另一位也到了。"

锦琅目光一扫，只见一个赭衣高冠、身材微胖的中年男子攀着楼梯缓步上来，直向着红衣女子的隔间走去。过了不久，近旁有四五人的隔间里也有人起身。一个身材瘦小的青衣男子端着酒卮施施然转了过来，向着红衣女子和赭衣男子行了个礼，走上前去，跪坐在了案边。

"那胖子就是春申君的门客……叫什么来着？荀微？"

田牧点了点头。

锦琅轻轻笑了一声："堂堂一国丞相，要见自己的妹妹，竟还要遣个门客先来试探。也真离奇。"

春申君黄歇，与魏国信陵君魏无忌、齐国孟尝君田文、赵国平原君赵胜并称当世四大公子。十五年前，黄歇陪同楚国太子完入秦为质，在秦国客居十年。五年前楚顷襄王病危，黄歇舍生冒死掩护太子完逃回楚国即位，之后便被楚王封为丞相，成为当今楚国出将入相的擎天之柱。

田牧叹了口气，感慨道："谁叫这妹妹嫁了应侯呢？换了是我，在这种时候，也不敢妄动啊。"

当年黄歇潜逃回楚，多亏了秦国丞相应侯范雎的倾力相护——那可是救命的恩情。之后他升任楚国丞相，秦楚一时结好，连长平之战都未曾支援赵国一兵一卒。

可是当下，情势却不同了。

就在不久之前，赵国平原君带着一个叫做毛遂的门客，在楚国朝堂上按着剑逼得楚王承诺发兵十万救赵。这件事，几乎是一夜之间传遍了天下，成为了邯郸破围最大的希望。

可春申君夹在其中，左右为难——秦军在长平的暴行确是千夫所指。然而应侯的恩威，于他也是一座大山，不可漠视。

在这个时候，范雎遣夫人回楚省亲，必然是带有拉拢他的意思。楚王虽已降旨，领兵出去打仗的却还是他春申君。到底是选合纵还是连横，实在春申君的一念之间。

"唉……"锦琅忽然叹了口气，勾了下唇角，"要我说，不如直接杀了。"

田牧蹙起眉，一时没有答话。

"失了最后一层顾虑，春申君也没有亲秦的理由了。"锦琅续道，"我们便扮成秦人，让他们恩仇相抵，再无瓜葛。"

听到这，田牧终于失笑，摇了摇头。

"说得轻巧。你当这么好杀？"他端起酒杯饮了一口，"天下正乱着，时局又微妙。你想得到，范雎想不到吗？"

锦琅噘了噘嘴。

29

"还是原计划吧。"田牧把酒杯放回案上，两手拢回袖中，"反正我们要杀的那尊神，跟范睢也有点仇。"

锦琅"嗯"了一声，点点头，整理了一下裙裾，推案而起。与此同时，脚步声在楼梯口再度响起，背负长弓的皮甲武士一步一步踏上楼来。

赵宁在马车里睡得晕晕乎乎的。恍惚间，周遭尽是"哔哔啵啵"的响声和杂乱的呼喝声，好像又回到了三年前那个满是血与火的长夜里。

家邸被焚烧……曾经熟悉的一切，都在她手中炬火的舔舐下一寸一寸地灰飞烟灭。

那也是一个细雨绵绵的春夜，但灼热的火却把她生命中的一切湿润都烤干了，让她从此不再流泪。

额角又有些发烫，轻微的咳嗽牵动伤处，把她慢慢从梦境中拉了出来。

这一清醒，却让她猛然打了个激灵。

那响声并不是梦——停云楼似乎出了什么事，鼎沸的人声如骤雨倾泻，楼里的人一股股地往外涌，却又被一圈圈走近围观的百姓堵住。

赵宁一把推开车厢木门，抄起青螭剑跳下车来。

楼里似乎着火了。浓烟伴着火光在高楼顶上扑扑往外冒，哭叫和呼救声分外惨烈惊心。

赵宁心中一慌。来时似乎听田牧提过，田氏的宴席就在顶楼。楚国气候湿润，又接连下了那么多天雨。怎会出这种差错？

赵宁思忖一下，咬咬牙关，决定还是冒险进去看看。

而就在此时，在她看不到的楼体另一面，顶楼的一个窗格忽然被人从内里击破，荡下来一条极长的绳索。

停云楼，王道厅内。

田牧凭栏而立，抬起左臂，用大袖挡住了口鼻。在他身边，微胖的赭衣男子扶着栏杆瑟瑟发抖，眼角余光瞟着颈边的利刃，两膝软得几乎要跪下。

几丛火苗在地上燃烧着，冒着浓浓的黑烟。"嘭"的一声，又一个人倒下，鲜血从喉间喷出，溅成一个扇形。

邵云嫌恶地退开两步，靠在了窗边，阴沉的目光又向四周扫去。

"竟然还不出来？"他语气难得有些急躁。

在他身侧，锦琅已脱去厚重的狐裘，露出一身紧致利落的黑衣，正在用绳索把已然昏迷的红衣女子一圈圈地缚在背上。

"好了就先走吧。"田牧高声道,"她的影守未必在这儿。"

锦琅打下最后一个结,点了下头,拉住绳索,从窗口跃了出去。

"你自己当心!"邵云撂下一句,手指搭上窗棂,一个翻身紧跟其后。

外面的空气很是冷冽。锦琅背着一个人,不敢降得太快。邵云徒手攀爬,在旁紧密掩护,轻巧起落。

楼下围观的百姓看到竟有人以这种方式逃生,皆惊异地大呼小叫,心悬在嗓。

谁知,三人刚降到第二层,忽然一道厉风从窗口劈出,"嚓"的一声,竟然将那紧绷的绳索割断了!

紧接着,一个灰色的人影如大鹰般从窗口扑出,直击单臂悬在半空的皮甲武士!

"叮"的一声脆响,赤铜色的长刀狠狠砍上了邵云的臂甲。

"嘶……"邵云抽了口冷气,一转头,突然冲着那人咧嘴一笑,"果然是你。静渊师兄,好久不见啊!"

赵宁逆着人流上楼,举步维艰。上到第二层楼梯口的时候,她突然听到背后窗边一声巨响,一个奇怪的人形破窗而入,半边黑半边红,瞬间被杂乱跑动的人群淹没。

赵宁引颈望了望,却怎么都看不清。想了想,还是继续往顶楼冲去。

"阿宁!你怎么上来了!"一看到她露头,田牧欣喜的声音便响了起来。

"怎么弄成这样?"赵宁看到满地的尸首,一下子皱起眉头。

那个春申君的胖门客已经被绑起手脚,在栏杆边晕了过去。田牧正撸起袖子,往各处火苗上倒酒,试图让火烧得更猛烈一点。

"行了,走吧!"田牧把最后一个陶罍一扔,冲赵宁笑了笑,"人应该抓到了,我们下楼去接。"

停云楼第二层。

邵云扯下了碎成无数片的臂甲,无所谓似的丢在地上。甲片上沾了少许血迹。

在他对面,手握赤色长刀的灰衣人沉着脸,对他怒目而视。

那名叫静渊的灰衣人看去大约三十岁,相貌普通,身形高大结实,显是打小便练了一身硬功。在邵云冲他一笑之后,他在半空一个旋身,一脚便将邵云踹回了楼里,自己也紧跟着跃了进来。

"哟,还是跟当年一样,只会瞪人,不会说话吗?"邵云漫不经心地看了他一眼,继续整理着破碎的袖口。

静渊却不答话,一双眼睛深邃无比,直直盯着邵云背后的犀角长弓。

"哎!我算算,终南一别,快有十年了吧?"邵云挑挑眉,"红楹师姐可还好吗?我还常常惦记她呢!"

这话一落,静渊脸上第一次浮现几乎控制不住的怒色,额上青筋一暴。

然而,就在邵云准备继续挑衅拖延时间之时,静渊忽然一刀扫出,将周边席宴上的残羹冷炙、酒水灯盏等等细小物事统统掠起,一股脑地向邵云摔去,同时一个鹞子翻身,竟闪电般地又从破碎的窗棂处跃了出去!

从一层窗口再次入楼的锦琅万没想到,还未等她把身上的绳子完全解下,那半途杀出的灰衣"影守"便追了进来,一刀斩开了应侯夫人腿上的绳结。

邵云竟没把他拖住!

灰衣"影守"利落地把人质背起,反手一刀逼开锦琅,瞬间又从窗口跃了出去,几个腾挪便落了地。

锦琅扑到窗边,看见那人抢了匹马,长刀凶悍地一振,围观的百姓立刻惊叫着让开了一条路。

她转过身子,仰着往楼上望,正见邵云也探着身子在看,头上还挂了根菜叶。

"看什么看,还不快去追?"她啐了一口。

邵云摸了摸下巴,"嗯"了一声:"是比以前聪明点儿了。"他顿了下,"不过,方向没跑对。"他说完,反手摘下了背后的长弓。一支通体漆黑、唯有尾羽是白色的铁箭在他手心转了一圈,搭在了弦上。

天已完全黑了。静渊背着已经昏厥的红衣女子沿着河岸狂奔。风刮过水面,冷得刺骨。

这条河是颍水的一条支流,若能找到一条小船,一日一夜便可直下寿春,进入楚国腹地。然而,直到现在,沿河连一座农舍也没有看见。

从停云楼出来,他便马不停蹄地往东门方向冲。郓都东门之外是宛丘山区,草木山林分外茂密,很适合躲藏起来甩脱追兵。

然而，邵云的那一箭他终究没能躲过。黑色的铁箭在他左肩头对穿而过，箭镞从锁骨下面突出来，白色的尾羽随着他的奔跑尚在兀自颤动。

血已经流得过多了，眼前一阵阵发黑，反过去托着应侯夫人身体的左臂也关节僵硬，一动也不能动。抢来的马被他在一处岔路放跑，希望能够多拖延片刻。

"夫人，醒一醒。"他每隔一会儿，就尝试跟她说话。

可不知她是被封了穴道，还是被灌了什么迷药，任他怎么呼唤掐捏，都没有任何醒转的迹象。若不是还能感觉到她轻微的呼吸和温热的体温，真以为人已是死过去了。

夜色愈发深沉了。月光落在河面上，泛出一片粼粼的光彩。

静渊深吸了口气，继续急奔。他知道这浓重的黑暗里隐藏着怎样的危险。可忽然间，他脚下绊到了什么东西，猛然一个趔趄。

就在此刻，背后突然出现了窸窣的脚步声。有人在奔跑着，飞速地靠近他。

静渊心头巨震。陡然发现，除了左边的河道，右侧和前方也有人极速压来，口袋似的将他们包围在内。

邵云竟会在这荒野里布了人手，算准了他会来！

静渊知道已没有机会了。他伸手入怀，扯开最底下的暗袋，取出了一枚短小的彤管，放在齿间一咬，然后迅速向上方抛去。

一道红光划破天际。

"哈！真是不赖嘛！一口气逃出近十里。"就在这时，一声熟悉的嗤笑声从身后传来，"这是我布的最后一个点了。"

静渊猛然顿住脚步，转过身背对河道，将应侯夫人护在身后。

"唷？求援令信都发了？"黑暗中缓步走近的负弓男子抬眼看了看天空，"我记得，这宝贝每个人只有一枚吧？放出之时，便是从'萤火'除名之日？"

"今日见你，我便未打算活着回去。"静渊话音缓慢而冷静。

"我也是这么打算的。"邵云嘻嘻一笑。

静渊微微侧身，调整了一下重心，右手举起了长刀。

"不过，你这样？跟我动手？"邵云挑了挑眉，两手在胸前一抱，"跟应侯夫人贴得这样紧，不怕师姐生气吗？"

静渊紧咬牙关,没有说话。他与邵云之间约有两丈之距,若在平日,一跃发难轻而易举。然而此刻,虽然明知越快动手对自己越有利,却毫无办法主动出击。毕竟,面对邵云,露出一点微小的破绽,便是死路一条。

　　"放不下这个女人,就不要想什么胜算了。"邵云眨眼,忽然夸张地一叹,"咦?这场面怎么好生熟悉!红楹师姐到底怎么样了?还活着吗?"

　　"你莫要提她名字!"静渊终于怒吼出来。

　　邵云撇了撇嘴,又嘻嘻一笑:"噢!看来她要么是死了,要么是还忘不了我。"

　　"痴人说梦!"静渊手腕一震,长刀发出一声悠长的嗡鸣,"新账旧账,今日一起清算!"

　　"喊……"邵云不屑,"援军未至,人未得救。我猜,以师兄的性子,心中大概只有'逃命'二字吧!"他顿了顿,抬手摸了摸鼻尖,"其实啊,你后面那条河,每隔五里我便藏了一条小舟,准备过两日撤离用的。我看看,哟,正好就在你旁边。你若放下她,下水去找一找,说不定还有点机会!"

　　静渊心头巨震,眼睛不由一眨。就在这一瞬,一星银弹乍然破开夜色!

　　尖啸声从耳中钻入,直透脊髓。静渊浑身一凛,不及细想,一剑直劈。长剑划出一道冷冽的弧光,与飞来的物事轰然相撞。

　　"噗"的一声,那物事应声而破,竟化为了千万点银色液滴四面溅开!

　　静渊急退闪避,手臂前襟却已沾了数滴。还未及反应,面前又陡然袭来一道烈风!

　　黑暗之中,一杆夺魂的墨箭悄无声息地刺破虚空,直指靠在静渊左肩上的沉睡的头颅。

　　"裂天弓!"静渊心头巨震。这么近的一箭,他长剑尚在外路,已不及回挡。即使来得及,以他肩膀的伤势也挡不住。此时唯有退避一途!

　　千钧一发间,静渊断然弃刀,左肩一顶,将应侯夫人的身子滑至右侧背后。

　　"嚓"的一声钝响,利箭钻开皮肉,没入了骨骼,与先前那一支箭交叉锁在了一起。

　　静渊左侧身子被大力带着转了半周,整条左臂几乎被撕扯下来!然而他只退了半步,晃了晃复又站定。一口咸腥的热血涌过喉头,又被他硬生生咽了回去。

"嗬！还是如此硬朗。不得不说句佩服！"邵云收弓，也收起了嬉笑的表情。

静渊倒吸着冷气，全力用右手托着应侯夫人的腿。他咳了两声，侧过头低声道了句："对不住。"

那女人脸色惨白，浓密的眼睫仍然垂着，嘴角溢出了一条细细的血线。邵云那一箭上蓄满了可怕的内力，即便九成九都被静渊的身体挡下，还是有些许穿胸而过，震伤了她。

"还是不用打了吧。"邵云继续前逼，用足尖挑起了静渊的长刀，"可惜啊，这么好一把'醉霞'。"他抬起头，狭长的眼中锐芒一闪，"放下她吧，我会给你个痛快的死法，不枉同门一场。"

"同门？"静渊嘶声道，"你还是莫要辱没了'同门'这个词！"

邵云不以为然地耸耸肩，忽然侧了侧头，仿佛听到了什么声音，脸上的表情霎时全部隐去。

趁他分神之际，静渊果断身体左转，足尖蓄力，准备一跃入河。然而，就在他将发未发之际，河面上忽然传来一声水响。

一张巨网如同一只怪兽，陡然间然破水而出！银色的网线上缀满了尖利的刀刃，在月色下泛着森森蓝光！

静渊急忙收力，右手一旋转托为抱，准备将应侯夫人的身子换到胸前。然而刚至半途，一个阴影夹带着疾风欺至身前。

"呲啦"一声，刀尖破开袖，准准扎入两根臂骨之间。静渊浑身一个战栗，继而使劲一咬牙，将全部的内力都运于右臂，猛地回夺，竟用血肉生生夹住了邵云的刀刃！

邵云一声冷笑，右拳击出，砰然撞上了静渊左胸。

"噗"的一声，一道血线从静渊口中激射而出。他的身子应声向后飞起，右手再也把持不住，离开了应侯夫人的后腰。

邵云一个旋身后跃，横抱着红衣女人稳稳落地。静渊的身体却不可控制地向河中刀网摔去。墨色的铁箭直挺挺地插在他的肩膀上，洁白的尾羽在空中划出两道交错的弧影。

就在此时，河对岸突然传来了嘹亮的啸声！

"夺夺"两声，守在河岸边的两个侍卫咽喉中击，应声倒地。

一个瘦小的身影仿若轻灵的水鸟，在水面上几次点跃，飘然越过岸来。

待水畔控制刀网的侍卫反应过来，他已准确地接住了静渊，足尖在网上一点，复又腾身而起，稳稳踏上了河岸。

"走！"邵云发出一声短促的号令，突然转过身腾跃而起，向着来路疾奔撤离。

他的脸上毫无惊讶之色，甚至不曾看来人一眼。从抢到应侯夫人的那刻起，他便没有丝毫的停顿。落地、转身、奔行一气呵成，好似早已是如此计划。方才对待静渊的骄横之气也瞬间收敛殆尽，一分也不再纠缠。

四周侍卫果断收刀，有序地尾随邵云离去。水中的两人竟连刀网也放弃了，任由其沉入水中。两人分别从两侧登岸，迅速背起死去的两个侍卫，向着相反的方向迅速隐没在黑暗中。

然而邵云刚刚才奔出数步，便又停下了。前方的树下，一身缟素的女子面对着他亭亭而立，左手里握着赤红色的长索。

赵宁骑马追出城之后，就有点迷路了。

宛丘地势复杂，山川纵横交错，白榆和柞树密密地长满了山岗，在夜里几乎难以辨别方向，全靠直觉，走一步看一步。

在停云楼下与锦琅会合之后，田牧终于把他们的谋划告诉了她。

田牧原本担心她伤势未愈，不想让她参与进来。她那柄剑也太过显眼，恐怕反倒会引来麻烦。赵宁虽有点不悦，却也能理解。

但在得知这位应侯夫人的重要性之后，赵宁还是决定追上来，暗中给邵云一个接应。

她领教过"萤火"的实力——只有一个人的话，大概还能应付。可若要以一敌二，不管是她还是邵云，生还希望都很渺茫。

然而，出门就迷路这种事，她也是真的没有预计到。

此时夜已渐深，穿林的风分外寒冷。潮湿的水汽浸湿了衣服，把她尚未痊愈的伤口刺得愈发疼痛。

已经走了快一个时辰了？穿出这片密林，还要多久？

就在她感到快要承受不住，准备放弃追踪直接回城的时候，突然感觉到身后有些异样。

有一个极轻的脚步声在跟着她，呼吸几不可闻——若非她谨慎，一直运转着师门内功绝学"抽丝"，绝不可能发现这个技艺超绝的追踪者。

是秦国"萤火"！她五指一收，攥紧了青螭剑柄。

她对此地不熟，身体也已疲累。此时若遇"萤火"高手，怕是当真没有胜算。

想清此节，她暗自催动内力，深深提了一口气。

既不能硬战，那便……跑！

刹那间，高挑纤瘦的人影如离弦之箭向前射去，飞速地融进了夜色里。

黑暗中的追踪者显然未曾料到有此一变，立时被落下了数十丈距离。

有夜色作为掩护，赵宁穿出密林，专选宽敞开阔的地势，避开漆黑弯曲的灌木林地，直向郢都城方向狂奔。虽则这样敌暗我明、易遭暗箭，却总好过一不留神便被困在死地里。

然而她这一动，敌人也迅速地动了起来。一时间，只听身后的草叶传来一串窸窣的响声，好似有什么轻捷凶猛的野兽蹿了出来，衔尾急追。

赵宁心脏扑扑狂跳，气息愈发急促。跑了约有一里，她终于大致确定了敌人的实力。

来的竟有两人，皆身法轻灵，内息浑厚。听声似是一男一女，一左一后将她包抄，速度之快是她平生未见。尤其是从左翼压来的那个男子，明明在她之后启动，却眼见已快要超出她半身，下一步便要一剑横贯，阻绝前路。

赵宁心下一沉，左手拇指不由推出了青螭剑。夜风吹面，伤口出血处愈感冰冷刺痛。

就在此时，左翼的敌人终于发力。只听他一声轻喝，足尖在树干上借力一点，整个人腾空而起，直切赵宁前路。在他跃起的瞬间，雪白的剑光也如白龙破水，在半空劈出一道冷冽的虚弧。

赵宁深吸了一口气，手腕一沉，青螭出鞘。她并没有收力止步，反倒压上了几分后劲，全力向前突刺。

高手对决，胜负只在一念之间。无可闪避，便只能一较高下！

电光石火间，一青一白两道剑光急速靠近，破空之声直蹿云霄。白色剑光是逆势横劈，而青螭却是骄龙直进，破甲穿心。

就在两剑即将相撞的瞬间，缀在赵宁身后的女子忽然发出一声惊呼。

"月移，闪避！"

男子猛然反应，在半空中改劈为挡，硬生生扭转了身子，与赵宁错身而过。

赵宁嘴角一勾。

赢了！

然而，剑势还未尽，身后追袭又至。她微一侧头，只见一条赤红色的藤索凌空而至，直向她后颈缠来。

是那女子出了手，正趁男子落败闪避让出了攻路而赵宁剑势将尽、无力回防之时！

好一个默契合攻！

赵宁强压震惊，足下赶忙收势，回剑逆劈。"铛"的一声，青螭与藤索相撞，火星乍现，一合即分。

赵宁回转过身，后退了三四步才勉强站定，耐不住气血翻涌。她剑尖斜指地面，与敌人遥遥对立。夜色太浓，看得出两人形貌，却看不清面相。

那名男子身量不高，颇为年轻，左肩上却深深塌陷了一块，似是曾受过重伤。女子身材纤细，竟披着大功麻孝，赤色的长鞭曳地，擦着草叶沙沙作响。

"'萤火'？"赵宁扬眉，将剑尖抬高了几寸，"报上名来。"

"'萤火'月移。"男子沉声道，仗剑向前踏了一步，似有些着急，"冯左更在何处？"

赵宁皱皱眉，没有回答。这个问题，她在邯郸城外也被问过，似乎跟这柄青螭剑有关。

"我不知你们说的是谁。"她调整姿势，又摆出起手式，"这柄剑，乃家师姜谢相传。"

"呵。"麻衣女子冷笑了一声道，"抓住了再问。"她手臂一振，赤藤索好似毒龙一般游走起来。

赵宁未露惧色，心中却有些忐忑。如今形势，再想遁逃已不可能。而要力战两人，以她现在的伤势和体力，怕是连十个回合都难以支撑。

麻衣女子抬起手臂，赤色的藤索昂首盘踞，蓄势出击。然而，就在此时，忽有一道红色的火光在天际一划而过。

月移面色陡变，一下按住了麻衣女子的手腕，急声道："师姐，是静渊师兄！"

麻衣女子也注意到了信号，藤索一震。她恨恨地看了一眼赵宁，一咬唇，竟果断一甩手臂收起了藤索。

"走!"她一拉月移,两人转头便走,眨眼便消失在了黑暗的密林中。

赵宁惊在当地,仍然屏息着不敢放松。一直等到两人声息再不可闻,她才长长呼出一口气,垂下了剑尖。到这时,她才感觉到胸膛里翻腾的气血再压抑不住,一弯腰呕出了一口血来。这两个人,比她在邯郸遭遇的青山,实力要强得多。若不是有意外,她这条命,几乎是必定要交待在这儿了。赵宁深深地吸气,把胸腹间的痛楚和烦恶硬压下来。

只是,为何"萤火"一见到她这柄剑,就要追问一个叫什么"冯左更"的下落?难道老师传她的这柄剑上,还有什么别的隐情没有告诉她?想到这里,赵宁感觉自己的心怦怦跳了起来。她还一直不知道,自己在三年前的那场大火里,是怎么生还的。如今,她似乎离那个真相,很近了。

邵云望着树下的女子,眯起了眼睛。

她的眼睛很大,水灵而生动,鹅蛋脸,鼻尖圆润,是个秀美温婉的南国女子。今日她穿着一身素白的长裙,肩上还披了麻孝,长发梳成丧髻,戴了一朵白花。

"放下她。"她声音冰冷。

邵云双眼一眯,左右动了动脖颈。尽管是在夜里,他还是看得清楚:她握着长鞭的左手在微微颤抖,努力睁大的眼睛里隐有泪光闪烁。

"师姐。"邵云动了动唇角,扯出一个有些发苦的笑,"噫,今天这是怎么了?一幕一幕,都是眼熟的情境。"

白衣女子没有动,只用同样冰冷的声音重复道:"放下。"

邵云眼角微微一抽。十年前也是这般,只不过那时,她说的是他背后的那张裂天弓,而红楹,是用右手握着剑。

"与其在这拦我,不如去看看静渊死了没有。"邵云耸了下肩,又撇了撇嘴角。

红楹果然眉心一皱,目光微微向他身后看去。

"这个女人,我是一定要带走的。"邵云拍了拍应侯夫人的腰,"我不会要她的命,也不会对她怎么样。你们要救她,还有的是机会。"他顿了顿,"然而静渊,我可不保证你跟我动过手之后,还有时间见他最后一面。"

"云韶。"红楹终于开了口,说出这两字时,她的声音轻软得好似绸缎,

39

"这么多年了,你虚张声势的本事,竟然一点长进也没有。"

"师姐,我不想再废你另一只手!"邵云声音陡然变得快而冷厉,"你不要逼我。"

"不妨试试。"红榅手腕一震,赤红的藤索游龙甩尾一般,直取邵云面门。她足下轻点,纤细的身子好似一只雪燕振翅飞起。

邵云急退,手臂一抬,将怀里的人扛在了肩上。右手同时"刷"地抽出了悬在腰间的静渊的长刀,径直向赤索斩去。

"叮"的一声,赤索缠上了刀身。红榅回肘借力,再一个纵身,飘然欺近了邵云身前。

"撒手!"她一声娇喝,鞭梢倒转,重重点向邵云持刀的手腕。

邵云侧身闪避,也逆转刀柄,精准地格住了鞭梢。两人的身影一合即分,堪堪错开。

"哎呦!"邵云一声怪叫,退开两步站稳脚跟,"区区十年,师姐竟将左手功夫也练到如此境界!"他低头看看,手中已没有长刀。

红榅鼻中轻哼了一声,右手将夺下的长刀反手倒提在背后,转过身,又将长鞭指向邵云,摆出了起手式。

邵云"嘿嘿"一笑,举起了右手,食指与中指之间赫然夹着一朵白花。

红榅倒抽了一口冷气。原来他是故意弃刀。而他是何时摘下她鬓上白花的,她竟毫无知觉。

"师姐家中,有人仙逝了么?"邵云挑挑眉,脸上忽然露出惊讶,"啊!原来死在邯郸的那位竟是青山?都这么大了!我还记得他流着鼻涕拉着你衣角不放的样子,那小屁孩可是难缠得紧……"

"住口!"红榅怒极,又一鞭抽去。

"师姐!"忽然,河畔传来一声焦急的呼喊。

红榅手一抖,收住了直向邵云攻去之力。瞬间,邵云撇了撇嘴,足下一点向后遁去。

"再会了师姐。"他的声音越来越远,极快地消失在夜色里。

红榅看着他离去的方向,眼角忽然绷不住滑下了一滴泪。她咬紧牙关,没有去追,抬手擦去泪痕,扭头向岸边奔去。

"珰"的一声轻响,长刀落在地上。"静渊!"红榅恸呼,扑跪在了半躺在地上的男子身侧。

鲜血已经浸透了他身下的草地。他的头靠在月移的怀中，闭着双眼，眉心紧拧，嘴唇惨白干裂。左肩上的两根箭杆已经被切断，箭头却取不出来，只得潦草地裹了一下，仅靠封住穴道止血。

红楹托起他手臂，将左手伸到他背后，贴住了后心。柔和温暖的真气从掌心缓缓送出。

月移自救下静渊，一直在运功为他疗伤。无奈他外伤过重，顾此失彼，直耗到连月移自己都眼看要油尽灯枯，实在坚持不下去，才不得已呼唤红楹。

此时红楹一来，情况顿时好转，静渊原本在一分分变凉的四肢终于有了一丝回暖的迹象。

"师兄，醒醒。"红楹一面拼命运送真气，一面轻声唤着。从看到静渊的第一眼开始，她的泪水就如同蜿蜒细流，不曾停歇。

良久，静渊的手指终于动了一动。

"师姐！"月移惊喜地叫了出来，"他醒了！"

静渊艰难地缓缓睁开眼，开口咳出了几星血沫。他已看不清近在咫尺的人，只能凭感觉轻声道："月移……也来了？"

"是。"月移道，"我来找冯左更。"

红楹内息运转完毕，直起腰来，伸手擦去脸颊上涟涟的泪水。

"阿楹，你……见到云韶了？"静渊颤声道。

红楹点了点头，泪水一下子没忍住，复又涌出。云韶，意思是世上最美的音乐。记忆里那个少年的模样，还是如阳光一般。可是，她没有预料到，此生他们还会相见。

"你……没……没受伤吧？"静渊奋力抬起脖颈，想要看清红楹的样子。

"没有。"红楹赶忙按住他，将手送进他满是血的掌心，"你感觉如何？大哥应该也快要到了，你不会有事的！"

"我……没事。"静渊紧紧握着那只纤细柔软的手，似是把浑身力气都要用尽，"可是……应侯……夫人……"

"不必说了。"红楹伸手按住了他肩膀，"再抢回来便是！"

"可……咳咳……"静渊拼命直起腰，"这些人……很……很危险。应侯夫人……像是被……下了药……"

"下药？"红楹和月移同时惊呼出声。

"这伙人……绝不是什么商队。"静渊道，嗓音残破而沉重，"我……

有种感觉,他们……跟大哥一直在查的那个组织……有些关系。"

"是叫……齐国……'琅琊'?"红楹蹙起眉。

静渊叹了口气,点了下头,又不确定似的摇了摇。

红楹深吸了口气,舒展了眉心。"不管怎样。"她的语意里第一次露出尖锐的锋芒,"我们定让他们有来无回!"

一个时辰之后,赵宁终于抵达郢都城下。

幸好这座颍水之畔的商旅古都还未受战火侵扰,为方便居于城郊的国人进出赴市,城门常常昼夜不关。不然,以她现在的状况,想要进城还很要费些功夫。

方才,在"萤火"看到信号离开之后,她稍事休整了一下,也跟了上去。好不容易才找对了方位,听见了打斗声,可待到她悄声近前时,邵云已干净利落地一击而走,带着队伍和应侯夫人全身而退了,甚至都没发现她。

赵宁感到一阵不是滋味——这趟出来,除了莫名其妙地打了一架暴露了自己,竟什么忙也没帮上。回到商社面对邵云,还不知要被他如何嘲讽。

在这个神神秘秘的齐国商队里,除了眉目清秀又性情温润的田牧能好好与她说话真心以礼相待之外,其他人,多多少少都对她这个外人冷漠寡言,满是戒备。

邵云就不必说了——除了对田牧的侍妾锦琅话不太多,连田牧都常常被他呛声嗤笑。

锦琅性子温和,之前在赵宁伤重不便时,对她多有照料。但除了一些赵宁不愿拉扯的家常,锦琅也说不出别的什么话来。几番来往,颇有些尴尬,后来也就都不吭声了。

若不是被他们救了,还答应了田牧为他们做这件事,赵宁真不愿长久与他们同路。

此时已近中夜,郢都的街道上已没有了行人。只有雨后的明月散发着淡淡的微光,洒在石板路上。

赵宁缓步行走,不知不觉,竟到了一处熟悉的院落门前。吕氏甲兵铺——五个古金文写就的大字精致端正。

赵宁心头微微一动,沿着院墙转到侧门外。那个奇怪的工匠,此时该已睡下了吧。也不知小狐狸的伤怎么样了,今夜有没有东西吃。

她正想着，墙内突然传来了一声清脆的陶罐破裂声。紧接着，一声懒洋洋的低叱声响起："阿靖……"

　　赵宁一时兴起，四面看了看，后退一步轻轻跃起，悄无声息地翻进了院子。

　　整个后院静悄悄的，看不见一星烛火。屠嘉的房门虚掩着，留了一条一拳宽的缝隙。

　　赵宁轻手轻脚地走过去，想挨着窗户听听动静。谁知才刚到门前，一道白光突然"嗖"地一下破门而出，直直撞进了她怀里。

　　"阿靖……"赵宁搂住毛茸茸的小狐，忍不住低唤出声。这样的迎接方式实在让她感到意外，却也让她感到无比的温暖。

　　"是赵姑娘？"屋内，一个含混不清的男子声音道。

　　赵宁见躲避不得，便应声推门进屋。然而抬眼一看，却愣住了。

　　屠嘉随意地坐在地上，背靠着墙壁。他身边堆放着七八个陶罍，手上还拿着一个。月光透过大窗洒进屋里，他的身体却整个隐没在阴影中，让人看不分明。

　　"一个人在喝闷酒？"赵宁惊讶道。

　　黑暗中，屠嘉扯了扯嘴角，没有答话。过了良久，他才微微一哂："你怎么来了，有事？"

　　"没有。"赵宁抿了下嘴，"恰巧路过，听见有动静，便想来看看阿靖。"

　　屠嘉笑了笑，淡淡说了句"多谢费心"，神情却是落寞至极。

　　"怎么了？"赵宁觉出不对，走到屠嘉近前，皱眉道，"喝了这么多？"

　　"没事。"屠嘉勉强应道，"突然嘴馋而已。"

　　赵宁转头去看房中情形。铁砧上放着一个半成的弩机，各式工具都收拾得妥妥帖帖。小狐右爪上虽然还绑着木条，却显然已恢复了精神。唯一有异样的，就是屠嘉。

　　她刚想追问，屠嘉忽然直起了身子，讶然道："你怎么了？为何一身血气？又受了伤？"他声音急促，连连发问，边说边手一撑地站了起来，想要找火烛点灯。

　　"我没事，不必点灯！有人在找我。"赵宁急忙阻拦，突然扬眉，"你知道我之前受过伤？"

　　屠嘉动作一僵，顿了顿道："草药味很浓。"

赵宁微微蹙眉，沉默了一会儿，接受了这个解释。

屠嘉看她实在不愿点灯，叹了口气，又颓然坐回了地上："贪夜苦冷，你怎会一人在外？那位田先生呢？"

"抱歉。"赵宁顿了顿，没有回答屠嘉的问题，只低下头，沉声道，"其实，伤了阿靖的人，是商社的护卫邵云。"

屠嘉没有吭声，不知是喜是怒。

"不过，却不是故意。毕竟……在这里看见一只塞北银狐，实在……有些蹊跷。"赵宁嗓音低落，自己也觉得解释不通，有些赧然。

屠嘉叹了口气，摇了摇头，无奈道："罢了。"

赵宁心中有些沮丧，叹了口气，揽起衣裙，弯膝坐在了屠嘉身边。而小狐这时忽然挣脱了她的手，从她怀里跳下来，三两下就蹦到一个倾倒的陶罍边，伸颈去吃起酒来。

"我早年曾跟老师游历四方，在北燕的战场上捡到了它。"没想到，屠嘉竟自己开口叙说了出来，"那时候，它才只有手掌大小。"

赵宁稍稍怔愣了下。没想到，他竟愿意主动告诉自己。

"我还一直不知道，它名中的静，是哪个字？"赵宁伸手撸了撸小狐颈后的毛。

"靖兵安民的靖。"

赵宁感觉喉头一哽，只觉有一根钉子准准刺中了她的心。忽然想起许多年前，在父亲拿剑硬逼着哥哥离开家加入"黑衣"的时候，她曾哭着问过他为什么。父亲答了八个字："靖兵止戈，除暴安良。"可惜的是，那时候的她一点也不懂。直到现在父兄殉难，国破家亡，她才有一点明白其中的意义。

赵宁吸了口气，整顿情绪，微微笑了笑："所以，屠工师只制甲不制兵，是源于这等理想。"

屠嘉苦笑："我一个落魄工匠，哪配谈什么理想？"

赵宁摇摇头："这却是屠工师自轻了。"

屠嘉一哂，摇了摇头，仰头将坛中剩酒一股脑全部灌进口中。

"屠工师！"赵宁皱起眉，转身按住了他的手臂，"你是遇上什么事了？为何突然如此自伤？说来我听，或许能帮上些忙。"

屠嘉抬头看向赵宁，一双眸子好似蒙着一层雾气。他神色有几分颓丧，却也有几分认真。深深盯着赵宁的眼睛看了良久,仿佛几次下决心想开口说些什么,终于还是缓缓摇了摇头。

"算了。"他拿起陶罍,仰头又灌了一口,"朝聚暮散,何缘交心?陈年旧事,不提也罢。"

赵宁的心头忽然一刺。他这样的人,应是也经历过许多的故事吧。不然以他之能,怎么会甘愿窝在这么个脏乱的小作坊里,日夜与金铁炉火为伴?

赵宁叹了口气,干脆伸手拿过了近旁一个陶罍:"既然如此,今夜小妹便陪你一醉吧!纵使朝聚暮散,也不枉相逢一场。"她说罢,也不等屠嘉答话,便抱起陶罍仰头灌下。

屠嘉也不阻她,直到她被烈酒呛得连连咳嗽,才笑着摇头抢下了陶罍。

"这是什么酒?竟这么辣!"赵宁一边擦着眼泪一边问道。

"老凤酒。"屠嘉将陶罍放回地上,压在手掌下。

"秦国的酒?"赵宁讶然道,心中陡然一紧。

屠嘉点了点头,笑道:"这世上,除了赵酒,也就只有老凤酒醉得了我了。"

赵宁一时语塞,不知该说些什么。

"离开郢都之后,你们要去哪里?"屠嘉忽然问道。

"秦国。"赵宁答道。

"去秦国做什么?"

赵宁沉默了下道:"商队,自然是做生意。"

屠嘉闻言,叹了口气不再发问。

"怎么?"赵宁皱眉。

"天下至大,何必要去秦国?"屠嘉苦苦一笑,"从虎狼口中夺食,很有趣吗?"

赵宁眉梢一挑:"你,也恨秦国?"

屠嘉愣了一瞬,拿起陶罍又仰头灌下一口,继而道:"岂能不恨?长平一战,天下男儿枉死近半。还有比这更可恨的么?"

赵宁胸口陡然涌起一阵热流,逼得她眼泪几乎夺眶而出。在异国他乡,能遇见一个与自己感同身受之人,何其难也。赵宁想起老掌柜所说,他是韩国宜阳人,为避战火逃难至此。她突然心头一痛,嗓音有些颤抖:"你可也是在长平之战中……失去了亲人?"

没想到屠嘉却摇了摇头。

赵宁心头一沉。

然而接下来，屠嘉却哑声道："我早已没有亲人在世了。"

一瞬间，赵宁的心又揪了起来。原来，他也是如此。失去一切、孤身飘零，所能做的只不过是在这样的夜晚里安静地喝酒，独自面对痛苦的往昔。

屠嘉叹了口气，摇摇头，又拿起了陶罍。

赵宁突然直起腰，一把抓住了他的手腕："别再喝了。你到底为何要这样？"

屠嘉一愣，转头认真地看向赵宁的眼睛。赵宁稳稳擒着他手腕，不再退让半分。

僵持了一刻，屠嘉终是长长叹了一口气，转开了目光，颓然放下了陶罍。

"你让我想起一个人。"他靠回墙上，声音沉静而冰冷，"你们的眼睛很像，如同一个模子刻出来的。"

赵宁略有些惊讶。她有一半的胡人血统，眼睛随了母亲，并非黑色，而是蜜蜡般的略带金色的浅褐。这在当世本是少见。

"她……现在在哪里？"赵宁听到自己的声音有些干涩。

"再也见不到了。"屠嘉淡淡地应道。

赵宁鼻尖一酸，眼角忽地溢出了点点泪水。

"你是怎么受的伤？"屠嘉忽然问道，"看上去是箭伤？"

赵宁稍稍有些讶异。但转念一想，屠嘉多年浸淫兵甲之道，能看出来因何致伤，倒也正常。

"我是赵国人，名叫赵宁。"她叹了口气，"来楚之前，曾在邯郸城外，刺杀秦军主将。"她遗憾地一哂，"却没成功。"

屠嘉皱起了眉："你一个人？"

赵宁点了下头："幸好，为田氏所救。"

屠嘉没有说话。

"我只是想进城去，看看杜阿婆。"赵宁垂下眉，心中又被怅惘填满了，"三年了，也不知道她……还活着么。"

屠嘉深深叹了口气。

"杜阿婆家在我家斜对面，本也是个望族。"赵宁续道，"我父亲常年不在家，母亲早亡，从小我和哥哥便喜欢去杜阿婆家蹭饭，跟几个叔伯练功踢球，跟几个哥哥打架斗殴。杜阿婆有五个儿子，三个孙子。可是，自从秦国移兵上党，赵国举国征兵，杜家所有男丁都入了军。"她顿了顿，"然后，接连战死，一个不剩。"

清冷的话音落地，屠嘉依旧没有说话，端起陶罍，喝了一大口。

"而她最后一个尚未出世的重孙，在长平杀降的消息传回邯郸的当天因母亲早产，母子俱亡。"说到最后四字，赵宁的喉头终于忍不住哽了一下。

"砰"的一声，屠嘉手里的陶罍竟在地上磕碎了，酒液四溢。

赵宁不想再说话了。在这个战火纷争的世道下，最不缺的，就是这样国破家亡、妻离子散的故事。

屠嘉是如此，她自己的命运也一样——那些最亲的人，最好的朋友，都一个接一个地被这个乱世杀死。轻如鸿毛，毫无意义。

不知过了多久，突然，一阵低沉的、断断续续的歌声从耳边传来。赵宁转头，只见屠嘉轻敲着破碎的陶罍边缘，轻轻吟唱，目光迷离。

"白云在天，丘陵自出。道里悠远，山川间之……"是一首古曲，名作《白云谣》。

赵宁不禁怦然神往。传说当年穆王西征至昆仑时，西王母出迎，邀穆王赴瑶池之宴，穆王作歌以答。古老的歌谣，曲调幽眇，词意旷达。说的虽是离合生死，却毫无避讳和矫饰，分外直白磊落。

"道里悠远，山川间之。将子无死，尚复能来。"

屠嘉声音不大，唱得也不好。但是最后的八个字落入耳中，赵宁却眼眶一热，终于滚下泪来。

"将子无死，尚复能来。"他是在对那个再也见不到了的人说么？还是，他其实在对她说，希望她好好地活下去，可以在今后的某天，再次来到这里，与他相见？

然而，道里悠远，山川间之。在这样的一个乱世里，相见容易，再见却是太难了。

第三章

今我来思

赵宁在迷迷糊糊中闻到了一阵浓浓的药香，终于慢慢清醒过来，皱着眉睁开了眼。

天光已亮。

"醒了？"清和的男子声音适时响起，"先吃粥，再喝药。"

赵宁猛地反应过来，自己竟蜷在屠嘉的席上，身上盖着厚厚的被子。她赶紧掀被坐起，看着端着陶碗起身走近的清瘦男子，眼中滑过一丝警惕。

屠嘉却神色如常，手中陶碗里盛着大半碗粟米粥。

他今日穿了一身洗得发白的蓝色窄袖布衫，仍是散发无冠的洒脱模样，满脸髭须却似整齐了许多，袖口也不再沾满污迹。

赵宁一闻到清甜的粥香，腹中立刻发出响亮的一声"咕"。她脸上一红，赶忙把陶碗接了过来："多谢了。"

屠嘉笑了笑没有说话，又回到小炉边熬煮草药。小狐阿靖不在，那些横七竖八的陶罍也都已消失得干干净净——昨夜的一切，好像从未发生过。

"现在是什么时辰了？"赵宁一面喝粥，一面扭头看向窗外。粟米粥不凉不烫，入口极是清香顺滑。

"快到午时了。"屠嘉应道。

赵宁心中微急。她孤身在外一夜未归，田牧该要把郢都翻个底朝天了。

屠嘉见她吃完粥，将药汁从罐中斟出。浓烈的气味霎时又漫溢过来。

赵宁一皱眉，缩起了两膝，迟疑拒道："我……不打紧，药就不必了。"

"何必逞强？"屠嘉端回陶碗，递上药汁，"你昨晚烧了一夜，还咳了两次血。要陪我喝酒，也不用把命搭上。"

赵宁微微皱起眉，脸上又是一红，接过了药碗。

她昨夜强自喝了小半坛酒，很快便醉得不省人事。模糊间只觉自己被屠嘉抱到了榻上。一夜头痛欲裂，气血翻涌，噩梦缠身，却怎么都醒不过来。

听屠嘉的意思，竟是他守在席边，彻夜照料。

"这是什么药？"赵宁凑近闻了一下，鼻中尽是清苦。

"治你内腑之伤的。"屠嘉转身，又拿过来一个小瓷罐和一叠干净朴素的女式楚服，放在赵宁身边，"这是外伤药膏，你自行涂上吧。我去跟掌柜告个假，送你回商社。"

赵宁抬眼看他，没有说话。

屠嘉恍然一笑："放心，我岂敢胡来？自是清早去寻医家开的。"他捻起旁边案上的抹布擦了下手，转身便向门外走去，小心地扣上了木门。

赵宁呼出口气，松下心来。看看手中的药汁，她心一横，张口喝了下去。

昨日的小雨过后，郢都终于迎来了这年的第一日春光。赵宁裹着长袍，跟在屠嘉身后慢步而行。午时的阳光洒在石板路上，反射出点点金色的光晕。落在眼里，好似把整个人都漾得慵懒了。

天气好，街上的行人也多了起来。熙攘叫卖，寒暄招呼，各式楚音涌入耳朵，让赵宁心情恬适之余，又有了些伤怀和感叹。

或许这就是屠嘉要留在楚国的原因吧。没有战火，也没有人关心他的过去，可以这样平凡而孤独地活下去。

走过了小半座城，屠嘉停下了脚步。前面再转一个弯，便是田氏商社的大门了。

"我会送你进去。"他转身看向赵宁，"正好，弩机的事，我要跟田少东交代几句。"

"嗯，好。"赵宁点点头。

"只是……"屠嘉面上流露出些许为难，"昨夜你我所说之事……"

"我不会告诉他们。"赵宁立刻明白了，许诺道。

两人继续向商社走去，刚刚进门，便看见田牧在通报执事的引领下向他们大步奔来。

"阿宁，你可回来了！"他大声喊道，目光一转，"咦？竟是屠工师？"

赵宁点了点头，解释道："昨晚回城路上遭到暗袭，多亏了屠工师收留照顾。"

"噢，竟是这样！"田牧看向屠嘉，眼角微微一眯，换了一副笑颜，"那可多谢屠工师了!来,进去坐坐,用过晡食[1]再走!"

屠嘉没有应答,只微微点了下头,便顺着田牧的意,跟在执事后面向院内走去。

赵宁见状,也迈步跟上。但不知怎地,总觉气氛有些微妙。

她转头去看,发现院子的墙边角落竟安排了不少全副武装的守卫。还没走出几步,商社的大门已在他们身后"喀"的一声闭合,落上了闩。

"怎么了,邵云不在?"赵宁皱起眉,低声向走在旁边的田牧问道。

"在。"田牧简单答道,"但顾不了这边。"他顿了顿,"等一下,可能需要你去帮忙。"

赵宁"嗯"了一声,心知多是为应侯夫人的事,也不便此时多说。几人收了话语,脱下鞋履,一同进入堂屋。

堂上的人不多,都是一路由赵入楚的商社人员,在窗边门口分散守着。大中午的,门窗却都关得严严实实,确是一幅隐秘景象。

席间的膳食皆已提前备好。田牧礼数周到地指引屠嘉和赵宁入座,自坐了主位。锦琅也在,她遣走了领路的执事,亲自侍立在侧。

"昨夜,麻烦屠工师了。"田牧微笑道,向屠嘉做了个"请用"的手势,"不知连弩之事,可顺利否?"

屠嘉面上表情很淡:"图是假的。弩做不了。"

"啊?"田牧大惊失色。赵宁也睁大了双眼。

屠嘉从怀中取出两件物事,一件是图稿,一件是半成的弩机,交给款款走近的锦琅:"若没猜错,此图出自两人之手。除了机心部分,弓身、弩臂、望山、悬刀,都是后来硬凑上去的,有人着将之伪装成一副连弩。"

田牧挑了下眉,从锦琅手中接过东西,没有想好如何接话。

赵宁皱眉看着他,并不知道其中缘故。

"田少东若真的想做。"屠嘉清朗的目光直落在田牧身上,"不如直言。"

听闻此言,田牧把两件东西扔在一旁,抬起头来。他看了看屠嘉,又转头看向赵宁,深吸了口气,问道:"阿宁,依你之见,我田氏一族,是否可与屠工师……性命相托?"

赵宁心中一凛,脸色微变。这是极其关键的一问,也是昨日离开甲兵

---

[1] 古人一日两餐,晡食约在下午三点到五点。

铺时田牧托付给她,而她答应下来的。

当时不觉得是件大事,而到此时,她才反应过来,感到有些后悔。她明白了方才进商社时的微妙感觉意味着什么了。这些严阵以待的护卫,紧闭的商社大门,都将是用来锁住那个秘密的武器。

而对于屠嘉这个工匠,是否卷入秘事或是否被无辜伤及,结局就在她此时的一语之间。

"阿宁?"田牧看她沉吟神游,皱眉追问道。

赵宁回过神,深深地吸了口气。

"我相信屠工师。"她一字一字地道,转过头看向屠嘉,"但是,是否加入,全看屠工师自己的意思。我等绝不勉强,也绝不为难。若有谁放肆……"她拖长了音,转头看向田牧,"便是与我赵宁为敌。"

田牧眉心迥然一皱,与赵宁的目光相撞,竟流露出一抹慌乱。

厅中的气氛陡然凝滞。一时间,三人各怀心事,都不知如何再次开口。

过了好一会儿,屠嘉叹了口气,哂然一笑,放松了下来。

"好吧。"他伸展了一下手臂,去拿案上的陶杯,"无非是换个东家。反正我做甲也做厌了,跟着你们,还能给阿靖多挣几斤肉钱。"

"屠大哥,你可想好了?"赵宁一听,立刻有些着急了。他莫不是没发现事情凶险?

屠嘉却不看她,自顾将陶杯托起,向田牧遥遥一敬,仰头一饮而尽。

田牧咬着牙关,又看了一眼赵宁,终于深吸了口气,从怀中取出一个铜管,交给身边的锦琅。

屠嘉放下陶杯,接过铜管。正过来倒过去看了两圈,手指一旋一拉,机括便"砰"地弹开,露出内里米白色的绢帛。

赵宁有些好奇,推案起身,走到屠嘉身侧。

这张图稿,比先前那张要大得多。然而线条之细密,比弩机图有过之而无不及。图分了几个部分,机心是单独一块,其余部件分列周围,最后一部分是组装图,看去像是一件臂甲。图纸的最下方是两个古金文的小字:鱼渊!

昨日根据田牧听到屠嘉提及"鱼渊"时的反应,赵宁已隐隐有些猜到他们寻访工匠是为复刻这件墨家的刺杀神器。但看到这实实在在的图稿时,她还是心神为之撼动。

传说中的"鱼渊"细小轻薄，可藏于袖内，与袭衣接合无痕，极难查出。待到行刺之时，只需轻轻一拨机括，七枚连珠暗器便可如风雷电闪般激射而出，射程可达三十步而力道不减。若无防备，哪怕是武艺天下第一，也绝难躲开。

赵宁猛地攥紧了手心。直到此刻，她才真正感觉到了那个"弑神"计划的真实面目。在不久的以后，她将戴上这片臂甲，潜入秦国，混进那个让整个天下陷入战火的男人的府邸，亲手将利刃送进他的喉咙！

"啪"的一声，屠嘉忽然把那张图稿连同铜管摔在了地上。

"你们要刺秦？"他皱起眉头，转头看向赵宁，眼神里竟有一丝惧色，"杀谁？"

赵宁平静地看着他，清楚地吐出四个字："'战神'白起。"

屠嘉的眼神猛地移开，又望向了地上的图稿。

秦国武安君白起，能止小儿夜哭的"人屠"，平生百战无一败的"战神"，长平屠尽赵国二十万降卒、一沙场杀尽百万人的杀人狂魔！

从三十年前封大良造，数月之间连下魏国六十一邑开始，放眼中原，想杀他、去杀他的人，多如过江之鲫。然而，从未有人活着回来过。甚至，没有人传回过任何消息。

"南邓、北姜、东蛟、西屠。"屠嘉念道，轻轻摇头苦笑，"你们……当真知道白起的实力吗？"

赵宁抬头，跟田牧对望了一眼。

田牧突然推案，挺身长跪，拱手对着屠嘉一揖到地："请先生助我！"

屠嘉缓缓把目光从图稿上移至田牧身上，定定地望着，良久，终于长长地叹了口气。

"好吧。"他又俯下身，把那图稿拿起，细细卷好塞回了铜管里，"首先，我需要一段'裂天弓'上的'龙筋'。"

把屠嘉送到安排好的住处，赵宁便依田牧的要求，来找那间角落里的僻静房间。

刚拐过连廊最后的一个弯，赵宁便看见邵云翘着腿坐在栏杆上，两手抱在胸前，目光呆滞地对着房门出神。

房门内传来女人的叫骂声，凶悍至极。每隔一会儿就有叮叮咣咣的打砸声,也不知是出了什么事情。

听到脚步声,邵云转过脸来,神色露出点讶然:"你回来了。哟,这穿的什么啊?"

赵宁仍穿着早上从屠嘉处回来时的那件粗布楚服。刚才田牧让她去换,她也懒得折腾,只回房简单擦把脸便又出来了。

"你管这么多?"她白了邵云一眼,指了一下房门问,"什么情况?"

"唉!"邵云立刻变了一副苦瓜脸,"我真是没见过,竟然有这么难搞的女人……"

他把腿放下来,一只手抵在额头上:"自从她醒来,就一刻没停。谁进去骂谁,完全没法沟通。少东、我、锦琅,已经全部被打败。她一句完整的话都没说过。这会儿锦琅又进去了,估计也撑不了太久。"

赵宁不知为何,觉得有点好笑:"那就不理她呗!还赶着进去找骂?"

"不理她也不行!"邵云续道,"我们人只要一出来,她马上疯狂喊'救命',嗓门大到瓦片要被震下来了。再说,'萤火'已经盯上我们了,这样带着她跑肯定不行。怕是只有照少东的主意办。"

"怎么办?"赵宁皱眉。

"最好,当然是能说服她加入我们。"邵云挠了挠头,"不成的话,最不济也要让她答应留在楚国,帮春申君合纵救赵,不再回秦。我们也不想费那么大的力气把她掳回来,最后还是得杀了。"

就在这时,房门一响,锦琅倒退着出来了,发髻都已散乱。果然,就在她迈出门槛的那一刻,惊天动地的"救命啊……"响了起来。

"哎呀,赵姑娘,你来了。"锦琅的脸上显示出从未有过的憔悴,"辛苦你去试试吧。你是赵国人,说不定她见了你,能像那屠工师一样,动动恻隐之心。"

听她这么说,赵宁叹了口气,应了下来:"那……好吧。"

锦琅屈了下膝,快步走了。

"快点快点!"邵云恨不得伸手去推赵宁,"我反正受不了了。再等等,我肯定进去掐死她,谁劝都不行!"

赵宁懒得看他,向前走了几步,推门而入。

"滚!别来烦我……"嘶哑的吼叫声立刻激得赵宁耳膜一痛。

赵宁反身关好门,然后转过身去。而出乎她意料的是,当她看清了被锁链锁在床上的红衣女子的脸时,忽然浑身的血液都被挤到了头顶心。

55

"阿桥？"她惊叫失声，"怎么是你！"

房门外，邵云惊得从栏杆上一个筋斗跳了起来。这应侯夫人与赵宁竟是旧识？

他靠近几步，附耳在门上，皱着眉听了片刻，然后一咬牙，大步跨过栏杆急急跑开。

屋内，赵宁有些站立不住，扶着床边的案书跌坐下来。红衣女子也惊讶得怔住了，终于闭上了嘴。

这是间狭窄的旧库房，昏暗潮湿，窗子上还盖了厚厚的布帘，只有极其微弱的光线从边缝里漏进来。靠着墙有张临时搬进来的卧床，前面放着一张比例不太协调的大书案，上面杯盘狼藉——盛的都是些珍馐佳肴，可没一碟是完整的样子。

赵宁盯着那浓眉秀目、下颌尖俏的红衣女子，感觉喉咙像是被掐住了。这位应侯夫人，竟然是她儿时在邯郸最好的玩伴，姬雨桥！

"你怎么会跟他们混在一起，你哥呢？"过了片刻，姬雨桥先开口问道，嗓音嘶哑得像要破了。

赵宁心中一刺，咬住牙关，冷笑道："你说呢？"

姬雨桥脸色一变，皱起眉，转开了视线，语气也冲了起来："呵！若不是你们当年扔下我，我能遇上春申君？还能去秦国嫁给范雎做妾？还真要谢谢你们了。现在，我这秦国人做得还真舒坦得紧！"

"你……"赵宁陡然气急，血气一冲，眼前登时黑了一下。

八年之前，哥哥和她带着阿桥一起出逃到了楚国，终于被父亲派的"黑衣"追上。他们兄妹俩拼了命掩护阿桥逃脱，自己二人却被父亲捉回去，打得半死。从那以后，哥哥便被父亲强行收编进"黑衣"，除了出征长平的前一天，再也没有回家吃过一次饭，过过一次夜。

而姬雨桥竟然以为，她是被他们毫无代价地扔下的！一瞬间，赵宁觉得所有的言语，都失去了意义。

她始终记得，她一个人是怎样全身是伤地被丢在家里，差点死掉的。

那天没有下雨，风却刮得异常邪乎，野兽一样地在院子里嘶吼着，把每一扇门窗都震得乱响。他们家宅子很大，却没有下人。她独自趴在床上，不知烧昏过去多少次，后背上的血渍把被子都穿透了。床的对面有一扇小窗，她便抬头看着窗外亮了又暗，暗了又亮，慢慢地相信了——不会有人来救她，像他们去救阿桥那样。

所以，最后她自己爬了起来。

"原来，你竟是这样想的。"良久以后，赵宁压下了翻腾的气血，悲伤地苦笑了一下，"倒是我哥自作多情了。"

听到这句，姬雨桥的嘴动了一下，却没说出话来。

赵宁摇摇头，也移开了目光，不再看她。

当年，还是哥哥先发现，她的这个玩伴阿桥一直在受虐待。

阿桥五岁的时候跟爷爷一起来到邯郸，住在杜阿婆家后门边上的一座矮房里，生活很是拮据。阿桥生得冰雪可爱，她爷爷却粗俗凶恶，酗酒嗜赌，常常一点小事便对阿桥破口大骂，拳脚相加。所以后来，当阿桥拿出一方小小的玉印给她看，告诉赵宁其实她并非爷爷亲孙女，大名叫姬雨桥时，她一点都不意外。

但没想到的是，当她们慢慢长大，从吵闹的小女孩变成美丽的豆蔻少女时，世界对她们的恶意，也悄然增大了。

某日，哥哥和她在杜阿婆家玩后回家，看见阿桥一个人蹲在墙角的阴影里发呆，神情少有的可怜。赵宁走过去拉她起来，哥哥猛地发现，她身上的伤痕除了乌青，还多了些不该有的东西。

哥哥的神情一下子变得愤怒，却没有说破，也没有告诉赵宁，只留了心默默地观察，一有机会就往阿桥家跑。终于到了那天，他看见喝醉了酒的爷爷带了个同样醉醺醺的男人回家。

哥哥没法再忍了，回家拿了把刀，冲进阿桥家去。一刀捅进爷爷肚子里，一刀砍在男人的脊梁骨上。"咔嚓"几声，鲜血四溅。然后便是逃亡——他本没想带赵宁，赵宁却偏要跟去。

那一年，哥哥十五岁，她十二岁，阿桥十三岁。

八年的岁月转瞬即逝，哥哥早已归于黄土，尸骨无存。而她和阿桥的再见，竟是这般无情与荒诞。

良久，姬雨桥叹了口气，挪动了一下身子，脚上的铁链哐啷一响。

"宸哥何时死的？"她眼睛微红，嗓音还是分外嘶哑。

赵宁咬了下牙关，不想说，却最终还是道了两字："长平。"

"三年了。"姬雨桥又叹了口气，顿了顿，"我也是那时，嫁到秦国去的。"

赵宁没有说话,心中却又是一阵气愤和酸楚。

"你还记得我给你看的那个玉印吧?"姬雨桥续道,"那不是个寻常的玩具。"她顿了顿,"姬姓,是中山国王室之姓。我,其实是中山王尚的孙女,中山国的最后一个公主。死在宸哥刀下的路爷爷,本是护着我爹逃亡的护卫。"

赵宁讶然,睁大眼转头看她。

姬雨桥神情有些微妙,嘴角带了一丝笑,似苦似嘲。

"若非如此,我独自一人在楚国流浪三年,也不可能平白受到春申君的青眼,还去嫁了秦国丞相。"

听她第三次提及嫁给秦国范雎,赵宁终于压不住怒火了。她就这般引以为傲?那她哥哥算什么!赵宁抬起手臂,伸到颈后,把一直贴身带着的那块哥哥的遗物一把扯了下来。

"你气甚?"姬雨桥眉梢一扬,"你可忘了,中山国是被谁灭的?"

赵宁的动作猛然僵住。一道裂缝在她心中悄然出现。她当然知道——惠文王四年,赵灭中山。而在此之前,长达近百年的争斗,仇恨早也深深地种进了两国国民的心里,不会轻易解脱。

"呵。"姬雨桥冷笑道,面上忽地显现出一股狰狞,"赵灭得中山,秦便灭不得赵?你们赵国人,便比其他人都金贵?"

赵宁遽然语塞,捏着那块扯下的硬物,心潮翻涌,不知所措。

姬雨桥也不说话了,低下头,紧紧咬着牙关。或许也是觉得在此时局之下,自己这话说得有些过分。

过了良久,赵宁终于动了一下。

"所以,"她叹了口气,轻声道,"你是绝无可能帮我们了。"

最后的话出口,她鼻尖一酸,几乎掉下泪来。她赶紧伸手去擦,手心一松,攥着的那块硬物滚落了下来,"哒"地掉在了地上。她本能地去捡,手伸到一半,却又僵住,然后缩了回来。

"罢了。"她惨然一笑,扶着旁边的桌案,缓缓站了起来,"反正他已经死了,不会再伤心。仇恨难消,便难消吧!"

姬雨桥把目光转到地上那块硬物上,忽然面色大变,"噌"地从床上起来,手脚并用地爬过去捡起。

是一块雨花石,钻了一个穿绳的小孔,上面还有赵宁的体温。

"他……他……一直留着？"姬雨桥不敢置信，脸上的悲戚越来越浓。

"这是我找到的他唯一的遗物。"赵宁缓声道，"他至死都戴着，从与你分别那天起，就从未离过身。"

姬雨桥捏着那块石头，用两手抵住了额头。那是他们逃亡路上，在某条说不出名字的大河边捡的。他们各捡了一枚，赠给对方，以为定情之物。赵宁也来凑热闹，却捡得太丑，被他们悄悄扔了。

"我知道他说过，绝不离开你。"赵宁有些哽咽，"我也常常后悔自己没有听他的话，回去拖住父亲。"

她有些说不下去，而姬雨桥已情绪崩溃，呜呜哭了起来。

"可是……他虽然做不到，却终其一生，从未忘记。"说到这，赵宁的嗓音陡然抬高，"而你呢？这些年，你在楚国，在春申君那儿，又或是在你那应侯府里的时候，可曾想过我们？"说完，赵宁也再坚持不住，背过身，泪如雨下。

"别说了！赵宁你别说了！"姬雨桥突然嘶吼起来，一抬头，整张脸都是泪水。

"你以为，秦军长平大捷之后，白起为何没有一鼓作气杀往邯郸，乘势吞灭赵国？"姬雨桥睁大了眼，眼中泪水将倾，再次变得气势逼人。

赵宁愣了一愣。当时的情形确实有些蹊跷。赵国几乎所有的成年男儿都死在了长平，全天下都以为，只需数月，赵国便将不复存在。可就在那百年难遇的战机出现时，秦国自己竟偏巧出现了裂隙。应侯范雎恐武安君白起功高，在秦王面前以秦兵疲惫、急待休养为由，请求允许韩、赵割地求和。秦王允了，连连发令召白起罢兵。听姬雨桥的意思，原来是她在其中起了作用吗？

"天下人都以为，苏代三言两语就劝动了应侯，与武安君争权而生嫌隙。"姬雨桥脸上尽是嘲讽，"却不知，是我，在他门前跪了三天三夜！"

赵宁陡然间泪涌："阿桥……"

"赵国是如何待我的，你心里清楚。唯一让我惦念的，只有宸哥和你两人罢了。"姬雨桥抬手擦干了脸上的泪，平复了情绪，"而事到如今，也没有什么别的挂念了。让我再倾身救赵，绝无可能。"

这话说得斩钉截铁，分外明了。赵宁点点头，知道大势已定。这位"春申君的妹妹"，并不是他们能够争取到的盟友。而接下来，田牧会如何待她，还是未知之数。

赵宁叹了口气,点了点头,也抬手擦去了眼泪,准备告辞离开。

而就在这时,姬雨桥突然话音一转,站起身来:"但是,为宸哥复仇,我能做。"她抬起手,将那块雨花石系在自己颈上,贴身放好,"如果你们是要杀白起,那我加入。"

听到这一句,房门外附耳倾听的田牧终于呼了口气,摆了摆手,让对面房檐上的邵云收了弓。

一个时辰后,在隔壁卧房,姬雨桥一边吃菜喝酒,一边听田牧掰扯他的入秦计划,时不时停下丢出一两句"行"或"不行"。

这间房位置也很隐秘,却收拾得干净整洁。姬雨桥的脚镣已被除去,衣服也换过了,除了面色还有些憔悴,基本已恢复了原本明亮动人的模样。

赵宁却有些委顿,靠在门边,头隐隐作痛,一个字都没听进去。

田牧和姬雨桥在说的似乎是进入秦国的手续文牒、关卡布防之类的繁杂琐事。不像楚国,秦国对国民的盘查很是严苛,照身通牒每过一城都要查验,商旅货资也要细致检查。尤其是国都咸阳,想要入城,目的为何、访客为谁、在何处停留、停留几日,全都要仔细上报,核验无误才能通行。此类林林总总,细碎繁杂。

赵宁昨夜醉酒,伤势又有些复发,折腾了大半天实在疲累。此时听他们交谈融洽,说定下一步去魏国都城大梁,便想起身告辞先回去休息。

谁知就在这时,忽然一阵风过,房门"哗"地一下被吹开了。

赵宁霍地转头,只见灰色的门帘在风里不停地抖动飘扬。光线从一开一合的缝隙里漏进来,地上的影子忽明忽暗,像是在被什么东西撕扯着,却无处可逃。

赵宁眉心一皱。她记得门外是安插有两个护卫的,此时他们却都悄无声息,不知上哪儿去了。

田牧和姬雨桥也陡然收声,一齐看向门外。

此时,门外忽然传来了轻轻的哭声。

"谁?"田牧喝道,一下子跳了起来。

一阵轻盈却凌乱的脚步声响起,越来越近,直抵门口。

"牧……"怯怯的女子声音传来,带着明显的哭腔,害怕得直发抖。

"锦琅！"田牧惊呼，抬腿便要往门外走。

"别……别出来！"女子尖尖的嗓音陡然拔高。

田牧脚下立时停住，定了定神，对着门口沉声道："是哪路朋友到了？请进来说话！"

然而一句话落，门外却又归于无声，许久都无人应答。田牧素来波澜不惊的脸上终于出现了些许焦躁。

赵宁站起身，手心按住青螭剑。她听到的东西，比田牧只多不少。整个田氏商社，此时已乱成了一锅粥。

田牧深深吸了口气，将手隐入了大袖之中。在这一瞬之间，他身上惯有的飘然潇洒之气已全然消失，取而代之的是愈来愈浓重的肃杀。

他转身看了一下姬雨桥，无声地做了个暗示。

姬雨桥立刻明白过来，丢开手里还未啃完的鸡骨，用油乎乎的手把自己的头发抓乱，衣袖抹脏，然后走到他身前去，转了半圈背对他站着。

"来的可是秦国'萤火'？"田牧手腕轻抖，从袖中亮出了一柄短匕首，架在了姬雨桥脖子上。

门外无人应答，门帘却忽然呼啦啦地一动，几缕呛人的烟气从边缝钻了进来。

外面失火了？哔哔剥剥的声音迅速自正厅四面响起，起先只如虫蚁窸窣，渐渐清晰激越。烟气的暗影映在窗纸上，如鬼怪张牙舞爪。

赵宁屏住呼吸，慢慢拔出了青螭剑，面对着房门站在了两人前面。便在此时，那门帘"嗤"的一声齐根断裂，仿佛被无形的利刃猛然割开！

田牧肩膀一耸，拉着姬雨桥退开了半步。继而便见那帘子卷着冲进来的烟气，呼呼翻飞着落在了地上。

"呜……"轻轻的哭泣声响起，一角暗红色的衣袖终于在门口显现。

赵宁与田牧看着来人慢慢走进屋来，同时抽了一口凉气。

身穿锦绣长裙的娇弱女子一步一颤，精致的妆容已经哭花，一片凄惨，竟是田牧的侍妾锦琅。

她步态迟滞，明显是被人所制，却看不见那挟持之人的身影。只能看见她脖颈中紧紧缠着一圈赤红色的藤索，藤索被向后方斜拉扯着。

田牧色变，却紧紧咬牙，没有出声，也没有上前。

"牧……"锦琅轻轻发声，娇弱得如同被雨打过的残花。

"究竟是何人？我田牧在此，有何事冲我来！挟持女人算什么英雄！"他声音又急又厉，竟是从未有过的气急败坏。

"嘀——"终于，柔和的女声在门外响起，"原来田少东也知道，挟持女人，不算英雄。"

白影一晃，一身麻衣的秀丽女子缓步走进屋来。不出所料，锁在锦琅喉间的赤藤索正稳稳被她捏在手上。

赵宁陡然呼吸一窒。这不正是昨夜追击她的那名女子！

田牧眉心一跳，似也未曾算到，来敌竟是个披麻戴孝的年轻女子。

"原来是红楹姑娘。"他瞬息间敛尽了怒容，"田牧一介商贾，最是无赖，从未想过做什么英雄。"

红楹鼻中"哼"了一下，目光转到赵宁身上，清秀的脸上陡然现出了一丝狠厉。

"话虽如此，田少东身边，竟是人才济济。"红楹道，"我既现身，自然是要以命换命。若你们放了应侯夫人，这位赵姑娘的杀弟之仇，我便下次再报。"

赵宁闻言，冷笑了一声。

田牧也嘴角一抿，露出嘲讽："若说拿我的侍妾换应侯夫人，我还只觉得是红楹姑娘不会做生意，胡乱开价。可赵姑娘乃是绝世剑客，这样谈来，有些离谱了吧？"

红楹听罢，也一声冷笑："伤成这样还让她挡在前面，田少东自称无赖，也是不错。呵，也不妨试试，让她再动一次手，看还能不能活。"

田牧闻言，愣了一下。而仅仅一瞬，他便眼角微微上挑，漾出一个勾人的笑："哪里需要赵姑娘动手？常听云韶说起红楹姑娘，今日一见，果是绝丽非凡。哈，他正在商社里，你方才可见到他了？"

听到这句，红楹表情微微一震。然未有一丝迟滞，她鼻中一声冷笑，接道："田少东未免太小看我红楹。再见邵云，我必杀他无疑。"她将"邵云"二字咬得极重，水灵的杏眼中瞬息腾起了杀伐之气。

"噢？"田牧脸上忽然现出了明显的笑意，"这么一说，他还真就来了。"

红楹却没有动，直视着田牧的眼睛，一分分收紧手中的赤藤索。锦琅立时被扯得痛呼出声。

"师姐。"忽然，清亮的声音在身后响起。

红槛俄然回头，杏眼圆睁。门外缭绕的烟气之中，不知何时出现的皮甲武士已弯弓搭箭，箭尖直指着她的咽喉。

"那不过是个侍妾而已。师姐，你选错人质了吧！"邵云勾勾嘴角，"要换应侯夫人，怎么也该用师姐你自己来换啊！"

赵宁使劲抽着马鞭，掌心的伤口摩擦在坚硬的鞭柄上，一阵阵钻心地疼。马儿飞快地向冒着滚滚浓烟的田氏商社跑去，铁蹄踏在石板路上隆隆作响。

天已经开始暗了，路不太看得清，但商社的方位在火光下十分明显。

一个时辰之前，她才刚刚从这里逃出——与田牧、邵云和锦琅一起。

邵云毫不留情的那一箭终于逼开了红槛，险些将她重伤。而红槛也着实有几分本事，几招便逼开了赵宁和田牧，把姬雨桥夺到手里。

田牧只得趁机救下锦琅，拉着赵宁一起冲了出去。外面，邵云早已备好了车马，打通了出路。

整个商社的六进宅院已是一片火海。这日正好有风，浓烟伴随着火焰节节高升，所过之处尽是焦炭灰烬，分外骇人。

赵宁并未多想，只跟着他们一起撤离险地。然而都已奔出城了，她才恍然想起，她忘记了一个人！

"屠嘉！"她朝着残毁的大门放声高喊，一侧身跃下马来。

商社里有嘈杂的人声，来往奔突救火。赵宁听不到应答，一咬牙便冲进了门去。

前厅已烧得几乎坍塌，看不出原来的形状了。这座齐国商社已在郢都屹立了二十余年，当初搭建，用的都是最好的木料。此时正值初春，雨水丰盛，按理不该那么容易起火。然而这一把火，却是熊熊烈烈，烧得毫不客气。

"屠嘉，你在哪儿？"赵宁一面暗暗心惊，一面焦急地四处乱闯，企图找到一角发白的蓝色旧衫。据邵云说，商社刚现乱象，四周渐渐火起时，他便去那个铁匠房中找过，却没见人影，后来也就顾不上了。

多半是凶多吉少。前厅的木梁不知被做了什么手脚，火势"噌"的一下就蹿上去了，没多久就轰然坍塌。屠嘉刚来半日还不熟悉情况，腿脚又不甚好，只要稍一迷路，十有八九是逃不出去的。

怎么办？赵宁心急火燎，攥得马鞭咯吱作响。她抬起一手掩住口鼻，在废墟之间窜来窜去。浓烟卷过来，熏得她两眼刺痛，直掉眼泪。

"屠嘉,你在哪儿?快回答我!"嘶哑的喊声在院中回荡,却怎么也得不到回应。

就在她喊了千百声、快要放弃的时候,宅子第三进的院子里突然传来了一声尖尖的兽类鸣叫。

"阿靖!"赵宁一个激灵,提着裙角冲了过去。

只见回廊处冒着黑烟的废木堆中,一个圆滚滚的屁股费力地撅在外面,毛茸茸的大尾巴扫来扫去,像是想从废墟中拽什么东西出来。即便沾得一身灰渣,那银亮的毛皮在天光下仍然漂亮得惊人。

"阿靖!"赵宁惊喜得叫了出来。

小狐身子僵了一下,继而敏巧地把头从废墟里拔了出来,一转头,乌溜溜的眼睛对上了赵宁的眼,立刻流露出一股明显的欢悦。

赵宁弯下身,向它伸出手:"你怎么跑来了,屠嘉在这里?"

阿靖发出一声尖细的鸣叫,一扭头又扎进了废木堆里。它前爪上还绑着木条,一跳一跳的甚是艰难。

赵宁心头一动:"是了!定是在这里!"

她站起身,退后几步打量了一下周遭。这原是回廊尽头的一间厢房,大致看来,似乎正是她住的那间客房。比之其他房屋,这里显然火势更加猛烈——房梁整个塌了,被熏得黢黑的瓦片碎了一地,几乎没有一片完整的。难道是屠嘉发现状况之后,急奔过来救她?

"屠嘉,你在吗?"赵宁甩开马鞭,一面大喊出来,一面从旁找了一根烧了一半的长木棍。她一把拽住阿靖的尾巴把它倒拖出来,对着它钻洞的地方开始使劲地刨挖。

还夹带着火星的尘土四下飞扬,瓦片沉重,木棍几下子便折断了。又试了几次,赵宁干脆弃了木棍,顾不上痛惜,直接用青螭剑继续挖下去。

一人一狐直折腾了大半个时辰,眼前的废木堆才轰地倒塌,露出了一个黑洞洞的房间的角落。

阿靖发出一声欢鸣,跳着脚呼地便蹿了进去。

赵宁确认了一下周遭暂无坍塌危险,也提着裙角低头迈入。一抬眼,她便看见了颓然靠在墙角下的人。

"屠嘉……"赵宁声音颤抖得厉害,心脏前所未有的酸胀难耐。

屠嘉闭着眼,脸色青白如死人,伤腿勉强伸直,另一腿弯着膝。他浑身都是泥迹，衣衫上被划破了十数道口子，几乎每道都有血迹渗出来。搁在膝头的手臂上也是擦伤累累，还有数块不小的淤青。

阿靖在他怀中呜咽着，一面身子乱拱，一面咬着他的袖子来回扯着，试图把他唤醒。

赵宁赶忙擦了下脸，俯身跪坐在屠嘉身旁，握住了他冰凉的手腕。细流一般柔和的内劲从他的脉门注入。赵宁凝神静气，心头忽然一惊。屠嘉的经脉，怎么竟如此寒冷淤塞？仿佛是被人以重手锁住了浑身要穴！

是邵云！赵宁怒火陡升，继而一咬牙，慢慢运足了十成的功力。

绵长而修劲的真气渐渐充盈，接二连三地冲开了屠嘉穴位上的阻塞。然而，才刚刚到一半，气脉的走势突然一变。

这是什么锁脉手法？真气一旦要逼近穴位、冲开阻塞，气脉便波动摇摆，浑不着力，仿佛是用针穿线，倒转逆施。

赵宁渐渐有些力疲，心急如焚。所幸的是，屠嘉闷青的脸色竟已开始好转。不多时，他皱着眉，眼睫毛跳了跳，慢慢醒了过来。

"赵姑娘……"他轻唤了一声，声音嘶哑而微弱。

赵宁解不开穴道，只得调息收手。看着屠嘉虚弱的面容，她不由鼻尖一酸："抱歉。"

"你，没事么？"屠嘉神色疲惫，却是一睁眼便忙不迭地问她的安危。看到她无恙，他立刻又不好意思地勉强一笑，轻声道："我没事。多谢你了。"

"邵云锁脉手法奇异，我一时无法解开，只能等等看了。"赵宁有些悻悻。

屠嘉微微眯起眼，苦笑了一下，摇了摇头："没关系。我要取他'裂天弓'上的筋弦，他不信我，也属正常。"

赵宁"嗯"了一声，还是有些忧虑。

屠嘉无声地笑了笑，伸手在她肩头拍了拍："你不必多想，我应付得了。"

赵宁点点头，看着他温和的目光，忽觉心底好像有一块地方被触动了。然而，就在这时，四周的废墟忽然震动。阿靖悚然一惊，从屠嘉怀中跳了下来。

"先离开这儿！"赵宁回过神，立刻手臂上移，扶起了屠嘉。

出乎意料，屠嘉并不像她所想的那样虚弱而笨重，很快便扶着残损的墙垣站了起来，微微摇晃地随她走出去。

院中仍然黑烟缭绕，二人走不了几步便被废墟和瓦片阻了去路。幸好有一只聪明得仿佛成了精的阿靖带路，他们虽也费了不少气力，终还是在半个时辰后远远望见了商社将倾的大门。

赵宁心中一喜，托着屠嘉的臂膀便欲加快脚步。然而就在这时，她忽然发觉有什么不对劲！

好像太顺利了些？从她孤身折返，到在商社的废墟里来回奔走呼喊，再到挖掘救人，整个过程中，竟然没有看见一个人影，也没有遇到任何阻碍。可是她进门的时候，明明听到了院中有人奔走救火的声音！现在，四周竟是一片死寂——除了几声残余的火星爆裂，将气氛衬托得更加诡异。

赵宁眉心紧了紧。那个叫做"萤火"的组织正想杀她，能在眨眼间将整个田氏商社端掉，怎么会轻易漏掉她？

"走！"赵宁心一横，加大了托屠嘉的力量。无论如何，止步于此，无异于坐以待毙。

屠嘉没有说话，只浑身紧绷，努力跟着赵宁的步伐。他的右腿其实跛得并不厉害，快步之下更看不出摇摆。

阿靖跟在赵宁脚边，吊着一只前脚一跳一跳地往前蹿着。反倒是它，折腾到现在已有些精疲力竭了，一路呼哧呼哧地喘着粗气。

赵宁心中略有些不忍，却也不敢把它抱起来。自始至终，她的右手都没有离开过青螭剑柄。

此时的天色已近黄昏，遍是灰渣残垣的大院里阴影幢幢。黑烟随风而动，更增加了几许诡谲。两人一狐努力加快步伐往大门口走，却在一刻之后同时发现了异样。

那道门梁上还挂着烧毁了一半的齐书"田氏商社"招牌，明明就在五十步外，他们却竟是怎么走都不见靠近！

赵宁倒抽了口冷气，止住脚步，凝神向四面看去。

原本死气沉沉的废墟之中，不知何时竟浮起了一层微微漾动的"气"——就像是平白凝在半空之中的水，随着观者的视线变换渐起波澜。

这里布有阵法！赵宁立刻反应过来。怪不得无人来阻，原来根本就不需要！在他们看到大门的那一瞬，以各种残瓦断木布成的阵法立时便被激发。他们越是着急出去，越容易被困入死局！

"且住，不能走了！"赵宁拖住屠嘉，一弯腰把小狐抱了起来，塞在了他怀里，"这里有阵法，你看好阿靖。"

屠嘉愣了愣，没有说话，只按她说的站定，也转头向四周看去。

不知怎的，自他们踏入阵心，天色仿佛暗得更快了些。不过一会儿，黄昏便已过去，黑压压的暮色兜头罩了下来。

赵宁暗暗心惊。在这个阵法中，连时间都能被挤压和操控，更何况方位门路？而在心惊之余，她忍不住地焦躁与后悔。小时候父亲本曾耐着性子教过她几次阴阳五行奇门八卦之学。可惜那时候贪玩，只觉又晦涩又麻烦，想着反正有哥哥护她，随便看了看便扔到了脑后。谁能想到，如今陷入阵法之中，就算想凭借一身武艺杀出一条血路，却又去哪里寻找敌手？

"何人装神弄鬼？竟是如此胆小，不敢现身一战？"赵宁运足了真力，将声音远远传了出去。

"战……战……"回声嗡嗡地响起。这本应极具穿透力的一句话，竟似碰到了无形的高墙，从四面一齐反弹了回来。

赵宁甚是气恼，刚想再激一激对手，忽然感觉旁边的人拉了一下自己的手臂。

"赵姑娘。"屠嘉的声音一如既往地沉静，"莫急。"

赵宁诧异地一转头，对上了屠嘉清冷淡定的眸子。

"只是最简易的八门阵。"他转过头去，将目光聚焦到远处商社大门的梁顶，"最多，还暗藏了一枚'锋矢'。"

"什么？"赵宁哽了一下，"你竟然……还懂这个？"

屠嘉淡淡道："不敢说懂，只是小时曾跟着家师读过些《易》。"说着，他朝西方转身举步，"跟我来吧，当心脚下。"

赵宁尚未回过神来，屠嘉已微微晃着走了开去，留下一个瘦高清癯的背影。

"噢！"她恍然应了一声，快步跟了上去。

屠嘉一面走着，一面仔细观察着四周的变化。时而停下步，时而走两步又折返。他并不开口解释，也不与赵宁交谈。但每走一段，眼睛的余光都会稍稍偏过来，确认赵宁就跟在身边不远。

如此走了约有半个时辰，屠嘉终于停下了脚步。天已经完全黑了，高空之中没有一粒星子，只有呜呜的风声复返激荡。

"到了。"屠嘉沉声道。

赵宁站在他身侧，皱起了眉头。她已经看不清周遭情形很久了，到后来，几乎是一直要拉着屠嘉的袖子、踩着他的脚印才能往前走。真不知他在黑暗中是如何分辨方向的。现在突然说到了，却是到哪里了？

"持好剑。"屠嘉又道，"身体可还行么？出了'生'门，便能看见敌人了。"

赵宁闻言，精神一振："我没事。怎么走？我在前！"

黑暗中，屠嘉沉默了一会儿，忽然叹了口气，伸手握住了赵宁的手腕。

"怎么？"赵宁手本能一缩，明显感觉到屠嘉欲言又止。

"没事。"屠嘉松开了手，"前方五步，便是商社大门。当心。"

"好。"赵宁点头，心中微微一热。他原是在犹豫，不该让她在前面涉险吧。可是对付那些秦国的顶尖剑客，他一个铁匠，能有什么胜算？

"放心！"赵宁安慰地拍了一下屠嘉手臂，继而转过身，一步一步地向前踏去。

果真，踏到第五步的时候，脚底的触感忽然变了。周遭铁一般的黑暗突然裂开了一道缝隙，紧接着，清凉的风灌了进来。起先丝丝缕缕，很快便成了浩然奔流。

再下一刻，赵宁便看见了漫天的星光。那是一种盛大到震撼的光芒，明亮、安静、冷冽，以她从未见过的形态密密地镶嵌在夜空中，好似随手撒去的一把银沙。

她本能地仰起头努力去看。而那些星子，就在她的注视之下，奇迹般地开始缓缓转移。

面前就是商社大门，只剩下一半的招牌歪歪斜斜地挂着随风摇动，一下一下地磕在木梁上。赵宁向后退了两步，忽然看见了原本被房檐遮住的一弯清明的细月。

不知怎的，在那清辉映入眼帘的瞬间，她的手竟滑脱了青螭剑柄。冥冥之中，似乎有两缕看不见的丝线从她仰起的眸中穿入，一直扎进心脏深处。

"阿宁！"一声疾呼在身后响起。就在这时，赵宁突然感觉到有一道锐利的风从头顶垂直贯下，势如惊天雷火！"锵"的一声，青螭剑出鞘。赵宁悚然回神，又向后疾退了一步。此时她才看清，在那细月之下，竟赫然立着一个背剑的少年。就在她失神的瞬间，他突然掣剑而出，俯身一跃而下！

强烈的波动隔空传来。剑气充沛如苍鹰振翅之风，却是凝聚于一点，凌空俯冲。漫天的星光映在剑锋之上，汇成一道极亮的银线，笔直地向下突刺。

少年的身形瘦小而矫健，就如那一弯新月——轮廓清晰锋利，光芒清澈明亮。而那一柄雪亮的长剑便是新月之钩，在他的手中，化为裂骨穿心的锋矢！

赵宁瞳孔疾缩，手中立时冒出了冷汗。在那少年背后的天幕上，星子的移动速度就在这一瞬忽然加快，随着强劲的冷风，以他为中心旋转成了一道道光圈。紧接着，层层叠叠的光圈突然在圆心抽出了一个尖刺，迅速拧成了一束强光，呼啸着从少年手中长剑的剑柄穿入，剑尖穿出！

赵宁心口一窒，竟突然不知道该如何反应了。若是寻常的技击对战，哪怕是这样凌厉的高空袭击，她也绝有把握一步而退、一击反制。可是现在，诡秘的狂风刮得她几乎睁不开眼，漫天的星辰都化为利箭，她只有孤零零的一人一剑，又该如何针锋逆流、迎战苍天？

"阿宁，前三步，右一步！"突然，屠嘉清朗利落的声音钻入耳鼓。

赵宁心头一震，脚下不由自主便按他说的方向滑了过去。然而才刚刚向前两步，右脚底忽然往下一陷，竟被绊住了。

赵宁倒抽一口冷气，恍然发觉利剑已离自己的头顶心不到一丈之距。她这两步，竟是将自己又送回了敌人的正下方，比方才更凶险了百倍！

"皆是幻象！信我！"屠嘉急切喝道。

赵宁一咬牙，吸了半口气，心中呐喊：便赌一把！她不管脚下踩住了什么，只继续向前迈了一步，又向右一个旋转。呼吸间，青螭剑逆劈而出。

"铛"的一声脆响，两剑在半空中相交，迸出了一颗火星。

错身之间，那少年一记凌空翻跃，轻巧地落在了地上，却是连连向后退了数步才勉强站定。而赵宁，却是稳稳地挺剑而立，胸口起伏渐渐平稳。

原来，在她向右旋出那一步之后，她忽然发觉自己进入了另一个时空——狂风、星空、新月、沼泽，统统都不复存在。而眼前，只剩下一个少年剑客狠厉的一剑。

"果然棘手。"那少年活动了一下手腕，盯着赵宁冷冷吐出一句。

他右手握着一柄银白色的长剑，双眸亮如寒星。身量不高，左肩上却深深塌陷了一块，立在当地，平白便有一股悲怆之意。正是昨夜与红楹一道的瘦小少年——"萤火"月移！

就在这时，银光一闪。月移张开两臂，长剑凌空一劈，天地之间竟又狂风乍起！

赵宁俄然一皱眉。方才时空里的星光和明月再次出现，光芒如利箭般又朝着她兜头罩下！原来，这不止有一个八门阵。而"锋矢"，也不仅仅是暗藏了一个高手这么简单。

月移抬起右臂，长剑斜斜指向半空中的新月。随着他的动作，漫天的星子拖出长尾，缓缓挪动了位置。

赵宁抬头去看。只见那些银沙般的星竟如同战场的武士，慢慢列出了一个锥形的大阵！

"阿宁，若我猜得不错，这便是'锋矢'。"忽然，屠嘉低沉的声音不知从何处传来。

"'锋矢'？"赵宁眯起了眼睛，仔细观察空中的那些星子。

"要小心。这或许已不是单纯的阴阳五行之阵，而是战阵。"屠嘉语气分外严峻，"那些星也不再是幻象，而是由这里的残木废渣化成，会伤到你。"

"你只说，如何破！"赵宁断喝。

"我……并不确定。"屠嘉迟疑道，"只能试他一试。"

赵宁长长地吸了一口气。她调整步位，对着月移摆出了一个起手式，手中的青螭剑上渐渐泛起了青色的水光。

"攻尾翼，擒大将。"屠嘉缓声道。

话音落，青色的剑已闪电般向月移刺去，前锋陡然爆出了一抹艳极的红。

风声在耳边尖啸，几乎要刺穿耳鼓。赵宁咬紧牙关，强忍住从肩头和胸腹间骤起的剧痛，将剑尖一寸寸前递。然而，就在这一剑马上就要沾上月移胸前的衣襟时，漫天的星子突然发出凄厉的破空之声，一股脑朝她席卷而来！

赵宁脑中轰的一下，不由闭上了眼睛。终于还是差了一点么？绝望感逆流而上，倒灌入心，直把整个胸腔都充满了。那样密的星，就如同在邯郸城外遭遇的箭雨一样，不可能躲过。

就在此时，天幕之外忽然传来了奇异的声响。赵宁悚然一惊，蓦地睁开了眼：手中的青螭剑直挺挺地悬在半空，没有刺入任何东西。原本就在眼前的月移，竟然凭空消失了。与此同时，漫天的星斗也突然熄灭，没有一粒打在她身上。

这是……又进了另外一个"门"？赵宁讶然，勉力收住剑，却感觉到方才全力使出的绝杀之剑的余力在瞬息间汹汹反噬，震得她整个右臂都快要碎裂。

"咳……咳……"强忍了半天，她终于还是勾下腰，一口血咳了出来。四周再一次变得漆黑无缝，铁一般密实的空气压得她几乎透不过气。

这是在哪儿？屠嘉呢？她仰起头焦急四顾，却寻不到一丝光亮。正要开口呼唤，却再一次听到了方才的奇异声响。这一次，她却听得分明。那是笑声。桀桀的笑声，阴森而恐怖。好似一把生锈的刀在她的脊梁骨上来回刮擦。

赵宁忽然肩膀一震，浑身的血液好似都被冻住了。她突然听出了那个声音的主人是谁。记忆的闸门轰然中开，泛着脓腥味的血水奔流而出，瞬间将她淹没。那个人——那个曾在她的噩梦中纠缠不去的人，竟然没有死。可是，他怎么会没有死！她明明记得，她放的那把火把他全身都点燃了，一直烧到他不能动为止。是他么？还是他的鬼魂重现，来向她寻仇了！

"阿宁！"突然，屠嘉的声音陡然响起，将她从回忆的泥淖中拉回了现实。

"阿宁，你可在哪儿？还好么？"屠嘉声音渐高，满是惶恐。

"我在！"赵宁拭了一下额头上的冷汗，赶忙应道，"你在哪里？"

屠嘉忽然没了声响。过了好半天，不知从何方遥遥响起了一声口哨。

赵宁心急如焚，又不敢乱走，生怕再次闯入不该去之"门"。然而，自从屠嘉出声，"那人"倒是再未发出任何声音了。

"屠嘉？"她又焦急地追问了一声。

"我在。"屠嘉的嗓音忽然从前方不远处传来，"没事了，过来，我们走。"

赵宁心头陡然涌起一股暖流，眼泪几乎就要夺眶而出。她倒转长剑，反手提在背后，举步朝着屠嘉跑过去。

"当心！前十步，右一步，再退一步。"屠嘉急急道。

赵宁脚步一窒，深吸了口气，按照他说的步步踏去。果然，最后一步踏下，便看见了一手抱着小狐的屠嘉。

"没事吧？"屠嘉抢上一步，手不由自主地去扶赵宁手臂，却忽觉失礼，生生尴尬地刹住。

"没事。"赵宁一笑，隐去了眼角泛起的泪光，"方才是怎生回事？我怎会突然……"

"有旁人来了。"屠嘉眸中忽然漾起了淡淡的光彩,"是个高手,一出手便逼着那阵主转动了八门方位,正好将你推出了'生'门。"他顿了顿,"看来,是田少东安排人来救你了。"

赵宁眉心一皱,胸中百味翻涌。田牧商社里人手虽多,但高手只有邵云一个,断难再分出力量救她。这个突然凭空现身的高手,难道真的是她所认识的那个人吗?

"我们先走!"赵宁一时想不清,干脆一拉屠嘉的袖子,向右边不远处的大门跑去。

"哎,这边!"屠嘉一把拉住她,"我找到了你的马。走侧门!"

赵宁心头一惊。她的马!她赶来时急急忙忙,连马都没有拴好便跑了进去。如今已过了好几个时辰,屠嘉却是如何找到的?

"哎哟!"正想着,在前面大步流星的铁匠突然脚底一滑,终于结结实实摔了个狗啃泥。

"小心……"赵宁哑然失笑,摇摇头,快走几步上去将他搀了起来。

第四章

雄雉于飞

赵宁屠嘉两人一骑连夜出城，进入宛丘山林。

经历了这番恶斗，赵宁再不敢让屠嘉离开自己的视线。马儿驮着两个人，步伐甚是沉重。尤其到了郊外，草地冰冷湿滑，马走得更加艰难。

赵宁控着缰，在马背上伏低了身子。屠嘉在她身后不便紧贴，一手抱着阿靖，一手勉强扣着马鞍凸出的后沿，身子一路颠簸晃动着，似乎随时都会跌下去。

然而赵宁却管不了这许多。方才的一场战斗，已经将她搞得精疲力竭。尤其是最后的那一剑，全力刺出却落到空处，着实让她受了不轻的内伤。方才着急离开，她尚不觉得难过，此时在马背上一颠，几乎便要呕出血来。

夜风冷极，刺在皮肤上，仿佛千万把小刀来回攒割。眼前茫茫的黑色如同巨兽的大口，正一点一点地将他们吞噬。

赵宁勉力抬头，看见天幕上零星的几颗星子，觉得浑身的血液都冻住了。这一幕，居然如此眼熟。三年了，几乎一模一样的情境，竟会再现。

"咳咳……"想到这儿，赵宁忽然剧烈地咳嗽了起来。她伏在马颈上，头一偏，一口鲜血便从喉头涌了出来。

"阿宁！"屠嘉惊呼，两腿一夹马腹，松开扣着马鞍的手，扶住了赵宁肩膀。

赵宁这一咳，肌肉牵动伤口，立刻痛得浑身都揪了起来。她已无力再控马缰，连抱着马颈的力气都渐渐消散，意识也开始模糊了。冥冥之中只觉马儿奔跑的速度慢了下来，很快站定。身后的人挣扎着跳下，扶着自己的肩将自己抱了下去。

再次恢复意识时，赵宁发觉自己的头正靠在一个温热的胸膛上。陌生的男子气息涌来，让她悚然一惊，霍地推身而起。

屠嘉也惊醒过来，立刻松开了怀抱。蓝色的旧衣从赵宁肩头滑落，被他一把接住，又翻手披在了她身上。

寒风浸身，赵宁这才发觉天色浓黑，正是一夜里最冷的时刻。她因大量失血而手脚如冰，在这荒郊野外，又要躲避敌人不能点火，屠嘉也唯有这一个法子为她保暖了。

"抱歉。"屠嘉有些赧然，却不多作解释。

"我明白。"赵宁道，"多谢你。"

话说完，两人之间一时有些微妙的尴尬。赵宁微微侧头，发现屠嘉找了一处避风的山坳，黑暗而隐蔽。这里很适合让她休息，却几乎是个死地，一旦被敌人发现，便无路可逃。

"你好些了么？"

"你没事么？"

沉默一瞬后，两人同时开口，继而又愣住。

屠嘉抬眼看向赵宁，微弱的月光映在他清亮的眸中，光彩点点。

"走吧，这里不安全。"他说完便起身，从身侧拿起一根不知从何而来的竹杖，递给赵宁，"先去吃点东西。"

"啊？"赵宁有些傻眼。他当是在城里？还是说，要回城去？但看见屠嘉毫不慌乱的背影和稳健的步伐，赵宁没再多说话，快步跟了上去。

"我们出城多久了？"

"估摸有一个半时辰了。"屠嘉道，脚下一步不停。

赵宁惊讶地发现，他的腿好像不怎么跛了，走得很快，看架势对这山地密林也分外熟悉。

"你竟懂战阵？"赵宁又赶上一步，与他并肩。

屠嘉没有马上答话，斟酌了一下，道了句："我老师所学甚杂，什么都教一点。"

赵宁一下来了兴趣："你老师？你师出何家？"

没想这句却让屠嘉眉头皱了起来，十分为难似的抿着嘴半天不答话。

赵宁有些意外。虽然知道屠嘉身上有秘密，但他给她的感觉，一直是淡然而坦荡的。她相信，假以时日，两人更熟悉一点，只要她开口问，他便不会对她隐瞒什么。可这时，她才发现，想让这个人敞开心扉，其实并不容易。

"抱歉。"半晌,屠嘉轻叹了口气,缓声道出缘由,"我与老师,已决裂反目,此生不复见。"他顿了一下,"故而不能再提他名姓。"

赵宁"噢"了一声,皱起眉来。

"我四岁时,便全家罹难。被老师从战场上捡回,连自己是哪国人,都不知道。"屠嘉续道,"老师抚养我长大,虽称师徒,实如父子。可是……"他顿了一下,情绪变得极其低落,"可有些事,关乎大道。并非感情二字,可以转移。"

赵宁心中又是一震,但看屠嘉神色,硬生生忍住了,不追问。那一定是一件大事——让屠嘉抛弃一切,孤身入楚,在本该意气风发的年纪跌落谷底,颓废度日。

她想起昨夜喝酒时,屠嘉提起过一个人。一个眼睛和她很像,却再也见不到了的人。莫不是这个人的死,和他老师有关?

赵宁心中百念涌起,绞尽脑汁想如何开口,却听屠嘉又叹了口气,转过头来看了她一眼。

"我的事,以后有机会,再与你细说。"他抬手帮她拉了一下肩头快要滑落的旧衣,"现在大敌当前,你伤势又这么重,不去设法联络一下方才助你脱阵的人吗?"

听到这句,赵宁脸色陡然变了,停下了脚步。也是这时,她才反应过来自己还披着屠嘉的外衣,而他只穿了一件单薄的灰白色中衣,身形在寒冷的夜风中显得异常消瘦。赵宁赶忙把外衣脱下,塞还给屠嘉,同时坚定地摇了摇头:"不。"

她突然想起什么,向屠嘉一伸手道:"手给我。"

屠嘉面上闪过一丝不解,却依言抬起手。赵宁捏住他手腕,两指搭上脉门,运起内息灌注进去。柔和的内力穿过一个又一个穴位,竟未碰到分毫涩滞和阻碍。

赵宁心头一动:"穴道已经自行解开了?"

屠嘉低低"嗯"了一声。

赵宁心中一松。这样的话,他也不必非要随她去找邵云解穴了。

"你还是快回郢都去吧。"赵宁决定了下来,声音不高,却甚是清明坚定,"你也看见了,田氏商社惹下的麻烦不小。此番害你横遭劫难,我已甚是过意不去,不若就此别过。"

屠嘉闻言，眉心立刻皱了起来。

"我一个人，好脱身得紧。"赵宁安慰道，"他日我再来郢都，定会去甲兵铺探望你。"

屠嘉依旧皱着眉不答。过了良久，他才叹了口气，摇了摇头。

"已回不去了。"他扯了一下嘴角，露出苦笑，"你应看得出，商社里的那个大阵，并非为了杀你，而是为了杀我。"

赵宁猛然一惊，恍然明白过来。的确，"萤火"如何能算到她会回去？结那个阵法，绝非片刻就能成的。必定是"萤火"发现出逃的只有田牧他们四人，所以专门结阵捕杀屠嘉。

只是，"萤火"也未免太过谨慎——杀一个工匠，需要花那许多功夫？

"多想无益，我也不可能丢下你一人。"屠嘉将旧衣披上，又转身向前走去，"刀山火海，便一同去吧。"

瞬间，赵宁有些怔愣了，一颗心像被一个小锤轻轻敲了一下。他的嗓音很沉静，说的仿佛只是一件寻常的事，理所当然，也确定无疑。可赵宁的心头却像忽然贴上了什么温热的东西。那热源从胸腔里升起，熨帖了整个肩膀，又冲上鼻腔，漾出了些许温暖的泪。

原来，有人愿意同行，是这样的感觉。她原本早已不再希冀可以跟另一个人一同去做什么事了，就像她从不指望自己在落入绝境的时候会有人来救。可自她从齐国归来，试图用自己的孤肩去撞这铁一样的世事时，却一点一点地发现，原来这世上还有许多人跟她一样：田牧在试，邵云在试，阿桥在试，如今，这个背负着痛苦往事的工匠屠嘉，也在试了。那么，不管结局如何，也都值得了吧！

"想什么呢？快走吧。"屠嘉停了一步，微微侧过身，语气比之前轻松了许多，"一会儿东西该被阿靖偷吃光了。"

"哎？阿靖？"赵宁情绪一振，抬手擦了下眼睛快步追了上去。

这一带林地茂密，道路在黑夜里十分难找。屠嘉偶尔也会停下查探一番，似是在寻找什么标记。但总体来说，他对此地的熟悉程度，还是远超出赵宁的意料。每每碰到难走的地方，他都及时提示，小心翼翼地搀着赵宁，生怕她再受什么伤。

"我在甲兵铺不只制甲，还做农具。"屠嘉一面走，一面随口解释，"常常出来选材伐木，还去过几个村落，看农人需要什么，农具用得怎样。"

赵宁"噢"了一声。

"不过，更多的时候，还是来找阿靖。"屠嘉笑了笑，"它总是晚上跑出来玩，自己抓鱼打猎。刚来的头一年，总是迷路，天一亮就不知在哪个山旮旯里睡着了，害得我一顿好找。"

赵宁听着有趣，也自然开心了一些。想象着屠嘉摇摇晃晃满山遍野找狐狸的样子，不由轻轻笑了出来。

就在这时，屠嘉放缓了脚步，道了声："到了。"他轻按了一下赵宁手腕，示意让她先在原地等等，自己往前面的山岗上爬去。

赵宁依他意思等着，不多时，便见他在山岗顶上对自己招手。

这一带的地势已较为平阔，攀爬起来不难。赵宁搭着屠嘉伸过来的手迈上最后一步，看见山脊的另一面生着一大片不算茂密的白榆林。不知是不是错觉，她仿佛看见某处有一点点红色的微光，忽明忽暗。

"小心些。"屠嘉轻声嘱咐了一句，便压低了身姿，向林中蹑步走去。

赵宁跟在后面，越走看得越清楚，那点红色的微光是真实存在的，屠嘉正向着那里行去。快走到近前时，林地里突然出现了一声轻微的响动。赵宁心弦一直紧绷着，这时一动，立刻一个箭步冲上去，跃到了屠嘉身侧。

视野一变宽阔，赵宁才看清，那点红光竟是个快要燃尽的火堆。一只长毛的白狐狸正用嘴叼着根树枝往火堆里捅，竟像是在添柴……

"阿靖！"赵宁陡然失笑，忍不住唤出声来。

谁知那一向黏她的小狐狸竟没理她，把嘴里的柴火一丢，白了她一眼，扭头就冲进了屠嘉的怀里。

屠嘉也有些失笑，抱着阿靖揉了揉，眼睛里尽是爱怜。

赵宁这才明白过来，这贼精的阿靖竟是吃醋了。屠嘉应是先在这里生了火，埋了些东西烤着。然后觉得不安全，便带她走了，留下了阿靖看守火堆。

"好啦，腿给你吃！"屠嘉顺了下阿靖的毛，把它放了下来。然后上前去把火堆彻底扑熄，拨开灰烬，开始挖下面的土。

土只有很薄的一层，一拨开就飘逸出浓浓的香味。

赵宁又惊又喜。竟是一只野雉，用几张阔叶包着，烤得油脂四溢。

阿靖欢叫了一声，在地上一跳一跳的，仿佛口水都流下来了。屠嘉果然允诺，先拔下一根腿给它，伸指在它脑壳上轻敲了一下。

"饿了吧？来吃。"屠嘉又拔下另一根腿，转身递给赵宁。这待遇，倒也是不偏不倚。

赵宁乐不可支,知道推却不了,便道了声谢便接了,把裙裾一揽,坐在屠嘉旁边的地上吃了起来。

折腾了大半天,两人皆饿了。话不多说,风卷残云般将一整只野雉吃了个干净。

屠嘉倒是吃得不多,一边撕扯,一边将好肉都递给赵宁。

赵宁看在眼里,心中有些感动。一时间,那种熟悉的感觉又回来了。

"你……跟我哥哥很像。"她一开口,鼻尖忽然又一酸,"我有个亲哥哥,叫赵宸。三年前,死在长平。"

屠嘉没有说话。周围很暗,也看不出表情。

"他若还在世,你们二人,应能成知己好友吧。"赵宁长叹了口气。

听到这句,屠嘉的肩膀微微耸动了一下。

"你哥哥若还在世,应也不会允许你去刺秦。"他话说得很慢,嗓音有一些轻微的颤抖,不知是因为想到了什么。

"他不会。"赵宁摇了摇头,"但他会自己去。"

屠嘉没有接话。

"其实,我听说,赵军在长平被围困至山穷水尽,粮草断绝四十余日时,我哥哥曾单人只剑夜探秦营,刺杀白起。"赵宁续道,"可惜没有成功。不然,说不准,长平战局,便不是现在这样了。"

屠嘉仍然没有接话。只深吸了口气,又叹出来。

赵宁觉得有些无奈,便也住了口。这些军争之事,屠嘉大约是不大懂,也没有什么了解的兴趣。而如今一切皆已是定局,假设之事,也无甚再提的必要。

"你,没有别的亲人了吗?"过了一会儿,屠嘉开口问道。

赵宁摇了摇头。稍想了一下,决定告诉屠嘉:"我父亲,曾经是赵国'黑衣'总统领,'有为剑'赵崧。"

屠嘉轻轻"嗯"了一声,没有表现出意外。

"我母亲是赵王赐的胡姬,生下我之后就死了。"赵宁续道,"我父亲一生为赵国王室效力,忠心不贰。不光是哥哥和我,赵家所有子侄,都从小受着他严苛的训练,以期将来成为赵王身边最忠诚的死士。

"也许你无法理解,这世上竟有那样的父亲——竟会不计后果、不留余地地将自己所有的亲属、子女和弟子投入战争，投入赵国军队和'黑衣'，让他们去做最危险的事，一个接一个地惨死，只为赢得一个虚无的荣誉，"赵宁顿了一下，冷笑道，"'有为'。"

屠嘉又叹息了一下，将小狐抱上膝头。

"所以，当哥哥的死讯传来，那柄剑被递到了我的面前，"赵宁扬起了眉，"我便把它折了。"

屠嘉的肩膀又动了一下。过了片刻，低声叹了句："那是柄好剑。"

"是又如何？"赵宁不屑地扯动了下嘴角，"剑亦如人，自有终数。"

屠嘉没出声，神色仿佛很是凝重。

赵宁抿了抿嘴，到此停止，没有继续往下说。那段关于"有为剑"的记忆太过血腥和苦痛，她花了三年的时间去遗忘，却又在今天再次听到那笑声时完全想起，前功尽弃。她不知道屠嘉能不能承受得了，能不能理解和接受曾经那个疯魔一样的她。连她自己如今想起来，都觉得有股恶寒从背后脊梁的缝里生出来，用结着冰凌的爪子磨削着她的骨头，咒念着她不忠不孝，不得好死。

"你去了齐国，又为何要回来？"忽然，屠嘉开口问道，"姜大师待你不好吗？"

赵宁稍稍愣了下，然后摇了摇头。

"师父待我很好。"她苦笑了下，"牛山也很好，山水景致，安逸闲适，民风淳朴。"她顿了顿，"然而，毕竟……不是我家。"

屠嘉叹了口气，轻轻摇头，仿佛是对她的选择有些失望，却也不好责备。

就在这时，赵宁突然精神一紧，脸上霎时色变。

有声音！

屠嘉也立刻发现了异变，一手在地上一撑跃起，另一手伸进嘴里打了个呼啸。

只听"吁"的一声，几丈外的密林中响起了一声马嘶。

几乎就在同时，一道无声无息的冷箭从黑暗中穿来，如同在夜里蛰伏许久的幽灵猛兽，终于在猎物放松警惕的刹那亮出了獠牙。

赵宁攥紧了马缰。风在耳边呼啸着，夹带着力道强劲的羽箭和一个不断逼近的脚步声。山道越走越陡，也越走越窄。马蹄不断打滑，一路翻起尘土石块，磕磕绊绊颠簸不断。

夜色已经由浓转淡，过不了多时就要天亮了，而天亮之后，他们就更无处躲藏。赵宁感觉自己握剑的手心里尽是冷汗，背后被冷箭擦伤的地方火辣辣地疼。屠嘉在身后，紧紧贴着她的后背，也压低了身形。

"嗖……"一道利箭破空而来，直钉向屠嘉后心。

赵宁侧头，手腕一翻，奋力举剑绞去。"叮"的一声，利箭失了准头斜飞出去。就在这时，一个轻飘的黑影如同鬼魅，冲破夜色直逼身侧。赵宁一转头，只见一条银色的锁链凌空抽来，好似毒蛇的长芯卷向她的手腕。而要命的是，与此同时，又有一道冷箭向着屠嘉的后心激射而至！

赵宁心头巨震。若只是她一个人，躲开这一链一箭并非难事，甚至让她寻隙反击也不无可能。可是现在有一个身材高大的屠嘉在身后，她护得住自己，却如何护得了他？

略一思忖，银色的锁链已近距手边不到一尺。赵宁一咬牙，手腕一转反而送上，任凭长链"啪"的一声抽在了自己手臂上，却调转剑锋，奋力向屠嘉背后的羽箭格去。

金属撞击声和布料撕裂声几乎同时响起。赵宁手腕一阵剧痛，被锁链尖利的牙刺扯开了一大块皮肉。

瞬息间，黑影落地，银链回夺。继而，那人发出了一声轻喝。

赵宁的手腕竟未被锁住。银链"嗑啦"一声，好似灵蛇摆尾，滑了开去。原来，赵宁尽管甘愿受伤而出手格箭，却还是留了后手，未曾完全落到下风。

黑影被甩回的银链带着身形一顿。赵宁松了口气，两腿一夹马腹，加速向前冲去。

不想，就在此时，前方阴影一闪，模糊的小路陡然消失了。马蹄倏尔一滑，缰绳陡然绷紧。马儿发出一声凄厉的嘶鸣，前蹄一蹬人便立了起来。

赵宁大惊，身体下落时，她忽觉一条有力的手臂紧紧箍住了自己的腰。

马儿被缰绳生生勒停，前蹄回落地面，停了下来。赵宁惊魂甫定，定睛一看，前方道路已全然不见，只剩一片汪洋般的黑暗。她竟然走到了绝路，前方就是悬崖！

不等她回过神来，脚步声已然定在了身后五丈之距。

"啪啪啪！"三声利落的掌声突兀地响起。

一个嘶哑的男声低低地传了过来："不得不说句佩服。如此情形，竟还能分辨道路,悬崖勒马。"

赵宁这才发现,手中的马缰虽然绷得笔直,着力点却不在自己手上!

"把剑给我。"低沉的声音在耳边道。

"什么?"赵宁愣住了。

"站在我后面,牵好马。"温热的呼吸贴着耳廓。

赵宁只觉握剑的右手一空,继而腰间再次一紧,整个人离开马鞍稳稳落地。再转头,一个宽阔的背影已挡在了她身前。拂晓的天光下,那个人缓缓挺直了腰杆。长发被夜风吹散,一身的落拓味道也似乎被风带走了。

"屠嘉……你……"赵宁惊得说不出话来。

"不要动。"屠嘉的声音一如既往地沉静,"裹好伤。"

追上来的是一个极瘦的中年男子,眼眶深陷,腰上悬着一柄漆黑的阔剑,与他纯黑的衣服几乎融为一体;左手臂上缠着一根银链,一圈圈紧密地排着如同臂甲。而除他之外,还有一个不知隐藏在何处的弓手,或许已箭指二人,弓开满月!

赵宁看着屠嘉握着剑的手臂,只觉心都快从胸口跳了出来,嗓音发颤:"你……你会武?"

"等会儿再说。"屠嘉看着对面的人,缓缓举起了手中的长剑。

话音未落,那黑衣男子忽然手腕一动,长剑随着一声悠鸣脱出鞘来。微亮的天光落在他的剑刃上,晕成一片黯淡的白影。啸声未停,黑影已动。一道白光伴着猎猎之声急速向屠嘉劈来。

"小心!"赵宁失声惊呼。

然而屠嘉却身形一变,陡然逆风迎上!一宽一窄的两柄长剑在空中轰然相撞,竟溅出了一星火光!两个身影一合即分。

"铁鹰剑士!"黑衣男子低低惊呼了一声,继而口吻一转,"果然是你。"

屠嘉后退了一步站定,没有吭声。

赵宁脑中轰的一下,几乎站立不住。铁鹰剑士,是秦国军士的最高荣誉称号!屠嘉怎么会……

"你……你究竟是何人?"赵宁心神激荡之下,胸口一室,一口血呛了出来,却又被她硬生生咽下。

"我稍后与你说。"屠嘉微微侧头,"你寻机快走!"

"哈!"黑衣剑客忽然大笑,收起剑来,"秦军锐士六十万,冯嘉步战第一人。给他一剑一盾一弓，万军之中可取上将首级。三百赤膊轻兵豁出性命不要，只怕也奈何他不得。如此人物，赵姑娘竟然不识么？"

赵宁只觉有一颗雷子在头顶炸响，浑身顿时冷得没了知觉。冯嘉？步战第一人……怪不得"萤火"要结那大阵来对付他。而她这般拼了命去救他护他，又是多么愚蠢可笑！

"冯嘉早已死于长平。"屠嘉冷然道，面上第一次出现了狠戾之色。

黑衣剑客闻言，冷笑了一声。"一日入秦军，便是秦军鬼。冯左更这些年可让我们好找！"他说着，又往前踏了一步，周身杀气乍现，"大将离军逃国，'萤火'不敢怠慢。"

"左更？"赵宁脚下又是一个踉跄。秦国爵位二十级，左更已是第十二级，绝非低等。这一级一级的军功，都是靠战场上斩下的人头累积起来的。而这还并不是最让她心神震撼的。

"冯左更"三个字，忽然唤起了她的记忆。在邯郸城外，在宛丘山中，"萤火"青山和"萤火"月移一见她这柄青螭剑，都不约而同地问起这个人的下落。

"阿宁。"屠嘉微微侧过头，嗓音很低沉，"你赶紧离开，去找'黑衣'支援！"

赵宁却没有动，仿佛没有听见他的话。一件让她许久都没有想通的事情的真相，忽然开始在她脑海里渐渐浮出水面。

"赵姑娘似是不知这青螭剑的来历？"黑衣剑客勾了勾唇角。

"什么来历？"赵宁不由问道，嗓音有些颤抖。

黑衣剑客笑了一声："青螭剑原本是'北姜'姜谢大师的佩剑。十年前，姜大师与武安君比武，将这柄剑输给了武安君，许诺日后再见，可凭此剑令他做一件事。"他顿了一顿，"后来，这柄剑被武安君赐给了功勋卓绝的得意门生，便是眼前这位拼死也要护着一个赵国刺客的左更冯嘉！"

赵宁脑中顿时闪过一道霹雳。原来屠嘉的老师，竟是白起！无怪他不肯说……无怪他几次三番要拦着她！

"阿宁！现在不是时候，我晚些跟你解释！"屠嘉神情激愤起来，大声吼道。

黑衣剑客又笑了起来，表情里满是讽刺："千里逃军，将一个刺客的妹妹从邯郸救出来，托付给'北姜'？这种事，冯左更竟做得出来，旁人可是连想一想都觉得荒谬。"

屠嘉不答话，咬着牙关，皱起了眉头。而就在这时，一片冰凉的刀刃贴住了他的后颈。

"原来你……从头到尾……都在骗我。"赵宁哽咽着道，泪水已盖满了脸庞。

屠嘉低声叹道："我没有。"

"你杀了我哥哥，是吗？"赵宁道，"然后，将他的遗物送到我手上？"她止不住眼泪的奔流，手中的匕首不住地颤抖，在屠嘉的颈侧割出一道小口。

她已经全部想明白了。

三年前，哥哥的死讯传来那天，她已经年迈的父亲带着"黑衣"回到家里，逼她接受赵家的"有为剑"，继续为赵王效力，而她终于反抗了。

她毫无意外地受到了极端的殴打和折磨，被父亲的徒弟莫迟锁在柴房里，头上流的血把眼睛都糊住了。这样过了两天，她终于寻到机会逃了出来，在深夜里放了一把大火，将自家的宅邸烧毁。

父亲没有逃出来，而莫迟带着"黑衣"追了出来，几乎把她杀死。她记得自己走投无路，又跑回了家里，设了一个圈套把莫迟引了进去，眼看着他被烧死在火场中，继而自己也晕了过去。迷糊之间，她依稀看见一个瘦高的身影忽然挺立而起，把她从漫天的大火里抱了出来。再醒过来时，她便躺在了去往齐国的马车上，身边的老人须发皆白，手里握着青螭宝剑。

后来，在牛山的三年里，她曾数次询问过师父自己是如何生还的，那块哥哥一直随身带着的雨花石又是如何被送到她手上的。可师父不愿回答，只说，既来之，则安之。顺应天命，一切皆有定时。可那时的赵宁如何会想到，拯救她的人，竟会是她的仇人！

"阿宁，这一切缘由，我会与你说明白！"屠嘉皱着眉，语速又急又快，"此人是'萤火'统领嬴栎，太过危险，我们先行脱身！"

黑衣剑客冷笑了一声，又缓缓举起了阔剑，将手按在剑柄上。

就在这时，一直徘徊在悬崖边缘的骏马突然一声长嘶，仿佛突然听到了什么可怕的声音而躁动起来。

"莫……莫迟……"赵宁猛然怔住，看向嬴栎身后漆黑的来路。

嬴栎也僵住，身形陡然变得紧张。

就在这一瞬间，屠嘉忽然动了。他轻吐了两字"得罪"，然后全然不顾抵在颈侧的利刃，展臂一把搂住了赵宁的腰肢。

青色的剑锋在半空划过一道虚影,"咻"地一个转身,他竟抱着赵宁从山崖上跳了下去!

赵宁再度恢复知觉的时候,竟已是第二天的日暮。晚霞有些刺眼,她伏在屠嘉的背上,感觉周身越来越冷,只有胸口那一块是热的。恍惚之间,她感觉自己像是回到了小时候,在外面玩耍得累了,由哥哥背着回家。宽阔的肩膀温暖而安定,实在撑不住,睡着了也不打紧。一股难抑的悲怆翻涌上来,突突地敲打着她的眼皮。倘若天下太平,那一切都不曾发生,该有多好。

此时,屠嘉背着她缓缓地在走,不知已走了多长时间。

这是个狭长的山涧,巨石错落地堆叠在溪流里,两岸芳草萋萋。山涧的裂口正对着西方,红彤的霞光从前方倾泻过来,让两人仿佛在向着一膛烈烈的炉火行去。

赵宁轻轻挪动了一下脖颈,继而发现,自己浑身骨头都似散了架,完全使不出力气。

屠嘉的身体震了一下,微微侧过头,唤了声:"阿宁。"

赵宁不想理会他,也不想动。但洪水一样翻涌起的情绪在她睁眼的瞬间席卷而来,让她快要窒息。

"放我下来。"她虚弱却坚定地道。

屠嘉慢慢停下了脚步,却没有动。

"你放我下来。"赵宁又道,"离我远一点。"

屠嘉深深叹了口气。

"我们离最近的村落,还要走一个时辰。"他皱着眉道,"你的伤不能再拖了。要说什么,便这么说吧。"

他说完,又迈步向前走去,并不放开赵宁的腿。

赵宁一怒,不知从何处生出一股力气,使劲推开了屠嘉的肩膀。

屠嘉没有料到,竟也似力有不逮,身子一歪,便让赵宁滑了下去。

"阿宁!"他急急扭身去扶,脸上表情突然一扯,抽了口凉气。

赵宁摔在了地上,虽无力量,却还是挣开了他的手。视线落下,这才发现,屠嘉身上也沾满了血迹,尤其是右侧的腰间,衣衫残破,几乎被血染透了。抱着她在夜里从山崖上跳下,他确是艺高人胆大。而若说毫无代价,也不可能。

"你走吧。不要管我。"赵宁咬着牙道。

事到如今，她也实在不知该如何面对屠嘉了。想杀他为哥哥复仇，可他又救了自己。怨恨他欺瞒了身份，却又明白他别无选择。种种念头在心中交织，让她觉得，只有分道扬镳这一条路可以走了。

"那就，在此先歇一歇吧。"屠嘉长叹了口气，也坐了下来，眼神黯淡。暮光落在他的脸上，把那满眼的难言染得更加晦暗。

赵宁强撑着坐起来，扭过头去不看他。

"我与你哥哥赵宸，相识于长平战场。"过了片刻，屠嘉吸了口气，开始了叙说，"确如你所说，假如当时他刺杀成功，长平战局，或可改写。"

赵宁心头一恸。

"我记得，那日是赵军断粮的第四十三日。正是仲秋，但长平河谷里的草木都已被大军拔尽吃光，只剩秃黄的泥土。我们听斥候来报，赵军里已有人开始……挖掘死尸。"屠嘉咬着牙关，神色痛苦，往事不堪回首。

赵宁闭上眼，把头埋在膝上，猛然泪如泉涌。

"赵宸是在午夜时分进入秦营的，恰好碰见我换防。"屠嘉继续说了下去，"他虽然气力虚弱，但出剑如电，没有人料到赵国到此时还能派出刺客，险些让他得手。你在商社见过的那个'萤火'月移，便是当时我老师的影守。而即便他拼死挡下一剑，老师还是受伤了。

"后来我发现了，便追了出去，与他夜战数里，一直到赵军营地之外，才放了他回去。"屠嘉顿了一顿，叹了口气，"我认出他了——就在前几日，赵军最后一轮突围时，有一队极其顽强骁勇的千人队，便是由他统率。即便是我铁鹰剑士营，也未能轻易得胜。"

赵宁静静听着，没有抬头，却攥紧了手心。

"又过了两日，赵军便投降了。"屠嘉叹息了一声，"我奉令前去接收俘虏，清点战果，进入赵国营地，又见到了他。"

赵宁的肩膀猛地耸动了一下。

"他只剩一臂……正在煮肉。"屠嘉说出这句，也猛然哽咽住了，抬手抵住了额头，"他在与我的夜战中受了伤，干脆把整条手臂斩断，以饲部下。"

赵宁再也听不下去，痛哭失声。

屠嘉也说不下去了。所有的旧疮一齐撕开，内里还是血淋淋的，永不见好。

一直待到晚霞的光芒转淡,暮色快要降下,赵宁才平复了心情,抬起头来问道:"后来呢?"

屠嘉又深吸了口气,续道:"后来,我送来粮草,与你哥哥坐在营帐前喝了一小壶酒。他自知无命归国,而赵国国之倾覆,便在朝夕之间。他托请我若有一日攻伐邯郸,能恪守大道,善待妇孺。又将颈中那块石头解下,托我交还给你。

"我自然应允,并向他许诺,一定让赵国降卒平安归国。可谁知……"说到此,他顿了一下,沮丧地摇了摇头,"谁知,我直到最后一刻才知道,老师竟要杀降。"

赵宁的心猛然间又被揪住了。后来的事,她已经知道了。屠嘉叛逃离军,孤身去了邯郸,打听到她的家,把她从废墟里救了出来。其间种种,她能苛责他什么呢?即便是哥哥与他易地而处,或许也不能比他做得更多。在这个被死亡和仇恨填满的乱世里,又有谁不是渺如草芥,贱如转蓬,被命运的铁蹄一踏,顷刻便作灰尘?

屠嘉低着头,最后一缕夕阳照进山涧,在他的脸庞上锈一层淡淡的红。赵宁似乎能看见,深沉而无望的苦楚,已经钻到了他心脏的薄壁上,再往前一寸,便会将他彻底地摧毁。

"罢了。"她心中一软,脱口慰道,"你虽未能践诺,但哥哥在天之灵,定然也已看见。"

屠嘉没有说话,但慢慢地抬起头来。

而赵宁话音一转,苦笑着摇了摇头:"但是,我也知道,你不可能为了我,反去刺杀你的老师。"

"阿宁。"屠嘉神情陡然一变,情不自禁地伸手抓住了赵宁手腕,"你不能去!那是自寻死路!"

赵宁这次却没挣开,只挪开了目光,看向天空。长涧尽头的晚霞虽已被夜色缩减,但依旧燃得热烈,把脚下的路都铺上了火焰。

"何草不黄?何日不行?何人不将?经营四方。[1]"赵宁轻轻念了几句,又叹道,"战火一日不停,走到哪里,不都是死路?"

---

[1] 引自《诗经·小雅·鱼藻之什·何草不黄》,讲述战争的残酷,征人的悲苦。

"可……"屠嘉想要分辩,却又无言。

"人生苦短,你我终须相别。"赵宁转过眼,看着他,"不若就此两散,恩仇相抵,再无惦念。"

天色渐渐黑了。赵宁拄着竹杖,沿着山涧一步一步往外走。虽然调息了好一会儿,身体还是很虚弱,浑身上下仿佛没有一块骨头是完好的,她每走一步都似踩在刀锋上。

屠嘉在身后大约十丈的位置,一直不远不近地跟着。

在她说出那句诀别话语之后,他没有再接话,脸上的表情也渐渐收拢了,又变回了最初在甲兵铺里初见时的冷淡模样。但赵宁起身走后,他出了会儿神,也起身跟上了。他的脚步也很慢,伤势明显很重,只是一直没有吭声。移步之后,草地上留了好一大块血迹。

赵宁没有办法拒绝他跟着:从这山涧出去只有一条路,天也晚了,他不走,在这里也是白白等死。

赵宁想着,从山涧出去后,尽快辨别方向,返回郢都。她身上还有些钱,可以租借一条小船,走水路去鄢陵,然后找齐国商社,想办法联络田牧。若实在找不到,便去魏国大梁。她记得田牧曾跟姬雨桥提过一句,过些时日后在大梁会合。

这样一步步挪到山涧谷口,天色已经黑透。莽莽苍苍的宛丘在夜里显得分外阔大,风吹林动,偶有鸟鸣。天上星子被云层藏起,几不可见,一轮残月也忽明忽暗,照不清前路。

赵宁有些沮丧。她竟全然辨不出方向,更谈何找到路途。难道,还是要倚仗屠嘉吗?那么,方才所说的那些,又算什么?

她站在谷口,听着身后的脚步慢慢靠近,不知如何是好。所幸的是,屠嘉也没有上前来逼她,只是默默在她身后停了下来。

约莫过了一刻,赵宁有些站不住了。她深吸了一口气,决定随便找一个方向走,边走边碰运气。而这一迈步,身后的人便忍不住开了口:"阿宁,错了。"

赵宁脚下本能地一顿,但转念一想,屠嘉岂知她要去往何处?便不理会,继续往前行去。

身后的人无奈地叹了口气,起步跟上。"往北面,不到三里,有个码头。"

屠嘉淡淡地道。

赵宁这下真的停住了。

"右边。"屠嘉无奈补充。

赵宁咬了咬牙，转过身，往右边的林地走去。

这是一大片柞树林，断枝横生，木桩参差，似是有农人经常在此采伐，中间竟被辟出了一条小路。

看到路，赵宁更相信屠嘉所说不假。或许这是他们工坊常来的采料之处，设了码头运送木材，很是合理。

果然，走着走着，前方便开阔起来，也听到了潺潺的水声。

赵宁有些欣喜，加快了脚步，想知道会不会恰好有船泊在码头。但快走了几步，她又想到，倘若真有一条船，那便是她与屠嘉真正的诀别之处了。这个念头袭来的时候，赵宁慌乱地发现，自己心中，竟有些失落。那个曾说要与她"刀山火海，便一同去"的人，终究要在此地与她一别两宽，再不相见。而那首在作坊里敲着陶罍吟唱的"将子无死，尚复能来"，也成了此生再也无法实现的期许，就在前面的那一个转角，便要彻底碎了。想到这些，赵宁不由得又放慢了脚步。

她与屠嘉相处，着实不久。但不论是在得知真相之前还是之后，不论是对她还是对哥哥，这个男人，都称得上是重情重义，重诺守信，舍生忘死。可是，偏偏老天肆意弄人，为他安上这样的身份。

赵宁轻叹了口气，心中一软，想停下脚步来，再好好跟他说一句话。谁知，就在这时，前面的密林里突然腾起了一群鸟。

有人！赵宁心头咯噔一下，不由按住了青螭剑柄。

屠嘉也发现了，快赶了几步，在她身后一丈处站定。

"你的伤还好吗？"赵宁轻声道，没有回头。

屠嘉拄着竹杖，没有回答，只淡淡地道："我会护送你，直到与田氏会合。"

赵宁皱起眉，不知该说什么好。

"不用怕，去看看吧！"屠嘉又道。

"谁怕了？"赵宁眉梢一扬，举步便向前行去。

短短的最后一段林间小路转眼到头，拐过一个弯，水域和河岸进入视野。岸边果然有一个小小的渡口，还挂着微亮的风灯，木板搭就的细长码头两旁生着苇草，依稀藏着一叶随波漂浮的小舟。

赵宁先是一喜,接着定睛一看,忽地浑身血液都被冻住了。

那风灯下站着一个人,浑身漆黑,静止未动,诡异肃杀之气却在他周身萦绕着,仿如地狱来的厉鬼。

"你……你是?"赵宁惊恐地睁大了眼,按在剑柄上的手一震,青螭剑擎出半鞘。

那人转过身来,呵呵地笑了,顺手把风灯摘下,往自己的脸上一照:"阿宁,好久不见。"

赵宁猛然倒抽了一口凉气,脚下一个踉跄,倒退了两步。那是一张残破黢黑的脸。皮肉翻卷粘连,糊成一片,几乎看不出五官的分界。

"莫……迟。"她咬着牙道,"你竟没死。"

"彼此彼此。"莫迟讽道。

在灯火的映照下,赵宁看到他穿了一身质地奇特的窄袖黑衣,腰间革带上镶着一枚暗红色的腰扣。

"你接掌了'黑衣'?"她皱起眉,有些透不过气,顿了顿,又问,"是你助我从八门阵中脱困的?"

"看来,你还没有全傻。"莫迟道,万分讽刺地拉长音叹了一口气,"哎!否则,真不知该如何说你才是。这么兜兜转转,搅得鸡飞狗跳,最后,你还不是回到了师父的股掌之中?"

"你说什么?"赵宁心中巨震。

莫迟话音一转,带上了怨恨的怒气:"你以为,'弑神'之计,是谁定下的?早在十年之前,师父便已将此推动!你以为赵宸去长平是干什么的?他没有成功,自然要轮到你。可你竟——"

赵宁脚下一个踉跄,又向后退了一步,感觉整个人都木了。原来是这样。原来,即便她拼死抵抗,还是走进了父亲为她设好的轨道里。"有为",这个箍住了赵家几代人的词,她还以为她终于挣脱了,可到头来,竟是自己主动走进去,甘愿为之舍身。

"阿宁。"突然,一个温和的声音在身后响起。屠嘉走了上来,将身形暴露在了莫迟的视野里,手里的竹杖如长戟一样耸立,满是肃杀之气。

"你若不愿被利用,便可跟我走。"他的眼睛死死地盯着莫迟,"江湖广阔,总有太平之地可以容身。这个人,我会替你杀了。"

赵宁的心中狠狠一痛,转过头去看向屠嘉。她才发现,原来过了这么久，她都还没有仔细看过他的样子：那张隐在杂乱髭须之后的面孔，五官端正，鼻梁高挺，话语神情始终透着一股刚正磊落。可是，她能怎么办呢？她举家赴难，故国将倾；她满手鲜血，仇恨难泯。她手中有剑，而剑在长鸣。抛下一切固然轻易，可以后的日日夜夜，她是否都要在遗恨和愧疚中辗转反侧，不得安宁？

"不。"赵宁摇了摇头，移开了目光。转过脸的瞬间，一颗泪在脸庞上滑落，坠在衣上。她吸了口气，将青螭剑推回了鞘中。然后起步，慢慢向莫迟走了过去，"赵氏'有为'，必须为死在长平的四十万将士，讨回血仇！"

屠嘉在小溪边绞干衣服，又用手掬了些水，擦干净伤口周围的血迹。从崖上跃下之时，他虽用长剑搠住崖壁减缓了下落的速度，但无法避开丛生的杂木枝干。一根小指粗的硬木从他右后腰扎了进去，又从腹侧穿了出来。

因为赵宁的伤势更重，人已昏厥，他无暇多想，把仅剩的一点药材都用在了她身上。自己仅咬着牙把硬木拔出，撕开衣服简单地包扎了一下。如今，赵宁已和莫迟乘舟远去，他终于可以停下来，好好想一想自己的事了。

天再过几个时辰就要亮了，过不多久，甲兵铺每日固定来城外采伐的货船就会抵达那个渡口。他可以算着时间，跟货船一起回去。阿靖若找不到他，应该也会直接回铺子里去，倒是不用担心。

只是"萤火"，"萤火"首领嬴枥竟然亲至，定是奉了秦王之命将他带回，活要见人，死要见尸。他若无伤在身，自不必怕。可落崖时他全力护着赵宁，几乎所有的冲击和刮擦都落在他身上，不光那一处极重的外伤，怕是内腑也有些出血。

就在此时，他忽然感觉背后一紧。果真如他担心，有一个极轻的脚步声，悄悄落在了他背后的灌木丛中。

月移拨开面前的杂草，发现他一直暗暗追踪的受伤男子已慢慢向东而去，进入了宛丘腹地。他轻轻呼出一口气，从草中站起，走到他方才驻足清理伤口之处。

几根染透了鲜血的布条被丢弃在岸边，一端浸在溪流之中，拖出数道鲜红色的血线。

月移咧了咧嘴，手不由抬起揉了揉自己塌陷的左肩。那里曾被一柄无可阻挡的绝杀之剑深深刺入。断筋裂骨的疼，让他至今想起还会不由自主地打个冷战。然而只怔了一瞬再抬起头，他突然发现屠嘉的身形已完全匿入了深山之中。

这个时节，山中猛兽出没虽不似夏秋那样频繁，但若被血气勾惹出来，他一个身受重伤之人，倒也着实难以对付。想到这儿，月移皱了皱眉，赶忙弯下腰撩出溪流中的血布，寻了个相反的方向远远投了出去。继而迅速收拾了一下脚下凌乱的印记，向着屠嘉消失的方向追去。

可才跟出几步，他便发现了事情的麻烦超乎了自己的想象。地上留下的血迹实在是太多了。甚至不必俯下身，就能轻轻松松地辨别他行走的方位、在哪里停步喘息，又在哪里重新包扎了伤口，稍稍止了血。幸而追踪他的人是自己。若是赵国"黑衣"还在，可就麻烦了。

月移心头一慌，赶忙提了口气，加快步速追了上去。然而，转过了两处山坳之后，他忽然发现地上的血迹和足印都断了。那个人好似凭空消失了，连气味也不曾留下一丝。月移讶异地睁大了眼，不甘心地在四周茫然找了四五圈，终于明白了过来：他已发现了自己。而之前的所有——随意丢弃在溪流中的染血布条以及满地看似慌乱无章的血迹，都是他故意留下来试探和误导他的！

这样利落的反追踪术，确实很像是他的手笔。准确的时机判断，浑然无迹的方位误导以及对对手心态的敏锐感知——尽管只是牛刀小试，却也都拿捏得丝丝入扣，无懈可击。

月移有些沮丧地叹了口气。他几乎可以断定，自己再也无法重新找到他的踪迹了。

他抬头望了望天色，决定直接返回郢都北门外的聚合点。这个时辰，首领嬴栎应当已经回到了那里。若是赶得快，还能在他再次出发之前汇报这次的进展。

然而，月移却没有发现，就在他转身之后，一双疲惫却清明的眼睛静静地盯住了自己。

半个时辰之后，月移终于抵达了那座隐蔽的临河农舍。

院子里没有灯火。听声音分辨，马厩里只剩下了一匹马。首领仍在，而静渊与红楹已经上路了。

"大哥。"月移推门进入院子，冲着房屋里轻轻喊了一声。

"进来吧。"厚重的中年男声传出来。

月移深吸了口气，举步进屋。

屋中只点了一盏昏暗的油灯，空气里浮动着淡淡的霉味。一身玄色软甲的枯瘦男子跪坐在床上，手中掐着诀静静闭目冥想。

月移低下了头："我跟丢了。"

嬴栎没有说话，脸上沉静的神情一成不变，似是没有一丝意外。然而月移却骤然感觉到了一股巨大的压力灌顶而入，一直传到了脚底心。

"大哥，我……"他咬咬牙，还是说了出来，"我不能出手！他受了很重的伤，我怕万一拿捏不好，真的会……"

听到这句话，嬴栎终于呼出一口气，慢慢睁开了眼睛："秦律如铁，擅自离军逃国应判何罪，你莫非不知？"他双眼微眯，低沉的嗓音之中似乎夹着锋利的刀雨，"说与我听。"

月移咬住嘴唇，强撑着没有避开他的目光，从牙缝中迸出几字："夺爵除伍，以为隶臣。"

嬴栎冷脸看着他，没有说话。

"可是……"月移急得皱起眉头，"可是当年他也是迫不得已……连武安君他也……"

"没有什么可是。"嬴栎冷冷打断，"就算是武安君本人，秦法也不姑息。"

这一句出口，月移满腔的激愤情绪终于哽住，继而一下崩散了。的确，这些，他都一清二楚。秦法之冷酷，宗亲尚且不避，何况是军中罪臣。

良久，月移长长地叹出一口气，复又垂下了头，声音渐低："大哥，倘若他执意不肯回秦，我们……真的要杀了他么？"

嬴栎沉默了一瞬，吸了口气，刚要开口，忽然眼角精光一闪，右手一道掌风向月移身后直劈过去。

"喀"的一声，小屋木门訇然中开，外面黑洞洞的夜色被冷风夹裹着灌了进来。

"冯统领既然来了，何不当面辩个清楚？"嬴栎一拍桌案，身形如鹞鹰般掠出。

黑暗的小院中央，黯淡的月光之下，布衣散发的瘦高男子拄着竹杖静静立着。夜风在他身侧呼啸翻卷，而他却像一棵崖顶的孤松，破风劈雨，岿然不动。

"冯将军！"月移跟着抢出门去，惊得睁大了眼。

"冯嘉离军时，已去印弃爵。"屠嘉淡淡地道了一句，嗓音低沉而宁静，"更氏为屠，以为自辱。请不要叫错了。"

嬴栎闻言，发出一声轻笑，继而举步缓缓走向小院中心。黑色的阔身长剑蹭在软甲上，发出沙沙的响声。

"那屠兄此来，是想做什么呢？"他的步伐很重，每一步都似能震动尘土。

屠嘉在黑暗中扯了扯嘴角，接着，他竟转过身向小院门口缓缓行去，将背心要害暴露给了危险的对手。

下一刻，月移便震惊了。屠嘉竟举起竹杖，将小院的柴门一拨，关上了。

"以你的伤势，想留住我，说笑了吧？"嬴栎嗓音骤然一沉，继续向院中走去。

"不妨试试。"屠嘉声音轻缓，竹杖在地上一点，身体直了起来。

话音落，他背后沉重的脚步声忽然停了。

冰冷的黑夜里，一声悠长的剑啸怆然响起。墨色的剑身一寸一寸脱出剑鞘，月光浮落其上，晕成了一片黯淡的白。

"那么，得罪。"嬴栎嘴角一动，身形再一次化为看不清的影，与利剑合为一道笔直的线，决然刺向屠嘉后心。

"大哥，三思啊！"月移霎时失色，惊呼出来。

屠嘉脚步一顿，持着竹杖的右手手腕向上一提一转，竹杖"呼"地一下回旋了半周，斜斜指向了天空。他脚下步位陡变，身子顺势回转过来，手指一松，竹杖在他手心顺着手臂向下滑了半尺，继而稳稳定在了距离端头的五分之二处。

锐利的剑锋眨眼便刺到了他身前一丈之处。由强劲的内力鼓起的狂风呼啸而来，向着他兜头罩下。

只见屠嘉手臂一震，竹杖竟如长戟在手，发出了龙吟般的鸣啸。

"喀"的一声，两个身影交叠在了一起。继而双双错身而过，各自向前冲了几步定住了身形。

"噼噼啪啪"几声轻响，几段碎裂的竹节落在了地上。

嬴栎未有丝毫停顿，足尖点地凌空一记翻跃，极黯的白芒再度向屠嘉急速劈去。屠嘉霍地转身，手中的竹杖好似想要挣脱束缚的游龙。他身形一动，竟复又决然逆风迎上！

"冯将军，小心！"月移心魂俱碎，脚步移动想上前阻止，却找不到一处可以插手的间隙。他的大哥——"萤火"统领嬴栎，是秦国自武安君白起以下的第二高手！别说冯嘉荒废武艺多年，如今又身负重伤，就算是在他三年前的全盛时期，也未必是嬴栎的对手！

电光石火间，屠嘉手里的竹杖弯成一道弧避开了剑锋，顶端准准点住了长剑靠近护手处的剑脊。

"咯啦啦"一阵脆响，竹节爆裂开来，霎时散成了一把细碎的竹签。屠嘉手腕一拧，碎裂的杖头如飞花一般旋转而起，直挑嬴栎面门。嬴栎退步闪避，眼中立时流露出一股略带意外的赞叹之色。然而未有停顿，他长剑利落回斩，"咔"地一下便切断了竹杖杖头尺许长的一截。

就在两兵相撞的一瞬间，蓄势良久的内力倾泻而出，从竹杖断口处逆流而上，将那竹杖一节一节地"砰砰"地炸裂粉碎！

屠嘉只得撒手，急急后退。然而毕竟有伤在身，他略略慢了一瞬，还是让一缕内力从掌心透了进来。"咳……"屠嘉脚下一颤，顿时天旋地转，一口热血不可阻挡地从喉中喷出。那一缕发丝一样的内力沿着他手臂的经脉瞬间贯通了全身。经脉的剧痛又牵动伤势，终于将他最后的防线击溃。

可就在此时，摧城的剑气又起！墨色长剑上的月光溶成了一线清冽的白芒，从之前的黯影中穿刺而出，直指屠嘉咽喉！黑夜之中，屠嘉皱起眉，露出了一个无人看到的苦笑。毫不含糊的杀意幕天席地向他卷来，眨眼便要将他淹没。

他很清楚，那是真真正正的绝杀之剑。在这不长的一生里，他已经不是第一次碰上。可是，这一次，该是最后的判决了。

"大哥，不可！"忽然，尖锐明亮的少年声音刺入耳膜。"哗"的一阵风从斜里掠过来，瘦小的身影一闪，决然挡在了屠嘉身前。逆着汹涌的剑气，那带着伤残的胸膛坚定地挺起，将尚还完好的右肩送上了长剑之尖。

嬴栎陡然扭腰收力，喉中发出一声低低的闷哼，脚下急点几步，硬生生地刹住了攻势。

剑尖落地，罡风渐止。月移胸口不住起伏，眼看嬴栎缓缓站直了身子，将沉沉的目光转投到自己身上。

"为何不用剑？"嬴栎厚重的声音里带着隐隐的怒气。

"用剑，挡不住大哥。"月移坦然道。

嬴栎深深吸了口气，抬手将长剑收回了鞘中。在他面前，少年仍然张着两臂，将半身浴血的年轻男子护在身后。

"很好。"嬴栎语气中竟转而带上了几分嘉许，"懂得攻心，也算精进。看来这三年，你在武安君府，也学到了不少东西。"

这一句话出，手捂着伤口勉强站立在后的屠嘉眉头突然皱了一皱。

"冯将军可知道，月移的肩伤，耗了多久才好？"嬴栎叹了口气，问道。

屠嘉没有说话，只紧紧皱着眉。

嬴栎又叹了口气，无奈地摇了摇头。

"而武安君在那次刺杀中受的伤，比之月移如今如何？"

屠嘉眉心忽然一跳，冷笑道："他老人家天下第一，还有死士舍命相护。就算受伤，也关心者众，不缺我一个。"

听闻此言，嬴栎陡然气急。

"你……"他却又不知该如何发作，屏息良久，终于重重叹了口气，一振衣袖，转身独自回到了屋里。

寒风苦冷，夜已将尽。

小院之中，月移放下手臂，缓缓转过身来。那个面色苍白、半身是血的瘦高男子失去了竹杖的支撑，好像轻轻一推，便要倒下。他的眼睛光泽灰暗，即便涌动着万千纷杂的情绪，也绝不似从前了。在田氏商社第一次看见他时，月移简直不敢相信自己的眼睛。

三年前的冯嘉，是多么年轻刚健、英姿勃发。作为武安君白起唯一的学生，他统领着秦国全军最精锐的三百铁鹰剑士营，才刚加冠便已战功累累，获封左更高爵。

那时月移才刚刚加入萤火不久，第一个任务便是被派到武安君身边去做影守。每一日站在军帐角落的阴影之中听着这位秦国最年轻的将星与武安君探讨战法，总会折服于他的博学善思、沉毅果勇。

他曾向师兄打听过一些他的事，知道他其实是个被武安君从战场上捡回的孤儿。

他本是受神灵眷顾的人。可是现在,他却甘愿藏在楚国脏乱的铁匠铺里,日夜虚度。

月移没有亲眼见到长平发生的一切。在帮武安君挡下致命一击后,他重伤几死,立刻被撤离了战场。但后来,听顶替他的静渊师兄说,冯嘉当众违抗军令,还恶言顶撞武安君,被吊在辕门上打了四十军杖。而这还不止,直到武安君暴怒,亲自执杖打断了他的一条腿,他才噤声垂头,放弃反抗。

月移想象那场面,只觉一阵阵揪心。刺客赵宸的那一剑虽然被他挡了一下,却还是重重伤到了武安君:从后背肩胛揳入,几乎将他整个右肩卸了下来。

静渊师兄说,当时只看到武安君丢下军杖转身离开,背后淋漓的鲜血从铁甲的缝隙中不断往外流。三军将士肃立当地,无一人敢发声。月移不敢想象,如果当时自己在场,会有怎样的反应。

当夜,冯嘉失踪,生死莫测。大军回咸阳后,国尉司马梗上报冯嘉战死,武安君未置一词。从此以后,也再未提过这个学生的名字。咸阳没有他的墓,长平也没有。朝中军中都齐齐噤了声,好像这个人从来没有存在过。然而月移知道,秦王还记得,"萤火"一直在找他——毕竟,秦国的事,他知道得太多。

"冯将军。"月移思量良久,终于皱着眉开了口,"你还是跟我们回去吧!武安君的伤情一直未见大好,回咸阳之后便再没上过朝。如今邯郸久攻不下,武安君又始终称病不出。秦国满朝文武,都在等你归来。"

洪亮的少年声音落在地上,夜风一吹,奇寒入骨。

屠嘉站立不住,脚下一个趔趄。

"还有,白夫人和白小姐……都甚是想念冯将军。"月移口气忽然一软,缓缓续道。

这句话一出口,摇摇欲倒的男子终于支撑不住,弯下腰捂着嘴剧烈地咳了起来。止不住的血从他指缝间溢出,顺着手臂往下流,霎时沾湿了两袖。

"冯将军!"月移一声惊呼,赶忙上前去扶,心中的痛惜难以承受,"其实,武安君他虽然不说……但未必不念你。我常常看到他一个人下棋,落了一子之后,却又不动了,似是在等着对面并不存在的你落子,一等就是一下午。"

饱含着哀伤的话语飘散在夜风里,尾音袅袅,很快便消失不见。

屠嘉身子佝偻着，两膝渐渐碰到了地上，肩膀随着咳嗽一下一下猛烈地震荡着。仿佛就在一瞬间，这个坚毅如戟的男子被彻底地击溃碾碎，再也无法站起。

月移无法开口再说些什么，只默默陪他半跪在地，用力支撑着他不要倒下。

屠嘉将脸埋在手里，按捺了良久才渐渐止住咳嗽。他没有说话，整个人仿佛僵死的木头。

这时，不知何时又从小屋中走出的嬴栎长长叹了口气，沉声道："我何尝不知，冯兄是恨透了战争。"他把一柄铁灰色的长剑往地上一拄，"可若想永远止战，除了天下一统，又哪有第二个办法？"

屠嘉的肩头猛地耸动了一下。

"两百年战国，能够做成这件事的，只有武安君一个。"嬴栎也不等他答话，径自续道，"若连不世出的'战神'都无法统一华夏，待他去后，战乱还将持续多少年，有谁能知？那些埋骨沙场的将士，也都统统白死，毫无意义了。"

听到这句，屠嘉突然猛地抬起头，咬牙一声暴喝："够了！此等论调，我从小听到大，不必再提！将士沙场战死，不过就是被诸侯的私欲践踏，本就没有意义！我没有老师的高瞻远瞩，只能看到地上的血。我眼睛里容不得杀降的沙子！你们愿为他驱驰，便去驱驰。我屠嘉只愿做个平凡人，平凡地去死，也好过被架在将帅的战车上，向着无辜之人碾过去！"

这一番话落，嬴栎和月移齐齐噤声。

此时的冯嘉，是他们从未见过的。激愤让他的眼睛也似在冒血，勃发的恨意像刀子一样捅着那个从未被人挑战过的神，好像下一刻便要与之同死。

屠嘉的呼吸粗重而深沉，身体支撑不住这样激烈的情绪，忽然呕出了一口血，颓然坐倒下来。

"冯将军……"月移伸手扶住了他，眼里全是不忍。他怎么都没有想到，冯嘉与武安君之间的裂痕，竟会到这样难以收场的地步。

天下一国的梦想，不仅仅是武安君一人的，也是秦国所有将士的梦想。几十年来，整个秦国都在为这个梦想出生入死，不遗余力。可偏偏是武安君从小养大的学生冯嘉，这样不留余地和情面地反抗了他，把这梦想摔在脚下狠狠践踏。

月移不知道该说什么，只是忽然觉得，似乎冯嘉这样想，也没有错。他们，确实已杀了太多的人了。那被坑杀在长平的二十万赵国降卒，至今还白骨交错，腐臭未消。三年了，那一带方圆百里还疫病肆虐，野兽盘桓不去，沦为一片鬼蜮。武安君所谓的"以战止战"，真的是对的吗？

　　过了良久，嬴栎才长长地叹出了一口气。

　　"罢了。"他竟妥协，手腕一提，拄在地上的长剑跃入掌心，"我便当做从未在此见过冯将军。"他顿了顿，转向月移，"左庶长王龁将军已领兵十万增援邯郸，预计十日之内，将在太行山滏口陉外扎营。冯将军伤重，你将他安顿好之后，再来与我会合吧。"

　　"是！"月移立刻大声道。

　　嬴栎吸了口气，又看了一眼屠嘉，补充道："吕氏甲兵铺的东家，不是寻常人物。冯兄若有一日改了主意，可与他联络，再做计较。"说罢，他将手中的长剑抛过去，顿首行了个礼，便转身走出小院。

　　屠嘉伸手一把抄住。低头看，拂晓的微光在铁灰色的剑鞘上闪烁着。竟是他曾经的佩剑——终南！

第五章
击鼓其镗

屠嘉回到甲兵铺，已过了午时。

陈掌柜年纪大了，已回房午睡。前厅只留了小厮阿鲁一个人守着，正百无聊赖地摆弄着一个没有装箭矢的旧弩机。

看见屠嘉，阿鲁先是惊讶地叫了一声："屠大哥？怎么脸色这么差？"继而"哦哦"两声跳起来，跑到陈掌柜存放账目的柜子前，翻出个竹筒，"有封邯郸来的信！是东家指明要给你的，连掌柜都不许拆！"

"多谢。"屠嘉皱起眉，接了过来。

"欸？真是奇怪！东家都多少年没来过郢都了？怎会认得你？"阿鲁满脸好奇，眼睛不住瞟那竹筒，恨不得屠嘉现在就打开。

"许是掌柜说的吧。"屠嘉随口应了一声，把竹筒揣了起来，准备回工坊去，一边问道，"阿靖回来了吗？"

"没见。"阿鲁见他不肯多说，有些失望，随口嘟囔了一句，又回去摆弄弩机。

屠嘉也不管他，自行回了工坊。

工坊里倒是没有什么变化，还是他走时的样子。阿靖确实没回来，也不知是又遇上了什么麻烦，还是仍在城外找他。

仔细关好门窗后，屠嘉坐回草席上，把长剑扔在一边，而后将那竹筒从怀中掏了出来。

是个普通的信筒，封装得很严密。筒身上刻了几个隽秀的小字，"屠嘉亲启"。

屠嘉皱了下眉，把信筒拧开。往里一看，里面却不是绢帛，竟还有一层金属的圆筒，式样十分眼熟。

屠嘉把圆筒拿在手里，翻过来倒过去看了看。有个机括，不知方法的话很不易打开。他手指错动了下，一拧一拽，圆筒应声而开，与此同时，恍然明白了为何觉得眼熟。这圆筒竟和田牧装"鱼渊"图稿的那枚是一样的。

屠嘉本能地觉得事情有些不对,一时间,却又说不上来。

圆筒之内就是书信的白绢,挑出一看,洇透的字迹竟是黑中带红,十分诡异。

就在这时,门外突然响起了脚步声。屠嘉没来得及展开看,赶忙又塞回怀里。

笃笃的敲门声响,陈掌柜一推门走了进来,"小屠,你回来了?怎去了那么久?"

看见屠嘉苍白的脸色,陈掌柜也有些吃惊:"咦?病了?"

"陈老。"屠嘉慢慢站起身来,"屠嘉今日要离开鄴都,向您请辞。"

"今日就走?"陈掌柜有些惊讶,"是东家召你去邯郸?他是与我提过一句,有事找你相帮。但邯郸战事正告急,此时如何去得?"

屠嘉皱起眉,道了句:"不是去邯郸。"他顿了顿,"是有私事要走,此后便不再做工了。"

"哦?那可惜了。"陈掌柜道,然后叹了口气,"大武今日也走了。唉,乱世难为啊。"

屠嘉稍稍有点意外,却没追问。

陈掌柜又说了些遗憾的话,询问屠嘉今后如何打算。屠嘉一一应付,心下烦乱之余,也有些感慨。

窝在这作坊里的三年虽然寒苦,却很少会想起那些痛苦不堪的往事。旁人也都只当他是个逃难的平凡人,靠一点手艺艰难求生,与众人的辛苦一般无二,言语中多带体量和温存。

他知道,今日他从这作坊里走出去之后,这种生活便将再也不复存在了。该面对的,终须面对。

陈掌柜说了一阵,便回去给他结算工钱了。临走时瞥见屠嘉席上的终南剑,掌柜有些讶异,却没有多问,只叹了口气,在他肩头轻拍了一下。

送完陈掌柜出去,屠嘉把房门关好,靠在门板上又把那封信卷拿了出来。展开一看,他立刻紧紧锁住了眉。

竟是一封血书!字是秦篆,用手指蘸血而书,言辞激昂又恳切。落款竟是秦国王孙嬴异人!

屠嘉心中愈发震惊,陡然想起三年前在邯郸遇到东家的情形。

那时他刚安顿好赵宁，拖着一条伤腿，不知该做些什么，去往哪里。只悄悄等在赵家的废墟附近，观察来往人士，看是否有事需要善后。

那白衣商人出现的时候，有一位年轻的公子跟在身旁。公子从马车的窗口望见了他，与他遥遥对视了一眼。没过多久，那商人便寻了过来，问他有何所长，是否要找件活计。

此时回想，屠嘉才明白，原来是嬴异人认出了自己。而那时的他却丝毫不记得秦国还有这么一位质子留在邯郸。毕竟，连秦王都未曾顾及他的生死，毫不犹豫地发动了举世震惊的长平之战。

看完血书，屠嘉长长地吸了口气，又叹出来。

上面要求他做的事，与萤火所求，并无区别。若是从前，他自会答允，可放到如今，却不可能了。

他把血书叠了起来，想了想，又放回怀中口袋里，继而便开始收拾行装。

他的东西不多，只两三件衣服、一点钱币、给阿靖理毛的梳剪，还有一柄终南剑。屉中有一件还未完工的软甲，他拿起看了看，叹了口气，又放了回去——那是去年还是前年，老师生辰之日，他喝了点酒忆起往事，一时冲动做的。本来准备做好后托人随一批货送到秦国去，但后来听闻秦国竟又增兵攻赵，他心中气恼，便作罢了。

他与老师，应不会再见面了。此番离开，他只想追踪赵宁的行迹，想办法把他们拦下来。其他事情，他也无力顾及。至于拦下来之后再怎么办，他一时也想不清楚，只能走一步，算一步了。

打点好行装后，屠嘉在门后拿出小帚，把屋内又简单清扫了一下。一切都已做完，他叹了口气，背起包袱准备出门。谁知就在此时，木门忽然"砰"地一响，一团白影流星一样撞了进来。

"阿靖！"屠嘉讶然，一把将白狐搂住。

小狐钻进他怀里，却十分反常地吱哇乱叫了一阵，叼着他袖口胡乱撕咬，一副气急败坏的样子。

"这是作甚？"屠嘉伸手去摸它的头，却差点被它咬了一口。

怎么像是受气了？屠嘉十分纳闷。

就在这时，屋外的院子里忽然传来女子的娇叱："我来找冯嘉！你们拦着我做什么？"

屠嘉心头大震，冲出门外一看，陈掌柜和阿鲁一左一右地拦在绿裙女子的身边,抻着胳膊,但根本就拦将不住。

"珊儿!"屠嘉震惊地叫道。

绿裙女子一转脸,惊讶和狂喜瞬间将那一对银星般的眸子点亮了。

"哥!"她一声尖叫,直冲过来,旁若无人地一把搂住了屠嘉的脖子。

"你干吗又捉弄阿靖?"作坊里,屠嘉扶着始终挂在脖子上的人的胳膊,佝着身子,气息有些无力。

"嘻,看到它就忍不住嘛。"白珊笑嘻嘻地,惹得阿靖又一声哀鸣,讪讪地躲到草席上趴下,用尾巴卷起了身体。

"唉,你下来吧。"屠嘉手上微微使力,想把她胳膊拉开。

"不下!就不下!"白珊立刻尖叫道,手臂突然加力,贴上去使劲蹭了蹭屠嘉的身子,"下来了你又跑怎么办!"

屠嘉没有预料到她这番动作,猛然被撞到了伤口,"嘶"地抽了一口冷气。

"你受伤了?"白珊皱起眉,终于松开了右臂,放下了踮着的脚尖,"我是闻到一股血腥味,还臭臭的。你在这儿打个铁也能受伤?怎么搞的,笨成这样!"

她声音又脆又清亮,语速快得让人反应不过来。一手还搂在屠嘉脖子上,另一手已去扯他胸口的衣服来探寻伤处。

屠嘉再忍不下了,手臂一翻强行把她从身上摘了下来,往后退了两步,在席上坐下。这么使力一动,腰侧的伤口疼痛更甚,似乎又裂开了。

白珊被他一推,也退了一步,两手在腰上一叉,噘起了嘴。

"你怎么跑来了?"屠嘉叹了口气,用手捂住腰侧,垂着目光不敢看她。

方才在门外,还未等他反应,她一个箭步已经冲了上来,尖叫声震动屋瓦,扰得旁边工坊的人听不到声音,都跑出来看。

这绿裙女子正当妙龄,身材匀称有致。一双眼睛生得极大,眉毛发色浓黑,面颊红润如春桃,元气满得像要溢出来。虽然不算倾城国色,但走在市井间,一眼看去也是顶顶漂亮。她腰间悬着柄精致的短剑,还缀着佩玉。一袭裙衫色泽光鲜,显然不是寻常人家女儿。这样的姑娘过来吵着闹着找屠嘉,实在太引人注目了。更何况,还一见面就冲上去,结结实实地搂住了他。

眼看人渐渐多起来,屠嘉实在无奈,只能拖着她先回了坊里,跟陈掌柜和阿鲁说了声抱歉，然后关上了门。

他也没有想到，九年没见，白珊竟还像从前一样，咋咋呼呼、疯疯癫癫的，好像永远长不大。不过，她原本奶白色的皮肤变得更白了些，发育时脸上生的痘印都消失不见，身材也更丰满了些，挂在身上的触感不再是硬邦邦的了。真的是个有些标致的小女人了，只是依旧让他头疼不已。

"你能跑来，我怎么就不能？"白珊语气依旧蛮横，还有些生气，"你说不要我就不要我，以为我这么好打发？"

屠嘉默然无语，低着头不看她。

"你知不知道我们找了你多久？阿娘天天都在跟我念叨，一见有外人进门就以为是来通报你的消息的。我爹虽然嘴上不说，但每次路过你房间都要往里看一眼，被我碰到好几次站在那儿出神，都忘了自己要做什么。"白珊的话像倒豆子一样噼里啪啦，"你倒是好，找了这么个破地儿躲起来，还当自己十岁，耍性子呢？要不是终于有消息来，我是不是要一直在家等你，等一辈子？"

屠嘉皱起了眉，心里开始烦闷。虽然得知他们还惦记自己，他多少有些羞愧和感动，但白珊这档子事，实在让他不知道该如何应对。

他们从小一起长大，冯嘉五岁到武安君府时，白珊正在师娘的肚子里。

一晃十几年过去，白珊已及笄，该许人家。但她生来率性娇蛮，父亲又是当朝大将，即便门槛被踏破，她也绝口不应，只要嫁冯嘉。

那时冯嘉年少英俊，风头正盛，武安君看两人感情不错，便开口答允定了下来。谁知冯嘉知道之后，竟不愿意，找师娘一通解释，要把婚约解了。

当时正值秦国即将挥师上党，冯嘉说完之后，也不敢再见白珊，直接出征走了。再后来便是旷日持久的苦战和长平大捷。战后，白珊以为终将等到冯嘉回国，谁知却只等来一个不明不白、生死难料的消息。

这些年，屠嘉也不是全然没有想起过这个妹妹。可毕竟已时过境迁，两人都不再年少。他也未曾想到，白珊竟还未嫁人，铁了心地等他回家。

"你又不说话！"看屠嘉皱眉不语，白珊情绪更加激动，气得跺脚，"话不说清就走，你算什么男人！"

"我……"屠嘉实在忍不住叹了口气，"我跟师娘说得那般清楚，我不信她没有向你转达。"

"她转不转达是她的事，跟你、跟我又有什么关系？"白珊说着，嘴一撇,竟忽然掉下泪来,"这样大的事,你竟都不与我商量,自己便决定了。我究竟哪里不好,让你这样避之不及?"

她这一哭,屠嘉的头更加大了。

"唉,你明知不是如此。"他无奈道,"军人为国效命,常年流离,瞬息生死。师娘的不易,你我都清楚得紧。我……怎能忍心,让你同她一样,一辈子日夜悬心,不得安宁?"

白珊陡然没了声息。屠嘉等了片刻,觉得诧异,抬头一看。谁知她竟如孩童一样,立刻"嘻嘻"破涕为笑。

"就知道哥哥对我最好了。"白珊上前一步,挨在屠嘉身边坐下,扯着他的袖子道,"那现在你不做军人了,可以与我长相厮守了吧!我们也不用回秦国,就找个山清水秀的地方隐居,你说可好?"

屠嘉震惊了,猛然胸口一痛,险些一口血呛出来。

"咳咳……咳……"他把血咽下,又咳嗽起来,扯到伤口肌肉,顿时痛得脸都变形了。

"哎呀!"白珊惊叫道,一下子跳起来,"原来你伤这么重!快!快把衣服脱了!"她一边说,一边动手去拉扯。

"哎……别闹!"屠嘉连忙抬手格挡。

白珊脸一板,声调陡然变厉:"让你脱就脱!我在家读了九年医书,你以为是闹着玩的吗?跟我还有什么不好意思的?"

屠嘉又有些惊异,怔愣了一下,终于抵不住她刀子似的眼神,叹了口气放弃了抵抗。

白珊鼻中轻轻"哼"了一下,嘴角偷偷露出一抹得胜般的笑意。

虽然表现得刁蛮任性了些,她动起手来却很是麻利,显然是当真治过不少病人。屠嘉在她指挥下慢慢脱下上衣,小心地露出伤口,在席上平躺下来。

"你也真不怕死!"白珊一看见伤口,眉头马上就皱了起来,神色前所未有地凝重,"已经有两天了吧?还不好好处理,等着烂吗?"

屠嘉咬牙忍着痛,没有说话。他回来之前,只在嬴栎那里让月移帮忙敷了些草木灰,简单包扎了下,又换了套衣服掩人耳目。本来打算从甲兵铺离开之后,寻个药铺买些草药再做处理,也没发现伤口已经开始恶化流脓,怕是今夜便要发烧。

"你这不行。我得给你剜开,再重新缝上!"白珊说着,起身便往外面走,"我去买东西,你躺着别动!我喊人来看看你!"

"喂……"屠嘉还未及反应,白珊已冲出门去,"咣"的一声反手把门阖上。

接着便听到她嘎着嗓子喊阿鲁,恶狠狠地交代他,回来屠嘉要是跑了,定会要了他的小命。

"唉……"工坊里,屠嘉无奈地长叹了口气,把衣服扯过来盖住胸膛。

旁边,小狐阿靖鼻子里"呼哧"了一声,嘲笑似的用大尾巴在他脸上使劲扫了一下,跳到一边睡觉去了。

"你倒是宽心了。"屠嘉恨恨地伸手戳了一下阿靖软绵绵的肚子,"让你长这么胖!跑不过她,以后有你受的。"

阿靖"嗷呜"了一声,表示反抗。却经不住困意袭来,在他身子上蹭了两下,一扭头就睡着了。

让屠嘉绝没想到的是,他这一躺,清醒过来竟已是三日之后。

那日白珊出去了一个时辰,回来时采办的东西竟是用木车运的。药材、器物、衣服、食水,搬进来后把小作坊的空地都填了一半儿。

那时屠嘉还没有什么异常,除了有些惊诧和头痛,也不曾昏沉。可接着白珊生起了炉子,开始烧一种不知什么的草药。随着白色的烟气缓缓充满小屋,屠嘉便觉得眼皮实在沉重,抵抗不了地睡去了。

白珊嘴里含了片叶子,倒没受什么影响。她也给了阿鲁一片,让他在旁帮忙烧水煮药打下手。接着自己上前揭开屠嘉的衣服,在席上排开器具,十分熟练地用小刀把伤口切开,腐肉剜掉,然后用特制的针线把绽裂处缝起来,上药包扎。

阿鲁在旁看得瞠目结舌,对这又咋呼又任性的娇蛮女子的看法有了一些改观。

至于后来她买了几大车好酒好菜请全甲兵铺的工师们吃,恨不得把工坊变成厨房,到了日暮下工时竟无人回家,全聚在院子里烧着篝火聊天谈笑,阿鲁也没觉得太过离谱而不可接受了。

阿靖这几日对白珊的态度也稍稍有了一些变化。起先是看见她就跑,一见她盯上自己,要么奓毛发怒,要么一溜烟就不见了,不知藏到了工坊里的哪个角落。白珊不像屠嘉，每日都把门窗关得死死的，绝不让它出去。于是到了第二日，当白珊把一座山一样的好吃的推到它面前，它的防线终于崩溃了。

许是吃人的嘴短，后来阿靖再被白珊揪尾巴扯耳朵，也就忍下来不好意思跑了。其实白珊看着声势吓人，下手时也不重，不至于真的弄伤它。被戏耍着丢点脸就丢点脸，好歹也是一个屋檐下长大的熟人，没什么好势不两立的。

屠嘉在昏迷中度过了三天，虽然也仿佛听到过门外夜夜笙歌的热闹，依稀感觉到晚上有人爬上自己的榻，枕着自己的胳膊睡觉，但总体的意识还是迷糊的，以至于三日之后的早上醒来，突然发现作坊分外热闹，来往的工师都来向白珊打招呼，阿鲁一口一个"阿姊"地跑前跑后。屠嘉真真是傻了眼，不知该说什么好。

"哟，醒啦！来吃粥！"白珊眼睛笑得弯弯的，及时把一碗熬得恰到好处的粟米粥端了过来。

"呃……多谢。"屠嘉依言接过。翻看了一下衣下的伤口，竟已好了很多，结的痂都快要脱落了。他深深呼吸了一下，内腑间的郁气也已消失，除了饿太久有些虚弱，其他已一切如常。

"想好了吗？接下来去哪儿？"白珊也舀了碗粥过来吃。

屠嘉又微微皱起眉，有一些烦乱。他该怎么跟白珊说赵宁的事呢？

失去了可以制"鱼渊"的工师，还有"萤火"一路追杀，那个刺客小队应当会去魏国找信陵君寻求帮助吧？如今信陵君正在为合纵救赵积极奔走，江湖志士齐聚大梁。田氏若不能立即入秦，自是去魏国周转更为合理。

他是打定心思要追上去，暗中护着赵宁的。可白珊既然找到了他，断然不会再轻易跟他分开。他不能告诉她他想要做什么，也不能让她跟着。白珊若知道有这么一个要杀父亲的女刺客，必然拼死也要先杀了她的。这两个人，万万不可以碰面。如今大战在即，到处都不太平。不过白珊武艺不差，头脑也聪慧，不需要太担心她的安全……

"行了！想不出来的话，就跟我回咸阳吧！"

见他许久不答，白珊稀里哗啦吃完了一碗粥，把陶碗往旁边一放，擦了擦嘴。

"说什么找地方隐居，是玩笑话。我爹养你那么多年，到老来你竟不在身边侍奉。他们忍得了，我可忍不了！"她顿了下，打了个嗝，"我已经把找到你的消息放出去了，过不了几日就有人来接。你就放心养伤，有我在，没人会为难你的！"

听到这句话，屠嘉脸色陡变，一个没拿稳，整碗粥都摔到了地上。

早春的风仍是寒意浓重，尤其是贴着尚有薄冰未化的水面吹过来，直是让人骨髓都要冻上。

一叶小舟悠然地漂浮在鸿沟宽广的水面上，逆流而上，行得极缓。

这条鸿沟，乃是战国之世最为雄壮的一条人工河流。百年之前由魏惠王兴修，北通广武，南延大梁，再南下数百里直通颍水，交汇于郓陈之畔。鸿沟两岸大多是整齐的良田，堤岸笔直，少见烟渚渡头。这时节，土地尚还冻着，千里平川上，只看得见黑黄的泥土静静等待着复苏。

赵宁盘腿坐在船头，一边调息疗伤，一边看着风景，努力平复心头的郁气。不得不跟三年前险些杀死自己的人同船，还是这样长的路途，实在有些令人难以忍受。若不是要依仗他与田氏联络，她早就撇开他独自上路了。幸好，眼中的天虽然灰白阴沉，但十分广阔。时时能看见飞鸟展翼，盘旋往复，自由而有生机。人的世界若有鸟儿的一半太平，也就让人满足了。

小舟转过一处缓弯，忽然，东边的堤岸上传来了一声尖而脆的哨声。

"笃笃。"小舟的木制舱门被人从内里叩响。

"哎，来了！"船尾的艄公赶忙踏前几步，哈着腰对着舱门，"东家，有何吩咐？"

"速行，十里后靠西岸。"莫迟嘶哑的声音从舱内传出。

不一刻，一座小小的渡口便在前方不远处出现。赵宁扶着船舷站了起来，将青螭剑紧握在手。

渡口上站着一个人，身材壮实，穿着广袖楚服，头戴高冠，是常见的士人打扮。他看见小舟，立刻踮脚举臂，招了招手。

赵宁感觉此人有些眼熟，待到近前，才惊讶地发现，竟是先前在吕氏甲兵铺见过的那个墨家工师——梁大武。

"哎呀，赵姑娘！田先生等你好久了！"梁大武把赵宁从小舟上迎下，十分殷勤地抬手引路。

赵宁跟他走了几步，突然发现身后毫无动静，莫迟并没有从小舟上跟下来。

"你不去？"赵宁停步转身，对着小舟里道。

"我回邯郸。"莫迟道，"这里的事，就拜托梁工师了。"

梁大武赶忙点头答应，满脸都是笑意。

赵宁皱起眉，感觉有一丝说不上来的异样。再抬头，小舟已经飞快离岸，向前行去。

"马车已经备好，赵姑娘快请吧！"梁大武催促道，"进城还要走一个时辰。赴信陵君的宴，迟了可有些难堪了。"

大梁城里，一身火红胡服的姬雨桥骑着马大摇大摆地穿过街道，刚刚进城便直接向城里最大的酒楼——"回望楼"——杀了过去。

"拿酒拿酒！"她把马缰往迎接的小厮怀里一扔，一边喊一边往楼上跑，也不等后面被人流阻挡了一下的红榴赶上来。

姬雨桥挑了一个二楼靠窗的位置，倚着栏杆，正能看见大梁直通王城的主干道。趁红榴迟了一步，她左右看了看，不动声色地从衣兜里摸了颗小药丸，用手指碾碎，撒在座位的地上。

那是从田氏商社被红榴"救"走之前，田牧悄悄塞给她的。她寻思了一下，觉得应当是这么用的。晚些时候，赵宁大概会循着气味来找她，想法子把那讨厌的影守甩掉，然后由她带着一起入秦。

刚弹干净指尖上的粉末，红榴便赶了上来，在她案前坐下。一落座，她便蹙起了眉头，吸了吸鼻子，好像察觉到了什么。

姬雨桥有些懊悔，应当离开时再寻机去撒的。但想想，在红榴的眼皮子底下做小动作终究风险太大。看她现在也没说什么，便才松了口气。

"夫人在大梁城，又要耽搁几日？"红榴看着接连送上的佳肴酒水，脸色十分阴沉。

"你管我待几日？"姬雨桥眉梢一挑，翻个白眼，"你一个护卫，问这么多干啥？"

红榴深吸了口气，没说话。这一路，她已被这大人物折磨得快要疯了。

"你这么急着回秦国，就快回呀！我放你走。"姬雨桥继续道，"我出来可是有任务的，这次连我兄长都没见到，总得做成点别的什么事再回吧！不然应侯问起来怎么答？"

红榴点了点头，放弃了与她对话。说是要做点别的什么事，可这些天来，她除了到处乱逛凑热闹看杂耍，就是在大梁近郊兜圈子看风景。很明显，姬雨桥当真想做的事，无非是甩掉她。

看红榀不接茬，姬雨桥也有些来气。这些所谓秦王为重臣配备的护卫、影守，虽然个个武艺高强，但好像都有点傻。之前那个静渊也就罢了，一直藏着没出现，直到她遇到危险，才拼了命来救她。可现在这个红榀，却真的是狗皮膏药似的寸步不离，说是守卫，倒不如说是监视，就差夜里没跟她睡一个被窝了。

姬雨桥气鼓鼓地拿起案上的长箸，拈了颗杏梅丢进嘴里。红榀也不客气，拿起长箸，自己也夹东西吃了起来。

看着她纤长的睫毛和俏丽的鼻尖，姬雨桥忽然心中一动，神神秘秘地笑了起来。

"欸？我一直想问你来着。那天在田氏商社，我听那个鼻孔朝天的弓手喊你师姐来着。"她凑过去，嘴角绽开两朵梨涡，"你们是什么关系呀？"

红榀明显愣了一下。

"哎，随便说说。我又不会跟别人讲。"姬雨桥安慰道，"但你要不说清楚，让我乱猜……那可保不准我要猜你里通外国，图谋不轨了。"

红榀再次气结。

姬雨桥对她眨眨眼，满脸无辜可爱。

红榀深深地吸了一口气，把长箸往案上一拍，捞起陶杯喝了一口。

"他是南墨叛徒。"她把陶杯放回案上，两颊立时升起红晕，"十年前他盗走裂天弓，我去阻他，被他废了右手经脉，功夫尽毁。"她冷笑了一下，抬起眼，"你说是什么关系？"

姬雨桥听了，托着腮，嘴里"啧啧"了两声。

"这件事，南墨中无人不知。就算你去乱说一番，也歪曲不了。"红榀挪开眼，又去拾箸。

"嗯……"姬雨桥应了一声，若有所思。

红榀不理她。

"不过，我看那邵云出手挺毒辣的。"姬雨桥突然话锋一转，"只有对师姐，总是手软。"

红榀的手腕猛地颤了一下。

"就说田氏商社里那一箭，这么近的距离，这么好的弓，怎么可能偏呢？"姬雨桥继续分析，"若是顾虑人质，田牧手里也有我这个人质，双方机会均等。何况对邵云来说，死个田牧的侍妾真的不算什么威胁。最佳的选择，当然是一箭穿喉！"

红楹的脸色有些发白，不知想到了什么。

"所以……"姬雨桥得意扬扬地一笑，下了结论，"这个邵云，定是对师姐心怀爱慕。十年前如此，十年后，也没变过！"

马车在大梁的街市上疾驰。半个时辰后，天竟然变了，淅沥沥地落起雨来。

赵宁挑开车窗的帘子，看着热闹的街市上摩肩接踵的人群，心中微微有些恻然。这座中原百年来最为繁华的大城，是魏国的国都，与同为三晋之一的赵国国都邯郸隔河相望，古来便在世人口中被时时并称、刻刻相较着。然而现在，大梁依旧风华卓然，邯郸却已兵灾连年、满城孤寡。

马车的车轮轧着石板路，发出连续的吱呦声。一切都很顺利，可赵宁的太阳穴却开始突突地跳了起来，脑中似有一根神经被扯住了，越收越紧，几欲崩裂。她把头靠在了车窗上。细微的颠簸传来，让她感觉稍稍好受了一些。

渐渐，雨开始下得越来越大了。一道道水帘从窗卜垂下，风一吹，细细的雨丝便飘洒在了她的发上。街上的人们明显纷纷加快了脚步，有的撑起了油布伞，有的戴起了斗笠。而此时，马车也从宽街驶进了窄巷，两窗外青瓦高墙，静谧幽淡，人声止息。

终于，"吁"的一声，马蹄声戛然而止，车厢停止了晃动。梁大武一跃落地，脚下溅起了几星水花。紧接着，前方便传来了一阵刺耳的"咯吱"声。

赵宁心头微微一凛，知道那是一扇门在慢慢地开启。

"赵姑娘，到了！下车吧！"梁大武欣喜的声音在窗边响起。

赵宁睁开眼，定了定神，用青螭剑鞘挑开了车帘。

面前是一座气势巍峨的大宅，牌匾上书了四个字"鹤鸣别苑"，暗红色的木门已向内打开。门前的石阶上，青衫白袍的俊逸男子手持着檀木罗伞静静立在雨中，嘴角挂着一抹柔和的笑意。雨点打在伞面上，汇成细流飘然坠下，将他的身形罩在其中，仿若从画里走来。

赵宁手扶着车厢壁，暗自深深吸了口气，跳了下来。

"辛苦了。"田牧走近，将伞靠了过来，"伤可好些了？"

赵宁点了点头，目光飘进大宅内："这是信陵君的府邸？我们来这儿做什么？"

田牧笑了笑，没有马上回答，转身面对梁大武欠了欠身："多亏梁工师帮忙，引荐田氏来参加英雄会。现在里面一切都已备好，只等信陵君来了开宴。梁工师还是快些进去，免得钜子等得着急，要怪罪田某了。"

"哎！好好！"梁大武赶忙应道，把马车交给宅中迎上来接客的人，跟着引路的执事快步往大宅里去了。

赵宁皱了皱眉，觉得有些奇怪："我们不进去吗？"

田牧微微笑了笑："当然进去，只是不能这样进去。"他抬手指了下西边不远处的一座民房，"先去梳洗一下，锦琅已为你把东西都备好了。"

赵宁这才反应过来，自己还穿着那一身粗布楚服，一路奔波、风尘满面，确是太失礼了。

"这次英雄会，信陵君操办得极其隐秘。虽然邀请了大批江湖志士，却都是精英中的精英。"田牧一边引着她走，一边解释，"尤其是，相里氏之墨钜子骆无尘带着几位高徒亲自来了。能不能拿到'鱼渊'，就看阿宁你了。"

听到这个词，赵宁脚下顿了一下。她本是为救屠嘉而跟田氏分开，可如今重聚，田牧竟也没有问起屠嘉到哪儿去了。

"那个工匠，我……"她咬住了嘴唇，想不出该如何解释。

田牧也顿了一下，转回身来。看到赵宁神色忧郁，他宽慰地笑了笑："没关系，一个工匠罢了。生死有命，救不回来，也不是你的错。"

"嗯……"赵宁看他误解，心中一宽，赶忙点头追上一步，两人一起快步向民房去了。

"笃笃"，一刻之后，有人在屋外用两指在窗棂上敲了两下。

赵宁伸直腿，"哗"地站起，挂着一身的水珠从浴桶中走了出来。湿漉漉的乌发粘在颈后雪白的肌肤上，更显得黑的愈黑，白的愈白。

穿上亵衣走到隔间之外，锦琅已经跪坐在案前，把梳妆用具一字排开，脚边暗红色的深衣叠得整整齐齐。

"伤好些了？"锦琅目光转过来，落在她锁骨下扭曲坑凹的伤处，微微皱起了眉，"那疤痕，还是要想办法除了才好。"

赵宁却不以为意，只挽起湿漉漉的长发，拿起深衣穿上，便坐到案前准备梳妆。她从小到大，受的伤多了去，肩头这点并不算什么。倘若锦琅看见她后背上三年前被细鞭抽打留下的疤痕，估计要更加心焦。

"没关系。"她顺手打开面前镶着珠玉的妆盒，摸摸看看，十分新鲜，"反正我也从没把自己当过女人。"

妆盒的顶盖翻开，里面竟有面铜镜。铜镜中的人下巴尖俏，两颊凹陷，脸色也过分黯淡了些。若不是嘴唇因刚刚浴过热水而稍显红润，直是憔悴得有些厉害。

"从今日开始，你就是了。"锦琅道，嗓音温柔，带着点催眠的甜意，"最好的刺客，一定是最美的女子。"

这话一出，赵宁只觉心中一漾，接着悚然一惊。她没有料到，自己会需要为这场刺杀付出性命以外的东西。

"你身上那些疤，我会统统给你除去。"锦琅抬起素腕，从案上拿起一支笔，蘸了一点眉黛，"可能要吃些苦。因为，留给我们的时间，真的不多了。"

"那个屠嘉，果然没有回来。"

小院里，田牧站在廊前，捧着手炉，看着院中的雨景，轻轻叹了一句。

一旁的栏杆上，邵云翘着脚坐在那晃悠，嘴里叼着草叶，了然地耸了下肩膀。

"那么，真的是那个人？"田牧皱起眉，"未免有些太巧了吧！"

"是巧了点。"邵云挑挑眉，"但走到这个地步，还是得信。就算是我瞎了，'萤火'也不至于瞎了吧。区区一个赵宁，不可能引来那么多人。"

田牧点了点头，叹了口气，甚是忧虑："我们的计划，竟被白起身边这样近的人发现。若不杀他，等他回秦，便要前功尽弃。"他顿了顿，"我真不明白，阿宁为何没杀他？难道，是真生了什么情愫？"

"嚬……"邵云嘲讽地一笑，吐掉草叶，从栏杆上跳了下来，"那女人，脑子真的不太灵光。你若真要倚仗她，还是趁早准备好退路，回齐国去吧。"

田牧白了他一眼，叹了口气，没有说话。

邵云拍了拍屁股上的灰，道："我走了！伺候好公主，咱秦国见吧。"他说完，礼都没行一个，扭头就走了。

"当心着点儿！你那师姐也不好惹！"田牧对着他的背影没好气地说。

邵云摆了摆手，消失在回廊外。

田牧又长长叹出口气，抬手用指腹揉了揉鼻梁上的睛明穴。虽然他早就派了人去处理屠嘉，但多半是没什么用的。在他身边，能数出的高手也只有邵云和赵宁有实力跟那白起的学生一战，可偏偏都有要事，无法分身。更何况现在看来，赵宁竟还与他态度有些暧昧，更加不好挑破。一时间，细致如他，也不知该如何解局了。

正想着，忽然，连通里院的石阶上传来了轻巧的脚步声。田牧赶忙垂下手，正襟敛容，准备起步迎过去。一抬头，来人的身形出现在视野里，他猛地睁大了眼。

赵宁穿了一身深红色的直裾长裙，腰身纤细，不盈一握。上过妆的脸庞气色极佳，五官之明丽较锦琅尤胜一等，乌金色的瞳仁璀璨如宝石，略一顾盼，竟有倾城之色！

田牧觉得喉头有点干，不自然地轻咳了一下。

赵宁从前不修边幅，衣服穿得简朴，头发也像游侠一般在脑后随意一束。除了刚刚受伤不太能动那段时间，由着锦琅打扮，还稍稍有些女孩样子，伤势一好，马上便又恢复了原状。

田牧见过的女人不少，虽然看赵宁五官，知道是个美人坯子，可也没料到，这一上得妆来，竟是个少见的人间绝色，连他乍然一见都有些心神波动。

"很怪吗？这是什么表情？"赵宁皱起眉，有些嫌弃地扯了一下宽大的袖口。

田牧笑了起来，目光很是柔软："习惯了就好。"

雨下得有些恼人。吃完了饭，姬雨桥不想走，便推开盘碟，趴在案上睡了。红槿也无法子，只能在旁陪着，看着外面檐角上挂的雨帘出神。

云韶的事，她已经很久很久都没有想起了。甚至有时候，她触摸到自己右手腕上的伤残处，会下意识地觉得那只不过是一道普通的伤——任何一个习武的人，都可能会遇到，或者说不可能避免。而云韶，只不过是她年轻时因为心软而犯下的错。虽很荒唐，但她已经为这个错误付出了代价，事情已了结了，便再也不必提起。所以，她真的没有好好想过，再见面的话会怎样。

倘若他没有为反秦势力做事,没有害死她弟弟,没有劫持应侯夫人,没有重伤静渊,她大可不必你死我活地与他针锋相对。盗取墨家圣器叛逃,废她一条手臂,即便罪责难恕,却也不必非要死在她手里不可——甚至,假如他能够解释清楚背后的原因,她也未尝不能原谅。可是如今,他们之间,确实已没有什么和解的余地了。

这种感觉很让她难过,但又没有任何办法。只能一天又一天得过且过地熬着,盼望下一次见面可以来得晚一点,再晚一点。姬雨桥点破的那件事,也着实有些让她心神震荡,难以平复。

她不是没有注意到云韶对她始终有些顾忌,从在郢都城郊的第一次交手她便发现,自己的武艺在十年前不如他,如今还是不如他。当他不想交出姬雨桥的时候,她是不可能抢过来的。所以,在田氏商社那一战,他到底是真的不想杀她,还是对她手里的人质真的重视?那个跟田牧如影随形的侍妾,出现在这个队伍里,实在很是蹊跷。不管他们在筹划的事情到底是什么,带这样一个不会武功的女人在身边,总像是自找麻烦,不甚合理。

就在这时,趴在案上睡觉的姬雨桥肩膀耸动了一下,慢慢醒了过来。

"夫人。"红榄皱着眉,顺口问道,"你在田氏商社时,跟那个叫锦琅的女人,可有过接触?"

姬雨桥"啊"地打了个呵欠,伸了个懒腰:"有啊。"她口齿还有些不清,"被他们抓住,就是被那死妮子下了药。"

红榄"噢"了一声。原来是医家,这样倒也算是能说通了。

"欸?那是秦国的使臣仪仗?"突然,姬雨桥站起身,看向窗外。

红榄怔了下,也起身去看。连通王城的大道上,确实有一队气势威严的仪仗,打着黑色的秦国使旗。看行进方向,是刚从王宫出来。

"秦国来向魏国施压了。"姬雨桥抿了下嘴角,"看来这回,合纵军也一样难以成势。"

红榄"嗯"了一声。昨日她还听到消息,魏国已派大将晋鄙发兵十万救赵,日前已军至邺城。也不知秦王这次派的使臣能不能镇住魏国,倘若不能,邯郸那边还着实有些麻烦。

"走吧!去打听打听!"姬雨桥忽然一转身,唤来小厮结账。

"去驿馆?打听什么?"红榄扬起眉,问道。

"去什么驿馆啊!"姬雨桥哑然失笑,"当然是去打听一下,大梁还有什么好玩儿的地方呀!"

"啊?"红榲又失望又难以置信地叹了口气。一转眼,那秦国第一难缠的夫人又一溜烟儿地跑了,一刻都不等她。

田牧一行三人走进鹤鸣别苑的时候,雨下得越发大了。

一位执事在门前仔细查验了田牧的拜帖之后,恭敬地行了个礼,转身引路。

锦琅挽着田牧的手臂,为他执簦遮雨,两人的身子紧紧挨在一起。赵宁一人打着檀木罗伞走在旁边,一手捻着裙角,虽然走得步步小心,却仍不免湿了鞋尖。

雨花在青石地面上一朵朵地绽开,清冷之中带着淡淡的甘甜,随着气息落在舌尖,好似被冲得极淡的蜜。

这是一座清雅而古朴的大宅,一眼望过去,约莫能有七八进。院中没有什么华丽的假山曲水、古玩陈设,至多有一两座简朴的小亭依着参天老树而建。几人一路前行,所经之处一片清幽寂寥,竟无人来往走动,全然不似有什么宴席。

一直走到院子的第四进,执事才稍稍停了脚步,示意三人到了。面前是一间宽大的屋室,大门闭着,隐约能听见内里有些人正在交谈,语意甚是严肃。

"劳驾了。"田牧挣开锦琅的手,向执事恭恭敬敬地行了个礼。

执事回了句"折煞",便去叩门。几下之后,里面应了一声,把门缓缓向内打开。

室中的谈论声霎时止息。锦琅后退了一步,让赵宁跟在田牧身边一同脱履跨进门槛。赵宁瞬时感觉到,数十道目光齐刷刷地聚焦到了自己的身上。

"齐人田牧,拜见信陵君。"田牧向室中环视了一下,继而对着主位上的中年男子跪下,行了个不折不扣的稽首大礼。

室内众人顿时皆惊诧了。赵宁也没料到这一出,看锦琅也恭敬地下拜,只能也歪歪斜斜地屈膝跪下。

稽首之礼为九拜之首,极为隆重。即便是臣子拜君,也极少见。何况这般私下里江湖志士相聚的场合,众人皆平等相待,肝胆相照。田牧一介商贾，突然进来这么一拜，气氛登时便有些奇诡了。

信陵君显然也没料到，眉头一下子蹙起来："田先生大礼，无忌愧不敢当，却之不恭了。"他语气有些冷硬，似是心情实在不好，半点也不像传说中礼贤下士、待门客如父兄的形象。

而田牧却似没有觉察，行完礼便自然地起了身，脸上始终挂着温和的笑容。

这时，室内的众人回过了神，皆嗡嗡轻声议论起来。目光皆向田牧身侧的两个美人射去，显然对他来这样的场合还要带女人很是不齿。

赵宁微微皱眉，扫视了一下，将厅内的情状摸清了十之七八。

这并非是个酒宴——室中虽然摆有几案坐床，却并无食水。来客共四十余人，只有她和锦琅两名女子。

主位上蓝袍长髯、一脸忧愁的中年男子正是魏国公子信陵君魏无忌，旁边客首座位须发皆白的老者乃相里氏之墨钜子骆无尘，其他围坐的大概是些墨家弟子和众多门客，赵宁并不认识。不过，那张铺展在大厅中心的舆图，她倒是认识得紧——正是赵都邯郸的郊野山川图！

"田先生此来，是何人推荐，又所为何事啊？"信陵君语气有些倨傲，显然对他并不熟悉，也不信任，"我记得，齐国君王后，早已拒绝了平原君的合纵之请。先生此来，莫非是有了转机？"

田牧笑了笑，开口却辞锋犀利："如若真有转机，信陵君该后悔对田某这般轻视了吧。无论何人，不论男女，来赴这救赵盟会，自是有心有力，置一己安危于不顾。信陵君一句轻飘飘的'所为何事'，问得也太令人寒心了。"

这话一出，室中的气氛霎时一滞。座中人多半是江湖草莽，本看这相貌堂堂干干净净的富贵商人不太入眼，未想他峥嵘一露，竟让信陵君也为之侧目。

"是无忌失礼。"信陵君连忙从坐床上起身，向前膝行了一步，对着田牧恭敬地回了一个顿首之礼。

田牧坦然受了，笑着摆了摆手。等信陵君礼毕，厅中人人噤声，他才再度开了口。

"牧乃安平君田单族侄，出于即墨，与如今齐国王室并非同属。"他顿了顿，"如今族叔在赵国为相，被困邯郸。牧听闻魏国发兵受阻，而信陵君顾忌亲姊安危,愿召集志士倾身相救。牧愿协同一搏,救赵抗秦,力保族叔平安。"

这句话出,信陵君恍然地"噢"了一声,继而摸摸胡子,苦笑了一下:"田先生消息倒是灵通得紧。就在两个时辰之前,秦国使臣向我王递送国书,言'诸侯中有敢于救赵者,败赵后必移兵加之'。我王甚恐,当即发了令,命大将军按兵于邺,不得妄动。"他深深叹了口气,神色极度失望和忧虑,"我等为合纵救赵奔走数年,到最后,竟连自国的大军都调令不动。老夫又有何颜面,再令众位前去赴死?"

"咳⋯⋯"这时,旁边须发皆白的老者开了口,"信陵君不必自责。兼爱非攻,抗击暴秦,本为墨家天职。六国联军合纵成或不成,都无关吾辈救赵之志。"他说罢,忽然话锋一转,面向田牧,"只是,这位田先生携美而来,只为救一个族叔么?"

这话问出,厅中气氛又是一肃。田牧微微蹙起眉,没有马上答话。

"骆某是老燕国人,对于安平君,可是熟悉得很。"骆无尘微微冷笑,续道,"恕某直言,如安平君这样的绝世名臣,就算邯郸城破,秦人也是要三跪九叩地请他去秦国为官,万万不敢有所怠慢的。"

这番话说完,厅中立刻"嗡"的一声响起了议论声。

燕国与齐国接壤,百年来一直龃龉不断,互相攻伐。

二十八年前,燕国上将军乐毅率赵、秦、韩、魏联军大举攻齐,一鼓攻陷齐国七十余城,只剩北即墨、南莒城两座孤城遥遥相对。后来齐湣王身死莒城,田单以一介布衣之身自建军队,困守即墨近六载,终于以火牛阵破围,一举光复齐国。

后来他获封安平君,践丞相位,却受到国中老世族排挤而一怒离齐入赵。赵国即便与齐国旧仇不少,却也客客气气地将他尊奉为外相,以至于今。这样的一个人,生死沉浮都见惯了。即使风雨汹汹、天地倒悬,也自有其立身之法,又何须一个无名无势的后生晚辈来救护?

田牧听了这番质疑,脸上的笑容不由得有些僵硬。

"田少东莫怪骆某说话不中听。"骆无尘捋了捋长须,续道,"当今齐国,女流当政。所立国策之荒谬,比之湣王更甚。湣王虽昏,好歹气势雄健,血勇过人。而君王后,嘁,对外一摊烂泥,对内剖骨削筋。田先生孤身犯险前来救赵,难道,不怕回去受到惩处么?"

这话一出，田牧终于朗声一笑，峻陡的眉峰如利刃出鞘。

"钜子眼光毒辣，田某深感钦佩。"他右手抚胸，微微颔首，"不错！齐国如今，正是国事糜烂、宵小当政之时。田某无意妄言国耻，只盼以族叔之名遮掩，如今看来，着实汗颜。"

他声音渐高，肩背挺拔如松柏，浑身渐渐散发出一种鲜见的雄浑之气。

"近些年来秦国独大，山东之士人人自危。唯有齐国龟缩临海一隅，偏安自欺。田某食齐国之丰粟，饮齐国之川泉，岂能眼见祖国日日衰颓腐朽，以致倾覆！田某所愿，不过是为家为国，逆流一战罢了。"雄浑的声音从他胸腔中发出，每一字都似乎敲击在了众人的心坎上。

在座之人，皆是来自天南海北、苦秦日久的慷慨义士。即便是身入墨门，受命行止，骨子里未曾改的，仍是一股侠义热血、救亡图存的铮铮之气。田牧一席话袒露心声，拳拳之心昭然若揭，岂能不令众人动容？

"好！"骆无尘双掌在胸前一击，徐徐站起身来。这老者其实身量颇高，白发披散下来，让他脸上的笑意平白显出了几分难测。

"田先生君子坦荡，其心可嘉。"他又赞许了一声，目光沉甸甸地落在田牧身上，"不过，有些事，还是说得更明白一些才好。"

"何意？"田牧抬眼相迎，不闪不避。

"先前说了，骆某是老燕国人。"骆无尘沉沉地道，"二十八年前燕国攻齐，骆某也是上过战场的。"

田牧立时眉心一皱，略有些不悦："钜子慎言。燕国攻齐，乃是侵略之战。与今日秦国行径，也未必有什么不同。如今时隔多年，田某无意计较旧仇。然则钜子若是逼人太甚，也莫怪田某翻脸不认。"

骆无尘闻言一笑，摆了摆手道："田先生误会了，骆某甚为抱歉。当今之世，哪有两国之间清清白白一无仇怨的呢？"他顿了顿，口气稍微缓和了些，"骆某的意思是，田先生自己，只怕并不是寻常商人那么简单吧！"

田牧微微一怔，缄口不答。

"当年湣王死于莒城，王孙贾等人拥立公子法章为新齐王。然则，湣王的儿子，可远远不止流落到莒城的这一位。"骆无尘声调拉得缓慢悠长，"我依稀记得，当年在即墨，也有人曾鼓动谋划过册立新王。只因当时那一位公子年少，又非嫡出，安平君犹豫了几日，便被莒城的人抢了先。"他打量着田牧，眼中意味愈发明显，"骆某眼拙，不知田先生那时，是四岁，还是五岁？"

此话一落，厅中"轰"的一下炸开了锅。赵宁也不禁讶然——骆无尘的意思再清楚不过，这田牧，竟是个齐国公子？！

"不错。"田牧长长吁出口气，点头应了。眨眼之间，他身上又流露出一种难以名状的光彩。

"牧，乃潜王第十二子。"田牧琅琅地道，"既然钜子识破，牧也索性和盘托出，以示真诚。"他一步步慢慢走下坐床，眼中光芒沉静而凝练，"齐国王室荒唐颓靡，内外皆受其苦。牧既为王族血脉，再不作为，怕悔之晚矣。"

一席话落，厅中议论之声复又此起彼伏。田牧话里的意思，竟似要谋逆夺权，代齐王位。可赵宁环视过去，发现众人竟大多对此嘉许附和，鲜有几个皱眉反对的。

也是，如今大争之世，豪强并出。有力者夺天下，自古便是最直白真切的法则。

"牧今日在此，只有一个目的。"田牧走到大厅正中，面对着数十道灼人的目光慨然发声，"诛杀白起，震慑天下！"

"啊？白起！"众人皆失声惊呼。他这一转如峻峰陡拔，主座上信陵君也不免有些色变。

"钜子。"田牧忽然对着骆无尘抱拳恭敬一拜，"据牧所知，墨家有一部'天诛'之录，上书当世罪孽深重之人名，昭于弟子，以逐一除去。而'人屠'白起，正是列于卷首之人。确否？"

骆无尘微一点头："确。"

"若诛杀白起，秦国军心四裂，军权数分，必然举国大乱，撤军回朝。如此，邯郸之围自解。确否？"

"确。"骆无尘叹了口气，又点了点头。

"那么……"田牧长长吸了口气，峻眉一扬，眸中光彩如石中星火，"牧斗胆，向钜子借'鱼渊'一用！"

厅中陡然静了一下，然后"嗡"的一声再次炸开。

"原来是这个目的！"

"怪不得带女人来，莫非要用美人计？"

"喊！白起都多大年纪了？还有那兴趣？"

"'鱼渊'至宝，怎么能轻易给他？未免想得太美！"

议论声如浪潮一般翻卷来去，田牧听在耳中，虽然神色未崩，却也有些难看。就在这时，半晌没有说话的信陵君抬起手来，压下了众议之声。

"田公子要冒险入秦刺杀白起，固然可敬可佩。可是，远水解不了近渴。"他抬起手，遥遥指向厅中铺展的那张巨大的舆图，"当下，秦军以王龁为将，已驻兵于邯郸城西北的太行山口。朱砂所点之处，便是中军幕府的驻扎之地。"

田牧转过身，去看那张舆图。赵宁也顺指去看，脑中不觉便勾勒出了图中的山川景象。

那是太行八陉中的滏口陉一带，东出磁山，直抵赵长城，距国都邯郸不到百里之距。如今邯郸城被秦军层层包围，中军幕府坐于此处，正利于纵横发令，统筹全局。一道军令发出，几个时辰内就能传遍围城的所有军部。

"此役，白起并不在军中。"信陵君续道，"若等公子入秦，再潜伏谋划，等刺杀成功，消息传出，赵国怕是早已国都沦陷，千里焦土了。"

"嗯，是是！""是这个理。"这句话落，附和之声立刻传遍众人。

"方才，田公子来得晚，不知我等已基本谈定，先由墨家钜子遣第一勇士朱亥前往邯郸，刺杀秦军主将王龁。"信陵君一边说道，一边向骆无尘身后的黑衣武士拱了拱手，"此行若能成功，待勇士归来，再与公子商量'弑神'之策，你看如何？"

田牧一下子皱起了眉，没有应答。

那位勇士朱亥生得一脸黑毛，人高马大，若不是穿着墨家的服饰，真像个市井屠夫。用他去刺杀王龁，断不是要使巧劲。"鱼渊"即便给他带着，多半也不会使用。可是，墨家和信陵君既有这一策在前，再把刺杀至宝赠给不相干的人去用，就有些说不通了。那勇士朱亥，说不定也要心生怨气，一番吵闹。

就在田牧拿不定说辞转圜之时，忽然，背后响起了一声清厉的剑鸣。

"啊哟！"厅中眼尖的人陡然发出一声惊呼！

一道暗红色的影子从大厅正中激跃而起，青色的剑锋流水一般从鞘中滑出，直指五丈之外的勇士朱亥！

"砰"的一声，木质的几案从正当中断裂倒塌，朱亥毫无心理准备，左臂抬起一挡，右手急忙抓剑防卫。

然而赵宁这一剑去得太快，极盛的剑气劈开几案之后仍不消减，反而随她剑意逆行而上，"刺啦"一声撕开了朱亥的大袖，又贴着他面颊向上"嚓"

地切断了他束发的布带。

"啊呀……"立在后边的梁大武陡然一声惊叫,脸色瞬间煞白。

赵宁停步在朱亥身前三尺之处,一柄苍青色的长剑正架在他仓促提起的剑鞘之上,剑尖离他咽喉距离不出三寸。

朱亥尚还没明白发生了什么,满脸不可置信的神色。厅中众人齐齐倒吸了一口凉气。谁也没有想到,田牧身后这个容光照人的纤细女子竟然是个技击好手。

"这一式,叫做'断河'。"赵宁的嗓音温和而清楚。说完,她便洒然收剑,又慢慢退回了田牧身边。

"北……北姜?"有人认了出来,立刻引起了一阵骚动。"断河",正是四十多年前"北姜"姜谢成名立万的那一式。

当年齐国孟尝君田文受秦王邀约入秦为相,不久却被人进谗离间,险遭杀身之祸。后来他虽在"鸡鸣狗盗"之门客献计之下逃离秦国,却仍遭到十名高手千里追杀,被困于大河之畔。

据说,那一日狂风走石,天不见日。面前杀手扇形包围,冷刃近身。背后天堑大河水色昏黄,巨浪翻腾。孟尝君一行眼见已无生路,正待舍生取义,忽有剑客踏水而来,剑上的光芒耀眼如白日。

这一战,秦国最顶尖的杀手十殒其九。剩下的一个抱着十柄连鞘折断的长剑疯疯癫癫地跑回秦国,一路大喊大叫,来回只有两个字——断河。

朱亥猛地反应过来,拿起长剑一拔。只见那柄尚在鞘中未能脱出的精铁长剑,竟硬生生被剑气划出了一道裂口,断成了两截!

"原来……这位姑娘,竟是北姜高徒!失敬了。"信陵君再次挺身而起,恭敬地补了一礼。

在他旁边,骆无尘却皱着眉"哼"了一声,对赵宁这等狂妄之行十分不满。

赵宁微微笑了一下,没有答信陵君的话,却转向骆无尘那方抱拳行了个礼。

"我早两年在齐国时,曾听老师提起过,当今诸多学派里,他唯一敬重的,便是墨家。"她声调不高不低,一番娓娓而言,听在耳中十分得愉悦柔婉,

"我当时不懂，百般追问。他只说了一句：'诸子百家，唯墨者侠[1]'。"

这一句落，骆无尘遽然动容。

赵宁继续道："其实，家师虽然未曾有缘与钜子谋面，心底下却是将钜子当做神交知己的。这些年，相里氏之墨在齐鲁之地的所作所为，家师都一清二楚，十分感佩。"

"姜大师实乃过誉。"骆无尘终于绷不住，朝赵宁拱了拱手。

赵宁摇摇头，忽然叹了口气，话锋一变："只是，由这位朱亥勇士去阵前刺杀，多半不会成功。王龁身边，必有'萤火'影守。且秦国为此战倾尽所有，誓必破赵，派去给大将的护卫，必然也是秦国最顶尖的高手。试问，挡不住北姜的刺客，又有几分希望，能挡住南邓呢？"

这句出，厅里众人皆又抽了口冷气，人人面面相觑，不能作声。

"那么……姑娘以为，该作何解？"良久，骆无尘捋着胡子，皱着眉道。

赵宁勾了下嘴角，吐出几个字：

"'鱼渊'给我。我去。"

---

[1] "侠"源于先秦时代，以战国时最为兴盛，秦、汉后逐渐衰微，但仍流风不绝。司马迁《游侠列传》称颂游侠"其言必信，其行必果，已诺必诚，不爱其躯，赴士之阸困，既已存亡死生矣，而不矜其能，羞伐其德"。而崇尚"非攻""兼爱"的墨家，对当世游侠进行了观察研究，提出了完整的"**任侠**"观念和理论主张——任侠的三大特点：重承诺、讲义气、轻生死。学术上多认为，虽然"墨"并不完全是"侠"，但墨家的生命理想却具备了"侠"的雏形，可被认为是后世之"侠"的源头。

第六章
式微式微

天刚刚亮了一丝缝隙，屠嘉就醒了过来。

他小心地起身，拨开盖在身上的茅草，尽可能不弄出任何动静。这个草垛很潮湿，天气又冷。虽然没睡几个时辰，他还是觉得背后的衣服都被潮气浸透了，贴在脊梁上冷飕飕的。

今日终于没有下雨，空气里还是有股泥土的味道。但无论如何，还是比草垛里的腐烂味清新得多了。落地之后，他立刻俯低身子，四面看了看，确认无人后才把长剑和包袱从垛子里挖了出来。

这是一户破落农家的后院，说是院子却也没有围栅栏，只是随意堆着些柴草。牲口棚里只有一头生病的老牛，看样子已不太能耕种，只是姑且养着，等它善终。

这个村落离魏国大梁不过几百里，却很是荒凉冷清。可能是不巧经过了一两次天灾或盗匪的劫掠，人渐渐迁走了，便再难回来。

屠嘉本也无意选这样荒凉的路走，因为人迹越少，他留下的线索便会越多。即使能甩脱月移，但阿靖，是甩不掉的——而阿靖，在白珊手上。

那日他清醒之后，听闻白珊说已经叫了人来接他，立刻抄起家伙跑了，连工钱都忘了领，狐狸也忘了带。白珊也是性子刚硬，追了他半座郓都城，把他的信息从身份底细到小时候干过的糗事全都抖落了个光，却在越来越挤的人流里把他给跟丢了。

后来，屠嘉碰到了好几拨追杀上来的游侠，称他的人头在黑道上值五千金，在墨家"天诛"榜上名列第十，一定要割了以慰亡灵。要不是他的伤在白珊的治疗下已好了大半，月移也曾暗中跟着帮他处理，他能不能走到这里，都是个问题。

他的计划是尽快到大梁去，找到赵宁，无论用什么方法，把她从田牧身边带离。这一路独自行来，他终于想明白了那件蹊跷的事。东家给他送来的信，装在赵国"黑衣"特制的信筒里，那信筒他三年前在长平的赵营里见过，印象颇深。而田牧一行来到甲兵铺找他，也是受"黑衣"的指示。这看似巧合的一切，背后都由"黑衣"在勾连。不管其目的是什么，不管其最终算计的是谁，但其中含有阴谋，是确定无疑的。

赵宁虽然武功不差，头脑也算聪明，但毕竟年轻，涉世不深。她显然并不知晓"黑衣"在她父亲死后的变化，也不知道莫迟为什么能活下来，且还能以这样的脸面继承和执掌"黑衣"。至于她有没有觉察其中的问题，会不会去探寻和解决，就是屠嘉所拿不准的了。无论如何，他必须再找到赵宁，向她示警。

天色又亮了一分，而屠嘉的肚子也准时地叫了起来。

这么些年，他从未如现在这样后悔过——没有多挣些钱。只怕现在，他这厢靠着两条腿走遍穷乡僻壤摘果子睡草垛，白珊那厢雇个车夫高车大马、日夜不停。追上他，只是早晚的事。说不准追上他时，连阿靖都胖了两圈。想到这儿，屠嘉心情郁结，直想把那胖狐狸揪过来揍上一顿。

比之面对赵宁，他更加发愁的还是怎么跟白珊解释。

他跟这个妹妹从小生长在一起，本是无话不谈，日日欢笑，不知愁为何物。两人对将会一辈子在一起这件事并无怀疑，直到屠嘉长到十四岁，开始跟着白起外出征战。屠嘉斩人头、立军功，忽然感觉到人生无常，世俗的情感脆弱如蜉蝣之羽。这个天真烂漫的妹妹又何必在他遍布血腥的身上枉耗青春。

于是，从那时以后，他便开始故意冷落她，只和军中的男孩子们待在一起。可白珊似乎对他的依恋不减反增，抓住所有的机会与他亲昵，完全不顾忌旁人的眼光和言语。

但是，在屠嘉内心深处，他还是知道并认定，这个妹妹与他是不同的。她的手上不曾沾血，也永远不应沾血。所以，他心中有一块隐秘而阴暗的地方，永远不会让她触及。他们之间，也永不会真正地赤诚相待，生死相依。

如今，他与老师反目决裂，立誓再不回秦国，和她之间，更加不会再有什么男女之情可言。然而白珊明明聪明绝顶，却偏偏是个不肯轻易罢休的性子。她得不到的东西，也素来不会潇洒放了，彼此留一个体面。也是因此，屠嘉才会不发一语地撒腿就跑，决然好过与她针锋相对，纠缠撕咬到伤痕累累。

距大梁的几百里路,他大概还要走上四五天,只希望这四五天里不要被她追上。

走出村落时,天光已经有些亮了,能够看清前方的路面。

屠嘉引颈看看,发现前面的道路进了山,隐隐听到有流水的声音,可能连着河谷。

不知为何,他心中一慌,忽然有些警觉。他选的这条路比较荒僻,一直都十分难走,不必太担心后面的追兵会突然出现。但若前方有河流,就很难保证不会被绕过堵截。白珊放消息出去,通知的人绝不会只是些江湖游侠。她自己想必也知道,靠她一个人根本无法把他带回去。

便在此刻,仿佛正为验证他的预感,前方突然传来了响动——那是嗒嗒的马蹄声,奔驰得飞快,骑手都很娴熟。共有五十一人,距离正以惊人的速度拉近,一转眼就震动了地面,激起了扬灰。

屠嘉心中剧震。这种声势和节奏,他很是熟悉。几乎不用想,眼前就已浮现了他们出现的画面。同时,他也明白,自己逃不掉了。

"靖长!"一声雄浑的呼声随着头马的出现传了过来,语气激动又欣喜。

屠嘉无奈地立定在地,扔下包袱,将长剑拄在地上,静静等待马队靠近。

群马奔到他前方二十丈之时,头马上的人突然扯缰缓速,后面的队列分为左右两支从他身侧越过,反而加了速,继续向前将屠嘉包抄起来。

"吁——"领头的骑士停了马,急切地一个翻身跃了下来,又唤了一声,"靖长!"

他穿了一身漆黑的皮甲,身材宽厚高大,一抬手,将头上的兜鍪摘了下来:"喂!你怎么了?不认得我了?"

一张中年男人的脸露了出来——眉峰扁平,下颌尖削,鼻骨直而不高,单眼皮的眼睛小而有神,眼角细纹密布,右侧一道伤疤一直延伸到颊上——是一张平凡无奇的脸,却分明沾染着不少战场风霜。果然是老师的副将司马靳。

"奉明[1]兄。"屠嘉叹了口气,冷淡地唤道。

"靖长,你这是什么表情?"司马靳霎时睁圆了眼,"这么多年不见,一点儿都不想我?"

---

[1] 司马靳别字史书未载,为作者杜撰。

屠嘉无奈地摇了摇头。在他身后，五十名服色相同的皮甲军士已完成合围，步调统一地停了马，"唰"地翻身落地。

"统领！"没有任何人示意，五十人齐齐屈下一膝行了军礼，大声呼道。

屠嘉心神为之一颤，猛觉胸中有一股热气冲了上来。

司马靳的出现其实并不在屠嘉意料之外，但他着实未料到司马靳竟带了这么一支他的旧部同来——每一个人他都叫得出名字，都曾与他一同出生入死。三年的别离仿佛并未存在过，不论面对的是铁甲在身、雄姿英发的将军，还是眼下衣衫破烂寒酸萎靡的草民，这一声"统领"，都喊得毫不含糊，也毫无迟疑。

但屠嘉还是攥紧了手心，没有回应，拼命忍住了几乎要洒出的热泪。屏息了片刻，他终于吸了口气，对司马靳道："长平一别，不是说好不再相见？你答应过，就当我死了。此时带他们来，岂非陷他们于不义？"

"这个……"司马靳为难地挠了挠头，"此一时彼一时嘛。"他反应过来，赶紧向周围打手势，让大家统统起身。

屠嘉当年逃军，是司马靳暗中打的掩护。司马靳是老臣司马错的次孙，在国中根脉不浅，就算暴露了，也不至于因此受什么大的责罚。但屠嘉毕竟是罪将，按秦律处罚，至轻也要判做隶臣。如今，这一队铁鹰剑士倘若对他有丝毫包庇，都是同罪重罚，绝难开脱。而看眼前的情形，人人都心知肚明，根本没有人会对这位"统领"有所违逆。

"喂！都傻了吗？叫你们都起来啊！"

果然，虽然明明看到了司马靳的手势，五十名军士仍保持着军礼，一动不动。

司马靳无奈长叹，连连挠头，围着屠嘉转了几圈，不知说什么好。

"请统领回军！"突然，一位军士大声喊道。

"请统领回军！"其余军士同时山呼，齐齐再拜。

屠嘉心中被重击了一下。

"唉！靖长……"司马靳伸手重重拍了拍他的肩，"你不知道，你走之后，三百铁鹰剑士营被一分为三，王陵、王龁和我各领一支。王龁那厢，长平战后又攻上党、皮牢，次次都让铁鹰剑士营做先锋肉盾，伤亡惨烈。王陵那厢，围守邯郸数载，十分寒苦，嫌铁鹰剑士营军耗过高，直接拆散，混编进围城兵营。如今，也就我这里的一支还算保存完好，日日在等你归来！"

131

"统领……"听到司马靳这番话,军士们皆虎目含泪,又呼了一声。

屠嘉终于长长叹了口气,转过身来。

"诸位,冯嘉,已死于长平。"他嗓音有些哑,但语气沉定而决断,"未能与你们好好道别,是冯嘉毕生之憾。"他顿了顿,不理会此起彼伏的呼声,续道,"可事已至此,再做什么,都绝难改变。不若且放……"

"且放什么!"突然,一声女子的娇叱横空出世,"我看你是在放屁!"

一匹快马嗒嗒地冲刺过来,飞快地抵近包围圈。众军士皆讶然,回头一看,立刻向后跃开,给她让了个口子。

马上的女子穿了身深紫的裘袍,兜帽也跑掉了,一头秀发被风吹得在空中乱舞。就算不看身形,只听她的嗓音和气势,众军士也知道了来者是谁。绝对惹不起。

离垓心还差三丈的距离时,忽然间"嗖"的一下,一团白光从马背上射了出来,在地上一弹,然后一头扎进屠嘉怀里。

"阿靖……"屠嘉被撞得向后退了一步,无奈皱眉。

小狐狸欢叫了一声,异常兴奋地用爪子扒拉着屠嘉的衣襟,亲昵地用毛茸茸的头顶在他脖颈里蹭来蹭去。

"吁……"两丈外,白珊止住了马。近旁的军士立刻上来牵住马缰,伸臂要扶她下来。

"走开!"白珊却气呼呼地呵斥了一声,腿一抬,直接从马背上跃了下来。

"啊呀……珊妹啊……"司马靳却像抓到了救兵,赶紧迎上去,"你怎么才来啊?你看靖长他……"

"哼!"白珊却不理他,鼻中重重哼了一声,两臂在胸前一抱,两只秀丽的大眼睛怒气冲冲地瞪着屠嘉,"你倒是再跑啊?多少天没吃饭了?还跑得动吗?"

屠嘉语塞,脸上红一阵白一阵,一低头,突然觉得有些不对。这胖狐狸的身上,好像有一些特殊的味道,闻着很让人销魂。

看屠嘉又不说话,白珊的怒气更加大了起来。

"你们这些什么'铁鹰剑士',也太弱了!"她大声骂道,转身从马背上扯出一根绳子,往司马靳怀里一扔,"跟他废话那么多干什么?直接绑回去!"

话音刚落，屠嘉忽觉眼前一黑，膝头便软了下去，"咚"的一下应声倒地。

夜已经很深了。看着最后一艘渡船离开码头，邵云凭着墙根寻了半周，攀着一处枝藤轻巧地翻进了院子。

这是一座规模很大的客栈，名为"溱洧"。独门独院，建在大梁城西的逢泽湖中心的一座小岛上。

逢泽连通数条流经大梁的大沟大水，是魏国首屈一指的上古泽薮。虽比不上楚国云梦泽的一望无际，却也算是浩荡无涯。这小岛远离岸边，必须由渡船交通。方圆不大不小，正好容纳一座豪奢的园囿。

邵云也是第一次来，便循着院墙随意走走。天色虽早已黑透，但离他行动的时辰还早，正好摸摸地形。

这苑中有一座高楼，有三层，建在小岛地势最高的坡顶，可以俯瞰逢泽阔大的湖景。高楼一半是客房，一半用作宴饮。因为风景独具，掌勺的大厨又举世有名，素来热闹非凡，不愁生意。

楼下，依着山势还有供游人玩赏的亭台园林，飞瀑流水，半是自然奇景，半是人工雕饰，相互衬托，浑然一体，甚是别致。景致延伸到水边，更有一片水榭楼台，围起了一小块内湖。湖里养着逢泽最出名的湖鲜，岸边圈了块地养着麋鹿，专供酒楼飨客。

邵云一边转悠，一边确认整座小岛上的人都已撤走，只剩高楼上还亮着两三盏灯火。

那个应侯夫人姬雨桥，确实是个聪明人。来到大梁，只两三次隐秘的书信往来，就与他接上了线，弄清楚了他的计划。

这座客栈"溱洧"是齐国"琅琊"设在魏国的据点，没有挂在田氏商社名下，伪装得十分隐秘，已经营了十多年，成了老魏国的一大名胜之地。红楹应该想象不到，这白日里人流熙攘一位难求的酒楼，竟会在午夜后瞬间撤空，成为一处孤绝无援的死地。

姬雨桥这些天带着红楹在大梁城里城外转悠，把所有著名的景点都玩了个遍，"溱洧"只是她计划中的一处。前日邵云还特别关照，让她第一次没能约到客位。这次终于约到了，便可顺理成章地跟红楹叫唤要在岛上多住一天。

方才客栈女店东季璃撤走时，跟邵云大致说了说情况。当着红楹的面，姬雨桥跟她好一顿闲扯，问了逢泽其他的好去处，还托她帮忙定了第二日的船,浑不像知道今夜会有行动。而红楹全程无话,好像也不太上心,一直在神游。看样子,她也没有怎么怀疑,十分容易铲除。

女店东季璃十分不理解邵云的要求。如今整座岛上,只有楼上留了个专为她们那间房使唤的小厮,其他人统统撤走。在季璃看来,那个柔婉沉默的姑娘,就算武艺再高,也不至于要这么折腾,害他们半夜出来吹冷风。

但她再要啰唆,邵云却锁着眉头,冷冰冰地拿出"琅琊令",几乎要拍在她脸上。

现在已过子时,主楼上的最后一盏灯火终于灭了。邵云吸了一下鼻子,调转方向,开始向坡顶上走。背后的长弓随着步伐一下一下地敲在他脊梁上,平白生了一点冷意——好像冥冥中有什么东西正在他的心口上叩击,没有道理,也不知原因。

但他清楚自己为什么执意要全部人都离开。假如跟着姬雨桥的人是静渊,他大概都懒得亲自动手——交代季璃一声,翌日过来带人就行,连尸体都不用他处理。可来的人是红楹。

他不确定自己面对红楹会出什么问题,可他也不能容忍其他人来代他做这个决定。

在这茫茫的大湖之畔,邵云叹着气,难得地感到有些伤感。他不是个念旧的人,这十年来,也很少会想起她。

可如今,站在那漆黑的高楼下,月光如白雪一样铺在檐角的瓦片上,裹着湖泽水汽的风丝丝缕缕地吹过来,钻进他的脖子里,他突然感觉到一阵难过从心底泛上来,让他迫切地想要拥抱什么东西或是一个人。

"云韶。"就在这时,一个柔柔的声音在身后响起。

邵云霍地转身,看到那个既熟悉又陌生的身体孤峭地立在月光里,手腕上缠着蛇一样的长鞭。

"师姐!"他讶然扬眉。

红楹看着他,长长地吸了口气。月光照在她的眉梢和鼻尖,投下清淡的阴影。

"不必多说了。其实,从刚踏上岛时,我就明白了。"红楹淡淡地道,"但我还是留了下来。因为,这里不仅是我的死地,也是你的死地。"话语一字字落下,那赤藤索动了起来,像是一条毒蛇,忽然在她腕上苏醒。

"哎呀……"

高楼顶层的一间客房里,姬雨桥正吃着果子,突然听到声响,赶忙冲到窗台边往下看。

今夜的月光不算明亮,楼下黑洞洞的,看不出什么名堂来。不过,打斗声还是越来越清晰,瓦片碎裂声此起彼伏,越来越往楼上靠近。

一个时辰前,红楹离开了房间,喊来小厮,把姬雨桥从外面反锁在了屋内。她知道红楹是觉察了,于是便没有反抗。她很清楚,在秦国,这些由秦王直统的"萤火"是有很大的权限的。如果查知有重臣背叛,哪怕没有证据,先斩后奏也是惯常做法。因为,整个"萤火"组织里一共也没有几人,里面全是秦国最忠诚的死士。其选拔过程之严苛,让所有知道这个组织的人都不得不承认他们必定值得信任。

这本来也是姬雨桥一直以来最害怕的。她其实很明白,自己这一路不论怎么欺负红楹,红楹都不会对她怎么样的。作为她的守卫,护着她毫发无损地回到秦国,是必须完成的任务。可是,一旦她察觉自己的背叛,就是另外一回事了。姬雨桥觉得,红楹一定会不发一语地对她背后来一刀,然后舒畅至极地呼出一口气,冷笑着看她死去。然而,实际的情形却出乎了她的意料。红楹竟然就这么锁门走了,并且似乎以为她不会武功,破不开门,会老老实实地在屋里待着等她回来。

"喂,师姐!"这时,邵云贱兮兮的呼喝声从楼下传来,"好歹这么多年没见了,不好好说句话吗?上来就打,白睡了那么多次觉了欤!"

姬雨桥听得一惊,果子都从张大的嘴边掉了下来。

红楹没有回答,呼呼的鞭声更急了,把檐上的瓦片抽得支离破碎,噼噼啪啪地往下落。

又过了一会儿,邵云突然一声惊呼:"师姐,你疯了!"

接着,针锋相对的打斗声消失了,只剩下一根长鞭的呼啸,一下一下徒劳地抽打着高楼的废墟。

邵云死了?姬雨桥心里一惊。不会吧——他的实力明明比红楹高上甚多,除非他是……真的不忍心下手。那可不行!姬雨桥想。她搓了搓手,把黏糊糊的果汁在窗木上蹭掉,然后摸了一下怀里的刀,一个纵身,从窗口跳了出去。外面是一圈窄窄的屋檐,虽然洒着月光,但还是黑漆漆的,看起来不太安全。不管了。她深吸了口气,抬起手保持平衡,踩着瓦片飞快地跑了。

邵云直起腿,后背离开一直紧贴的石壁,突然忍不住咳嗽起来。他赶忙抚住胸,身子又颓然靠回了壁上。

他躲在主楼第二层和第三层之间墙角的一处拐角缝里。夜色尚还浓重,轻风拂过,眼前的草木在淡淡的月光下暗影幢幢。这座奢华的酒楼几乎被红榅拆光了,檐角瓦片被长鞭震得稀碎,直到现在还在淅淅索索地往下落灰。

邵云皱着眉苦笑了一下。那伤虽不严重,却是很疼,就像红榅的武艺虽不如他,一招一式却还是让他心惊。有好几次,就差那么一点点,他就要重伤致残或丢掉性命。真的不再是从前那种练招和比武了。今天的她,是真的要杀他的。虽然他对此已有准备,但直面此事时,还是感觉到心中有些空落。毕竟从前,不论他对她做得多过分,也从未见过她如此。

"师姐,你还好吗?"邵云轻轻甩了下头,抖落坠在发上和肩头的灰泥碎屑,却不敢贸然走出檐角的阴影。

红榅没有回答,连呼吸声也听不到了。

邵云皱起眉,觉得心情前所未有地烦乱。

刚才她突然出现在他身后,一句未说完便动了手。他心里打了个颤,刚刚生起的一点伤感也顷刻荡然无存。接着几下向后连翻,瞬息跃开了五六丈远,避开了藤索攻击。甫一站定,长弓已然在手,一枚利箭便从手臂间反射回去。

而红榅竟然没怎么躲,手中长索一荡,卷出了一个赤红的旋涡,直对着刺来的利箭迎了上去。那旋涡的尖端不偏不倚地对准了箭尖,强大的气流竟压得箭后的尾羽簌簌颤抖。继而,在近身三丈之处,利箭"砰"地碎成几段,四下绽开。

邵云惊得"咦"了一声,已在弦上的第二支箭一时间竟扣着没发。以红榅的武艺,轻巧避开他那支仓促反击之箭并非难事。可她竟舍轻就重,非要冒险与他针锋相对,只求他这一瞬间的惊愕。

的确,就那么短短的一惊,红榅已逼近了他身前。那纤细的身子就像一枚乘着风飘扬而来的雪片,挥舞着利器的手臂在空中舒展开,就像要拥抱他一般。

一愣之后,厉风割到身上的痛楚终于让邵云松手放了第二支箭。

那一箭离得更近,力量更加可怖。可红榅竟仍然不闪不退,"噗"的一声,用自己单薄的右肩把它硬接了下来。

月亮的微光中，邵云看到四溅的鲜血如同花朵绽放。而同一瞬间，赤色的藤索重重破开了夜色，狠狠抽打在了他的胸膛上。

"师姐，你真的疯了！"剧烈的疼痛让他脱口骂出，然后收弓合臂，闪身疾退，攀着突出的檐角上了楼。

红檵却似真的发了疯，全然不顾伤势，赤藤索如游龙狂舞。

看见素来温婉娴静的红檵竟有这样疯狂的一面，邵云突然不想打了，只到处腾挪，借廊柱之力折向跃开，专往檐下的阴影里钻。

对战之间，他恍然想起了很多以前的事。虽然如今的红檵已不再用剑，那身影和勇气依然是他熟悉的——已经刻在了他自己的武艺之中，每一次出手，都能想起当年这些招式是如何跟她学和练的。

那时他才刚过十五岁，唇上髭须刚冒，身材单薄得像根瘦木。在南墨的山门前被她捡到时，他已经三天没找到吃的了。

那招"龙盾之合"，是他在她的担保之下进入南墨内院后学的第一招，大开大合，气势煊赫。他足足学了一年，学成之后，每次都震得她鬓发散乱，要重新梳拢才行。

那招"修我戈矛"，是又两年之后，他练到能够打败她的第一招。他至今记得她当时眼中像朝霞一样的惊喜之色以及当他紧接着把她手里的长剑夺去，将她反剪着双手箍进怀里时，那惊喜是怎样一下子变成惊慌失措的。

就是那一瞬吧，他对她的邪恶欲念苏醒了。

可后来，他却发现，即便他做下那样的错事，她竟也没有怎么怪他。愤怒和冷战只不过持续了两天，更没有任何其他人知道究竟发生了什么，只当她是生气师弟没有好好练功。

于是，他就明白了。这个师姐，可以一辈子被他"欺负"。

"喂！师姐，你还在吗？"邵云皱起眉，又唤了一声。

等了一刻，红檵依旧没有反应。

他受了伤不想再打之后，就一路往楼上逃。红檵追着，最后终于力量不济，停在檐角下。

那时，邵云看见，鲜血顺着她的手臂往下淌，滴在下一层的瓦上汇成一条"小河"，又从檐口滴滴答答往下坠。她应是很清楚自己杀不了他，所以一上来就孤注一掷，赌他那一瞬间的犹豫。可惜她没成功。那一鞭没能杀掉他，此后就永远没有机会了。她的伤比他重，拖得越久，对她自己越不利。

整座楼变得很静。邵云忽然觉得有点慌,本已缓下的心跳又怦怦跳了起来。她不会已经死了吧?那么重的伤,多半已真的无救。

"喂!师姐……"他调整了下姿势,跪在瓦片上,把手拢在嘴边,又朝下喊了一句,"要么,我再给你一次机会?"

等了半天,依然没有应答。整座楼里,仿佛只有他一个活物。邵云忽然感觉到有些晕眩,手心里也冒出汗来,有些捏不住弓。这不是他想要的结果。虽然,除了这个结果,好像也不会有别的。

一阵凉凉的微风吹来,邵云猛地咳嗽了一下,胸前的伤口扯得他眉头都揪了起来。"师姐!"他屏住呼吸,咽下一口带血的唾沫,不死心地跪着伏低身子,又向楼下喊道,"你走吧。你知道,我也没那么想杀你的!"

就在话音落下的瞬间,邵云突然发现足下的瓦片一震。当他反应过来时,已经晚了。竟有一支利箭无声无息地从檐下钻上来,"喀"的一声洞穿了他的腿骨!

"你当然没有理由想杀我。"脆弱的房檐上,赤色的藤索蛇一样卷在邵云的脖颈上。白衣女子半身被鲜血染透,立在檐角,像是片朝天生长却摇摇欲坠的叶子。

邵云的腿被铁箭钉住了,腿骨和箭杆钉成一个三角,让他只能保持着跪姿,拼命用手臂的力量拉住在脖子上一分分收紧的藤索,一句话也说不出来。那箭,正是他方才射入红楹肩头的。

"你可以想想,终此一生,我可曾有过半分对你不起。"红楹的声音又变回了从前那样锦缎般的柔软,"我没有遗憾,而你不是。"这话音轻飘飘的,像是天边飘浮的一朵云,"一切,都是你欠我的……永远欠我。"

邵云心口如遭重击。是了。原来,这才是结局。他一直知道自己没什么底线,早已把自己归类于无耻的恶人,叛变和伤害都是理所当然,没有什么良心和羞愧可言。可红楹这句意兴阑珊的"你欠我",却在这生与死的分界点上,突然把他击碎了。

是啊,没有以后了。他再也没有机会,来弥补这一切了。缠在脖颈上的长索,就是她这一生对他唯一的牵绊和诉求。她从未从他这里得到过爱,即便那是她应得的。所以,最后,他只能用命来还她了。

气息一缕一缕地从胸腔里溜走,剧痛却从外向内,一层一层地剖进去,直抵心头。在这乱世里，他们这辈子，相处和相爱的时间何其短暂？可他，却又为何非要那样对她，把本来最珍贵的东西糟践得稀烂？

"师……师……"邵云用手指拼命撑着喉间的藤索，想要说话。

红楹却手上突然加力，冷笑了一下："算了。我最讨厌的，就是你这张嘴了。"

"咯吱"的声音从藤索上传来，邵云的脖子被死死掐住，脸开始涨红，渐渐喘不过气来。

红楹慢慢放开了扶着石壁的手，转过半周，把身体的重量渐渐都加到了藤索上。面对着如同深渊一般黑漆漆的楼底，她惨然一笑，呵出了一口气。"就这样吧。"她嘴角动了动，没有再说别的，突然抬脚跃下。

白影坠落，赤藤索"咯吱"一声猛地收紧，瞬间便要扯断邵云的脖子，带着他一起坠下去！

"师……"邵云的声音戛然掐断，身体跟着迅速倾下，滚下了房檐。

而就在这时，忽然，一声尖锐的啸声凭空响了起来。一道不知从何处而来的银光突然出现，直向坠落的两人射去！"嚓"的一声，赤藤索应声而断。

邵云被那反弹的力量阻了一下。但在下落的刹那，邵云惊恐地看到，下方红楹如风鸢一样下坠的身上伤口不断开裂，鲜血喷洒而出，如黑夜里绽放了一朵鲜红的雨花。

"师姐！"他终于大声喊了出来。可唯一的答话，是身体重重地撞在石板地面上的一声"咚……"

天渐渐亮了。这天是个好晴天，朝霞从湖的后面慢慢升起来，把天和水晕染在一起。鸟鸣声也热闹了起来，偶尔能看见白色的巨大水鸟从水面上一掠而过，身姿矫健，闲适惬意。

姬雨桥抱着膝盖，缩在二楼的檐角上，不太敢动。

楼下石阶前，那个冷酷而狡诈的弓手还抱着红楹破碎的尸体静静跪着，背影看着像块冰冻的石雕。

已经快三个时辰了，他腿上的血都快要流尽了吧。可自从楼上坠下来，他斩断了那根箭，连滚带爬地扑到红楹身边把她抱起来后，就再没有动过。

他没哭。除了坠下时惊呼了一声"师姐"，之后再也没说话。

姬雨桥看不到他的脸，但从那沉默的背影里，她也感受到了他心中的悲伤和愤怒,当如黑色的岩浆,正在他身体里沸腾。

姬雨桥默默叹了口气:怎么会是这样?

她不能让邵云就这么死了。可这一出手帮忙,倒成了两个人的仇人。在那一瞬,她也实在没有别的办法了。红楹是真的存了死志的,这一次,她也真的没有手下留情。此时回想,大概是从自己带着她上了这座小岛开始,她就在计划着这个结局了。这两个人明明相爱至深,却非要死战到底,余生都不得解脱。

姬雨桥有些想不通。人生这样短,世道这样乱。一切美好的东西,都保不准一眨眼便会破碎。什么阵营,什么仇怨,什么家国……这些所谓的大义,又哪里有一分比得上一个爱人?只有相爱,才是这世间唯一重要的东西啊。假如宸哥还在,她才不稀罕去做什么肩负复国伟业的中山国公主,去和赵国死斗。权力和霸业,都是一场虚幻而已。什么都有的人,才有资格去追求。而像他们这样的人,能护住心头的一点火,便已是了不起了。更何况,在大多数的情况里,哪怕他们拼尽全力,还是护不住的。

"唉,真是傻。"姬雨桥遥遥看着邵云一动不动的背影,又叹了口气。

从她的角度,能看见红楹被白裙覆盖的一截修长的腿,毫无生气地搁在冰冷的地上,血迹斑斑。她忽然有些难以抑制地难过。其实红楹,真是个很好的姑娘。哪怕发觉了她的背叛,也没有忍心杀她——这对"萤火"来说,简直是不可想象的失职。可是,在红楹决定去面对自己的死亡时,还是对她放弃了杀戮。这也许,是红楹对这荒诞的人世最后的保留。

天越来越亮了。远处的湖面上升起了白茫茫的雾气,远山的轮廓也渐渐清晰起来。姬雨桥忽然看见,在那缥缈的白雾里,似乎有船只在向小岛靠近。

"喂……邵云!"她心中一紧,不再担心邵云对她发怒,一下从檐角上跳了下来,"好像有人来了!怎么办啊?"

邵云还是没有动。

姬雨桥皱起眉,慢慢走过去,小心地绕到他面前。

"啊!"她陡然惊叫了出来。这武艺卓绝的刺客弓手,双目竟被鲜血糊住,已然瞎了!

红楹的右侧颊边有一个梨涡。邵云不太清楚,后来的日子是怎么过的,只知道自己脑子里来来回回的,想的都是这个。

红楹的右侧颊边有一个梨涡,左边却没有。红楹的眼角是往上翘的,一笑就会拉出一个小小的尖儿。

他的身子像是被浇铸在了漆黑的铁块里，视野全是黑的，时时都喘不上气来。而以往那些被他刻意淡忘的事，倒一件一件地浮上来，填满了他的脑海。

红榼的心很软。那个总是拖着鼻涕，调皮到狗都不愿搭理的弟弟青山，几乎每天都在给她惹祸。有时候，连他们师兄弟都看不下去，偷偷把青山捉住，对着屁股一顿教训。可回到了红榼那儿，总是什么事都没有，叮嘱了两句，就由他去了。

红榼从来都不知道，她在山门口捡的那个饥饿的少年，会是齐国"琅琊"的内奸。她给他做了一碗面汤，看着他全部吃完，笑着问他叫什么名字。

那时内院的宗庙里正在撞钟，悠扬的声音把岁月都拉长了。他没说话，后来，她就随口给他起了一个名字，叫做"云韶"。

从一开始，他们之间，就注定了是场悲剧吧。如果再让他重来一次，他大概会晚一个时辰再去，不要与她见面。可即便那样，怕是也逃不掉吧。当年，在整个南墨，也只有红榼真的把他当个人。

被战火波及而流离失所的人太多了，找不到东西吃而饿死在路旁的人也太多了。南墨虽然崇尚"兼爱"，但能够救助的，终是少数。而若南墨里没有红榼，能够活下来并改变命运的，可能便是零了。

邵云不太明白，红榼这样的人，是怎样长起来的。她身上，好像有种说不出的源源不断的母性善意。不论你是怎样的，她都能无限地包容，无限地怜惜。此时，他浑身不能动，躺在坚硬的黑暗里，心里前所未有地渴望她还能再出现，用轻软的手心，贴一贴他的额头。

可他也知道，这再也不可能了。

她死了。就在他的面前，容颜尽毁。即使他剜去了双目，也无法从视野中剜去那可怕的画面。原来，后悔的感觉是这样的。那怎么是他的红榼呢？他的红榼，有那么温柔的眼睛，那么美好的唇。

他释放了心底的恶魔之后，就再也控制不了对她的渴望，几乎每一夜都要偷偷溜进她的房间，把她的每一寸领地都占遍。直到某一日他散着发从红榼的房间出来，正巧被深夜回来的静渊撞见。

那时他飞快地跑了，静渊追了一小段没追上，也怀疑是自己花了眼，赶快回红榼的房间去探问。

他知道这次是藏不住了。南墨门规森严,男女弟子之间发生不伦之事,是要同时被逐出师门的。所以,他当机立断,缠好了头发便闯入禁地,把裂天弓偷了出来,当做重返"琅琊"的资本。

后来,毫无意外,静渊和红橙先后来阻他。他其实敌不过静渊,但红橙被他重伤,终究把静渊拖住,让他寻隙逃出生天。

这样想想,难道……红橙当年,是故意的吗?邵云心中忽然狠狠的一记绞痛。她用一条手臂,用一身武艺,换他的一条命?想到这儿,邵云觉得自己的心快要裂开了。可如今,他已再也没有机会,去弄明白这件事了。

"哎……"这时,一个女人的声音在耳边响起,一只柔软的手在他肩头推了推。

"我说邵云,你到底还起不起来?"她的声音有些刺耳,"公主的'琅琊令'发得这么随便吗?连对付个女人都会伤成这样,真不知道怎么选进来的。"

邵云渐渐清醒了过来。才发觉,自己应是躺在"溱洧"的密室中,榻边坐着的是酒楼的女店东季璃,正在催他走。

"那个姬雨桥,我帮你锁起来了。"她继续道,"听说正有秦国使者在大梁,这两天就要回去了。你们不快点抓住机会跟上?"

邵云深深地吸了一口气,咬着牙从床上坐起来。

虽然眼睛上糊的血已被擦去,可视野里还是一片密实的黑。他的世界,自此已是永夜。他伸手入怀,把那块小小的令牌摸了出来,丢在季璃身上。"'琅琊令',你拿去。"他顿了下,"姬雨桥,杀了吧。"

屠嘉躺在车上,感觉头一直是晕的。白珊下药的手段越来越狠了,刚好让他身体不能动,人却又不会完全昏迷,还能被塞下一大堆乱七八糟的食物与水。

司马靳的队伍护着这辆马车一路北上,绕过大梁,准备直去邯郸。

虽然魏国的军队被王命暂时止在了邺城,但楚国的大军已快过濮阳,实力也不容小觑。邯郸这一战,规模将不亚于长平。秦国虽然威势雄壮,但多年长驱在外,攻人国都。于情于理,都不占好处。

好不容易找回冯嘉这个武安君亲传的弟子,司马靳当然是想立刻带他回军,去帮帮王龁的。最不济,在军中磨上几日,戴罪立功,回国后也能少受点国法责罚。可屠嘉知道,这事情根本不会如司马靳想的那样简单。王龁的为人,他很清楚。当年,白起在军中和不在军中,王龁待他的态度可是截然不同的。更何况,还有长平杀降时的那段龃龉。

"再吃一点?"白珊不知从何处又翻出来半块锅盔,在他面前晃了晃。

屠嘉连连摇头。

"那再喝点水?前面就快到了。"白珊道。

屠嘉叹了口气,吐出两字:"解药。"

白珊抿了抿嘴。

"军中险恶。"屠嘉道,"听我的。"

听到这句,白珊沉吟了一下,终于还是妥协,从衣袋里摸出药丸,塞进屠嘉嘴里。"半个时辰后,会起作用。"她又给屠嘉喂了口水,"那时应该也到军营了,谅你也跑不了。"

屠嘉一下子皱起眉。那药丸遇了水变得又辛又苦,可也非得咽下去不可。这摊烂局,看来他也是非踏入不可了。也罢,他已逃避了三年。而行至眼前,老天已明明白白地告诉他——逃避根本无用。式微、式微。胡不归?

第七章

邯郸夜猎

邵云所不知道的是,他说出那句"姬雨桥,杀了吧"之时,姬雨桥正在那间密室里,就在季璃的身后。

听到那句话,两个人对望了一眼,明白了这件事已经变得有些棘手。邵云竟然变了。这个田牧手下最锋利的一把武器,竟然折在了这里。重伤也就罢了——伤总能好,武艺也可以再修。可若意志变了,就很难再扭回来,让他继续为刺秦出生入死。红樾之死,好像真的让他碎掉了。如今,到底应该想办法把他粘起来,还是再踏上几脚让他消失无踪,一时之间,姬雨桥和季璃都有些拿不定主意。

不过,能给她们用来考虑的时间也同样不多了。经过昨夜一战,"溱洧"的主楼毁坏得一塌糊涂。很快就会有人发现这不合理的异变,大梁的官府也不会放任不管,视而不见。"溱洧"还得赶快编个遭了盗匪之类的情由去应付,主动报官请求缉匪,否则遭了怀疑,连带"琅琊"都暴露,就真的大事不妙了。

季璃想了一想,把那黑色的小令牌捡起来,在手心里掂了掂。

"既然令都给我了,人杀不杀,也就不由你决定了。"她转过身,对着外面招呼进来一个小厮,"你拿着这个,快去大梁,交还给牧哥儿吧。就说,邵云死了,让他再派个人来,跟应侯夫人入秦。"

小厮朝着那令牌恭敬地叩了个首,然后双手接过,一言不发地去了。

邵云咬着牙关,也没有表示异议。

"唉,你还是躺下吧!"季璃长叹了口气,又伸手推了一下邵云的肩头,"不过是个女人嘛!这么俊的小哥儿,怎么就想不开呢?"

这次,邵云却没有被她推动,只冷冷地道:"她在哪里?"

"烧了呀。"季璃道,"撒湖里了。"说着便欲起身离开。

话未落,邵云突然发难,左手一伸扯住她手臂,再身子一倾,右手倏然扼上了她咽喉!

"当真?"他脸上肌肉抽搐,眼中的伤口又流下血来,模样分外可怕。

可季璃也不是吃素的。她早已料到他会发怒,肩头一拧,肘尖狠狠撞上他腋下极泉穴,一个翻身便灵巧地脱了出来,回手便将一片刀刃架在了他颈后。

"少给我矫情,这里可没人欠你!"她眉梢挑起,声色俱厉,"入了'琅琊',该是什么结局,自己心里没数吗?"

邵云口中猛地喷出一口血来,身子向一旁倒下,仿如一团破旧的麻布。

姬雨桥有些看不下去了。那悲伤太刺眼了。她活到现在,还没见过一个男人会被感情击溃成这个样子,尤其还是邵云那样原本看起来没心没肺的。所以,是她做错了吧。在那一瞬,她只想到邵云不能死,别的都顾不上了。

"算了,别派人去找田牧吧。"姬雨桥开了口,缓缓走了上来。她手里拿着盘起来的赤红色藤索,弯腰放到了邵云的膝头,叹了口气。"我还是带你入秦。"她定定地道,"你不想去看看她的家吗?她应该,也很想回去吧。"

邵云一把抓住了那藤索,死死攥在手里。"你……你们……没有……咳咳……"一口血呛进肺,他剧烈地咳嗽起来。

"骨灰已经收好,放在船上了。"姬雨桥道,"秦国派出来守卫臣民的勇士,也断没有客死异乡、尸骨无存的道理。"

邵云将那藤索压在胸口,眼中又流下血来。

"我现在虽算是秦人,但杀白起,是我要为我爱的人报的私仇。在这条路上,没人可以挡住我。"姬雨桥续道,"你现在要杀我,是绝无可能。但若杀了白起之后,你还想向我报仇,我随时恭候,绝不躲闪。你说可好?"

夜已深了。邯郸近郊,一座座暗淡的营帐隐藏在层叠错落的山峰的暗影里,看不到边界一直延伸到何处。

整座军营都已陷入了沉睡。广袤的山塬里,唯余星辰般稀疏暗淡的几盏营火还在忽明忽暗地闪烁。刁斗声遥远得似从天际传来,近在耳边的只有风吹营帐发出的松涛般的响声。

屠嘉深深地吸了一口气,又徐徐叹出来。从郢都北上,一路弯弯绕绕,行到此处,已是初夏时节了。十四岁入军营,这是他最熟悉的地方。离开的时候，他一度以为自己再也不会回来，再也不会握剑。可当他踏上这一方山地的泥土，再次嗅到了军营特有的那种气味时，他便感觉到某种力量正不可遏止地在他的血管深处慢慢苏醒过来。

千里沙场客，明月照铁衣。年轻的男儿总是迷恋战场的，残酷和热血，牺牲和荣耀，都在这一方天地里被放大到极致。一柄剑，一张弓，天下霸图都仿佛在自己手中，马蹄所及，尽可征服。就算落败身死，也总能当得一声"英雄"。

屠嘉知道，这没什么错。

在这世道，大多数人，大多数时候，都别无选择。如若还不能找一些信念去追寻，未免也过得太苦。可当年华过去，抽身后回头来看，才知这片战场吞噬的并不只是一个一个的生命。跟这些生命捆绑在一起的感情、依靠和希望，统统都粉碎了——而那才是真正重要的东西。可惜的是，人们往往对最重要的东西，最无能为力。

"怎么样？该进去了吧！"身后，已换上一身铁甲的司马靳昂扬地走上来，很是熟悉地拍了下屠嘉的肩。

屠嘉抬头望了下天，星辰已变得明亮，应该已过子时。

抵达秦军驻地边缘之后，屠嘉要求停下来，等到入夜再悄悄进去见王齮。司马靳令五十铁鹰剑士先自行归队，自己一个人留下来，陪着屠嘉和白珊。

此时白珊已经在马车里睡着了，悄无声息。这一路她没少劳累，几乎跟在屠嘉身边寸步不离，坚决不肯自己先回咸阳。司马靳知道没法强迫她，只能由着她，叮嘱她上了战场便不能任性。

"嗯，走吧。"屠嘉点了点头，回头看了看停在树下的马车，叹了口气。

其实白珊打小跟着老师练功，武艺绝不寻常。就算是铁鹰剑士，来三五个大概也奈何不了她。但不知为何，他总有种不太好的预感。他能够意料到自己从这里往前走，会遇到什么。可对白珊，他却毫无把握，只是平白觉得心惊。这毕竟是战场。她若在此有什么差池……老师一家，尤其是师娘，该怎么活下去？

"算了，别想了，你甩不掉她的！"司马靳又拍了一下他的胳膊，转身走向马车，"我也是不明白，你们两个天生一对，到底在别扭些什么？"

屠嘉叹了口气，摇摇头，缓步跟上，也跳上了车。

"我说，回咸阳之后，你还是赶紧提亲，把婚事定下来。"司马靳一边赶车,一边絮絮叨叨,"让人家等这么多年,也太没良心了。哦,对了,就前不久,左庶长还给他家儿子提过亲呢!结果没成,估摸着也有些生气。一会儿进去,还是不能让珊妹跟着去帅帐,我先找个地儿把她安顿了。"

屠嘉沉默地听着,一条腿悬在座外,身子随着车子晃晃荡荡,一直没搭腔。

马车慢慢从山上盘旋着驶下,出了前面的山口,便到了营寨的辕门。

屠嘉仰头靠在车厢的门框上,眼神放空。忽然,他警觉了一下,眼角好像捕捉到了什么影子在黑夜里一闪而过。

"怎么了?"司马靳敏锐地感觉到了他神情的变化。

屠嘉迅速直起背,转回头去看,目光却又失了焦点。四野一片黑暗,渺无人声。大军驻扎在此,当是连野兽都不敢靠近才对。"没什么,可能看错了。"屠嘉吸了口气,淡淡地道,眉头却紧锁着没有松开。

"别胆战心惊的啦,左庶长还能杀了你不成?"司马靳大大咧咧地安慰道。

屠嘉苦笑了一下:"谁被杀,还真说不定。"

看着马车摇摇晃晃地驶进辕门,山野里的野草动了一下,走出来一个细瘦的影子。她穿着夜行的黑衣,蒙着脸,只露出一双深凹的乌金色的眸子。长剑背在身后,有些碍事,却又舍不得放弃。

赵宁也是今夜才抵达邯郸近郊,心有些急,便直接来探一探形势。没想到,竟碰上了这么一辆奇怪的车驾。靠近了才发现,其中竟有一人,她是认识的。

他竟然回军了。赵宁感觉到心中不是滋味。原来,他所说的什么与她归隐林泉,与老师再不复见,都是骗她的吗?当他真正的挚友和恋人回来找到他,为他铺平了回家的路,他便轻轻松松、毫不犹豫地回去了,根本不必再管那个叫赵宁的敌国女刺客的死活。赵宁皱了皱鼻子,又觉得自己这样想,未免有些太矫情了。本来就是敌人,恩怨两清已是极限,再奢求有什么感情,就太傻了。更何况,当初分别时,路是她选的,有这个结果,也算是她求仁得仁,合情合理。

马车已经顺畅地驶进军营了。通过之处,又亮起来几盏帐灯。

赵宁本来想悄悄潜到马车下面跟着进去,可屠嘉太过敏锐,没能成功。

现在，她只能靠自己寻找机会，一步一步地探进去了。

她抬手重新束了一下头发和蒙巾，深吸了口气，然后轻巧地跟了上去。

"何人？止步！"中军大帐前，一个身材高大的黑甲士兵倏然从门边的阴影里窜出，雪亮的长戟一下子便点到了屠嘉胸口。然而，在那甲士看清屠嘉面容的瞬间，脸上的表情忽然从警觉变为了极度的惊愕，整个人僵在了原地。

"统……统……"他嘴唇翕动，想要说出一个熟悉却久违的词来，眼中竟有光芒闪烁。

屠嘉立即后退了一步，冷言阻止了他："莫声张。"

那黑甲士兵二十余岁，额头宽阔，脸形方正，长相虽然普通，眉宇间却透着股英气。他怔怔地看了屠嘉好半天，直到屠嘉皱眉提醒，才转头看到司马靳，赶忙抱拳行了个军礼："司马将军。"

"嗯。"司马靳点了点头，"通报一下，我们来见左庶长。"

"是！"黑甲士兵情绪激动，转身快速冲进大帐中去。

屠嘉捏了捏手中的终南剑，觉得情况有些不妙。

他坚持深夜再进来，就是不想闹太大的动静，尤其，是不想撞见曾经铁鹰剑士营的旧部。可王龁竟会让他曾经麾下的第一弓手常挽在军帐前做守门吏，实在出乎了他的意料。

"你看，我没诳你吧。"司马靳耸了耸肩，"你的这些旧部，这些年跟着王龁，可是吃了不少的苦。"

屠嘉面上波澜不惊，心中却似被什么锐利的东西狠狠剜了一下。

正当时，帐帘一动，常挽又噌噌走了出来，面孔在帐前的灯火下显得有些扭曲。

"左庶长……已经歇下了。"他咬着牙关，恨恨地道，"他交代说，司马将军既然抓回了……逃犯，便送去俘房营关押听候审断。今日已晚，司马将军的功绩，明日再做计较……"说到最后，声音已低得听不分明。常挽的眼神也深深垂了下去，不敢再看屠嘉。

屠嘉听罢，露出了然的苦笑。

司马靳的眼睛却霎时间瞪圆了，怒火噌地一下冒了上来："俘房营？左庶长这是在寻司马靳的开心吧！这是我大秦良将，冯嘉冯靖长！"

"奉明！"屠嘉想要喝止，却已晚了。

150

司马靳的手臂重重搭住屠嘉的肩，冲着大帐里大声怒吼。极具穿透力的声音刹那间响彻了军营，不知惊醒了多少熟睡中的将士。

很快，周围的帐灯一盏接一盏亮了起来。窸窸窣窣的翻身声、耳语声、穿戴衣甲声、脚步声纷至沓来，整座军营的气息竟仿佛慢慢地有了变化。

屠嘉长长地叹了一口气。已跟司马靳反复交代了无数次，却还是压不住他的脾气。在司马靳的内心深处，还是不相信冯嘉这次回来，境遇将无法与从前相比。只怕在他心里，还觉得冯嘉就是应当大张旗鼓地回归，给三军振一振士气。

"咳！"终于，中军大帐中传出了一声重重的咳嗽。

常挽眼睛一亮，道了声"稍待"，转身回了帐中。不一刻，便又匆匆出来，脸上欣喜洋溢。

"左庶长起身了，请二位进去。"他挑起帐帘，恭敬地侧身在旁。

"这才是嘛。"司马靳板着脸嘟囔了一句，先行举步进帐。

屠嘉摇了摇头，也跟随其后。与常挽擦身而过的瞬间，忽然听见一句低语飘进了耳朵。

"统领，你回来，真是太好了。"

赵宁悄悄地在连绵军帐的暗影里潜行。

秦营的守卫很严密，哪怕在深夜，每五十步便有一个岗哨，来回巡逻，毫不放松。不过，有上一次刺杀王陵的经验，赵宁已经对秦营里的规则十分熟悉了。她身材纤细，动作又轻灵，总能找到一两个哨兵转身的缝隙插进去，踩着阴影一步一步地接近中军大帐。

然而，眼见着快要走到一半，前方似乎出了什么意料之外的事。依稀听到有人一声怒吼，然后周围的军帐都接二连三亮起灯来。屠嘉回军，竟没有受到什么欢迎和礼遇，还要偷偷摸摸地在深夜里进去，难道，还另有什么隐秘吗？

赵宁有些好奇，可惜周遭虽起波动，防卫却未见松懈，反而还有更加收紧的趋势。看来，今夜只能浅尝辄止，断然不可能找到直接刺杀的机会了。她一边想，一边继续往中军大帐靠近。大帐周围的人越来越多，仿佛是有消息传了出去，让各个营中都有人惊醒，然后慢慢聚了过来。

那应该不是正式的命令让他们聚过来的。他们脚步很轻，面上神色都很凝重,带着些犹疑和紧张。赵宁看见了有两个人一碰面就同时露出惊喜之色,继而互相确认似的点点头,继续悄悄往大帐的方向走去。而就在这时,赵宁听见,大帐之中突然传来了一声男人的惨呼!

一刻之前。宽敞的中军大帐里,所有的灯盏里都加了新油。火光从四面照来,让习惯了夜里视线的司马靳和屠嘉眼睛都有些睁不开,脚下的暗影也都统统消失不见。

中军大帐乃是全军幕府所在之地。前堂为聚将议事、发号战令之所,后室则为主将的居所,以便最快地接收第一线的战报信息以及更加集中和有效地布防。

司马靳和屠嘉二人并排站在大帐中心的军案前,等待左庶长王龁从后室出来。数十名亲兵围列在侧,个个都铁甲整肃,利刃在手,一副如临大敌的样子。

不多时,宽大的帐幔后便传来了沉沉的脚步声。

屠嘉暗暗深吸了一口气,将握着终南剑的手负在背后。

只穿了一身枯黄色中衣的中年男子在帐后出现——体形高大威猛,面相黧黑粗犷,花白的头发散着,没有戴冠——尽管是深夜见访,这一身打扮也过于随意,有些故意无礼的意味了。

"左庶长!"司马靳却未多言,恭恭敬敬地上前施了一个军礼。

屠嘉没有出声,一对清明的眼睛淡淡打量着王龁,神情不卑不亢。

"深夜惊扰军营,司马将军胆子不小!"王龁看了一眼司马靳,硬着嗓子道,声音嗡嗡隆隆,"既押来逃犯,何不按律处置?硬逼着老夫半夜起身,意欲何为啊?"

司马靳面上一软,嘿嘿地赔了个笑:"左庶长,冯嘉……冯嘉他虽确是戴罪之身,可毕竟……"

"毕竟是武安君的学生?"王龁面上明显涌上了怒气,截口喝道,"司马将军慎言!以沾亲带故为由藐视秦法,可是大罪!"

"不不!"司马靳面色一变,有些慌乱,"末将是说……毕竟现在邯郸战事吃紧,冯嘉久经战场,多年受武安君栽培,此时正堪大用,以期戴罪立功,救……"

"奉明!"屠嘉想开口喝止,却又晚了。

这话一出,王龁面上陡然涨红,怒火如雷子炸裂:"荒唐!"他"砰"

地一声拍案而起，从身侧掣出了一柄阔身战剑。

司马靳一看，立时后退了一步，倒抽了一口凉气。那柄剑分量极重，刃阔足有男子一掌。精铁剑鞘上以真金镶着一只展翼翱翔的凤凰，利爪却与鹰隼有几分神似——竟是那象征着三军统帅生杀大权的秦王剑！

"司马将军是说，老夫不堪为三军之帅，要让位于一个弃爵逃军之将？"他咬着牙关，一个字一个字地说道。直到这时，他才缓缓转过头，将一对鹰隼般的眼睛盯到屠嘉身上。

屠嘉迎上那目光，终于叹了口气，抬手抱拳，行了个军礼。

"左庶长。"他声调平静，甚至还带着些慵懒，"冯嘉绝无再上战场之心，回来也是迫不得已。司马将军性子耿直，口无遮拦。同袍多年，左庶长也心中有数，请勿曲解。"他顿了顿，"至于在下，既然走到这一步，也无意再逃脱什么罪责。左庶长秉公处置便是。"

"靖长！"司马靳猛地回头，惊愕之余带着痛心。

听他这么说，王龁一时间没有马上说话，目光锁在屠嘉的脸上，好似想要生生剜下一块肉来。

屠嘉却丝毫不惧，双目平视着王龁，毫无闪烁躲避。

"呵！还真是有几分胆量。那便依你！"王龁被彻底激怒了，倏然声大吼，"常挽！"

"在！"一直守在门口的黑甲士兵马上进来，"左庶长！"

"给罪将冯嘉……上刑枷！"王龁令道。

常挽陡然色变。"左庶长！"他嘶声喊道，继而一拨衣甲，扑通一声重重跪了下来，"请左庶长三思，网开一面吧！"

"三思？"王龁气得一愣，怒极反笑，"嚆！连一个守门吏都来教我这上将如何下令了！"

"常挽。"屠嘉色变，往前踏了一步，向他一偏头，"去拿！"

常挽抬起头，看看他，又看了一眼王龁，面上情绪涌动。终于一咬牙，起身扭头跑了出去。

"嚆，果然还是'冯统领'的话有用啊……"王龁酸溜溜地道。

"哎哎，左庶长……"司马靳又想劝，被屠嘉转身一抬手阻止。

军帐里的气氛凝住了，一时间，没有人再说话，周围的兵士连大气都不敢出一口。

常挽很快走了回来，手上托着沉重的刑具。

屠嘉把终南剑交给司马靳，自觉向大帐中心走上几步，跪了下来。

常挽无奈，只得上前，磨磨蹭蹭地把刑枷套上屠嘉的头。

就在这时，一个传令亲兵忽然从帐外进来，快步走到王龁的旁边，俯身在他耳侧轻轻说了一句话。王龁面上立刻露出了震惊，好容易平息下去的怒火再次燃了起来。屠嘉被常挽在身前挡着，却没有看见这一变化。

"不过，冯嘉有一不情之请。"他平静地道，"铁鹰剑士，乃秦军精锐中的精锐。哪怕不再聚为一营，还是希望左庶长，可以善待。"

"冯……嘉！"王龁听闻此言，整个面孔都抖动了起来，"你好大的胆子！"

屠嘉皱起眉，觉出有一丝不对。

"一个逃军之将，竟敢擅令旧部夜聚中军，威胁将帅！"王龁咬牙切齿，再也忍不住"唰"地一声拔出了秦王剑，"当我不敢杀你！"

屠嘉猛然色变。这才发觉，帐外不知何时已人声响动，如同白日！

"常挽，闪开！"他喝令道。王龁身上暴涨的杀气震得秦王剑嗡鸣了起来。他是当真动了杀念！

常挽却霍地转过身，正对着步步逼近的王龁，把屠嘉挡在了身后。

"左庶长！不可啊！"他徒劳地喊道，张开了双臂。

"给我让开！"王龁暴喝一声，手中阔剑一记逆劈，宽大的木质军案"咔嚓"一声从中碎裂，陡然木屑四溅。

"闪开！"屠嘉从地上跃起，转身用肩膀将常挽向左撞开。

同一瞬，王龁身形暴起，阔剑再次劈出，剑光瞬息掠到了常挽身上！

只听"嚓"的一声，剑锋切过常挽未及避开的右肩，竟如切菜一般，将一条右臂连根切断！

"啊……"常挽一声惨呼，鲜血喷射而出，尽数喷在了屠嘉身上。他下盘扎得极稳，即便被屠嘉一撞，又被利剑重创，竟还站着未倒。

屠嘉目眦欲裂。那是他帐下七箭连珠、百步穿杨的弓手，竟就这样废了！可王龁一剑过后，竟不收势，阔剑旋了半周，又再度向他袭来。

"够了！"他终于忍受不住，双臂一震，"哗啦"一下将颈中还未锁紧的刑枷整个震碎。继而翻身而起，一脚向劈来的白刃踢去。

"左庶长！"司马靳也身形一变，上前去拦。

屠嘉的足尖准准踢中剑身，大力将白刃推回，带着王龁的身子向后退去。

"到此为止！"他双足稳稳落地，眉目间昂扬的英气终于爆发了出来。

他摘掉身上所有的铁链，伸手入怀，取出了一卷白色的绸布："左更冯嘉，奉公子异人之命回军，重领铁鹰剑士营，率部救难。血书在此，旁人不得干预！"

他将绸布抖开，上面的字迹黑中透红。角落上有两方小印分外明显：一方是公子异人的，另一方却是由"萤火"掌管的秦王的私印！

王龁终于惨然色变，倒提着阔剑，难以置信地退开了一步。

屠嘉不理会他，将那血书往地上一掷，赶忙去查看常挽的伤势，为他伤口止血。

"你……你这……"王龁看着血书，不知该如何收场。

"从此刻起，常挽便重回我麾下。"屠嘉语中冷芒如剑，"左庶长有何异议，都请留到咸阳宫再辩吧！"

赵宁潜行到离中军大帐还有十余丈处，发现往前一步都不能走了。

聚过来的兵士越来越多了，几乎有三十多人，彻底惊动了中军帐外的守卫。守卫上前拦截和盘问，而聚过来的兵士却都不说话，只在原地站着，不能再往前走，也不肯回去。

赵宁皱起眉，凝神细听。

中军帐里似乎是起了什么冲突，在那一声男子的惨呼之后，有兵器碰撞的声音。紧接着，屠嘉的声音便清晰地传了出来。

赵宁的心狠狠地跳了一下。她从没见过屠嘉以这样的口气和声势说过话。那才是他原本的样子吧。英姿豪迈，杀伐决断。战剑所指，无坚不摧。而郢都那个冷淡又温和的铁匠，只不过是她遇到的短暂的幻象。离开之后，就不复存在了。

聚集的兵士在那一声暴喝之后也齐齐变了神色，出现了难以抑制的狂喜。赵宁恍然——原来屠嘉回来，是受了邯郸那个秦国质子之命。秦军要救那个王孙出来！

就在这时，赵宁忽然感觉到有一股凛冽的杀气在黑暗中涌动了一下。那杀气有些熟悉，说不上是来自何方，但如芒在背。她赶忙起身，向后退了几步，远离中军大帐。腾挪时，她依稀看见有一个身形干瘦的黑衣人在帐顶站了一下，马上又消失不见。

是"萤火"统领嬴栎！赵宁一下子反应过来。王龁的影守竟是他。幸好没有贸然动手。

她退缩在黑影里，感觉危险越来越近，不知嬴栎是不是已察觉了她的所在。略一思忖，她决定放弃探查，尽快撤离。趁着夜色还深，秦营又乱了起来，看准机会几次腾挪，抽身快速跑了出去。

"行了，起来吧。"

"哗"的一声水响，赵宁从深潭中钻了出来，漆黑的长发紧贴在头颈上。

"还好吗？"潭边的秀美女子一身淡蓝裙衫，声音柔和温婉，正是锦琅。

赵宁却没有说话，只死死咬着牙关，慢慢游到水边，攀着石头爬了上来。出水的瞬间，她面上神情倏然一变，忍不住"嗯"了一声。

这是邯郸西面紫山深处的一个峡谷，田氏一行和相里氏之墨四十余人暂时驻扎在此。紫山为太行余脉，绵延四十余里，山势耸拔，地貌崎岖，深洞幽潭数量繁多不易搜寻，正适合他们这群刺客死士躲避。

"要是疼，不妨就叫出来。"锦琅弯了弯嘴角，向赵宁递过绸巾，让她裹住身体，"女人嘛，柔软一点，才能惹人怜爱。"

赵宁没有理她。从离开大梁开始，锦琅便调制了药膏，给她除身上的疤痕。

最开始只是涂和敷，感觉有些刺痛。后来开始泡，从温热的汤浴到如今流动的冰潭，药下得越来越猛，她浑身的皮肤都像被剥了一层下来，痛得连呼吸的起伏都有些经受不住。可是没有办法。锦琅说，这"换肤之术"一旦开始，便必须坚持做完，否则人将全身溃烂，生不如死。

赵宁不太懂医术，却知道医家的话，还是相信比较好。锦琅没有什么理由害她，把她变得更像女人这件事，自己虽然心中并不太以为然，但听听也是无碍。毕竟，今后的刺杀之路千难万险，谁知会遇到什么。

"说来，男女之事，你懂是不懂？"赵宁披好衣服，坐在石头上。锦琅在她身后为她梳头，动作和口中问出的言语一样轻柔。

赵宁怔愣了一下。这事……她从未想过。她只知道阿桥受的苦，只觉得那事充满着肮脏和罪恶。至于那原始的情欲到底是怎样的，她自己会不会有，会不会碰上，便是她从来未曾触及的了。

"哟，看来，你还是处子之身。"锦琅轻笑了一声，给她把头发束好盘在头顶,又将她颈后的衣服拉开,看了看后背新长的皮肤,点了点头,"嗯,长得挺好。有这么一副模样,让你去倾人一国,都未尝不可。"她顿了下,又伸手去捏了捏赵宁的手臂,肌肉的触感结实坚硬,不由一叹:"只是可惜,这身段儿太硬了。改天让牧哥儿给你揉揉才是。"

"你说什么?"赵宁眉头陡然一皱,反手掐住了锦琅纤细的手腕。

锦琅虽被吓了一跳,却没慌乱,又微微一笑:"紧张什么?不过是舒筋按摩,松一松肌肉关节罢了。"

赵宁感觉到极度的不对劲。田牧既是齐国公子,又是她的男人。从她口里说来,怎会如此轻浮低贱?仔细想想,从楚国出来之后,锦琅就像变了一个人似的。整个田氏商社的商队也悄无声息地全部换了一班人马。他们跟她一起来到邯郸,却没有带邵云,而是带了另几个赵宁没见过的护卫,其中也不乏好手。而那几个人似乎跟田牧也不太熟悉,反倒有时跟锦琅说笑,眼睛里总是带着难掩的警惕。

就在这时,山壁外传来一阵人声,似是有人从外面回来了。赵宁思忖了一下,松开了锦琅的手,站起身将外衣穿好。接着拾起靠放在潭边石头上的青螭剑,一句话未说,快步走了出去。

赵宁不知道的是,在她离开之后,锦琅轻轻击了下掌,不多时,田牧便从另一侧的山壁后踱了过来。

"莫迟给你找来的这个姑娘,还真是硬气。"锦琅一边收拾石潭边上的软布和药材,一边轻柔地道,"在水下浸了足有一刻,烈火焚身之痛,竟然一声都没哼。"她笑了下,瞥了田牧一眼,"比你当年可厉害多了。"

田牧挑了下眉,看着自己莹白如玉的手,苦笑着摇摇头。

"只是可惜,还不够绝望。"锦琅叹了口气,"不然,收进'琅琊'来,该多么好用!唉,越想越可惜。你说,要么……我破一回例,直接给她下药?"

"这……"田牧皱起眉,"还是谨慎些吧。她背后,毕竟还有'北姜'和'黑衣'。"

锦琅噘了噘嘴:"也是。破例收进来的人,总有些不太好用。"她收好了东西,打成一个包袱,"这次刺杀,她要是还能活下来,再试不迟。"顿了下,"说不定到那时,她就足够绝望了。"

"你觉得会有问题?"田牧的眉头蹙得更深。

"我懂女人。"锦琅勾了勾唇角,笑得有些诡秘,"尤其是赵宁这样,几乎从来没被人好好爱过的女人。等她知道情爱是什么东西时,她男人又是什么东西时,她自然会崩溃,被绝望一口一口吃掉。"她站起身来,挽上田牧的手臂,"至于问题嘛……再缜密的计划,都会出现问题。就像邵云,谁能想到,一个琅琊令主,竟然会失联?"

田牧的神色一下子变得有些难看。"我收到消息,姬雨桥已经回到大梁,跟秦国使臣接上了头。"他沉吟了一下,缓慢说道,"虽然没人看见邵云本人,但……姬雨桥去驿馆,是驾着马车的。"

锦琅"哦"了一声。

"说不定,是他伤势太重,一时间……无法与我们联络。"田牧继续解释,"邵云是心思缜密的人,若没有把握,或实在不方便,当会选择谨慎行事。"

"嗯。"锦琅点了点头,拽着他的胳膊往方才赵宁奔去的山壁外走,"再等等吧,也不急着这几天。反正,他的药效也快到了,总会回来找我。"

"公主!"田牧情不自禁地急唤了一声。

"嘘!"锦琅赶忙伸指在唇上一压,低声道,"墨家也不是吃素的。让骆老头儿反应过来,我是没事,看你怎么办?"

田牧赶忙噤声敛容。

"走吧,看看是有谁带了什么新的信儿来。"她把沉重的包袱往背后一撂,拖着田牧继续向前走去。

此时,赵宁正在墨家聚驻的山洞内,看梁大武带回的"黑衣"信筒。

说来也有些奇怪,墨家派了十个人出去探查消息,只有梁大武这个外院弟子跟赵国"黑衣"接上了头。他解释说,"黑衣"首领莫迟在郢都与田氏会面时,恰与他熟识,告知了他日后传递消息的方法。他按约定的地方去找,果然找到了信筒。

那信筒只有赵宁会开,倒不必担心其中有什么问题。当着众人的面打开来看,只见其中有封短信,另附了邯郸西城东郭总共十几座城门的布防图。

"后日晚上突围?"墨家钜子骆无尘拿着信绢,两道白眉拧在一起,"为何赶在此时?难道邯郸已有消息,六国合纵已然无望?"

这话一出,众人皆叹了口气,情绪十分低落。

"不管这军策是谁定的,莫迟既然传出来,'黑衣'应当在其中起了作用。"赵宁道,"或许,是在为我们刺杀王龁制造机会。邯郸死守已久,军情若无变动,秦军主帅轻易不会出营。而以秦营守卫之严密,我们绝难有机会渗入。"她顿了顿,目光有些森然,"无论如何,后日晚上,便是行刺之时。"

众人皆点头附和,互觑的眼神里开始闪现出几缕兴奋。

"可是……如何知道,王龁会去哪里呢?"有人提出疑问,"邯郸郊野如此阔大,地势又险。即便我们一路监视,发现了王龁的行踪,却又如何传递消息,及时跟上行刺呢?"

一时间,又无人说话了。

锦琅和田牧也缓步走了进来,赵宁没有看他们,只皱着眉在旁思忖。

"哦,对了!"忽然,一名也出去探过消息的墨家弟子开口道,"我监视秦营入口,看到一个奇怪的人骑着马进去了。看服色不是士兵,背着把银色的长剑,身材很瘦小,肩上好像有伤残。"

"'萤火'月移?"赵宁马上想了起来。

嬴栎在秦营中,月移又去了。秦国已经为这些大人物准备好了防卫,刺杀又变得更加困难。别说是在千军万马中取上将首级,就算是在平地山野,他们与"萤火"几人公平对决,也未必讨得到什么好处去。

或许,唯一的办法就是——铤而走险,绝地伏击!

"我有一法,可确保王龁离开中军,去我们想让他去的地方。"赵宁展开那张布防图,转了几个方向,将西门对上他们此刻所在的紫山沉金谷,"我昨夜探秦营,发现秦军正在筹划,要把他们那位质子救出来。赵军既然突围,他们必定会趁乱行动。"

众人皆围了过来,梁大武适时地翻找出前些天墨家弟子们探查地势画的沉金谷舆图,递给赵宁。

"这位王孙嬴异人是秦国太子安国君的儿子,已在赵国做了十年的人质,表面看起来,也不太受秦王的重视。"赵宁续道,"但我知道,赵王很看重他。我父亲的师弟赵狷被赵王派给他做守卫。十年来秦赵血仇越结越深,不知多少赵国人想私杀这位质子泄愤,却都被赵狷挡了下来。[1]由此看来,这位王孙的重要性,其实比外人想象的,要大得多。"

---

[1] 见踏歌短篇小说《不为刀》。

159

"竟是这样!"

"也是,长平之战都未杀这质子,的确奇怪。"

"听说那质子还娶了赵国巨贾的女儿,儿子也生了,过得风光得很。"

众人纷纷议论起来。

赵宁展开那张河谷图,与莫迟送来的城防图大致接上,手指点在邯郸大北城的西门:"所以,我们便传讯给莫迟,干脆把这位王孙放出来。"她手指滑动,拉了一条直线,直指这座紫山与沁水交界之处的金钗状河谷,"让他派人,前引后逼,让他们走这条路。"

"不错。"竟是田牧接口道,"王龁谨慎,必然亲自带兵去接。"

"是。"赵宁抬起眼,与他目光遥遥相接,"我们便在此设下埋伏,将如今秦国军中四个最重要的人一网打尽。"

"四个?"骆无尘皱起眉,有些疑惑。

"秦军主将左庶长王龁,"赵宁一个一个数道,"秦国王孙嬴异人,秦国'萤火'统领嬴栎。"她顿了一顿,眼神忽然暗了一下,终于,还是吸了口气道,"还有,铁鹰剑士营统领冯嘉。"

邯郸城内,太阳的最后一丝光芒在西方的城墙上隐没时,一身黑衣的中年男子悄悄走进了北城的仄巷。七拐八拐之后,他闪身迈入了一道极其破旧的窄门,反手又将之关上。

窄门后却是个小小的院落。在熹微的天光下,依稀能看见少许简单而清爽的陈设——磨石水缸,盆花竹椅,是一户再寻常不过的民居。

中年男子没有迟疑,径直向屋舍走去,显是曾经来过,对这里已十分熟悉。

他走到门前,刚刚抬手准备轻叩,突然听见屋中传来了一个温润委婉的年轻男子的声音:"嬴统领请进,门未上闩。"

墨衣的中年男子正是嬴栎。他眉心一拧,面色有些不悦,却还是依言推门而入。

屋内点着一盏光芒极微弱的油灯。远远放在靠近里间的桌案上,以致人在门外时都看不出屋内有光。此时在桌案后,一身白衣的年轻男子正襟危坐,拢袖斟酒,姿态优雅如白鹤。

"果然,围城围得再密,也挡不住你们这些技击高手啊。"他搁下壶,缓缓抬眼,对着嬴栎温和一笑,"坐,喝酒。"

那是一张极其平常的脸——虽然五官端正，却绝称不上俊美。甚至，在他露出笑容之时，眼角还扯出了几道细纹，不经意显露出他真实的年纪，只怕也并非如乍看所见的这样年轻。

"异人在何处？"嬴栎冷冷地道，不想与他废话。

白衣男子挑了挑眉："要么在王宫，要么在士大夫的宴上，要么……在他夫人府上和幼子嬉戏。总之，就那些个常去之处，没什么神秘的。"

"如此时刻，还这般松懈？"嬴栎皱眉。

"正因时刻非常，才要一如往昔，不能先露了马脚。"白衣男子又微微笑道。

嬴栎沉默了，一时不知该说什么。

月移已至秦营，他便可分身依照王命前来邯郸。可到了约定地点，却仍见不到公子异人。每一次，都有这个白衣商人吕不韦挡在中间。

"嬴统领，少安毋躁，一切都在掌控之中。"吕不韦见嬴栎不肯入座，便自己站了起来，"如某所说，异人那个守卫赵狷武艺极高，嬴统领万不可在此时冒险与他照面。吕某知道，你们这些高手，听听脚步声便互知深浅，要拔剑相向。"

嬴栎依然皱着眉没有答话，心中却不免承认他说的有道理。也正是因此，他才来去邯郸数次，却都没见过异人。

"冯统领可已回军了？"吕不韦走上两步，向嬴栎递过酒杯。

嬴栎觑了一眼，道了声："不必"，又点头，"已回。"

"那么，时间地点，他都清楚？"吕不韦也不尴尬，自将那爵酒饮了，又问道。

嬴栎点了点头。

"好。"吕不韦舒畅地一笑，转身又走回桌案后，放下空爵，取了一根精巧的铜管。

"这里面，是刚刚确认的第二处地点。"他将铜管交给嬴栎，"劳烦嬴统领再走一趟，交给左庶长王龁将军。"

"什么地点？"嬴栎陡然扬眉，"左庶长可是秦军主将，凭何听你差遣？"

"嬴统领言重了。"吕不韦笑笑，"这只是个礼物，左庶长看过，才知喜不喜欢。"

秦军大营。冯嘉的帐中，白珊正在油灯下给他缝战袍。灯光很昏暗，阿靖懒洋洋地蜷在她脚下，一脸没睡醒的样子。

冯嘉比从前瘦了好多，按以前的尺寸领回的铁甲，穿在身上竟有些松垮。白珊看不过去，就让他脱下来改。连带着也觉他一脸杂乱的髭须看着邋遢，一边叮咛嘱咐，一边亲自上手，非要他把自己收拾干净了，变回了以前的样子。

这两天，白珊就住在他的帐中，另外打了个小铺睡。应是觉得军营中不太安全，虽然不方便，冯嘉也没有赶她。饮食起居都很留心，还像往常一样，将她照顾得很好。

除了难得会露出笑颜，冯嘉已经完全恢复了原来对她的态度。有事就唤她小名，无事也能听她几句闲扯。说起不见的九年之间，咸阳发生的逸事，偶尔也能跟着附和几声。

白珊觉得，等这场仗打完，他们回到咸阳，应当便能成亲，过全新的日子了。

到那时，人们将不再称她为白家小姐，而是冯氏夫人了。他们会在咸阳有另一处府邸，五六进院子，七八个家仆，栽上几排竹柳，再开几块药圃和花廊。

冯嘉白日上朝，或出门远征，她便在家继续修习医术，或开个药铺，或开个诊馆。过得几年，生几个娃娃，男孩学他习武从军，女孩随她学医持家。日子过得平平淡淡，不用大富大贵，却喜乐自得。

这些话，她已经在心里念叨了千遍万遍了。从在邺都见到冯嘉的那一刻开始，她就不停地在计划，在想象，在考虑用什么样的语气和表情说给他听。不过，经历了他那次无情的抛弃之后，她还是有些紧张了，迟迟不敢再提成亲。

她知道自己的性子随父亲，是霸道了点，什么事都敢做，非要听自己的不可。冯嘉的脾气已算是很好，可兔子急了还会咬人，难保他没有抵触的想法。

更何况，冯嘉不是兔子。长平杀降时的那场冲突，虽然在国中一直保密，她却还是从司马靳那打听到了实情。军中八名大将，只有冯嘉一人敢于反对杀降。而主杀的王龁仗着有武安君的支持，一怒之下与他动了手，却竟在三军之前被他打落马下，摔得鼻青脸肿，狼狈至极。

白珊知道冯嘉这种性格，以后多半也很难坐上什么高位，如他父亲一般声威显赫，甚至，以如今秦国国中的情势——秦王老迈却仍强势，太子年长体虚力弱，后继者虚位空悬全无着落，冯嘉的仕途一生便止步于这左更之爵，也极有可能。

但白珊无所谓。他活着，没有伤病，身心皆悦，便是她最大的梦想了。虽然嘴上嫌弃他不修边幅的样子像个乞丐，可她心里知道，不管他是什么模样，她都喜欢，喜欢得厉害。

"珊儿！"突然，帐外脚步声响起，厚帘一动，冯嘉快步走了进来。他穿了一身黑色皮甲，提着终南剑，髭须修整后的面孔显得英气勃勃。此时急急冲进来，脸上竟有几分喜色。

"哥！"白珊一下子跳起来，撩起那战袍给他看，"看，我快缝好了！"

"噢，多谢。"冯嘉稍怔了一下，"你快收拾一下东西。我已安排好了，送你和伤兵一道回咸阳。路上常挽会照应你。"

"啊？"白珊立刻叫起来，"我不！"

"这是军营！岂能容你常住？"冯嘉皱起眉，声调也高了起来，"大战在即，此时不走，晚些谁还顾得了你？"

"谁要你顾了！"白珊看他神色严肃，脾气也上来了，"我堂堂武安君之女，也有一身本事，凭什么就不能为国效力了？我在咸阳也是远近闻名的医家，你当我是寻常女人，见点儿血就要晕过去吗？"

冯嘉被她的嗓门一震，愣住了。

"再说了，我今天早上去逛了一圈，你们军营里医家也太少了吧？药材也不全，扎营扎的地方也不对。军医的编制、服色，更是乱七八糟、错漏百出。"白珊继续高声吼着，"现在围城不动也就罢了，真开始攻城，伤兵多了起来，你们治得了吗？要是我爹在这儿，看到不得气死！"

"珊儿！你别乱说……"冯嘉气极，陡然睁大眼，"这里主帅是谁，你分辨清楚！"

白珊怔了一下，然后自知失言，低下头吐了吐舌头。

"唉……"冯嘉皱着眉重重叹了口气，"现在不比当年。你还这样任性，终会闯祸的。"

白珊噘起嘴，有些不高兴。

"军营里的事，就算不对，也轮不到你插手。"冯嘉正色道，眼中尽是忧虑，"你还担心什么呢？我回都回来了，岂能轻易跑得了？"

白珊挑了下眉，没说话，心里却动了一下。

"此战绝非儿戏,惨烈可能更胜长平。"冯嘉续道,"你在营中,我心有牵挂,反而不便施展。你若真想帮我,就听话回去,以后日子还长。"

听到此句,白珊心中陡然生起一阵狂喜。他果然,是很在意她的!

"你说的是真的?"她把还未缝完的战袍往旁边一撂,冲上去一把抓住冯嘉手腕,喜形于色,"你发誓,一定会回咸阳?和我……和我……"她哽了一下,看见冯嘉的目光忽然一闪,一犹豫便还没说出口。

冯嘉又无奈地叹了口气,拍了拍她肩头,安慰道:"你放心,我一定会回咸阳。"

"太好了!"白珊开心地尖叫了起来,踮起脚尖,飞快地在冯嘉脸颊上啄了一下,然后一回身又坐回了席边。

"我答应先回去。"她两颊上升起两朵红晕,又捡起那战袍,翻来覆去找方才的针脚,"但什么时候走,我说了算!最少,要把你的战袍缝完吧!"

"珊儿……"冯嘉又皱起眉。

"行了行了,别啰唆了!"白珊冲他挥挥手,赶他出去,"你忙你的去!我有分寸的,别让我反悔!"

冯嘉正待再劝,忽然,帐外传来了传讯兵的声音:"冯统领,军情有变,左庶长有请!"

"怎么一别三年,还是这么婆婆妈妈的?"看着冯嘉独自走远的背影,司马靳嘟囔道。

天色将晚,今夜就是行动之夜。赵国将在今夜组织一场不会成功的突围,而秦国王孙异人,才是突围之战中真正的主角。

那个不知什么来头的卫国商人吕不韦实在太厉害了。冯嘉就是他找回来的,而据他传来的信,今夜除了"萤火"统领嬴栎,还会有东蛟门下高手在城内协助,把异人送出来。他们只需要带上足够多的铁鹰剑士,在入夜后到约定的地点等着接应即可。

不过,冯嘉午间从中军大帐中出来之后,神色就变得有些不对,像死了娘似的,眉头从没舒展过。司马靳询问也好,安慰也好,他都不太搭理,只一个人沉浸在忧虑之中,不知道在担心什么。如今到了即将出发的时刻,他又突发奇想,把还没睡醒的阿靖从窝里拎了出来,抱着往大营门外走,看架势,像是要把它赶出去。

司马靳分外地纳闷。赶白珊回去也就算了,怎么连阿靖都要赶?这场仗,当真那么危险？加上原来王陵未撤回的十万大军，围困邯郸的秦军几乎有二十万之众。这么多精兵良将，难道还干不掉至今都还是一盘散沙、走走停停的六国合纵军？

通红的夕阳已经快从山沿上落下去了。冯嘉的背影终于消失在辕门之外。

司马靳叹了口气，转头回自己的营中，去做出发前的最后准备。而他不知道的是，让冯嘉分外忧虑的，根本不是自己。

"阿靖。"一身黑甲的年轻将领轻轻抚着小狐的头顶，声音低沉而恳切，"只能靠你了。"他移动手指，又确认了一下小狐腿上缠的布条，弯腰把它放到地上。"我不知道她在哪儿。"他叹了口气，"但，她如果在的话，希望你能快点找到她。"

此时此刻，在紫山山顶，赵宁捏着青螭剑，正远眺着夕阳之下的秦营出神。在她的方位，隐约能看到连绵成一片的灰白色军帐，像一块布盖在苍翠的山塬上。等入了夜，营中举了灯火，或许便能看得更清楚些。

墨家已经把沉金谷中的埋伏布置好了。

几十张弩机架在了谷中心凹陷处两旁的山壁上，诱敌的偶人和绊马的机关也都反复试验过，确保隐蔽而有效。

虽然他们人数不多，但借助这绝地的地势以及墨家以小博大的机关之术，外加赵宁神秘诡谲的绝杀武艺，将秦国那几位高手尽数围住斩杀，也并非难事。

只是，从定下计策开始，赵宁就一直在心慌。那扑扑的心跳一直虚浮在她嗓子下面，翻来覆去，怎么都压制不住。手心里也总是控制不住地冒冷汗，感觉剑柄都有些握不住。她从没遇到过这样的情况。难道真的是有什么环节不对？又或者，是她多想了——她是真的身体有些问题，锦琅的"换肤之术"药力还未褪尽，以致气血虚浮，精力不济？可不管怎么说，西边的那一轮红日，正在下坠。很快，她就会看不见那光了。命运的轮子已经无可阻挡地碾压过来，除了拔剑一战，没有任何第二个选择。哪怕战不过，也必须要战！

就在此时，忽然，身后传来了窸窣的脚步声。赵宁回头一看，有些惊诧，竟是田牧。

田牧不通武艺，紫山顶峰的这一段山路甚是艰险，让他爬得十分困难。

但一看见赵宁的身影,他便莞尔一笑,高声唤道:"阿宁!"

"你怎么来了?有异变?"赵宁心中却又狠狠跳了一下,伸出手去拉了他一把。

"噢!没有,你别担心。"田牧跳上峰顶的巨石,赶忙解释,"我只是来看看你。"他穿了一身月白色深衣,膝盖上蹭满了泥渍,却毫不顾惜。

赵宁"嗯"了一声,不知该说什么。

"你……脸色不太好啊。"田牧站在她身前,微微低下头,关心地轻声道,"手怎么这么冷?"

"没事。"赵宁不太想跟他解释,又转回身去看夕阳。

"是担心……那个屠嘉?"田牧目光平和,问得却很直接。

赵宁眉心陡然一皱。

她确实,反反复复地在想这个人。她真的有足够的理由杀他吗?今天夜里,她真的要对着他的胸膛刺上一剑,让他的鲜血涂满山野?

"阿宁。"田牧见她不答,神情也严肃了起来,轻轻叹了口气,"我知你心有顾虑,毕竟与他,有一段交情。"

赵宁咬住牙关,还是没有说话。

"但你知道,他身份特殊,对我们的威胁实在太大。"田牧续道,"这个隐患不除,我们接下去入秦,将是飞蛾扑火,绝无机会。"

赵宁心中又狠狠跳了一下。她又何尝不知呢?倘若理智可以决定一切,那屠嘉早该把她杀了,又何来现在这么麻烦?

"你千辛万苦上来,就是为了跟我说这件事吗?"赵宁冷冷地道。

田牧见她抵触,又皱了皱眉,叹息着摇摇头:"只是随口一提。"

赵宁也叹了口气。"我有分寸。"她淡淡地道。想了想,忽然低下头,解开了右边的袖口。"这副'鱼渊',还是交给你带走吧。"她从手腕上拆下一片羊皮软甲,递给田牧,"这一次,用不到。"

"为何?"田牧一时没有接,"这神器难得,带着总有好处。"

"今夜不是刺杀。"赵宁道,把软甲直接塞进了田牧手里,"是决战。"

田牧皱起眉头,终于接了过来。

"我万一未能逃脱,这东西便要落到秦国人手里了。"赵宁口气淡淡,又将袖口整理好,"还是你和锦琅带着它,找信陵君想办法先入秦吧。"

"阿宁……"田牧的目光中立时流露出担忧和伤感,声音也稍稍有些哽咽,"抱歉,让你这般涉险。"

赵宁洒脱地摇了摇头。

"我……有一事想要告诉你。"田牧忽然口气一变,仿佛下了很大的决心,"我怕今日不说,以后,便再无机会了。"

"什么?"赵宁转过头,有些奇怪。

田牧深吸了口气,把那副羊皮软甲小心地收了起来,放进怀中。

"我……并非什么齐国公子。"他抬起头,看向红彤彤的西方,目光一下子变得轻松了些,"那些雄图伟业,其实说到底,与我也没有多大关系。"

赵宁扬起眉,十分讶异。

"其实,当年安平君在即墨不立新君,被莒城田法章抢了先,并非是因为犹豫。"田牧续道,"而是因为,流落到即墨的那位王嗣,不是公子,而是一位公主。"

"啊,是锦琅!"赵宁猛然反应过来。

田牧点了点头。

赵宁恍然。许多事情,一下子都合理了。

田牧又轻轻叹了口气:"我只是个临淄的布衣百姓,战时跟着琅琊公主一行一路北上逃难,受她照顾,收入麾下。"他缓声续道,"我与她一起长大,几乎形影不离。算是她的贴身侍卫吧。"他忽然自嘲地笑了下,"只不过,我年少时身体受损,不能习武。能做的,不过是代她出面,处理些她不方便处理的事情。"他又顿了顿,"再有就是,在必要的时候,代她一死。"

赵宁微微抽了口冷气。这是田牧第一次向她提起自己的事,没想竟有这些隐情。

"不过,我虽与她同床共枕,但在内心深处,也难说有什么感情。"田牧的口气又变了变,忽然转头,对着赵宁温柔地一笑,"反倒不如,那日在邯郸城外,看到你在我身边醒来时的刹那,让我震撼心动。"

赵宁倏然一惊,完全没有料到他下一句竟会说这个,脸颊霎时红了。她从小如男孩般长大,从未有人向她吐露过深情,甚至,连夸奖都极少受到,让她对自己是不是招人喜欢这件事全无概念,也不曾在意。而此时,在天地辽阔、晚霞如锦的美景之中,面容俊秀、风姿卓然的年轻男子站在她面前,把温柔的爱意轻笼在她的身上。她却只觉脸上烧过一团火,愈发尴尬和紧张,全然不知该如何应对。

田牧见她不说话，又笑了笑，自嘲道："可能我这么说，只让你觉得我轻浮无礼吧。"他顿了一下，"不过，我人生行至此处，也早已不做其他奢望。能遇上一人，让我心生些许波澜，日夜有所牵挂，便已是幸运至极了。"

赵宁心头微微触动了一下，低"嗯"了一声，还是没有应答。

田牧又轻轻叹了口气："可是，我从未如此后悔过，未能练些武艺，与你并肩作战。今日说与你听，是想让你知道，你要惜命。"他又顿了下，神色突然变得有些激动，情不自禁地一伸手，握住了赵宁的手腕，"什么决战不决战？不论如何，你一定要活着回来。我会在太行白陉外等你，明天早上，我们一起入秦！"

赵宁有些意外，本能地挣了下手腕，却没挣开。转头看去，田牧的眸子黑白分明，清澈如少年，流露出的关切真诚而热烈，半点不似作伪。

"好吧。"她不由也有些感动，安慰地冲他笑了笑，答应道，"不会有事的。你放心，我一定会来。"

"阿宁……"田牧怦然心动，眼睛竟一下子红了，像要落下泪来。

"不早了，走吧，要出发了。"赵宁赶忙发力挣开了他的手，转过身去。在这样的时候，她着实不想与他有什么无谓的纠葛。

"好。"田牧也马上心领神会，收敛了情绪。

天边已只剩下最后的一丝光了，下山的路将会变得很难走，会耗去更多的时间。赵宁没有再迟疑，也没再往遥远的秦营看一眼，只低下头，找到道路，准备下山。

"噢，对了，这个你拿着。"忽然，田牧伸手入怀，摸出来一只小小的青玉瓶，上前一步塞到了赵宁手里，"这是琅琊金丹，必要时，可救你一命。"

赵宁停住脚步，皱了皱眉。她打开瓶塞，一股异香立刻冲了出来。在掌心一倒，一颗拇指大小的丹药滚出，果然金光闪闪，一看便知不是常物。

"服下之后四个时辰之内，可疗伤止痛，保内力不散，功力反增，百毒不侵。"田牧声音琅琅，似是对这奇药极有信心。

赵宁却没说话，只凑到鼻前，轻轻闻了一下。

"锦琅师出鬼谷，此丹，天下统共不足十枚。"田牧看赵宁目露狐疑，又解释道。

赵宁挑了下眉，把金丹又倒回了瓷瓶里。"这药，你和邵云，是不是都吃过？"她忽然问道。

田牧怔了一下，目光忽然一闪。"是。"良久，他点了点头，承认道。

赵宁抿了下嘴角，把玉瓶又抛回了田牧手里。

"我不要。"她一转身，又起步向山下走去，"我赵宁所倚仗的，素来只有自己手中的剑！"

赵宁、田牧两人回到驻地时，天已经完全黑了。

墨家众弟子已备好了晚食，分给大家吃了，然后各自去休息。再过两个时辰，负责守卫的弟子会把大家唤醒，再乘着夜色出发，去往埋伏的沉金谷。

原本，墨家钜子骆无尘是想让大家在天黑之前便提前过去的。但赵宁探过地势之后，心中始终有些不安。那山谷很小，是个伏击的绝地，但他们的人数与秦军相比毕竟太少，决然经不住大军从山谷外围包抄碾压过去。于是她坚持要求多数人晚一步再去，以免有什么变化来不及应对。钜子想想无碍，也就应了，只派了几人先去望风。

赵宁拿了自己的那份干粮，跟田牧简单道了别，自回洞内寻了处干地休息。

田牧也没有再多话，与骆无尘和众墨家弟子一一行礼道别，便携着包袱，同锦琅一起悄悄走了。

一场暴风骤雨般的决战，就在这样寻常的平静中酝酿着，即将拉开序幕。

众人皆知，前方多半是一条淌血的路，身边的人或许到明日早上便再难看见。可是，在此时此刻，无人愿说一句动情的话，也无人表露一分紧张或胆怯——都是在乱世中生长起来的儿女。生离和死别，是最平常不过的事。更有甚者，怕是还觉得，若能把一腔热血洒在此处，不必再在这世上受苦，反倒是一场幸事，值得庆祝。可赵宁的感觉，却有些不同。

她蜷缩在山壁高处的一块凹洞里，努力想睡，却睡不着。手脚的冰冷已传到全身，让她竟有些瑟瑟发抖。

她不知道自己在害怕什么：战斗，她从来不怕的。越是险绝，她越是占据上风。就算是嬴栎，如今她在锦琅的调理下伤势大好，也未必赢他不了。死亡，她更是不怕。今夜的行动若能成功，她一个无名刺客，一条命换秦国那许多大人物的命，是绝对值得的。那除此之外，还有什么呢？为什么会有一种莫名的伤感从骨髓深处泛出来，让她像处在冰窖里，浑身都冻得隐隐作痛？

赵宁翻了个身，调整了一下姿势和呼吸，依旧闭着眼。

冥冥之中，她始终觉得，好像有一双眼睛在看着她。那眼睛乍看去光彩疏离，似有些冷淡，仔细去瞧，却能发现平静的表面之下，复杂的感情如暗河般汹涌。

她知道那是谁的眼睛，只是不敢往深处去想。可越是不想，那种伤感和害怕就越是侵蚀她，让她觉得脑中的那根弦就快要崩断了。她怎么面对他呢？面对他时，她真的下得去手吗？他抛弃一切，历经千辛万苦去邯郸救她，自然是不会想杀她的。可如今她要与他战场相对，要杀他的君上和战友，要杀他——他又会如何呢？还会对她手下留情吗？

这些问题始终缠绕着她，像一枚枚穿了线的针，在她心头上刺进去，又穿出来，最后打成一个个死结。她不知道该如何去解，只能徒劳地希望这个夜晚能过得快一些，待到天明，一切便有了定数。

时间一点一点地过去，山洞中用来照明的火炬终于快要燃尽，到了该出发的时候。

赵宁深吸了口气，直起身，从栖身的凹洞里钻了出来。

就在此时，一声兽类的鸣叫突然从大洞外的石壁间传来，继而"砰"的一声弦响，那小兽踩到了什么机关，倏然发出一声惨叫！

赵宁心中一惊，好像猛地被刺进去一根钉子。她顾不上找路，直接从高石上一跃而下，向大洞外奔去。刚奔了几步，就迎面撞上了提着小兽进来的墨家弟子。

"阿靖！"赵宁瞳孔急缩，一把夺过了浑身鲜血淋漓的白毛狐狸。

"啊……赵姑娘你……"墨家弟子吓了一大跳，猛地向后躲开。

赵宁没有心思理他。一根铁质的弩箭从小狐的右侧腹部深深扎了进去，又从背脊上穿出，阿靖眼见是活不成了。

"阿靖……"赵宁痛心疾首，眼泪一下子就夺眶而出，"怎么会这样？"

她弯腰抱着小狐，膝头跪在地上，不知该怎么办。

"啊呀……这狐狸……自己踩到了洞口的机关！"那墨家弟子着了慌，把另一只手上的东西往背后藏了藏，"赵姑娘你知道的，这一带离秦国大营太近，常有斥候跑来查探。我们在各个入口都布了弩机，稍有点风吹草动就……"

小狐已经昏死了过去,鲜血还在从伤口处汩汩往外流。感受到赵宁的体温,它忽然回光返照似的叫了一声,抬起一只前爪,挣扎着往赵宁脸颊上碰了碰。

赵宁泪如雨下,伸手一握,讶然发现,那爪子上竟绑了一块布条。

"你是来找我的?"她冲口而出。

小狐转头看了她一眼,艰难地叫了一声,就此气绝。

"阿靖!"赵宁抢过去托住它脖子,可那毛茸茸的小脑袋已无力地耷拉下去,眼睛再也不能睁开。

另有几人也发现这边的动静,很快聚了过来。赵宁却对他们毫无察觉,眼中只有这个慢慢冷下去的瘦小的尸体。它怎么能死了呢?它……这一刻,赵宁觉得自己脑中的那根弦,"砰"的一声断了。从未有过的尖利哭声从她的胸腔里猛然炸了出来,许久都不能止息。

她想起那个寒夜,她从城外归来,突发奇想去了那个作坊。

那时,这个小精怪吊着一只受伤的前脚,挤在它的主人身边蹭酒喝,一听到她的声音,就飞似的窜出来,扑进她怀里。

后来,它的主人敲着陶罍哼唱了一首歌:

道里悠远,山川间之。
将子无死,尚复能来。

可谁知,就这么短短的一个转身,竟是这最无辜的小狐狸先死了。它孤独地翻越险阻,用死亡,把那片讯息送到了她的面前。

赵宁抹了一下眼睛,屏住呼吸,把那布条解了下来。布条已经被血浸透,字迹污损得几乎无法辨认。可她还是读懂了。上面只有五个字——莫……去……沉……金……谷!

月上中天。屠嘉深吸了口气,翻身上马。辚辚的甲胄声乍起,激得他浑身肌肉一紧。

"靖长。"同样一身轻甲的司马靳带马上前,"你确定,只带五个人?"

"足够了。走吧!"屠嘉一扯缰绳,战马扬头起步,向营门外走去。

司马靳口中打了个呼哨,紧随其后。另五名黑甲骑士也同时策马起步,马蹄落地却都悄无声息。

此时的秦军大营,就像一只巨兽在睡梦中翻身,明明听得到四方各营人马都在簌簌行动,却未掌起比平日夜里更多的灯火,仍是黑漆漆的一片。

屠嘉的眉头一直皱着,心中的忧虑随着时间一点点滋长。

王龁竟从邯郸城里得到了消息,会有一队江湖死士埋伏在紫山沉金谷。那是他们送秦王孙归秦的最短路线中的一条必经的峡谷,本来他们就是计划从那里走的,如今却不得不放弃,改走白陉的游蛇谷。而王龁则会带大军去沉金谷,从外围包抄,把那一伙胆大的刺客全部合围起来,一一碾死。

屠嘉实在无法骗自己赵宁或许并不在那儿。在他这方,情势已相当清楚了——赵国"黑衣",叛变了。

那个容貌被烧毁的统领莫迟竟也被吕氏收买了,把所有的计划都透露给了他。莫迟千里迢迢从邯郸去郢都与田氏接头,自然是为了引他们入局。而出身墨家的吕氏甲兵铺首座工师梁大武,则会把信陵君召集起来的一群死士串起来,一起送进秦军的铁蹄之下。

屠嘉越想,越觉得背脊上冷汗淋漓。那个只见过他一面的白衣商人,自身被困邯郸危城三年,竟能盘结出如此复杂而缜密的计谋。日后待他入秦,岂不是将如蛟龙入水,不知会翻腾出何等惊涛骇浪!可是,如今他毫无办法——连他自己,多半都得继续倚仗他和王孙异人,以求免脱逃军之罪,不牵连老师。唯一的希望,就是阿靖了。

夜色中,七人的骑队走得很快,转眼便能看到邯郸的城墙。

邯郸还在沉睡,城防上的火炬和往常没有什么分别,依然昏暗而稀疏。这座城已经在苟延残喘了,不知城内的粮食军备还能让他们坚持几天,但一定坚持不长。六国援军不来,秦军按兵不动,应该很快就能困死它。

屠嘉对这样的攻城战十分熟悉,从小跟着白起,他亲身攻下的城少说也有三十几座。而唯有面前的邯郸,让他感到血冷,一点都不想拔剑。

从赵武灵王胡服骑射以来,赵国国力日渐强大,与秦国称霸争雄、针锋相对。这么多年,明里的战争暗里的刺杀从来没有停过,直到长平一战秦国将赵国举国青壮屠尽。

要说政治和军事,秦王和武安君,包括应侯范雎,都是战国百年难出的奇才。他们为天下一统走的这条路,即便踏着累累的尸骨,却也不能称之为错。可屠嘉——那真正淌着血水,拿着刀剑去杀人的人,终究是承受不了了。

那一座座城池，一队队士兵，真的不是那些高坐庙堂之人枰上的棋子，死了，挑动一下指尖，便可剔去。他不知道，等他了结了眼前的事，回到秦国，是否还有勇气再见老师。但他知道的是，那个胸中只有天地霸图的固执的老人，一定不会理解他的愤怒和伤颓，只会拿出鞭子，抽在他的背上，叱他一句"无用"。

"快到时辰了吧？怎么还没动静？"司马靳起身站在了马背上，往城门方向眺望。

屠嘉没有答话。他连连眺望的是相反的方向。王龁大约已经率领五千精兵出发了。从大营到沉金谷二十里地，一个时辰就能到。而他先绕到邯郸城下，等赵军突围，接到王孙再回去。不论怎么赶，都不可能少于三个时辰。

"不行。"屠嘉忽一皱眉，下定了决心，翻身从马背上一跃而下。

"你作甚？"司马靳瞪大了眼，惊讶地看着屠嘉把头上的兜鍪摘了下来。

"来不及了，我得进城。"屠嘉开始卸甲，"你们就按原计划守在这里，留意信号，可能会提前。"

"哎！靖长！你……"司马靳更加惊讶，"你开玩笑吧？定好的计划，怎能随便更改？"

"不是有你在这儿么？"屠嘉把铠甲丢在地上，只穿了一身黑色的单衣，手一翻，将终南剑缚在背上，"若我没有跟王孙一同出来，不要等，先回营。"

"哎哎……"司马靳还待再说，精瘦颀长的身影转眼已消失在了黑暗里。

赵宁捏着那根染血的布条，浑身都在控制不住地颤抖，牙关咯咯作响。她终于知道自己在慌什么了。她那不好的预感，竟然是对的。的确有什么环节出了错，让他们的计划还未实施，便已泄露了。她不能确认信息是从哪里泄出去的，但这条来自屠嘉的警示，明明白白地告诉她——王龁已经知道了他们伏击的地点，此刻，怕是已布下重兵，准备将他们一网打尽。

"赵姑娘。"骆无尘听到弟子传讯，也快步走了过来，神色十分凝重，"消息是从何处传来的？王龁当真已经知道了我们的计划？"

赵宁无法解释，只抬手拭干了眼泪，点了点头。

"唉！"骆无尘重重叹了口气，"怎会如此？大武不是确认，回信传回了邯郸莫统领手中吗?"他神情悚然一惊,"难道说,我们中间,有内奸?"

赵宁心中陡然一震。她倒不甚怀疑身边的人,而"莫统领"三个字,却突然把她戳痛了。难道是莫迟?他在大梁城郊把她交给梁大武时,说了句"这里的事,就拜托梁工师了"。当时她便觉得有些奇怪,却未能深想。如今看来,如果他二人有所勾连,都暗中事了秦国,一切便都解释得通了。

"梁大武呢?"赵宁猛地站起,喝问道。

墨家众人恍然,赶紧互相询问寻找。不一刻,众人纷纷回报:梁大武失踪了。

骆无尘脸色青白,气得几乎说不出话来。一时之间,本已准备出发的众人皆相顾惶惶,六神无主。

过了良久,还是赵宁深吸了口气,缓缓开了口:"既然如此,行动便取消吧!"她垂下眼睛,"赵国在劫难逃,不能让壮士枉死。"

听到这句话,骆无尘的脸色又变了变。周遭围着的墨家弟子相互看看,都有些泄气,却也无人敢作声,提出什么异议。

"那,赵姑娘自己,有何打算?"良久,旁边一人问道。

赵宁看着地上阿靖的尸体,咬了咬牙:"我还是要去秦营。"不论如何,今夜时机大好,总要去试上一试。

又沉默了一会儿,骆无尘终于长叹了一口气,舒展眉心,做了决定。

"泄密之事,终是墨家之错,断然没有让赵姑娘一人涉险的道理。"他声音渐高,语气不容置疑,"今夜,我们还是去沉金谷。"他顿了下,环视四周,眼中放出锐利的光,"只是,我们换个打法!"

夜已深。邯郸大北城中心,一场围杀刚刚告一段落。

被杀的人手里拿着半截断掉的"黑衣"佩刀,依旧屹立着不肯倒下。两根铁刺已经将他的身体贯穿———根钉在心口,一根钉在额头。除此之外,还有不计其数的被暗器切出的细小伤口,让他的血在地面上铺洒开了一个直径一丈的圆。

"统领,人死了。"一名"黑衣"上前探查完毕,对着背手立在长街中心的蒙面男人抱拳道。

男人没有答话,只抬起了手,对着西面城门的方向挥手一指。意思是,追。

转瞬间,黑暗里无数影子动了起来,急速向他所指的地方涌去。

蒙面男人正是莫迟。而死去的人，乃是赵王安排给秦国王孙异人的守卫赵狷。

此时，那个苍白瘦弱的质子已经跟着吕不韦向邯郸西门逃去。按照议定的计划，再过一刻，城内便会举火起事，开始今夜的突围之战。

而莫迟走得不是很急。今夜，他把手下所有的"黑衣"都调了出来。

吕不韦和王孙异人的逃亡计划一定会成功。他已经把他的师叔——"不为刀"赵狷，顺顺利利地清理掉了。接下去，只剩一道城门的事。

此时，那个将所有计划都安排得妥妥帖帖的白衣商人，大概也是这么想的：

城门会在约定的时刻打开。

"萤火"首领嬴枥会带着异人的妻儿，在城门下等着。

莫迟会把"黑衣"全部支开，然后自己跟上他们一起走。

冯嘉会在城外带着铁鹰剑士接应他们，解决掉追杀出来的赵军。

而后，他们便将回到秦国，如蛟龙入水。

不过，吕不韦千算万算，唯独算漏了一件事：这个被他从废墟里救出，一路扶持着走上"黑衣"统领之位的莫迟，终究是个赵国人。而一个赵国人，在这样的情势下叛国投敌，是会一辈子都抬不起头的。哪怕，答应把他的仇人赵宁交给他，许他随意泄愤，也大大地不够。他要的，可不止这么一点。

很快，前方便响起了打斗声。今夜出动的"黑衣"足有一百人，被赵狷损了二十三个，剩下的，也足以对付他要对付的人了。

"统领，围住了。"一名黑衣回头来报。莫迟点了点头，终于加快步伐走了上去。

在离城门还有一坊之处的十字街心，瑟瑟发抖的赭衣青年被眉头紧锁的白衣商人架着胳膊，勉强直立着。两人周围，训练有素的赵国"黑衣"如黑色的游蛇，一圈一圈盘起，等待首领收拢的命令。

莫迟缓缓踱到阵前，游蛇张开一条缝隙，把他让了进去。

"莫统领，你这是作甚？"

看到莫迟，吕不韦素来优雅淡定的脸上现出了几许狰狞。不过，因为还不明白缘由，他还是谨慎地压低了声音。

莫迟笑了笑，把面巾扯了下来。烧毁的恐怖容貌一下子呈现在外，刺得吕不韦明显眯了下眼。"还不到时候。"他哑声道，"我们等一等嬴枥。"

就在这时，远远的城门下方，有人高声报了一句："统领，找到了！"

"你……你要做什么？"一直畏缩颤抖的赭衣青年忽然像被刺了一下，惊叫起来。

黑色的暗潮从那声音的来处涌动起来，中心夹裹着几个高高低低的人影，被暗潮一寸一寸地拖向他们。幼儿的哭叫声愈来愈高，每一声都像刀子一样划破夜幕。

"莫迟，你这是何意？"吕不韦有些震怒了。在他的计划里，绝没有这样的多此一举。

莫迟没有理他，而是慢慢踱步过去，绕到了赭衣青年面前。

"王孙这遭，可是辛苦了。"他语气里竟还留了几分尊敬，"没伤着吧？"

"你，想要什么？"嬴异人盯着他，眼神亮得可怕，牙关咯咯作响。

莫迟迎着他的目光，没有马上说话。在他背后，围住嬴栎和怀抱着幼儿的女人的那条小蛇已经和大蛇融合在一起，形成了紧贴在一起的两个圈。这是赵国"黑衣"对付技击高手最常用的灵蛇阵。方才赵狷便是死于其中。一旦陷入包围，只要不把所有黑衣都杀光，蛇身便会不断收紧，直到猎物窒息而亡。

"莫迟！你怎能……如此背信弃义！"吕不韦见嬴栎越陷越深，急得眼睛都有些发红。

莫迟挑了挑眉。"我跟先生不同。"他转过身，闲适地看着包围之中嬴栎与黑衣的苦斗，"我可不能什么都没有，便去秦国。"

"怎么是什么都没有？"吕不韦道，"我不是答应了继续扶持你，保你锦衣玉食，应有尽有？这样岂还不够？"

"呵呵。"莫迟笑了笑，"在吕大商人的眼中，财源滚滚，取之不尽，便是最高的追求了。可我莫迟要做的，可不是一个商人的门客。"

他言语之中带着浓浓的鄙夷，抬起手，指间夹着两支锋利而细长的黑刺，遥遥指了一下嬴栎："而是秦王的。"

"何意？"嬴异人眉梢一扬，高声道，"不妨直说！"

莫迟看了嬴异人一眼，露出个邪异的笑，继而挥手直接向黑衣下令："把嬴异人的妻儿送去总署大牢。"话音刚落，灵蛇阵又是一变，分出了第三个圈。

"夫人！"嬴异人与嬴栎同时大吼。然而围攻嬴栎的黑衣忽然暗器齐发，阻止了他的行动。嬴异人在外面，却被吕不韦拉住了。

"爹爹！"小儿嘶声哭叫着。但众人只能眼睁睁地看着那无助的弱女和幼童被夹裹着离开，很快便消失在了黑夜里。

"你……你到底……想怎样？"嬴异人红着眼睛，突然又爆发出剧烈的咳嗽。他自小便有肺病，只要稍稍情绪激动，就难以克制。

莫迟深吸了口气。

"我要'萤火'。"他说完，手腕一震，指间的黑刺倏然消失在黑夜里。

"噗"的一声轻响，前方灵蛇阵的中心，凶兽一般难以控制的统领嬴栎，突然身形一顿，垂下了剑尖。

紫山，沉金谷。山野之中，月光很亮。

峡谷入口黑洞洞的，像一只巨兽俯卧着张着大口，等着猎物自己送进去。

一刻之前，王龁带着大军到谷口溜达了一圈，便快速离开了。

如今，他站在几里外的另一座山头上，遥望着已被围成铁桶的沉金谷，觉得分外好笑。这样一看便知的绝地，那些刺客竟然以为他会进去。别说只是救一个不太受重视的王孙，就算是秦王本人身陷其中，进不进去救，他还要先掂量掂量呢。再过半个时辰，邯郸的突围就要开始了。按照推定，异人一行从邯郸西门奔驰到此处，也就一刻左右。那一伙刺客应该早已埋伏在峡谷中做好了准备。

"左庶长。"一个传讯兵走上前来，行了个军礼，"斥候回报，沉金谷内确实布满了机关。"

"嗯。"王龁点了点头。

"合围已经完成，复查过，没有缝隙。"传讯兵续道。

"好。"王龁道，"动手吧。速战速决。"

传讯兵立刻高声领命，转身下山去了。不久，等候在沉金谷口的一小队士兵便动了起来。

"咄！快走！"先头十几人穿着简陋的烂甲，没有拿兵器，被后面全副武装的黑甲秦兵逼着向前走。那是他们从附近乡间抓来的赵国老农，用做肉盾去清扫机关，免得锐士受损。

他们虽不情愿，但被利刃抵在后心，也不得不往前迈步，进入谷中。

不多时，只听一连串的机括触发声和人的惨叫，整个峡谷都震了一震。山石从两边的石壁上往下滚，尘土飞起，月光都被搅浑了几分。便在此时，从四方包围峡谷的秦兵一同举火,开始向中心收拢口袋。

无数的箭矢和石块同时向峡谷内倾泻而去,势必要将埋伏在谷中的刺客与这峡谷一起掩埋。

简单粗放的战斗只持续了短短一刻便结束了。那些刺客甚至连声音都没发出,面也没露,便莫名其妙地尽数死了。

王龁忽然觉得有些无聊。早知这么简单,他也真不必来走一遭了。只是因为听说这伙刺客的首脑,可能就是几月前刺伤王陵的那个,他才有些好奇,想亲自来会上一会。若能抓住带回去,也是一件不小的功勋。可是,看这个打法,想检查那些刺客的尸首,也不是件容易的事。多半还是得等天明了,再派人过来收拾。

"报,左庶长!"传令兵又跑上前来,低着头高声叫道,"围攻已完毕,没有见到刺客逃出!"

王龁皱了皱眉:"一个都没有?"

"唔,据称,有人听见惨呼。"传令兵道,"但很快被我军强弩压了下去。"

"唉!真是没用!"王龁啐骂了一声,拨转马头,准备回营,"走吧。邯郸该有动静了。"

"是!"传令兵高声应道。

很快,山岭上的秦军开始随着王龁有序地撤退。然而,没有人发现,有一小队穿着秦军黑甲的人,被换了。就连方才的那一个传令兵,也已不再是起先的那个——王龁走后,他抬起头,露出一张方方正正的墨家弟子的脸。

嬴栎拄着战剑强自立着,浑身已被鲜血浸透。

赵国"黑衣"是"有为剑"赵崧训练出的最后一支技击强兵,每个人的战力都不输于曾属冯嘉麾下的秦国铁鹰剑士。今夜他们倾巢而出,灵蛇大阵首尾相接,以百敌一。每人攻他一剑,不出一刻便已将他气力耗尽,破绽迭出。然而,这也就罢了!人海之战虽然让他走脱不了,疲于应付,但真正能伤他的人几乎没有。可这大阵的阵眼,是"鬼手"莫迟——赵崧的亲传弟子。

嬴栎从前没有跟莫迟正面交过手,只知其手段阴毒,暗器鬼神莫测。而今夜,配合着流转不息的灵蛇阵和黑沉沉的夜,那几根毒刺从他毫无防备之处无声无息地射来,一下子便将前胸几处重穴刺穿了。嬴栎明白,自己这条命，今天就要撂在这儿了。果然如他所料，这个心思险恶的赵国叛徒并不可靠。吕不韦救他，扶持他上高位，无异于东郭与狼，终将为其所噬。

"怎样，王孙想好了吗？"莫迟站在嬴异人身旁，手里把玩着一柄黑鞘的长刀。

"'萤火'乃秦王直统，我岂有权力任免？"嬴异人眼睛发红，情绪已然濒临崩溃。

"那倒不必。"莫迟手腕一振，将那长刀的刀鞘抖落，乌金色的刀刃寒芒一闪，"只需王孙亲手杀了这位嬴统领，然后他日当国，许我此位。"

"你……"嬴异人震怒了。哽了半天，才道了句，"若我不允呢？"

"哈！"莫迟仿佛听到了什么极好笑的事，"那我保证，你再见不到他们母子。"

"你敢！"嬴异人一声暴喝冲了上去，被吕不韦拼死拉住。

"异人，你冷静！再想想办法！"白衣商人也怒吼着，脖颈上青筋暴出。

"这种小人，岂是可以共举大事者！"嬴异人声调越来越高。

"异人，低声！"吕不韦大惊，一把捂住了他的嘴。

莫迟的眉头皱了起来。

"莫迟，你先把'黑衣'支开！"吕不韦压低声音叱道，"他们若知你阴谋投敌，且看你还支不支得动他们！那可是你最后的筹码！"

的确，见到统领与几个敌人纠缠不休，许多"黑衣"都面生疑窦，不住地引颈往那方去看。围困着嬴栎的这一队里，甚至有胆大的低声交谈起来，互相询问统领为何仍不下令。莫迟这一招，实属凶险。若"黑衣"不能完全服从于他，那他们所有人，包括莫迟自己，都别想在今夜顺利逃出去。

"嬴统领已然重伤，我与异人又不通武艺。"吕不韦急道，"你还担心什么？"

听了这句，莫迟想了想，终于吸了口气。

他向前走了几步，抬起手臂做了个手势，令道："城门将启。按原计划，分而援之。"

话音刚落，灵蛇阵便停止了运转。很快，从外围开始，"黑衣"们一层一层地剥离，变成一条条小蛇，迅速地融进了黑暗里。转眼，这一处街心，只留下围绕在嬴栎周围的十人小队，那是莫迟的心腹。吕不韦与嬴异人终于松了口气，稍稍冷静了些。

"莫统领用这样的手段，岂能奢望得我信任，今后共图大事？"嬴异人看着那柄沉沉的长刀，嗓音还有些颤抖。

"呵。"莫迟又笑了出来，转回身，看向吕不韦，"王孙跟着吕先生那么久，竟然还没学到？这世上，最牢固的关系，便是相互利用。只要我还有利用的价值，便不会被舍弃。"

"商人言信。我可与你不同。"吕不韦沉着脸道，"你究竟想如何？"

"我已说得足够清楚了。"莫迟毁坏的脸上也出现了一丝怒色，口气转厉，举起了长刀。

"好！"吕不韦忽然答应，松开嬴异人的手臂，大步上前，将长刀从莫迟手里一把夺了过来，"我来杀。"

莫迟没有反对，只饶有兴趣地看他。长刀很沉，未走得几步，吕不韦便拿不住，改用双手去握。

"让开！"他向挡在嬴栎面前的"黑衣"喝道。

莫迟做了个手势，"黑衣"立刻向两边退开。

嬴栎的血已经在地上蔓延。他重穴被黑刺钉住，连挪动一根手指都困难，勉强站立不倒已是极限。此时，面对这手无缚鸡之力的商人，他竟毫无办法，只能眼睁睁看着那长刀被吕不韦双手笨拙地举着，越举越高，颤巍巍地停在他头顶之上。

"嬴统领，抱歉。"吕不韦眼中有东西在闪，"为救异人，实属无奈。"

嬴栎鼻中"哼"了一声，闭上了眼。虽然不甘，但他也不得不承认，如今，一切都被掌控在莫迟之手，再无转圜的可能。从一开始，他就不应该相信这个商人，不应该答允按照他的计划来做！微微"萤火"，起于他手，竟也要毁于他手。莫迟所说的什么要取代他的"萤火"统领之位，不过是呓语。"萤火"中人绝不会服从一个外来之人的管教。也正是因此，在他死后，"萤火"必遭惨烈的清洗！莫迟的鬼手，终有一天将伸到秦国的朝堂之上。而他，却对此完全无可奈何，连一条警讯都无法传出……

就在这时，远处的城楼上响起了鼓声。火光一下子蔓延开来，战士的呼喝声陡然撕裂了寂静的黑夜。邯郸破围之战开始了！

"该走了。"莫迟吸了口气，双手负在背后，"动手吧！"

吕不韦一咬牙关，"呀"的一呼，挥刀斩下。只听"喀"的一声脆响，刀刃重重斩在了嬴栎的肩头。锁骨应声而断，而嬴栎也再支持不住，膝盖一弯,怆然跪倒。

莫迟陡然皱起眉。这商人想必厨房都没进过,鸡骨都未必剁得动。让他杀人,确是难了点。他挥了挥手,让最后十名"黑衣"也退了开去,自己缓步走到吕不韦背后。

吕不韦喘着粗气,两手还握着刀柄,把跪在地上的嬴栎的身影挡住了。

"行了,让开吧。"莫迟叹了口气道。反正嬴异人的娇妻幼子都在他手里,也不怕他们回秦后反悔。嬴栎这心腹大患,早杀早好,不能再拖延。

听到他那句话,吕不韦如蒙大赦,赶忙直起腰来,向一旁闪开。

然而,莫迟完全没有料到的是,就在他闪开的那一瞬,忽有一个劲拔的身影倏然从嬴栎的身后疾跃而出!随着一声清越至极的铮鸣,雪白的剑光如终南绝顶上的冰雪,随着锋锐无匹的气势,无可阻挡地向他倾泻下来!

丑时初刻,赵宁和四名墨家弟子组成的一个伍,随着大队疾行回了秦军大营。

秦军纪律严明,编制缜密。若不是因为赵军突围已经开始,多数兵力都被派了出去,只怕早就有人发现他们这一伍有些蹊跷——主将下令沉金谷归来的队伍暂且各自回营休息待命,可他们在大营里到处逛着,绕了好些个圈,也没找到自己的军帐。

赵宁有些着急。在沉金谷,他们分成十组,各自寻找机会,在山野里悄悄暗杀了秦军十个伍,换上了兵甲混进了大队。

方才是急行军,天色又暗,秦兵人人都只注意脚下,没空去看同伴,也不能违令交谈。一路行来,他们顺利混进秦军大营,没有一队出现问题。可现在进了秦营之后,境况就完全变了。

他们之中,只要有一个人被发现面生,受了盘问,有一句没应对上来遭了怀疑,秦营的戒备马上便会提高,王龁也立刻就会发觉。那样的话,可能不一会儿,他们所有人都会被挖出来,绝无半点逃脱的机会。

这座大营,驻扎了近十万秦军,实在是太大了。

赵宁被其他四人夹在中间,走得十分小心。赵宁虽然身量不矮,也贴了胡子,但身形还是太瘦削了些,比不得那些五大三粗的秦国士兵。一身黑色的战甲她穿着松松垮垮,被军营中的炬火一照,着实还是有些明显。

他们遥遥跟着前一个伍的士兵往前走,不敢太远,也不敢太近。他们料想，被王龁点出去沉金谷的，多半应该出自相同的几个千人队，营地相隔不会太远。

可惜的是，他们混进的应也不是什么地位显要的营，离王龁返回的中军大帐的方向背道而驰，越走越远，眼看中军大帐就要彻底离开视线。

就在这时，赵宁突然发现，右前方出现了一片特殊的营地。那片营地单独划出了一个区，与旁边的营帐间隔约有一丈，还搭设了简易的藩篱。营地中军帐一顶一顶排得很密，呈圆形状将一个稍高的军帐围绕在垓心。那稍高的军帐门前插了一面旗。颜色和样式看上去很新，风有些大，旗面晃来晃去，上面的字在黑夜里看不太清楚。

这是个什么营？赵宁心中思忖，上次来倒没见过。她还记得，当时这个方位她是探过的，肯定没有这么一个分区。

就在这时，那军营门口突然有个白影闪了一下，向他们的方位斜切过来。"喂！"竟是一个女子声响起来，"你们停一下！"

五人慌忙站定。

赵宁这才看清，那竟是一位穿着黄色裙子的少女，背着个有些沉重的包袱，跑到前面把他们拦了下来。

"你们是哪个营的？怎么转到这儿来了？"她一手插在腰上，气势有些凶。

"呃……"当先扮作伍长的墨家弟子磕巴了一下，胡诌道，"步兵……第三营的。"

"哦。"少女点了点头，好像知道真有这个营似的，继而又追问，"你们从邯郸回来的？"

"伍长"没有马上答，回头看了赵宁一眼。这一眼却有些失误，一下子就把那少女的注意力转到了赵宁身上。

"你这衣服怎么这样？他们管发兵甲的都是傻子吗？"没想到她竟突然发起火来，"这么不合身，打起仗来多危险！"

赵宁一愣，不知如何应对，只尴尬地咳嗽了一下。

"呃，我们是从沉金谷回来的。"伍长赶忙拽回她的注意力，"邯郸那边据说已经开战，但兵力足够，让我们回营待命。"

"哦。"那少女的表情一下子沉了下来，眼神也有点黯淡。停了一刻，她挥了挥手，"你们走吧。"

"伍长"赶忙行了个军礼，带着四人继续往前走。而这时，赵宁突然反应过来这少女是谁。这新建的营地，应是重新编制的铁鹰剑士营。那崭新的旗帜上，写的应是个"冯"字。而这娇俏天真的黄裙少女，则是屠嘉的恋人。千里迢迢接他回来，与他住在同一个军帐中。等回到秦国，便会与他成亲。

　　赵宁没有料到，这念头从她脑中一闪而过的时候，心中竟会突然像被大锤砸了一下，怦怦地痛了起来。那少女的形象如此真实，近在眼前。明明与她全不相干，却如此强烈地刺中了她，让她陡然间有些眩晕。原来，那个曾在她生命中最艰难的时刻出现，拼尽全力拯救了她的男人，是还有另外一面人生的。她认识他，熟悉他的声音和面孔，被他照顾和拥抱过，记得他衣上的味道和胸膛的温度。可其实，对于他真实的人生，她一无所知。他原来是有恋人的。他们相识日久，情意深重，彼此珍惜，早已谈婚论嫁。而她自己呢？

　　自己只是半路出现的一个麻烦罢了。对于他来说，"赵宁"只是一个源自义气和承诺的负担吧——既然出现，就只能担着。而若没有，才是最好。就这么短短一瞬的遐思，赵宁忽然觉得浑身的气力都被冻住了，脚下的步子都僵住迈不开。攥着长戟的手心里猛然出了好些冷汗，滑得有些握不住。

　　"赵姑娘。"后面的墨家弟子压低了声音，在她脑后悄悄问道，"怎么了？走吗？"

　　赵宁微微点了一下头，深吸了口气，努力抬步继续往前走。

　　那少女跟他们道别之后，便错身往他们的来路走去，与他们背道而行。

　　"这女人竟会在军营里，看来身份有些特殊。"后面的墨家弟子又低声道，"要不要挟持来做人质？"

　　赵宁心中一震，稍怔了一下，然后摇头："不要。"挟持她，不过是要去威胁屠嘉。而她在此处最不想见到的，就是屠嘉。他背着王龁，冒险让阿靖来给她送信，若被查出来，怕又是一条叛军的罪名。已为她做到这个份儿上，再挟持他的恋人，又有什么用呢？

　　"唉，那就继续走吧。"墨家弟子叹了口气。

　　赵宁回过头，又向那少女渐渐远去的背影望了一眼。那少女头上簪了朵山花，用黄色的绸带编着辫子，精巧地盘出发髻，俏丽又可爱。她不由心中又是一叹——那才是女孩子该有的样子，跟他站在一起，多么般配。

哪像她，头发只知道乱蓬蓬地抓起来一捆，同男人没什么两样。

这一刻，赵宁发现自己心底涌起了一种极少见的情绪，叫做——羡慕。羡慕她那正常的女儿模样，羡慕她好端端地长大。羡慕她可以坦然无忌地在这里到处走，不用隐藏身份，也没有人想要杀她。羡慕她……被他光明正大地、好好地爱着。

猛然之间，赵宁忽觉鼻尖一酸，让那情绪从心底下冲了上来，一下子变成热泪糊住了双眼。她又怔了一下，全然不明白，自己这是怎么了。难道，她竟隐隐希冀，自己也会被屠嘉爱着吗？

赵宁被自己吓了一跳。虽然，他是说过，让她跟他走。他们两个人可以寻个太平的地方，安安稳稳，了此余生。赵宁也曾经想象过一下那样的日子，却不敢深想，知其绝无可能。可——倘若那是真的呢？她和屠嘉之间，真的会有感情吗？

"赵姑娘？"身后的人发觉了她的怔愣，又催促了一句。

就在这时，一个独臂的兵士从铁鹰剑士营中跑了出来，快步向那黄裙少女追去。

"白小姐！"那兵士高声叫道，"邯郸开战了，今日危险，你往哪儿去？"

赵宁忽地瞳孔急缩，顿住了脚步。那少女，竟是白起的女儿！

邯郸大北城的西门内外，两军开战，一片惨烈。火光从城楼上一直蔓延到护城河之外的原野上，熊熊的火箭把围城的秦军压制在两百步外，不能近前。城门内，准备突围的赵国大军已集结完毕，等待将领打开城门的指令。

而一条街之外，火光照不到的黑暗的街心，一场无声的战斗正在进行。

嬴异人又惊又喜地喊了一声"冯统领"之后，便被吕不韦捂住嘴拉开了。

而莫迟即便被那神出鬼没的影子惊得心脏炸裂，也难以出声惊呼。霸道又寒烈的剑锋逼得他仓皇后退，接连五十剑，一剑比一剑充沛雄浑，不可抵挡！

城门被咯吱咯吱地打开，门外的吊桥也开始降落。莫迟想喊人支援，却几乎连呼吸都找不到缝隙。自此，他才真正明白过来——这世上有"战神"白起在一天，他国便不用去想如何弱秦。

抛开军争之计不谈，即便只论技击之术，"西屠"也是无可争议的天下第一！这个得其真传的学生冯嘉，仅仅重复同一招"终南何有"，便可压得他毫无还手之力！五十一剑、五十二剑、五十三剑……莫迟一步一退，一口气憋得额上血管爆裂，流下来迷了眼。冯嘉竟会提前进城来……他竟会一念之间，功亏一篑……

思绪越来越乱，视线也越来越暗。终于，他发现，自己的脚跟抵住了一面墙。

"喀。"雪白的剑刃刺入喉骨，剑尖揳入石墙。鲜血四溅。

屠嘉沉静了一会儿，缓缓调整呼吸。继而拔剑，还鞘。丑恶恐怖的尸体轰然倒地，再也不会站起。

屠嘉转回身来，感觉到胃里一阵恶心。他已经很久没有杀人了，并且，回头想想，他也从来没有在战场之外的地方杀过人。

他深谙杀人之术，但过去的所有搏杀，都是在战争这个巨大而强制的命题之下，从来不含任何个人的意志和选择。可这一次，却有些不同。他出剑的时候，是怀着无比的恨意的。

这个卑鄙而恶毒的鬼手莫迟，曾在赵宁的背上抽了八十三鞭。他怎么都无法忘记那些鞭痕——把她从火场里抱出去的时候，鲜血把他胸前的衣襟全都浸透了。后来她昏迷了足足十二天，他为她处理背后破裂的伤口，一条一条地把那些鞭痕数清了。那时他就发誓，假如那恶鬼没有被火烧死，总有一天，他要把这八十三鞭一鞭一鞭地给她讨回来。现在，他终于了结了这件事。在刺到第八十三剑时，一剑断喉。可这感觉，并不如他所想象的那般畅快。大概，只有无情的恶鬼，才会享受杀戮和残虐吧。

"冯统领！"嬴异人与吕不韦狂喜地向他奔过来。

屠嘉转头看了一眼城门的方向，大军已经开始分批出城。

他向两人迎上几步，准备拉上他们立刻出城。谁知嬴异人还未奔到他面前，突然向前"扑通"一声跪下，额头重重磕在了地上。

"请冯统领救我妻儿！"他嘶声喊道。

"什么？"屠嘉悚然一震。

"哎呀！"吕不韦也没料到，立刻去拉嬴异人，"这都什么时候了？我们已经晚了！"

嬴异人的手臂被他拉动，身体却伏在地上不肯起来，再次高声哭求道：

"请冯统领救我妻儿！他们有难，我也不能独活！"

屠嘉心中烦躁。他进城来，本就是为了节省时间，好能早些回去找寻赵宁。可嬴异人这一要求，不知要把他拖到几时，连能不能顺利出城，都成了问题。

"王孙先起来。"屠嘉上前一步，弯腰去扶嬴异人的肩，"计划生变，更要冷静。我们出城再说！"

他手臂上力量不小，可谁知，嬴异人竟不知从哪儿生出一股决绝的力气，让他一下竟没拉动。

"不成！"嬴异人哭道，"他们被'黑衣'带走了。莫迟一死，他们绝无活路！政儿……政儿还不到三岁啊！怎能……怎能……"

屠嘉心中一痛，只觉心中的烦躁快要炸开了。他直起身，后退了一步，重重叹了口气，然后转头看了一下。

不远处，嬴栎拄着剑半跪在地上，周围伏倒着十几具"黑衣"的尸体。

屠嘉不再管嬴异人，起步向嬴栎奔过去："嬴统领，你怎样？"

嬴栎呼吸依旧急促，额上血汗相混，身子摇摇欲坠，答不出话来。

屠嘉从他背后跃起发难之时，凌空向他击了一掌，逼出了刺在他胸前重穴里的铁刺。一旦能动，他便迅速出剑，收拾了剩下的十名"黑衣"。可他毕竟失血过多，已是强弩之末。此时，他连自行站起都有困难，更加不可能再追去营救赵姬母子。

"救王孙要紧。"嬴栎咬着牙，沉声道，"其他人，都不重要！"

屠嘉扶他站起，紧紧锁住眉头。

"冯将军！"嬴异人陷入了绝望，跪着转过身，向他们膝行过来，"不！他们不来，我宁愿一死！"

"异人！"吕不韦也急了，"你怎能如此短视！我们不是已说好的？"

"够了！"屠嘉再忍不了，陡然怒气勃发。他几步走到嬴异人面前，一把他从地上拽了起来，"我没时间在这里磨蹭！他们在哪儿？我去救可以，你们先出去！"

"真的？"嬴异人满是血污和眼泪的脸上立时现出狂喜。

"但，我有个条件，请王孙务必答允。"屠嘉声调下沉，眼中忽而射出锋芒。

"什么？"嬴异人急道，"我答允，我一定答允！"

"王孙回到大营之后，倘若遇到……一个……叫赵宁的女刺客……"屠嘉喉头有些干涩，咬紧了牙关，"不论……她有没有被抓住，请王孙，力保她不死！"

"啊？刺客？"嬴异人惊得睁大了眼。

吕不韦却眉心一皱，眯了眯眼："赵宁？是那个……赵崧的女儿？"

屠嘉点了下头。

"好！"嬴异人怕他反悔，马上高声应允，"我一定保她！"

屠嘉"嗯"了一声，点了点头，转身看向嬴栎。

嬴栎也长长叹了一口气，点了点头。"'黑衣'总署，在赵王城内，龙台之下。"他沉声道，"冯统领早去早回。"

"呜……呜……"

赵宁刚刚决定出手挟持那白姓少女，突然，整个秦营响彻了集结的号角声。

"王龁聚兵？"后面的墨家弟子道，"难道邯郸有变？"

这号角声紧密而急切，看来是极高等级的命令。瞬息间，连一直悄无声息的铁鹰剑士营都动了起来。

"所有营准备！"传令兵从四面八方跑动起来，高声散布军令，"即刻在辕门外集结！增援邯郸！"

赵宁心中一震。她知道，时候到了。秦国王孙应该已被营救出来，接下去，就是两军真正的交战。王龁突然要求增兵，要么是因为赵军当真押上了全部力量要在今夜破围，要么，就是秦军不再有对质子的顾虑，准备在今夜一举破城灭赵！

"走！"赵宁果断放弃劫持那女子。五人小队立刻掉头，快步汇入奔赴辕门集结的大军。

他们的机会不多。也许，只有一瞬——就在嬴异人回营，与主将王龁相见的那个时刻。他们的人实在太少了。而真正能刺杀得手的，怕是也只有赵宁一个。他们必须保证自己在那个时机来临时，隐藏在可以纵身一击的范围之内。这比一切都重要，冒险劫持一个或许有些身份的人质，实是下策。

赵宁几人迅速离开了。而白珊却不知道，自己刚刚险而又险地与一场灾祸擦肩而过。

"什么情况？"她踮着脚，伸长了脖子，一手按在赶过来阻拦她乱跑的常挽的肩上，"怎么突然要增兵？赵军真的破围了？"

"哎！"常挽皱着眉，一脸忧愁，"你快回去吧，真的很危险！统领回来见不着你的话，肯定要着急的！"

白珊噘了噘嘴，眼角却弯弯的，有几分得意。"要他管？"她翻个白眼，"我是医者，既然开了战，我自然要去救治伤兵。"她拍了拍背后的包袱，又戳戳常挽的肩，"我药都带好了！我不认识路，你快带我去！"

"这……"常挽还有些为难，却被她推着向前走去。他心中也有些犹豫。虽然嘴上说着要白珊留在军帐里不要乱跑，但他清楚，军营里的医生，一直是不够的。更何况，冯嘉这一次去邯郸营救王孙异人，也着实凶险。他知道白珊医术出众——他那条断臂的伤口，就是白珊处理的。若没有她，自己怕是要失血过多而死。倘若冯嘉或王孙异人不幸受伤，白珊自是离得越近越好。

"唉，我也不知道，该去哪里。"常挽叹息了一声，下定了决心，"要么，就去中军大帐吧。跟着左庶长，总该能尽快见到统领。"

"好好！"白珊托了托背后的包袱，同常挽一起快步走了。

夜风越来越冷。所有人都知道，那个即将改变一切的时刻，就要到了。他们不知道，自己从这里走下去，将会面对的是什么。但他们毫不犹豫，也别无选择。命运的大手，已经开始收拢。身处于旋涡中心的人们，除了用尽全部的力气和信念舍身一搏，也没有别的可以希冀。

周王朝赧王五十八年的这个夜晚，赵国都城邯郸，放出了让他们在数年之后城破国灭的人中之龙。郊野的血战，把沁水都染成了红色。

第八章
巍巍南山

寅时初刻，东方已经隐隐约约地亮起了一点白。

王龁按着秦王剑骑于马上，周围被亲兵层层叠叠地围着，炬火通明。

邯郸方向，城楼上的火光已经大逊于前了。赵国这一次突围，即便押上了全力，还是没能对整个战局造成什么实质性的影响。只要六国的救赵联军不来，邯郸之围便解不了。对这一点，王龁还是甚有把握的。只是，那个王孙异人，却还没有出来——他们已经比计划的时间，足足晚了一个时辰。

王龁原本对这一事毫不担心的。有"萤火"统领嬴栎护卫，有冯嘉接应，还有归附大秦的"黑衣"内鬼，王孙一行换上赵军衣甲混出一道洞开的城门，应该不是难事。可偏偏，如今战斗都快要结束了，还不见他们的影子。

王龁有些着急，又派了一队亲兵前去探查。等了许久，终于有了一点消息。

"左庶长……"传令兵飞奔而来，"看到信号了，司马将军已经前去迎接！"

"走！"王龁立刻打马，向着远处城下的红光方向迎去。

周围的骑兵为他让开了一道口子，队伍变换为扇形围护在侧。后面的步兵阵列手持长戟，小跑着跟在骑兵后面。

邯郸城下，两小队兵马会合了，然后又迅速错身而过。

司马靳和几名铁鹰剑士绕过质子，迎击后面追杀而来的赵军。战斗果勇干脆，只一两个回合，便结束了。

此时留在城外的赵军已经不多，从城楼上射下的箭雨也零星疲弱，完全射不透铁鹰重盾。

就在赵军开始鸣金撤退，收起吊桥的最后一瞬，王龁看见一小队人马从缝隙间跃过来了。

"弓箭手停止攻击,清道!"王龁高声下令。

很快,两翼的骑兵加快了向前推进的速度,变为口袋形状将主将包裹在中心,向来人围了过去。

接近了之后才看出,回来的共有九人:当先的是一名身披重甲的铁鹰剑士,一手举着炬火,一手持着盾。后面紧跟着三骑,都是赵军服饰,但狼狈不堪,仿佛根本不会骑马。其中一人甚至低伏着身,像是被绑在马背上似的,不知是不是已昏厥过去。拱卫在三人之侧的也是四名铁鹰剑士,司马靳一人持弓断后,不住回望着背后的追兵。

冯嘉竟不在。王龁心中有些惊诧,却也隐隐一喜。莫不是死了?他若把命留在这儿,倒也干净。

思忖间,九骑已经被完整地接入骑兵圈内,与他相距只有五丈。

"吁……"对冲的两方同时勒马。

"左庶长!"五名铁鹰剑士齐声呼道,同时下马行礼。

"铁鹰剑士营伍长孟来,顺利接回王孙异人及随行,无伤亡,幸不辱命!"为首的剑士朗声汇报。旁边几人礼毕后马上上前,把三名救回的人质从马上扶了下来,顺手一一摘掉了兜鍪。

"王孙!"王龁赶忙跃下马,亲自迎了上去。

在前的年轻人面色惨白,嘴唇干裂,头发凌乱脏污,已累得脱了力,全靠兵士搀扶着重重喘息,一时说不出话来。旁边的中年人也是满头血污,狼狈不堪,但神情淡定,想必就是那个精通算策的卫国商人吕不韦。

看见王龁过来,吕不韦快速整理好神情,恭敬地向他拱手行礼:"多谢左庶长相救!"

王龁随手向他回了一礼,目光向旁边一转,不由惊呼:"啊唷,嬴统领!"

那低伏在马背上回来的竟是嬴栎。他受伤极重,被从马上扶下来之后便跌坐在地,汩汩的鲜血还在不停地从衣甲的缝隙中往外渗。

"左庶长,快传疡医[1]!"司马靳也勒停了马,飞身下来,把手里的兵器一抛,抢上前去扶住嬴栎,疾点了他背后几处穴道。

王龁马上传令。

---

[1] 《周礼》将医师分为"食医""疾医""疡医"和"兽医",其中疡医"掌肿疡、溃疡、金疡、折疡之祝药、杀之齐"。

追上来的步兵营中裂开了一条缝,一个穿着极不合身的铠甲的瘦小军医提着药箱快步奔来。

"冯嘉呢?怎没回来?"王龁问道,向后面退了几步,让那军医通过。

"唉!"司马靳一面帮嬴栎褪去战甲,一面愤愤地道,"出了些状况,还留在邯郸城里。王孙的妻儿被'黑衣'挟持,靖长去救了。晚些时候,看他能不能自己出来吧!"

王龁应了一声,点了点头。冯嘉一个人去"黑衣"手里夺人,必然很是凶险。能回来的机会相当渺茫,倒也不必再在意了。

就在这时,王龁突然发现,那提着药箱匆匆走来的瘦小军医,下裳的缝隙间有条青色的物事闪现。

"止步,你是何人!"他猛然一惊,大声喝问道。

话音未落,奇变陡起。那瘦小的军医忽然松手把药箱一放,一个转身,一道流水般的清光从裳下飞掠而出!

是刺客!王龁大脑忽然一空。

那人的衣甲在清光下猛然裂开,一个细瘦的影子如鬼魅出窍,追随着那道清光直向他前胸袭来。

"左庶长!"左右卫兵同时疾呼。

王龁只觉脑中一炸——只一次吸气的须臾,兵刃锐利的寒风已经侵袭到了他的喉头!休矣!他努力向后退避,心中却不可避免地冒出来这两个字。这样的距离,这样的快剑。他根本无力招架,身后也没有足够的距离留给他退!他终于明白了,为何王陵会在邯郸城下被刺重伤。当时他还不信,处于万军之中的统帅,怎么可能好端端地被刺客渗入营中,在众目睽睽之下受伤落马!

"杀!"最后关头,王龁用尽全力吼了出来。哪怕他身亡于此,他也不能让这刺客脱逃!

就在这时,王龁突然感觉到有一只手从后面扒住了他的左肩。一股大力袭来,将他整个人向后拖去。同时头顶一暗,一个影子飞掠过去,直直撞上那突刺过来的利刃!

只听"嚓"的一声,金属揳入骨头。王龁重重向后摔去,"砰"地一下落到亲兵来不及挪开的铁盾上。

"将军!""左庶长!"他忍不住痛呼出声,赶快转头去看,发现是一个小个子亲兵舍身挡了上去。

是"萤火"月移！王龁一下子反应过来。

那少年整个人被刺客的长剑对穿而过，牢牢把住了刺客握剑的手。

他这才看清，那刺客是个身材细瘦的女子，穿了一身窄袖黑衣，头发高高捆了个男式发髻，眸光映着炬火，仿若岩浆涌动！

"放箭！"王龁嘶声吼道。

月移已然受到重创，却用命挡住刺客的剑，就是为了争取这一瞬！

那刺客果然吃惊，又使劲挣了一下，企图拔出刺入月移胸口的剑。

然而月移两手都抓在剑刃上，一时也并未气绝，压上了全部的力量。只听"喀"的一声，那长剑竟从中断成了两截！

刺客也怔愣了一下，然后猛地把断剑拔出。月移的身体轰然倒地，刺客却借势转身，毫不犹豫地向右侧一丈外的嬴异人掠去。

王龁又吃了一惊。她是要以王孙为掩护！

嬴异人不通武艺，除了惊讶根本没有其他反应。好在正有铁鹰剑士在他身侧，齐齐出剑格挡。

却听"叮叮"两声脆响，铁鹰重剑竟被那断剑轻松荡开。两人在她的快剑之下毫无还手之力，不出须臾便被击倒，让嬴异人暴露在了刺客的剑锋之下。

完了！王龁心中又是一呼。

"赵宁姑娘？"谁知，嬴异人无暇退避，反倒突然向那刺客喊了一声。

那刺客明显地怔愣住了，剑势陡然一滞，没有向嬴异人的喉间决然地切下去。

就这么一瞬，骑兵弓手终于围了上来，对着刺客拉开了长弓。

"别杀她！"嬴异人突然疯了似的嘶吼起来，反倒向那刺客扑上去，像要帮她挡箭。

"王孙！"王龁震惊了。

弓手并没有听他的命令，在这样短的瞬间，也根本来不及反应。无数支利箭夹带着刺耳的尖啸直向刺客后心射去，甚至有几支还偏了位，直射向嬴异人和他身后正在疗伤的嬴楔！

王龁目眦欲裂！与此同时，他还发觉有几股劲风向他脑后袭来。他身后的步兵营中，竟有人趁机偷袭！混进来的刺客，竟不止那女子一个人！

屠嘉沿着王城的城墙疯狂地奔跑着，试图找一个缺口可以一跃而下。

血顺着他的手臂往下流，蜿蜒地缠绕着终南剑的剑锋，一滴滴飞落在古老的砖墙上。

来不及了！他在"黑衣"总署的大牢里耽搁了太多的时间。

那座建筑虽然不起眼也不大，但防备实在坚固。他花了好些功夫，才进入最深处的刑房和牢狱，从狱卒身上拿到了钥匙。可那牢房的数量也太多了，加之夜深无烛，根本看不清牢中关押的是什么人。他只能一间一间地把牢门打开搜寻，见不是王孙妻儿，也无暇再锁上，便再继续寻找。一直开到了最深处的房间，屠嘉也没有找到他要找的人，只得愤愤离开。

而离开之前，他多瞥了一眼。

最深处的房间有些特殊，虽然大门紧锁，极难打开，房内的布置却很周到，家具物品一应俱全，倒像是个平常的居室。居室里锁着的是个老人，躺在床上安睡，鼻息十分平稳。屠嘉开锁进来，把他惊醒了，而他只叹了口气，又转过身去，很快便再次睡着了。

屠嘉觉得奇怪，却也没空深究，扔掉锁头钥匙，便迅速撤走了。倒是一出牢房的大门，正撞上五名"黑衣"将王孙妻儿押了过来。屠嘉迅速解决了麻烦。

虽然顺利把人救了出来，他却实在来不及赶在城门关闭前带他们出城，只能送回赵姬父亲家中，嘱托他们暂时躲避。

屠嘉并不担心王孙一行。有司马靳接应，他们一定可以顺利回到秦军大营。

而此时他飞奔在邯郸的城头上，突突的心跳一直像鼓槌一样在他胸中擂着。一种难以言喻的不祥预感始终在他耳边说，快点，来不及了，快点！屠嘉知道，她一定出事了。这该死的城墙，怎会如此高耸而坚固，一定要将所有生机隔绝？

"什么人！"突然，城楼上巡逻的赵军发现了他。

屠嘉一咬牙关，手臂一振，长剑发出"嗡"的一声龙吟。不管了。杀出去！

"都给我让开！"王龁忽然听到背后的阵列中传来一声女子的娇叱。紧接着几声惨呼，那几股偷袭他的劲风便突然断了。王龁回身一看，发现竟是一个背着包袱的黄裙女子，抢了一柄战剑，威风凛凛地走了上来。

"王将军,我是白珊!"她将那包袱往地上一摆,晃了晃手里的剑,"我来帮你!"

这么一瞬,射向刺客和王孙的第一波利箭都落了地。司马靳飞快出手挡住了射向嬴栎的箭,而射向嬴异人的箭却被嬴栎飞掷的剑鞘击落了。

那女刺客身手确实了得,持着一柄断剑飞快回身格挡闪避,只被伤了五六道口子,却没有一箭钉在身上。

"停射!"

王龁惊魂甫定,赶快下令,生怕伤到了王孙。他们几人距离太近,再射一次怕就不会这般幸运了。

那女刺客呼吸急促,半跪在地,用断剑支撑着身体。这一轮攒射虽然没有重伤她,却耗费了她极大的体力。几道血口也伤得颇深,不断向外冒血。趁着这一瞬间,几名铁鹰剑士迅速架着嬴异人与嬴栎后撤,让后面的骑兵堵了上来。

"赵宁姑娘,你快点走!"嬴异人不知吃错了什么药,被拖着离开阵中,却还拼命向那女刺客嘶喊着。

那女刺客不解地蹙起眉,拄着剑慢慢站起身来,然而对着团团围上的精锐骑兵,神情却毫无畏惧。

"赵国的刺客,怎都如此凶悍?"一旁,白珊舞动了一下长剑,蹙眉道。

"啊,白小姐怎能上阵?快快避开才好。"王龁反应过来,赶忙向白珊作礼,然后挥挥手让她退开。

白珊却努了努嘴,鼻中轻轻"哼"了一声。

"我靖长哥哥未归,'萤火'一伤一死,你们这儿还有谁能对付得了她?"她将长剑挽了个剑花,反手背在背后,"还是我去会会吧!"

王龁眉心一皱:"那又何必?我下令弓箭攒射便是,还能让她跑了?"

白珊闻言一挑眉:"直接射杀?恐怕不行吧!王将军没听到刚才王孙跟她说什么?难道不要捉活的,好好拷问一下隐情?"她顿了下,又道,"再说了,到底有多少刺客混进了秦营里,不也得从她嘴里挖出来?不然一个个排查,得查到什么时候去?"

这少女嗓音清脆洪亮,语气骄纵傲然。一席话说得看似有些道理,却让王龁心中隐隐不悦:一个没见过什么世面的闺阁女子,竟也敢在他这三军主将前扬扬自得,出言不逊。不过仗着是武安君的女儿,还有冯嘉护着,才人人都给她几分好脸。当真撞上什么硬茬——就比如这个赵国的女刺客,怕就要让她碰个大大的钉子了。

想到这儿,王龁心里忽然动了一下。倒也是个绝好的机会,杀一杀她的锐气。他绝不相信能从那刺客口中拷问出什么东西来,看她的眼睛便知道,从她踏进秦营的那一刻起,就没想过出去。此番陷入重围,正是她锐气最盛之时。谁碰谁死,几是确定无疑。可要是白珊在此出了什么状况,那带她入军的冯嘉,定然逃脱不了罪责。

"左庶长,这紧要关头,还犹豫个什么?"白珊眉头一皱,竟又催逼起来,"我虽算不得什么顶尖高手,但也好歹是我阿爷一招招亲手调教的。收拾一个强弩之末的刺客,还能有那么麻烦?"

"呵……"王龁笑了笑,摆了摆手,"那岂能麻烦?只是不好意思让你这女娃娃代老夫出手罢了。"

白珊鼻中又轻轻"哼"了一声,长剑一振,遥遥指向被骑兵围在垓心的女刺客。

她正用断剑拄着地,缓缓站起身来,一寸寸地挺直了腰杆。

"我想起来,方才正是她,从我眼皮子底下溜了。"白珊的语调里娇蛮突然间全部消失了,取而代之的是冰冷的杀意,"这些该死的刺客,害我阿爷受那么重的伤。今天,我必定要全部讨回来!"

"嗵"的一声,冰水从四面压来,直钻进耳鼻和伤口里。

屠嘉屏住呼吸,又往下沉了一段。铁箭纷纷地射进水中,擦着他的身体掠过。

"唉!这还给他跑了!"失望的呼声从城楼上传来,接着慢慢散去。

屠嘉强忍着剧痛往前游,好半天才从沁水的另一岸爬了上来。天色越来越亮了。倘若真有一场刺杀,此时也应该快要确定结局了。秦军大营离此地尚有五六里远,他若全然无伤,倒也可以在两刻内赶到。只是方才为了出城,他在城楼上劫持守城之将,硬生生杀开了城门。追逃之下,他腿上的旧伤又有些复发,在河里的冰水里一浸,此时已几乎痛得没了知觉。

如果赵宁死了,他该怎么办呢?他曾经信誓旦旦地承诺的那些,又做不到了。而这一次,是全部,都做不到了。他没能把那些赵国俘虏安置好;他没能阻止杀降;他没能把她照顾好;他没能保赵国不被屠灭;他没能陪她,刀山火海都一同去；也没能，像他发誓的那样——此生再不回秦国，再不握剑，再不领兵，再不杀人……他的一切，都要就此彻底粉碎了，彻彻底底、毫厘不剩。

冰冷的河水把衣服紧紧附在他身上，像是要把他骨头里的最后一点热望都抽走。破晓的风也没有任何温度，刀子似的刮过他的脸。

他低下头，看着手里被河水洗得清亮的终南剑。剑刃上，白色的光芒温润又寒冷，像是阴岭上的余雪。他把剑举起，扛在了自己的右肩上，锋刃贴住自己颈侧的皮肤。倘若怎样都不成，便这样随她去吧。他深深吸了口气，继续举步，向秦军大营的方向飞速奔去。

天真的快亮了。赵宁感觉到头有些沉，周遭包围的秦军越来越多，乌压压的一片，但头顶的天色确实是亮了起来。

这次刺杀，竟又失败了。

她想到了会有"萤火"护卫拼死阻挡，却没想到青螭会断——在上一次刺杀中留下的磕损，在大梁时明明便请墨家修缮好了。她想到了会有弓箭攒射，却没想到自己竟会突然被嬴异人叫出名字，而犹豫了一下没有杀他。所以，结局，就是现在这样了。

刺杀，是押上所有的赌注，拼那一隙之机。错过了，就是满盘皆输。如今秦军已铁桶一样将她围住，她再无机会，转瞬将死。跟她一同行动的相里氏之墨，也会很快被一一找出来处决。

她直起腰，缓缓扭头，看向邯郸的方向。

那座城，还在。

赵军没有破围，秦军也没攻进去屠城。维持了三年的对峙，大概还要这样继续下去，不知何时才能停止。而最终的结局，她大概是看不到了。那个没有赶回来的人，她再也见不到了。

一阵寒风吹过，忽然，秦军的后方传过来一阵骚动。一道裂口出现，把一个未穿铁甲的黄裙少女让了进来。

竟是那位白小姐！赵宁讶然。

她手里拿了一柄染血的战剑，盯着她的眼睛里充满了仇恨。

"你叫赵宁？"她的眼神在她身上打量了一圈，突然停在了她手里的断剑上，猛地惊叫道，"啊，那是青螭剑！怎么会在你手上！"

赵宁微微眯起眼。屠嘉……竟然什么都没有告诉她？

这少女姣好的面容被怒气渐渐带得有点扭曲，又大声喝问道："我问你话呢！你从哪儿偷来的？那是我靖长哥哥的！"

赵宁忽然心头一动，勾起嘴角笑了一下，然后抬起手，把唇上的假髭须摘了下来。"他自己送给我的。"她把髭须扔掉，"关你什么事？"

少女愣了一下，看着她露出的面容，惊得睁大了眼。

"你……你认识他？"她呼吸一下子急促了起来，一下举起了战剑，"你怎么会认识他？"

赵宁又笑了笑。

"你不知道吗？"她振了一下断剑上的血，"他三年前离军，就是为了去找我啊。"

"胡扯！""呼"的一声，战剑陡然发出一声尖啸，向赵宁头顶劈来。白珊气急，手下剑招迭起。

赵宁急忙举剑招架，连连躲闪。

这一动手，赵宁心中立刻便有底了。

这位白小姐的剑术承自白起，招式与屠嘉如出一辙，精妙高明、世所无匹。虽然在威势上略逊一筹，战剑对她来说也过于沉重了些，但对战起来，还是比寻常技击之士要棘手得多。

只是，这白小姐深养在闺阁，怕是在今日之前，还从未杀过人。临敌经验的不足，让她的剑招虽然赫赫逼人，却缺乏变化，有迹可循。对旁人来说可能难以撄其锋芒，但对赵宁这等顶尖刺客来说，只用拖延片刻，等她把所有的招数使尽，便能寻到缝隙，一击必杀。

"你为何不出剑？看不起我？"白珊一面狂攻，一面怒喝道。

赵宁含着一口气，又觉得有些好笑。明明是个天真烂漫的少女，却非要跟着他来阵前搏杀。想必平日相处，他也对她十分头疼吧。想到这儿，赵宁忽然感到心尖上痛了一下。自己要是把她杀了，屠嘉会怎么样呢？这是他从小一起长大、亲密无间的恋人啊，和这里任何一个人都不同。若是死了，会让他……痛苦欲绝，自责终身的吧……

这个念头一来，赵宁忽然觉得背后一道冷汗冒了出来。她不能杀她。谁都行，但不能是她。可这战场之上，有千百披甲之士，却偏偏是她下场来与自己死战。秦国这些男人，到底在想些什么！

这么一走神，赵宁忽然脚下一顿，被月移的尸身绊了一下。

"去死吧！"白珊瞅准时机，凌空一剑刺来。

赵宁蓦然惊悔。她毕竟是白起的女儿。就算武艺再生疏，也是天下第一的"西屠"亲传！这一剑之中蕴含的杀气，可是以百万人的鲜血淬炼出来的。她以一柄断剑，怎么可能招架得了！

电光石火之间，赵宁甩出手中的剑，试图将敌剑阻隔一瞬。身体也急急借势后旋，竭力避开锋芒。

可白珊那一剑既出，根本就没有收势的余地。只听"嚓"的一声，战剑狠狠插入了赵宁的右肩，直至没柄，鲜血猛然迸射出来。

周围的军士轰然喝彩。

赵宁眼前一黑，剧痛和力道冲得她几乎向后摔倒。

可白珊却突然愣住了，没有乘胜追击，反倒向后退了两步，满脸的不可置信。

"你……你……"她似乎被喷出的鲜血吓坏了，看看赵宁，又看看自己的手，说不出话来。

赵宁扶着剑柄，踉踉跄跄地站定，盯着白珊的眼睛，感觉胸口的怒火和剧痛一起燃烧起来。一瞬间，所有的犹豫和理智，都在那尖锐的剧痛里不复存在了。凭什么？凭什么她要心软？凭什么秦国人杀人，而赵国人被杀？凭什么这些人，要这样对她！

她用左手扶着剑柄，把那战剑一寸一寸地往外拔。这一刻，她忽然有些后悔，没有留下田牧给她的那枚金丹。剑刃擦着她的骨头，鲜血从血槽里喷涌而出，无休无止。从未有过的剧痛像是要把她整个人从右肩开始浑个儿劈成两半。但她没停——这是她手里的最后一柄剑。她要用这柄剑……把死在长平的……二十万赵国男儿的血仇……讨回来！

"叮"的一声，剑尖从前面脱出了她的肩头，她的手指却拿捏不住，让剑落在了地上。一口血从胸口冲上来。她咬住牙关，将那口血又咽了回去。然后弯下腰，颤巍巍地伸手，想去捡那柄剑。

就在这时，军阵的后方又传来了一阵骚动。一个熟悉的声音终于响了起来：

"阿宁！"

看到被重兵团团围在垓心的赵宁的时候，屠嘉感觉自己快要疯了。

199

地上插的满是箭镞,也到处都是血迹。赵宁拄着剑半跪在地,半边身子都被血浸透了。

"阿宁!"他大喊一声,扑了过去,拿开长剑,把她抱在了怀里。

"靖……靖长哥哥!"白珊在他身后惊叫。他却没理。

他都不敢碰赵宁的肩。鲜血还在喷涌着,那一剑完全摧毁了她右肩的关节,白色的骨头在伤口处若隐若现。

"阿宁,你别死……"他伸指想去点赵宁肩头的穴道止血,手却发抖得厉害,眼泪一下子模糊了他的视线。

"军医,救救她!奉明!奉明!快找军医来!"他嘶声大吼,感觉心脏都要裂开了。

赵宁已经跪着昏厥过去了,嘴唇干裂,脸色白如纸色,身上也在渐渐变冷。

"靖长哥哥,我……我不是……"白珊在他身后,吞吞吐吐,说不下去。

屠嘉这才惊觉,赵宁伤得如此严重,竟是拜白珊所赐。

"你,你怎么能……"他抬起头,看向白珊的眼睛里满是怒火和失望,"你是个医生啊!你为什么要杀人!"

"我……"白珊的脸更红了,急得快要哭出来,上前踏了一步,看看赵宁又看看屠嘉,一咬嘴唇,"我来救她!"

"滚!"屠嘉一声怒喝,抱着赵宁猛地站起,急退了几步,"你别碰她!"

白珊愣住了,不可置信地睁大了眼。

周围的军士也都震惊了,面面相觑着不敢发声。没人见过屠嘉这个样子,也不敢对他的举动有任何质疑——若有的话,怕是他下一刻便会拔剑杀人。

"冯嘉,你……"白珊气得掉下了泪,"你什么意思?我可以救她的!我是医……"

屠嘉没有再理她,抱着赵宁转身便走。士兵们马上给他让出了一条路。远处,司马靳和秦王孙已在大声呼喝,叫军医速速过来。

"冯嘉!"白珊突然爆发出一声尖利的哭喊,"你给我站住!"

屠嘉把赵宁的头靠在自己肩窝上,继续沿着士兵们让出的路往前走,置若罔闻。

白珊忽然上前两步,用足尖在地上一挑,接住了那柄战剑。

"冯嘉!我再给你最后一次机会!"她大声吼道,却把剑锋架在了自己的脖子上,"你到底信不信我!"

屠嘉依旧前行,没有说话,也没有回头看一眼。

赵宁要死了。

可接着,他听到了"嗤"的一声轻响。

"啊!"

"白小姐!"

整个军阵悚然惊沸!

屠嘉霍地停步,转身难以置信地睁大了眼。

白珊的身体轰然跌倒,只见一道深深的裂口处鲜血狂喷,已然气绝!

"珊儿!"他的脑子里陡然空白了,向前走了两步,一个趔趄,重重地摔在地上。白珊怎么会……一道雷子轰然落在他的头顶,让他眼前一黑,终于喷出一口鲜血,晕了过去。

第九章
将子无死

外面还在下雨。淅沥沥的雨落在马车的顶篷上,又吵闹,又孤清。

这场秋雨已经下了快七天了,从他们离开邯郸开始,就没有停过。雨声和车辚声混在一起,伴着马蹄踏着泥水的嘀嗒咯吱,一直在耳朵边上响着,但是,始终都没有人声。

这一支队伍,有八辆马车。四辆车载着人,两辆载着棺木,剩下两辆载着补给辎重。随行的护卫骑士也有近百人,寸步不离地跟在车队旁边,可始终没有人说话。

这场连续不停的雨,仿佛把人们该说的话都说尽了。

沉默真是一种奇怪的东西。一旦晕染开来,就像团化不掉的墨,把一切都染成了黑色。

屠嘉靠在车厢壁上坐着,握着赵宁的手。那只手始终是凉的,总让他冷不丁回过神来,赶紧去探她的呼吸和心跳。

她已经昏睡了快七天了,而他,却是快七天了都没睡着。

那鲜血四溅的一幕,始终在他眼前悬着,每次闭上眼,都感觉到那红色像要刺透眼皮向他压过来。

他没法去想以后怎么办,也不敢再想以前,不敢想白珊。

他始终都不能相信,白珊竟然死了。怎么可能呢?白珊……是他所认识的,最眷恋人世、最热爱生命的人了。她总是叽叽喳喳地跟他讲以后的事,讲她想要什么新玩意,想去什么地方,想做点什么有趣的东西。每到那时,她灵动的大眼睛笑得弯弯的,整个人都像发着光,嗓音脆得仿佛有股清甜的味道。这样的一个女孩儿,怎么可能说完一句话,就死了呢?那一定只是他多日未能入睡,而产生的一个幻觉。

可是,眼前这个昏迷不醒、双手冰凉的人,却不停地提醒着他——那些可怕的事情,是真的发生了,再也不可能改变。

白珊死了。和他从小一起长大的珊儿，死了。就因为他——没有回头。

在那一瞬，他为什么就没有回头看她一眼呢？那时她看着他抱着赵宁离开的背影，心里该有多么绝望呢？她等了他九年，在她最好的年华里，无望地等了他九年。这还不够吗？还要她怎样呢？

屠嘉掐着自己的手心，指甲抠进肉里，鲜血顺着指缝往下流——可他却感觉不到疼痛，仿佛这具躯壳，已不是他的了。

本来，该是他去死的。他杀过那么多人；他言而无信，又胆怯逃避；他不忠，也不孝，还严酷冷血，不知好歹；他为一己之私出卖同袍，还牵连那么多对他掏心掏肺、肝胆相照的兄弟；他根本就担不起责任，以前如此，以后也不会变。除了听任命运的拨弄，没有任何反抗的力气。他还算是个男人吗？他……根本就不配活着。

可是赵宁，还徘徊在死亡的边缘。不仅仅是现在，她余生的每一天，都将是如此。白珊已经死了，而赵宁呢？赵宁想为死在长平的四十万赵国人复仇，想凭绵薄之力解救势如累卵的邯郸危局，就错了吗？就该死吗？

屠嘉觉得，自己的心魂，快要碎成两半了。在那摧心蚀骨的哀恸之中，他发现自己的内心，竟也隐隐地生出了些微对这个不自量力的女人的怒气。她为什么，就不肯听他的话呢？明明知道是以卵击石，明明知道会一去不返，明明知道……他会为她痛不欲生。可她还是去了，然后……肝胆燃尽，毫无意义。

马车在雨里艰难地走着，晃晃荡荡，像是片孤独的小舟，在暴虐的海浪里挣扎。

屠嘉只能期盼这条路能走得慢一点，让他就这么握着赵宁的手，静静待着，听着雨声，不死不活。

可是，他也知道，车轮下的这条路，是通往咸阳的。

王孙嬴异人归来，自然要尽快回到秦国；武安君之女意外身死，也得作速送回白家治丧；"萤火"月移战死，尸骨也要归国封爵下葬；统领嬴栎身负重伤，须尽快回秦医治；还有，左更冯嘉受令回军，应即刻入宫面上，清算功过，以正其名。

无论如何，这条路都走不了太久。而回到了咸阳之后，刺客赵宁，不论死活，都将面临更加严酷的危局：秦王不会放过她，老师不会放过她，"萤火"更加不会放过她。

整个秦军里,只有他一人坚持着,要她活。就连司马靳,都一度冲动地要杀她泄愤。只要他离开她一步,她就会被抓住、处决。

可是,他真的没有别的路可走了。他的伤也很重,他也不是神。他做不到带着濒死的她从秦军的重围里杀出去,把一切都抛到脑后。

这辆马车,其实,是他们的刑狱,也可能,是他们此生,最后的一块宁静之地。

外面的雨声愈发急了。屠嘉深吸了口气,感到脑中有些困顿和眩晕。

他闭上眼,准备再努力尝试睡一睡,而就在此时,车轮忽然发出"咯吱"的一声响,然后停了下来。

紧接着,有人使劲拍了拍车厢的木门。

"冯将军,嬴栎求见。"一个低沉而嘶哑的声音响了起来。

屠嘉悚然一惊,不等他反应,车厢门已经"喀"地打开,雨水和风不由分说地灌了进来。风雨之中,一个半身湿透的枯瘦男人稳步登车,矮身钻进车厢,在角落坐了下来,反手带上了车门。

屠嘉惊愕间松开了赵宁的手,一把抄起终南剑,格挡在了他和赵宁之间。

嬴栎关好门,转头看了屠嘉一眼,沉稳的脸上没有任何的表情变化。

"放心,我不会动她。"他声音嘶哑,抬手慢慢推开了终南剑。

屠嘉皱着眉,犹疑着缓缓放下了剑。这位"萤火"统领伤势颇重,虽然看着行动稳健,其实气息也虚弱得很。车厢里光线很暗,也没有举火,看不清他细微的神情,也无法判断他突然过来是有何意。但是,屠嘉也懒得去问,只重新握起了赵宁的手,仰头靠回了车厢壁上。嬴栎虽然不是个义字顶天、轻生死重承诺的任侠,但也绝不是个出口无凭、施以暗算的小人。

"回咸阳后,冯将军有何打算?"过了一会儿,嬴栎开了口。

屠嘉没有回答,只轻轻苦笑了一下。

嬴栎仿佛料到了他的反应,跟着无奈地叹了口气。

"可能,冯将军并不知道,你在邯郸杀了莫迟,救了在下一命,对秦国来说意味着什么。"又过了一会儿,嬴栎续道,语气难得有些柔软,"我来,是向冯将军道谢的。"

屠嘉微微扬了一下眉,却还是没应声。

"为此,嬴某可以答应,为冯将军做一件事。"嬴栎续道,"这件事,冯将军一定需要。"

听到这，屠嘉终于心头狠狠地跳了一下，转头看向嬴栎。

嬴栎不像是在玩笑。他看了一眼屠嘉，又转过头，望向昏睡不醒、气若游丝的赵宁。

"若嬴某没有猜错，这位赵姑娘若是死了，冯将军大概也没有什么生志了。"他口气依旧很沉，说得十分清晰而笃信。

屠嘉心头又是一刺，然后不由自主地"嗯"了一声。"嬴某可以向王上，为她请一道特赦。"嬴栎道。

"什么？"屠嘉猛地惊呼，"当……当真？"

嬴栎点了点头。"只要王上不下令杀她，一切都可转圜。为她换个身份，严密监视不被仇杀，也就是了。"他目光直视着屠嘉，分外严肃，"而嬴某的条件是，冯将军能够尽快振作，继续为我大秦效力。"

屠嘉忽然感觉到脑中响起了一阵嗡鸣。

嬴栎伸手入怀，拿出了一个青瓷瓶，不轻不重地放在屠嘉面前。

"这是鬼谷的'招魂'。"他沉声道，"还剩最后一粒，给她服下吧！"他顿了顿，补道，"之后，她会沉睡很长一段时间，每日需确保灌喂足够的清水和软食。她内功不弱，待到醒来，应当便能活了。"

"当……当真？"屠嘉仍然觉得有些昏眩，又重复问道。

嬴栎点了点头，然后起身，准备推门离开。

"你到底为何救她？"屠嘉忽然反应过来，探身一把扯住了嬴栎的袖子。

嬴栎皱起了眉，回身看了一眼屠嘉，又看了下地上的药瓶，随即了然地叹了口气。屠嘉不是一个能够随意糊弄的人。哪怕绝望濒死，心思都细密如发。

"因为……"嬴栎有些意兴阑珊，"她活着，还有用。"说完，他便挣脱扯住衣袖的手，推门走了。

这几日，咸阳的雨也下得十分恼人。

早食过后，姬雨桥看送应侯去咸阳宫的车驾已经走了，便收拾了一下先前准备好的衣食和药品，叫小厮拎着，一起出了门。

她去的地方，是城西一处偏僻的旧宅。在她下嫁给应侯范雎为妾之前，曾在那短暂地住过。当年春申君陪同质子在秦国十年，置办下了那处产业，作为来往门客的落脚之处。此时他们已经离秦，宅子便转到了姬雨桥的名下。

这次她从楚国回来，正事没有办成，却带回了个瞎眼的侠客。

范雎本是不悦的，但听她悄声说了这侠客是谁之后，也就挥了挥手，由她去了。一股有可能动摇武安君的力量，留着就留着吧。万一真的走到那一步，就把事情做得严密些，该灭口的灭口，不要泄露出刺客是从他府上出去的风声便是。

姬雨桥深知范雎心中的打算，所以也没有瞒他。只是府上众多的下人有些头大。

邵云毕竟是个男人，以她的身份，着实不便多接触。而他受伤又重，饮食起居都要人照顾，势必得留好些人在那宅子里看着他。在田牧等人来咸阳之前，姬雨桥能做的，也就只是以探访亲友的名义隔三差五地过去看看，确保他没有再出什么状况。

此时中秋已过，算一算，他们已回到咸阳一个多月了。

邵云的外伤好了不少，情绪也不再像起初那么起伏不定，一碰便炸。姬雨桥上次去时，看见他坐在窗下，仰面对着檐外飘进来的雨丝，在吹一支笛子。

他似乎已经习惯了目盲的黑暗了，也接受了这样平淡无事的日子。那张裂天弓被她藏在了床底下，他醒来之后，也没有找过。

就这样一日日地等着，姬雨桥也不知道什么时候会有新的行动，只是默默探听着中原战场和秦国朝堂上的形势，在每次过来的时候，一点一滴地说给他听。不过，多数是没有反应的。

"就到此处，你去吧。"还有一条街坊便到旧宅门口，姬雨桥让小厮把包袱放下先回去。小厮十分懂事，行个礼便离开，一句也不多问。

姬雨桥看周遭无人，便吸了口气，自提着包袱往旧宅去了。

谁知刚到门口，才收起伞来准备抬手拍门，忽听内里传来一阵仓皇的脚步声，然后大门"喀"地一声便向内打开了。

"啊！夫人，你来了！"奔出来的是留下照顾邵云的侍女小英，满脸都是惊色，"我正要去找你！"

"怎么了？"姬雨桥眉心一皱，赶紧随她进宅，回身把大门关上。

"邵小哥儿有点不对劲。"小英接过包袱背上，拉着姬雨桥快步往里走，"从昨天早上开始便有些发热，起了一身的红斑，人也不太清醒。昨天晚间已经找医生来瞧过了，却也没瞧出什么来，只开了个清火的方子便走了。"

"是吃了什么发物？"姬雨桥问道。

"没有啊！"小英道，"我们这儿的吃食，你都知道的。大家吃的都一样，也没见旁人有状况。"

"现在呢？"两人一边问答，一边飞也似的往里院冲。

"今天早上不烧了，我还以为好了呢！谁知就在一个时辰前，竟开始呕吐和腹痛。"小英接着道，两道秀眉锁得紧紧的，"那腹痛想必真的很厉害。我看见他跪在地上，整个人都在瑟瑟发抖，皮肤竟然开始向外渗血，浑身衣服都染透了！"

"什么？"姬雨桥愕然睁大了眼。

"我真的没见过这样的病，特别是……"她突然顿住，眼睛里露出极度的惶恐，"特别是，我还看见他脖子后面……好像有什么东西……在皮肤下面……乱动……"

姬雨桥猛然收住了脚步，停在了邵云的房门外。

门的另一侧，"咚咚"的闷响一下一下地传来，伴随着牙关的摩擦和实在忍不住的呻吟。

姬雨桥惊了，心一下子被攥起来。这不可能是什么急症！哪有什么病，会让人突然间这样的！

"邵云！"她拍了两下门，然后推开闯了进去。

屋里凌乱不堪，血的味道腥臭刺鼻，如同腐肉。邵云光着背脊，蜷缩着跪在床边的地上，用头一下一下地撞着床沿。露出的皮肤上蒙着一层可怖的红色，像是一碰就要脱落。

"这……这是怎么了？"姬雨桥快步抢过去，却也不敢动他。

"小英，你快去找大夫！去问问白家小姐回来了没！"

"好的！"小英应了一声就跑了。

姬雨桥弯腰跪下来，伸手扶住邵云的头，让他不再往床沿上撞。

"为什么会这样？你自己知道吗？"她急声问。

邵云浑身都在发抖，面孔都扯得变了形，喉咙里呜呜噜噜，说不出话来。

就在此时，姬雨桥忽然觉得自己贴着邵云太阳穴的掌心下有什么东西一顶，像是条小虫要从皮肤下钻出来。

"啊！"她惊得猛然松开了手。那是什么东西？

邵云的神情痛苦得仿佛头颅快要炸开，牙缝里钻出几个字："琅……琅琊……"

姬雨桥突然明白过来，立时出了一身冷汗。这种东西，她在楚国的时候，曾经听说过。是蛊虫！琅琊组织为了控制这些手下，给他们下了蛊虫！邵云已经一个多月没有和田氏联络了，想必是超过了时限，蛊毒发作。

"要怎么办？你告诉我！"她又上前去，扳过邵云的头，"怎么找他们？"

邵云咬着牙关，没有说话，却明确地摇了摇头。

"那就这样吗？"姬雨桥忽然一怒，拔高了嗓音，"你可别死在我这儿！"

邵云皱着眉，又摇了摇头。

"挨……过一天……就……好了……"他嘶声道，慢慢推开了姬雨桥的手，转过身，哇地呕出了口血，就此晕了过去。

一个时辰之后，姬雨桥把房间里的血迹和脏污都收拾好，小英也带着大夫回来了，满脸都是忧愁和伤心。

大夫还是昨天的那一个，默默捻着须坐在床边给邵云把脉，也不知究竟能看出什么。

"怎么了？"姬雨桥把小英拉到门外，皱眉问道。

"白小姐她……死了……"小英一下子哭了出来，抬手捂住了嘴。

"什么？"姬雨桥大惊，"怎么会？"

"听说……是……是在战场受了刺激，自己寻了短见。"小英哭道，"今天早晨，棺椁才运回咸阳。武安君府已被围得水泄不通，白小姐这些年给那么多百姓医病送药，我婶婶的顽疾还是她治好的呢。谁知道就这么……"

她越说越哭得厉害，到后来，姬雨桥已听不清她在说什么了，只能拍着她的肩膀安慰。

白起的女儿白珊，这些年确是在咸阳声名鹊起。许是为了父亲积攒阴德，她专为贫苦百姓医治疑难杂症，医术精湛、药到病除不说，出诊开药还从不收钱，甚至不吝把武安君府受秦王恩赐的名贵药材拿出来给庶人用，眉头都不带皱的。

姬雨桥先前听说，只是觉得新奇，也没有怎么在意。在士族阶层，流传更多的还是这位小姐年逾二十还不嫁人的笑话。

就在她去楚国前，应侯范雎还打过主意，把她说合给当年助他逃出魏国又举荐给秦国谒者王稽的恩人郑安平做续弦。不过后来，被派去暗中探口风的小役差点被一顿好打，事情也就作罢。谁能想到，只短短几个月的时间，一个如花的姑娘，竟突然就没了？

姬雨桥这么想着，背后兀地升起一阵寒意。她并不清楚白珊之死与田氏的"弑神"计划有什么关联，只是直觉感到——他们来了。已是秋天了。咸阳城，怕是从此开始，要刮起一场腥风血雨。巍巍武安君府，权倾秦国朝野数十年。那些深远的根脉，终于要开始被一根一根地斩断。在这场风浪中，能够自保的人，才是赢家。现在，她要做的，就是冷静地等待。

"给我把门打开！"一声远远的吼声，突然像斧子砍透冰层，把赵宁从深沉的睡梦中拽了出来。

她轻轻一动，剧烈的疼痛和干燥的喉管让她猛地睁开眼，然后发现，自己整个人都沉浸在黑暗之中。这是什么地方？她又动了一下，发觉自己似乎是躺在柔软的床上。周围并非完全的黑暗，只是罩着帘幕，遮绝了房间外面的光线。

"水。"她用尽全力，从干痛的嗓子里挤出一个字。

"阿宁。"左边的身侧，突然有人一动，抓紧了一直握在她腕上的手，把身子靠了过来。

那声音低沉又嘶哑，确是熟悉的。

赵宁费力地慢慢转过头来。

"我给你拿水。"还未看清楚，他已松开了手，快速地从床上起身，大步走了开去。

门外的动静越来越大，有人风风火火地往他们所在的房间冲过来，一面走一面大声吼着："冯嘉，你给我出来！"

赵宁努力挪动身子，想坐起来。却发现浑身上下一丝力量也没有，尤其是右边的胳膊，仿佛已经不在自己的身上。

"来。"他把胳膊伸到她颈后，把她的身子托了起来，头靠在他的肩窝上。甜甜的水滋润唇角，顺着喉管流下去。

一瞬间，赵宁感觉鼻尖一痛，眼泪马上涌了上来，模糊了视线。

是他啊？她没死。是他回来救她了？

屠嘉没有说话，只是喂她把整碗水喝下，然后把空碗放在一边，抬手理了一下她的额发。

"砰砰砰……"剧烈的敲门声响起。

"冯嘉，开门！"粗重的男声愤怒地吼道。

屠嘉恍若未闻，只叹了口气，低着头轻声问她："饿吗？"

赵宁的眼泪一下子流了下来："我们……在哪里？"

她的额头贴着屠嘉颈侧的皮肤，温暖熨帖。

"在咸阳。"他轻声道，语气里无悲无喜。

"冯嘉，你躲着有什么用！你还是个人吗！"门外的人得不到回答，怒气愈盛，疯狂地拍打着门板，"明日珊妹下葬，你也不去吗？开门！"

赵宁眉心陡然一蹙。下葬？她感觉到，屠嘉的身子也明显颤抖了一下。

"咣"的一声，门闩终于被震断，灯火和人声猛地灌了进来。

一个魁梧的中年男人气冲冲地走到床前，一伸手就扒住了屠嘉的肩膀，想把他的身子拨转过来。可这一拨，却没有拨动。

"靖长！"那人惊诧地瞪大了眼，更加气急败坏，"你到底想如何？"

赵宁身体仍然虚弱，被这突然闯来的声音一炸，头又有些发晕。她只看见，屠嘉脸侧的线条一硬，咬紧了牙关。

"靖长！我真是不懂！你怎么就被这妖女迷了心窍呢？"那人气得发抖，吼声震瓦，"白珊可是跟你从小一起长大的，比亲妹妹还亲！她因这妖女自杀，你竟忍心一眼都不看她，还天天抱着这妖女卿卿我我！你说，你还有良心吗？"

屠嘉依旧咬着牙关没有说话。

赵宁这才听明白了事情的缘由，一时心中大震。

"屠嘉，你……"她挣扎了一下，想推开他。

谁知屠嘉却手臂加力，把她更紧地箍住，低声道出几字："你别管。"

赵宁怔住，只觉他胸膛上热得发烫，心跳也怦怦作响，箍着她的力道大得像要把她的骨头捏碎，不由轻轻痛呼了一声。

屠嘉并没有听到，也没有松开。他浑身肌肉绷紧，仿佛把所有的力气，都用在抵抗那个男人刺耳的唾骂上。

赵宁这才发觉，屠嘉呼出的气息里带着浓浓的酒味。整个房间里，都飘着这种味道，绝望又颓靡。

"你你……"那男人气得说不出话来，指着他骂道，"我司马靳真是看错你了！我就不该答应让你住在我这儿！"

屠嘉长长地吸了口气，侧过头，忽从床边拉出了一柄长剑，慢慢横了起来："奉明。你不如就在这儿，把我们两个都杀了。"

他的语气冷肃得可怕，半点不是玩笑。

司马靳向后退了一步，怔愣了一下，然后更加大声地吼起来："冯嘉，你别逼人太甚！"

"我没有开玩笑。"屠嘉看着他，眼神如受伤的孤狼，"这是最好的选择。"

司马靳怔怔地看着他，僵持了半天，终于"唉"了一声，软了下来："靖长，我知道你心里难过得很，可是……可是这事情，真的……也不能就这么拖下去啊！"

他语气里满是烦乱，在屋子里来回乱转，找了个坐席一屁股坐了下来。

"大家都知道你回咸阳了，武安君府里更是清楚得紧。当时军中发生的事，目击者那么多，我们根本没法封锁消息！现在白珊出殡，你却不去！于情于理，都说不通吧！就算嬴栎和王孙拼了命护你，也挡不住众口铄金啊！

"唉！我知道你从前一直不肯向武安君求亲，是对白珊没那个意思。可是她对你一往情深，你又怎能这般残忍，就是视而不见呢？退一万步说，就算是妹妹，你也不能不去吧？白夫人也病倒了，你让她怎么想？这些伴你长大的亲人，哪一个比不上这妖女？你怎么就想不通呢！"

司马靳兀自絮絮叨叨，捶胸顿足。看见案上有水，便自己倒了一碗。喝进口中才发现是药，又"呸"地一口吐掉，气得把碗碟摔得叮当作响。

赵宁身体太虚弱，没听到几句，只觉眼前金星乱冒，意识又沉了下去。

屠嘉叹了口气，把她又放回了床上平躺，小心地掖好被角，才转回身来。

"我若去了，你能保她平安吗？"他沉声道。

"什么？"司马靳愣了一下，然后又破口大骂，"保她平安？我第一个就要一刀杀了她！那嬴栎也是荒唐，凭什么给刺客请什么特赦！要我说，你就该亲手杀了她，提着头回去给白夫人请罪！"

屠嘉惨然冷笑了下，手一伸，又从床边拉出个酒坛。

"你看，我终是无路可走。"他意兴阑珊，仰头灌下一口酒。

"怎么就无路了？我不是都说清楚了吗！"司马靳还在纠缠。

屠嘉摇摇头，一句都不想再说了。这世上，从来没有也再不会有一个人理解他的坚持。

这是咸阳，是他从小长大的地方。人人都认为，他应该好好地做"那个人"，做武安君的得意门生，做武安君的女婿，做继承武安君一统天下志向的年轻将星。而现在,事情闹到如此不可收拾的地步,他们还是认为他只是一时被一个"妖女"迷惑住了,只要浪子回头,一切都还可以转圜。

可他们不知道,赵宁,并不是什么妖女。在找到她之前,他已经犯过太多的错,杀过太多的人。他所学的所有本事,所想的事情,都是如何去杀更多的人,来为自己赢得荣耀和升迁。

而在这一切期望被长平的杀降声击得粉碎之后,是赵宁让他知道,自己活着,还是有别的意义的。他得保护她。他要她活下去。他不能让这个乱世把她杀死。她是他生而为人的最后一道界碑。

司马靳不是不明白,只要他离开她身边一刻,她就会立刻死去。

虽然嬴栎为了保他,向秦王给赵宁请来了一个特赦。可白起在咸阳的根系庞杂,随便一个大夫官卿,都有成百上千的门客死士。此时,每一个得知此事的死士,大概都在磨着刀,等着为武安君惨死的女儿出一口气。

司马靳也很清楚,屠嘉不可能带着赵宁去给白珊送葬。屠嘉无论如何,都无法面对白氏的养育之恩。所以,自己就是来逼他放弃的。如他所说,最好的选择,就是在此处,与她同死。

屠嘉摇摇头,苦笑了下,又仰头喝了口酒。当真是,生此乱世——此生何必?还不如做个蜉蚁,朝生暮死,只求一日欢乐。

"靖长!你就真的不肯去?"司马靳还不死心,皱着眉再次相逼,"今天在朝堂上,王孙为了护你,可是连应侯都得罪了!"

屠嘉皱了皱眉。

"王上都召你两次了,你还不进宫去见。下一次,怕是直接要下诏狱了!"司马靳语气越说越急,忽地一拍大腿,"差点忘了这事,今日传来军报,邯郸军情有变!魏国大将晋鄙莫名死在了邺城,原本止住的十万魏军被信陵君夺了帅,又往邯郸进发了!"

"魏国这一动,楚国怕也按捺不住了。邯郸赵军应也得了消息,士气大涨,我军攻城更加困难了。王上听了大怒,又要求增军,下诏强起武安君挂帅,务必灭赵而归!倘若不出,则阖族夺爵,贬为士伍,迁至阴密!"

"什么?"屠嘉终于心神大震。

"唉!我跟你说过,武安君长平被刺之后,身体一直不大见好。回来之后三年,几乎就没上过朝!"司马靳叹道,"这已经是王上第三次下诏,让武安君领兵出征了。之前两次,他都托病不出,惹得王上甚是不快。

"这些年，应侯治国有道，甚得王上倚重。自从长平撤军后，应侯与武安君有隙，有意在王上耳边言武安君的不是，暗中料理剪除武安君的根脉。其间种种龃龉，我们也是敢怒而不敢言。

"也是因此，我们才拼命找你回来。毕竟武安君幼子尚小，不能指望。若有个左更高爵的女婿在，怎样都好办些。唉！可是你……"

这句话落，屠嘉心口如遭雷击，只觉刚才喝下的酒全成了烈火，要从喉咙里呕出来。战场杀伐，他已司空见惯。可朝堂倾轧，他一听之下，便觉胆寒。那才是真正可怖的人心鬼蜮。君王一念之间，荣辱俱灭，九族血竭。牵枝连蔓，株连无算，连毫无威胁的幼童，都要无辜惨死，暴尸荒野。他忍不了赵宁被杀，就忍得了老师一家惨遭屠戮吗？若真到了那一步，他又该怎么办？

"靖长，你还是好好想想，尽快回家去吧！"司马靳看他痛苦地弯下腰，便起身走过来，安慰地拍了拍他的肩，"时间真的不多了，别再让自己后悔！"

半月之后，赵宁终于缓过来了，基本恢复了神志。

屠嘉一直没有出过房门，始终守着她，亲手为她换药喂食，沐浴擦洗。只是，除了做这些事，他仍长久沉默，一身酒气。起初的那点温存，仿佛只是虚幻。与他永无止境的深沉痛苦相比，根本不值一提。

赵宁也不知道能和他说什么。她告诉他，阿靖死了。他怔愣了一下，然后转过身，又去拿酒。

司马靳终究没忍心连酒都不给他。伤药和食水，也都不曾短缺。

赵宁清醒之后开始正常饮食，身体终于好得快了起来，力气长了些，可以自己下地行走。原本瘦得只剩嶙峋骨节的身体也日渐丰腴，皱瘪的皮肤又恢复了光泽。

她很容易就接受了自己武功近废的现实。能捡回一条命，就已是万幸了，更何况还保留下了那条臂膀。那一剑若是屠嘉这样的技击老手刺来，只加一点习惯性的旋力，那胳膊肯定就被整个卸了下来。

赵宁没有过分地悲伤。只是看着屠嘉颓丧的样子，觉得分外心疼。他明明什么也没有做错，事情却一步一步地走到了这个境地。他明明已到了家门口，却可能永远都回不去。

赵宁很理解这种感受，只是没有办法与他谈及。他们的身份决定了他们永远都只能是仇敌,相互厮杀,不能解脱。

那场连绵不绝的秋雨终于停了。而这一个封闭昏暗的小屋里,还满是潮湿而冰冷的气息。

这屋里只有一张木床。屠嘉并不避嫌,日日与她同卧,衾枕相连,靠得很近。

有时他喝得有些多,半夜里也会伸手过来,习惯性地攥住她的手腕,把酒气和呓语吹到她的颈畔。

赵宁有些惊讶地发现,自己对此竟毫无抵触,甚至有那么几个瞬间,竟有凑过去拥抱他的冲动。

这个男人,实在太逞强了。明明那样痛苦,那样需要安慰,却一个字都不肯说,只愿一个人默默地扛着。

赵宁不知道这样的日子还能过多久,也不知道自己能为他做什么,只能努力地休息和复原,盼他少一点担心,多一点宽慰。

终于,在秋分这天,赵宁拆掉了肩头的绷带。新长出来的肉凹凸不平,甚是可怖。原本在锦琅的换肤之术调理过后的光洁皮肤,又覆上了新的丑陋疤痕。

赵宁脱掉衣服,去隔间沐浴。出来的时候,看见屠嘉拎着陶罍靠在墙边站着,愣愣地盯着她,眼睛里布满血丝。"你背上的疤,怎么去掉的?"他哑声问道。

赵宁蹙起眉,没有答话。她不想告诉屠嘉太多关于"琅琊"的事。

他所承受的,已经太多了。这个"弑神"的计划,即便她多半已无法继续参与,却还是很可能会由田氏继续推进下去。他知道得越少,越不容易被搅进去。

"是鬼谷的'换肤',对吗?"没想到,屠嘉竟皱着眉,一语道破。

赵宁望了他一眼,依旧擦着头发,从他身前走过。

"你别管了。"她冷言道,"不关你事。"

谁知话音才落,屠嘉突然一伸手把她拽住,转身把她抵在了墙上,使劲压住了她手腕。

"你是不是为了刺杀,什么都舍得?"他的声音很沉,说得很慢。呼吸喷在她颈上,炽热如火。

"你做什么?"赵宁身体被他牢牢压住,有些发急,"放开!"

屠嘉的身子微微颤了一下，却没松开。停了一瞬，他突然把左手中的陶罍往地上一扔，然后搂住了赵宁的腰。

"别走。"他低喃了一句，然后一低头，吻住了赵宁的唇。

赵宁惊异地睁大了眼，呼吸陡然窒住。

屠嘉的怀抱坚实又强硬，压得她动弹不得。那吻也来得突然，像要把她的唇舌揉碎吞下。搂住后腰的掌心，就像一块烧红的炭，烫得她的脊梁骨隐隐发痛。

赵宁感觉自己的脑中突然空白了。他这是……酒后乱性？还是……看出来她想走了，于是情难自禁？

这么多天日夜护理，他其实早就看过碰过她的身体，但从未有过这样的越礼之事。这样炽热的吻，好像一个难以堵上的洪堤决口，直把他长久以来封存的情绪一股脑地向她倾泻下来，既霸道，又决绝。

赵宁没有办法抵抗，只能拼命地接住了。

也许，终此一生，他们就只有这一刻吧。抛弃一切，放下所有。唯独两个人的身体是热的，唇吻相接，心跳相应。

屠嘉粗重地喘息着，过了一会儿，头微微后仰，离开了她的唇。

赵宁尝到了苦味。屠嘉竟然在哭，眼泪已覆满脸庞。

"阿宁。"他轻声道，脸颊仍与她贴着，不肯离开，"你别去，别死。"

赵宁的心中忽然狠狠地一阵疼痛。

原来，他是真的看出来她想走了。他以为她不知道，从这里走出去，她就会死。他以为，她还是要去刺杀白起，为她哥哥复仇。所以，他看她摘除绷带，看她沐浴梳洗，看她穿上新衣——看着她，每一步，都在向着死亡走去，心中的痛楚再也忽视不了，只能这样朝她倾泻过去。可他不知道的是，其实她想走，并不是为了那个原因。

"冯嘉。"赵宁抬起手，捧住他的脸，突然喊了一个她从未喊过的名字，"在郢都的时候，你告诉过我，你早就没有亲人在世了。"

屠嘉皱起眉，有些疑惑。

"后来你说，你四岁时，被老师从战场上捡到，从此养在身边。"赵宁续道。

"是。"屠嘉低声应道。

"你叫冯嘉，意思是逢家啊。"赵宁擦掉他的泪，还努力笑了一下，"我不走的话，你如何回家呢？"

"阿宁！"屠嘉陡然明白过来，顿时失声惊呼，泪如雨下。

"我能够接受，有些事情，无论怎么强求都做不到。"赵宁道，声音有些颤抖，"你能接受吗？"她顿了一下，"你能放下吗？"

屠嘉再坚持不住，抱住赵宁的瘦肩，痛哭起来。

赵宁环抱住他的腰背，静静地闭上眼。这样的临别，已经比她想象中的，要好上太多了。她这一生，经历了太多的折磨和背弃。到了最后，竟能遇上这样一个将她视若珍宝的人。不管他有没有保护好她，不管他有没有做到他承诺的一切——他存在，便足够了。她要的不多，只要这一点点的温暖，就足够了。

长长的拥抱，长得仿佛要赛过黑夜，把他们身上的痛楚都挤压干净。可是，就在这最不愿意被打扰的时刻，竟又有遥遥的呼喊和急匆匆的脚步声向这小屋奔来。

"靖长！靖长……"司马靳的声音里带着十足的急切。"咣"的一声，房门又不由分说地被一脚踹开了。

"靖长！"司马靳冲了进来，脸上神色又是惊喜，又是惶急，"白夫人来看你了！"他蓦然看见赵宁衣衫不整，"啊"地一声赶忙向后退了一步，神情又有些发怒。"你们干什么呢？还不快穿好衣服！"他气呼呼地道，"白夫人专门说了，让这女人一起过去！"

一刻之后，赵宁被屠嘉拉着左手慢慢向前走，跟在家老后面，穿过回廊，去往前厅。

许久没有出过房门，夜风吹在两人身上，把多日以来积攒的沉郁之气吹散了些许。

屠嘉也换了一身衣服，稍稍整理了一下散乱的须发。只是身上的酒气却洗脱不掉，虚浮的脚步和几乎瘦得脱了形的身材，让他整个人看去就像一具行尸走肉。

但赵宁还是感觉到，他握着她手腕的力道，大如铁钳。

他还是怕她走了，尤其是，从那小屋里出来，再次暴露在天幕之下时。

其实，屠嘉想的不错，她确实有过这个打算。白夫人点名要见她，又能有什么事？无非是要杀她，为女儿报仇罢了。

然而，屠嘉还是不让她走。从出门的那一刻起，他们就发现，在重重的屋檐之上，不知布有多少装备精良的弓弩手。只要他们有什么异常的举动，怕是瞬间就会被当场射杀。

赵宁不知道这些弓弩手是司马靳府上的，还是被白夫人带来的。屠嘉显然也很忌惮，紧控着她唯一还有一点战力的左手，绝不许她离开身侧半步。

司马靳的宅邸不算很大，很快，两人便走到了接待贵客的前堂。

"靖长！"司马靳一看他，就马上起身迎了上来。方才他通知二人之后，令家老等着，自己又赶快回来陪白夫人说话。白夫人痛失爱女，大病未愈，也没什么精神。两人想必相对无言，十分尴尬难熬。

屠嘉止住了脚步，望向厅中客位上正襟跪坐的人，一时间恍如神游，半晌没说出话来。

赵宁也抬头，小心翼翼地看去。

那是个头发花白、神色憔悴的中年女人。穿了一身麻衣，鬓角梳拢得整洁，簪着一朵白花。她容貌并不美丽，但端庄有致，微微上扬的眼角噙着泪光，却不减威严，一看便知是在风雨波澜中长久磨砺的人。

看见屠嘉和赵宁进来，白夫人脸上的神情也微微动了一下。

屠嘉落拓的样子应是猛地把她刺痛了——她曾熟悉的那个年少英俊、意气风发的义子，与面前这个形销骨立、眼眶乌青的中年男子，断然不是同一个人。

她闭了闭眼，又侧头看向赵宁。这也是一个单薄虚弱、枯瘦憔悴的女子，却被他死死攥着手腕，不肯放开。

"靖长。"白夫人终于开了口，一出声，一大串眼泪就落了下来。

屠嘉的肩膀猛地耸动了一下，像是被这熟悉的一声呼唤劈碎了。

"师娘！"他膝盖一弯，猛地向前跪倒，额头重重地叩在了地上。赵宁被他带着也一起扑倒，屈膝跪下，却没有叩首。

白夫人在侍女的搀扶下起身，慢慢向两人走了过来。赵宁看着她，抿着嘴没有说话，目光里却尽是警觉。

"靖长，你先起来。"白夫人抬手抹掉了眼泪，嗓音又变得平稳，"师娘没想来为难你。"

屠嘉伏着没有动，"呜呜"的哭声却传了出来，身形蜷缩得像个孩子。

"师娘很清楚，你是什么样的人。"白夫人在他身侧弯下腰，扶住他的手臂,"珊儿的死,是她自己的选择,不能怪你。"

这句话一出,屠嘉的身子狠狠地一颤。紧接着,失声的痛哭便如久旱之后的雷子,一下子炸了出来,震动四野。

赵宁也不由心魂巨震。她着实没有想到,白夫人竟有这样的胸襟。

"在邯郸发生的一切,师娘都已经询问清楚了。"白夫人忍着泪,拍着屠嘉的手臂续道,"我很了解珊儿。倒是你们二人,已分开太久,不再能够理解对方真实的想法和心意。"

屠嘉抬起头,怔怔地看着她,通红的眼睛被泪水泡着,竟流露出孩童般的无助。

"珊儿的死,表面看来,是忿于你的移情背弃。可实际上,更多的原因,只怕还是因为她对自己出手杀人的羞愤。"白夫人长长地叹了口气,"她是个医者,是最不应该拿刀的人。这些年,她一直在拼了命地救人,天天做梦念叨的都是如何让血止住、让伤口愈合。可是,在那个时候,她却……自己成了凶徒。"

屠嘉神情剧震,恍然明白过来。听了这段解释,他多日以来的委屈和悲伤终于一起爆发了出来,把头埋在白夫人的怀里,哭得不能自已。周围站着的人都被他的悲恸感染,一个个悄悄地低头抹泪。

白夫人也忍耐不住,抱着屠嘉的头不住垂泪。"你也是我的孩子啊。"她低声哽咽,"我怎么会……恨你呢?失去了一个,难道还不够吗?"

"师娘……孩儿对不起你……"屠嘉泣不成声,把眼泪都蹭在了她的裙幅上。

白夫人轻轻拍着他的背脊,示意他什么都不必说。

厅中的气氛静谧而幽微。母子二人便这样静静抱着,直到所有的伤痛情绪都宣泄完了,才慢慢放开。

屠嘉用袖子擦了一把脸。白夫人接过侍女递来的手绢,擦干了脸上的泪。

"这一位,就是阿宁?"白夫人侧了侧身,看向躲在屠嘉身后的赵宁。

"是。"屠嘉明显紧张了一下,手指上又加了几分力。方才,即便在放肆大哭之时,他也没有放开过赵宁的手。

白夫人"嗯"了一声,点了点头,眼神有些阴晴不定。

屠嘉不知道该说什么,只紧抿着唇角,等白夫人再次发问。旁边,司马靳满脸的焦急和不忿,但也不敢随便开口搅和。

"你们……可是已经定了终身?"白夫人停了一下,又皱眉问道。

"定了。"

"没有。"

屠嘉和赵宁同时开口,说的却不一样。

赵宁惊异地看向屠嘉。只见屠嘉又再次坚定地确认道:"定了!"

赵宁心头巨震。白夫人听了,却惨然笑了下,叹了口气。

"好吧。"她又抬手轻拍了一下屠嘉的肩,"师娘知道了。"她抬起手来,让侍女扶她起来,慢慢地向自己原先的坐床走去。她一步一步走得很慢,颤巍巍的。在场所有人的心都被她的动作牵住,忐忑地揣测她接下来会说什么。

赵宁感觉自己的心跳越来越快,怦怦响如擂鼓。

白夫人再次跪坐下来,长长地叹了口气。

"我和你老师,愿意收她……做义女。"白夫人缓缓地道,每一字都说得分外清晰。

"什么?"屠嘉震惊了。

"夫人!"司马靳也大惊失色,喊了出来。

"我们愿意接你们回家,让你们成婚。"白夫人续道,眼神坚定地望向前方,落在屠嘉和赵宁身上。

两人皆惊得睁大了眼。

"可是……师娘!"屠嘉皱起眉,想要分辩,却说不出来。

"我们知道她是谁。"白夫人道,"跟你一样,她也是个可怜的孩子。"她顿了顿,"你是我们的孩子。既然你已经认定,我们,又有什么可反对的呢?"

"可是夫人,她是个赵国人!"司马靳再忍不住,起身冲口而出,"她想要……"

"奉明!"屠嘉猛地转头,勃然喝止。

"呵,是哪国人,都没有关系。"白夫人淡淡地道,冲着赵宁微微笑了一笑,"只要你们,不枉此生,相爱相敬,就可以了。"

赵宁心头如被大锤击中,一瞬间,看似坚固的防线,轰然崩碎。这就是母亲吗?这就是一个母亲对孩子,粉身碎骨、毫无保留的爱?她从未见过,本也从不相信。可今天,她眼睁睁地看见了。屠嘉是有母亲的,是被好好疼爱的。

赵宁觉得,有一股洪流似的暖意,从她的脊骨中升上来。原来,他们在这世上,并不是孤立无援的吗?而屠嘉,也并不是如先前所想的那样,是身陷绝境,进退维谷的?

"靖长。"看屠嘉怔愣着不应答,白夫人又叹了口气,续道,"我知道你想保护她。可是,除了我和你老师,没有人可以保护她。"

屠嘉的表情又是一震。

赵宁突然心头一颤,抬起手,使劲挣脱了他的钳制。

"娘!"她上前一步,决然下跪,磕头。

"阿宁!"屠嘉喊道。

赵宁额头贴在手背上,伏低身子,恭恭敬敬地行了个叩首大礼。

"好孩子。"白夫人坦然受了,声音又有些哽咽,眼角滑下泪来。

"这……"屠嘉脚下忽一趔趄,有些许失神,"这……是真的?可……可是她……"

"不用担心。"白夫人仿佛明白他的心思,"你老师,并没有那么脆弱。府上的安防,你也清楚。她一个小女孩儿,身体又已毁了,不会有什么威胁。"

这句话出,赵宁突然觉得心头一刺。这位白夫人,说到底,只是为了屠嘉罢了。对待她这个刺客,还是害她亲女殒命的仇人,哪怕嘴上说得再动听,也绝不可能有什么真感情。

"师娘……"然而屠嘉却被这句话彻底打动了。他向前膝行了几步,与赵宁并肩,又伏身叩下首去。

"不过,要护着她,也不是全无代价。"白夫人的语气突然变得冰冷,"师娘有一个条件,要你答允。"

"什么?"屠嘉抬首问道。

"你要尽快振作,应王上的召,入宫觐见。"白夫人道,"你要代替你的老师回朝、返军、重掌帅旗!"

邵云第二次毒发的时候,姬雨桥终于坐不住了。

这毒发得太过猛烈,蛊虫像要把皮肤下面的每寸骨头都啃碎一般。饶是邵云这般坚毅强韧的男儿,也忍耐不住惨叫连连,十指在床边的木头上抓得全是血痕。

不光是姬雨桥,所有旧院里的人都不忍去看他了。那一声声的惨号,把这平静的院子弄得如刑场一般。只怕过不多时,就会有官署的人找上门来查问到底出了什么事。

姬雨桥决定不再等,马上主动去联络"琅琊"。

邵云第一次毒发确实只维持了一天。他挨过去之后,除了好像心神时常有些恍惚,也没有什么其他异状。可这一次,相隔只不过短短一周,发作的时间却已持续了三天。其间他完全不能交谈,也几乎没有吃东西。再这么挨下去,人真的有可能直接死在这儿。

"小英!你叫几个人来,会写字的。"姬雨桥把邵云的房门关上,急向旁边的书房走去。

小英很快唤了两人来,看着姬雨桥拿出一个黑色的令牌放在桌案上,然后翻出一大卷白绢,摊开裁成几十块巴掌大的碎布。

"来!把这令牌上的图案绘到绢上。"姬雨桥令道,"然后交给大家,分头出去,找各大商社酒肆的掌柜去看。有认得的,就把人带回来。"

"是!"几人迅速分头去办。半个时辰之后,五名家仆先后出了门。又过了一个时辰,有几个陆续回来了。

"夫人,城东'栖凤阁'的东家,让我们把人带过去!"

"夫人,'平南酒肆'和'田氏典当'的掌柜都说这图案眼熟,但不肯说在哪儿见过。我一时问不到更多的消息,先回来报你。"

"渭南一带我跑遍了,没有一个认得的。倒是路过一个医馆,顺便进去问了问医生,说是明日一早有空,可以过来看诊。"

姬雨桥皱着眉,觉得怕是都不太可靠。"栖凤阁"倒有可能,但那是咸阳最大的高楼酒肆,人来人往热闹非凡,这样把邵云送过去,太过冒险。

"夫人!"这时,又一名家仆奔了回来,气喘吁吁。

"夫人,我路过魏国的驿馆,碰到一个眉清目秀的小哥儿。也不知怎么回事,他一见我就把我拦了下来,问我是不是应侯府上的。"

姬雨桥陡然眉心一蹙。眉清目秀的,莫不是田牧?

"我看他好像知道点啥,就把那图给他看了。"家仆续道,一面从怀里掏出个物事,"他一看便说认识,然后给了我这个,让我带回来给你,而且说,叫我们不要声张,更不要再到处找了。"

他伸手过来,把东西放进姬雨桥掌心。竟是枚翠玉戒,成色一看便知价值不菲。果然是田牧！姬雨桥想起来，她见田牧的时候，他正是戴着这枚戒指。

"他怎么说？何时送解药来？"姬雨桥赶忙追问道。

"我也这样问他，但他好像面有难色。"家仆道，"只说让我们把这戒指给邵小哥儿，然后等着。"

"你可告诉他我们在哪儿？"姬雨桥问道。

"我要说，他却一下制止了我，左右看着，神色十分警觉。"家仆道，"他还嘱咐我，回来时要小心，别被人跟踪。"

姬雨桥皱起眉头，觉得有些蹊跷。"琅琊"要找回邵云，何必这样鬼祟？直接上门来带他走便是。莫不是因为"萤火"还在追查他们，实在走不开？姬雨桥想想，觉得脑中烦乱，一时间也分辨不清。于是便将那枚戒指套在手上，进屋去找邵云。

邵云已经力竭虚脱，倒伏在床上，昏迷过去了。然而，在他裸露的背脊上，仍有虫子样的东西在皮肤下面游走攒动，分外可怖。

"邵云！还活着吗？"姬雨桥赶忙抢过去，伸手试他的鼻息。

这一靠近，邵云忽然身体一动，伸手准准钳住了她的腕。

"这是……什么？"他嘶声道。他的鼻尖耸动了一下。奇迹般地，他身体似乎立刻恢复了力气，皮肤下的小虫也马上消失不见了，手一推床沿，便坐了起来。

"田牧给你的！"姬雨桥被他抓得发痛，有些气急败坏，马上撸下戒指甩给他。

邵云马上抓住，凑到鼻子下面嗅了一下。很快，他的蛊毒便被完全压制了下去。浑身泄出冷汗，把皮肤上可怖的红色冲淡了。

"都是些什么鬼东西？"姬雨桥皱眉道，眼中尽是嫌恶。

邵云惨然笑了笑。沉默了半晌，他似乎终于明白了过来。

"他知道我不想回去了。"邵云长长地叹了口气，"可是，把药戒给我了，他自己，怎么办呢？"

"啊？"姬雨桥惊诧扬眉，"你们都中了这种蛊？"

邵云抿了下唇角："他中得比我还多。所以，要一直戴着含有蛊母粉膏的药戒压制。"

"你们……"姬雨桥惊得说不出话来。她着实没想到，"琅琊"竟要用这么险恶而极端的手段来控制手下。他们到底要做什么？需要布这样大的局？

"我要走了。"邵云忽然道。他一弯腰，就从床底下把那张裂天弓拉了出来。

"去哪儿？"姬雨桥站了起来。

邵云没有说话，只默默摸索到衣服披上，整理好，然后把长弓背到背后。

"你管好自己。应侯府，也不安全。"他交代了一声，便推开窗户，跃了出去。

外面的天已经黑了。夜风一下子灌进来，吹得姬雨桥有些恍惚。只不过短短一刻，这人说走就走了。身形也很灵动，半点不似目盲。"琅琊"的武士，还真是有些本事。也不知道，是不是被那诡异的药物催动的，总显得有些不可思议。

姬雨桥想着，觉得心中有些说不上来的烦恶和疑惧：所以，那"弑神"的计划，又自此轰隆隆地推动了？田牧来了，那阿宁呢？她来了吗？

姬雨桥深吸了口气，走上前去，把那扇窗子关上了。

那就等着吧。

子时初刻，背着长弓的瘦高男子推开了"琅琊"总舵的大门。

深秋的寒风一下子从那不起眼的柴扉之间灌了进去，打了几个旋儿，惊走了院中枯枝上打瞌睡的寒鸦。

瘦高男子侧耳听了听，皱起眉，似乎不太确定周遭的环境。不过，危险而肃杀的气氛却是确定无疑的。他一反手就摘下了背后的长弓，又在箭囊里摸了一根铁箭。

他是被身体里的蛊虫指引到这里的。按道理，在规制严谨的咸阳城里，不应该有这么一座破落得似乎无人居住的院子。

可这地方却又确实存在着。他一踏入，就立刻无比清晰地感觉到——他找对了。

这必定就是"琅琊"的总舵。因为，锦琅身上的那种奇异的药香味，几乎无处不在。

"唷，又到了一位琅琊令主。"突然，院中的小屋木门"咯吱"一声向内拉开，款款走出来一个女人。

"季璃？"邵云皱起眉，疑声道。

"哎呀！邵小哥儿还记得我啊！"那女人掩嘴笑了笑，竟是那魏国大梁"溱洧"酒楼的女店东。看来，"琅琊"遍布六国的关键棋子，都已会聚到了咸阳，为最后的行动做准备。

"田牧何在？"邵云单刀直入。

"咦？"季璃讶然，"竟然一上来就问田牧，不问公主？"

邵云没有回答。

"你果然叛变了。"季璃鼻中轻轻"哼"了一声，断言道。

"田牧何在？"邵云再一次发问，语气变得极度冷肃。

"你这个态度的话，我到底放不放你进去呢？"季璃皱起眉，摆弄着腰间的衣带，十分为难。

邵云慢慢抬手，搭上铁箭，拉动了弓弦。

"喂！"季璃顿时色变，语速变得极快，"你可知道这是什么地方？动了手会有什么后果？"

就在这一言之间，邵云已感觉到周围的气氛发生了变化。小院四角，四股强烈的杀气向他直扑过来，分别攻向他周身要害。

邵云毫不迟疑，"砰"的一声，裂天弓遽然发动。一支铁箭如雷电出鞘，直射向季璃身后的小屋！

季璃惊呼了一声，显然没有料到邵云竟然真的会动手。一个旋身，只来得及把短刀从腰里拔出来，却完全无法阻挡那一箭的去势。

铁箭几乎是贴着她的肩头擦过，准准地破开了木屋的内门，又从背后的墙壁对穿而过，消失无踪。几声颤巍巍的"咔嚓"声之后，"轰"的一声巨响，整个木屋竟崩塌了下来！

"杀了他！"季璃一声尖叫，纤细的身形从废墟中蹿了出来，直袭邵云前胸。

然而，第二、第三、第四支铁箭也已毫不留情地射了出来。季璃心中大骇。这个目盲的弓手，已经和原先那个玩世不恭的护卫完全不同了。在这杀机四伏的"琅琊"总舵的入口，没有人身上的杀气比他身上的更浓重。他不是作为"琅琊令主"回来归附的，而是为了被蛊虫毁去的田牧和自己，回来复仇的！

"挡……"话才说了一个开头，便已戛然而止。一支铁箭准准地将她喉头洞穿，轻飘的身体在半空中急转而坠。类似的，另外四具尸体也应声而倒,落在废墟和长草之间,几乎没有发出声音。

邵云收弓,慢慢起步走过去,把铁箭一一从尸体上拔出来,收回箭囊。

"五瓣梅",灭。第一关,破。

他很清楚"琅琊"组织的结构,他有十八支箭,已在此失掉了一支。接下去,他还有很长的路要走。

"啊……"隔壁又传来一声凄厉的惨呼,"杀了我……"

锦琅翻了个身,终于气呼呼地叹了口气,掀开被子从床上坐起来。自从来了咸阳,她就没有好好睡过一个觉。原先习惯了有田牧在侧,不觉衾褥寒冷。此时不在了,才觉得身边空荡,长夜有些难消。

这是一座开掘山腹造出来的石宫,主体隐藏在咸阳宫所在的北坂高地之下,与外界相通的甬道四通八达。石宫的主体并不大,不过是四五间石室,可供六七人暂住。室内的通风和照明都很成问题,待得稍久一点,便觉难受。

锦琅初见时,是觉得有些失望的。但她心里也明白,在治安严谨的秦国咸阳,能悄无声息地在王宫底下开凿出一条暗道,几乎是不可能完成的事了,更何况还开掘出了几间可以藏身的居室。

而"隐墨",居然做到了,也不枉她倾注那么多心力、财力,把他们从江湖上网罗回来。

世人皆以为,自墨子死后墨家三分,只有相里氏之墨和邓陵氏之墨还具规模,一直繁荣着。另一支隐墨已被乱世的浪潮打碎,连至宝"鹤鸣剑"都不知所终,许是落入了哪个诸侯的内宫里成了赏器。

唯有"琅琊"不死心。他们的计划,太需要这样一群长于造筑、神工鬼斧的墨者了。而三支墨家中,只有"隐墨",可能会需要她的帮助,答应与她合作。

"公主,要掌灯吗?"黑暗中,一个清雅的男子声道。

锦琅心头忽然迷乱了一下,恍然以为那是田牧。

"不,不用了。"她反应过来,暗叹了口气。田牧已经不在了。虽然他还在隔壁的石牢里,但一声一声的惨号,提醒着她,这事情尚未结束。

这个代替田牧守在她近旁的人,是"隐墨"这一代的钜子,李青鸢。

这李青鸢三十余岁,掌着至宝"鹤鸣剑",武艺十分了得。虽然身形挺拔,也有几分风度,可惜脸长得难看了些,一双小眼睛靠得极近,断没有名字里显现的气质,比之田牧的精致清秀,更是差得远了。若不是刚入咸阳,手下的势力还未完全就位,她也不见得需要他来近旁护卫。

想到这儿,锦琅就不忍叹气。也不知道田牧怎么就叛了。为了区区一个邵云,竟舍了与她这么多年的感情。别说女人的心思难猜,男人的,才更是让人想破头都猜不到。

"公主是被吵得睡不着?"李青鸢在黑暗中继续问道,慢慢走了过来。

锦琅没说话,下床起身,走到桌案边给自己斟了杯水。李青鸢在暗示她杀掉田牧。可是,她怎么舍得呢?

"那可是我身边最好的男人。"锦琅端起杯子抿了一口,"成了这个样子,我心疼还来不及呢。让他嚎两声,有什么关系?"

"那公主……是想有人来陪?"李青鸢走得越来越近,嗓音里带了些微暧昧的颤音。

锦琅扬了扬眉毛。这个李青鸢,不是她的人。"隐墨"虽然受了"琅琊"之恩得以重聚,但并未诚心归附,李青鸢也没有得到她的金丹。他们两人,眼下只是联盟的关系,没有主仆之分。

这样的男人,她倒是没碰过。

"钜子这么说,是想来陪我吗?"锦琅轻笑了一声,把杯子"哒"地一下放回案上。

李青鸢走到了她身侧,只差一臂之距,终于停下了脚步。体温和呼吸,都侵袭了过来。

这男人,倒是很大胆,也很主动。

"呵……"李青鸢笑了笑,"公主先前在邯郸,灭了相里氏之墨,李某还未曾好好谢过。公主若有所求,直言便是。"

锦琅勾了下唇角,把那半口甘甜的水咽了下去。"倒也不错。"她一展臂,钩住他脖子,向他怀里倒了过去。

李青鸢顺势搂住了她的腰。

"只是……不要点烛。"锦琅伸出一只手指,在他唇上点了一下。

李青鸢呼吸一促,把她横抱起来,快走几步放到床上。"啪"的一声,把随身的长剑放在榻边,便开始解衣。

锦琅本就只穿了贴身的亵衣,几下便被他脱尽了。温暖而强健的身体压上来,也让她有了几分兴奋。没有田牧温柔缱绻,但好在也是个精气充沛的习武之人。欲念直直显露，倒也有些别样的刺激。

两人在床上折腾了一会儿，正在气喘，锦琅忽然身子一紧，伸臂挡住了李青鸢的动作。"等下！"她皱眉喝道，侧耳去听。

李青鸢怔愣了一下，僵住了。马上，他也发现了情况的不对。

石室中的气氛变了。不知从何时开始，隔壁田牧的惨叫声，再也没有响起。

锦琅皱了皱鼻子，轻轻嗅了一下。有股陌生的血气。

就在这时，李青鸢手臂突然发力，从床上一跃而起。

"咻……"

同一瞬，一支犀利的冷箭忽然在黑暗中凭空出现，向锦琅直射过来！

"锵"的一声，李青鸢剑光出鞘。他跃起时便伸手抄起了长剑，随着发力的方向推开剑鞘，剑锋划出一道弧线，"嚓"的一声刚好劈开了那支冷箭。

"邵云！"锦琅惊呼出声。石室太过昏暗，她什么都看不见，只快速坐起来披上了衣服。

李青鸢一击之下已了解了来敌的方位，一声暴喝后调整方向，狂风一般杀了过去。

那一箭来得虽然诡异，但气力十分虚弱。发箭之人似乎已是强弩之末，一箭之后，也没有第二箭紧跟上来。而与之相随的，是越来越重的血腥味。他应是受了不轻的伤。

那是自然的。从外面到这地宫石室的中心，有"琅琊"七大支脉、五十余位高手的层层布防。就算他取了巧，找到了防线最弱的一条路，也至少经历过十余场恶战。

"邵云？你胆子不小。"锦琅把手伸到枕头下面，抠出一个小瓷瓶，攥在掌心里，"你蛊毒已经发作两次了吧？要再来一次，连我都救不了你了！"

邵云没有出声，呼吸却十分急促。

李青鸢是个少见的高手。若不是因为室内无光漆黑一片，两人的对战大概过不了几个回合就会见分晓。

不过，锦琅也发现了，这次归来的邵云，与从前有些不一样。他已完全不惜命了。每一招出来，都像要把所有的力量都燃烧殆尽。不计后果，不留余地。

锦琅知道，其实高手对决，到最终，招式技巧都不再稀奇，反而会变得如市井打架——拼的是一个"勇"字。任何一个心念，一次呼吸，一个切齿，都可能让结果改变。而此时的邵云，正像是从黑暗的地府里走来的厉鬼，就凭着最后的一股仇恨之气，硬生生杀到了阎王面前。

这样一想，锦琅忽然有些慌了。

要是李青鸢折在了这里，该怎么办？虽然自两人动手，声响已经传了出去，驻守其他甬道里的"琅琊"高手很快就会赶过来援手。但——万一来不及呢？

"邵……邵云……"忽然，在激烈的战斗声外，隔壁的石室里响起了一个男子微弱的声音。

是田牧！锦琅心神一动。邵云归来，竟是为了救田牧！

她小心挪步，尽量不发出声响，慢慢向隔壁的石室方向走去。可是，走了几步，她就发现自己走不动了。

邵云一直守在那道门前。即便他已被鹤鸣剑逼得退无可退，每一剑过来，身上都多添了一道伤口！

他们两个，到底想要怎样！

锦琅感觉到，自己心里生长出了一股从未有过的愤怒。经营"琅琊"二十年，她不是没有碰见过背叛。她不能用药物控制所有人。那些远布在六国的势力网络，大都是靠利益和规矩收束的。对于一些出尔反尔的，捏碎抹掉就好了。可是，田牧和邵云，是她从千万人里挑出来的精英。她赐给他们比真金还要昂贵的百越金丹，去百病，防百毒，武功精进、一日千里。所要付的代价，不过是要一直追随在她身边，隔一段时间服一点解药罢了。可到头来，竟是他们叛她？这是什么道理？

"嘶……"忽然，李青鸢抽了口冷气，向后退了几步，剑气迥然一滞。他竟被邵云伤到了。

而同时，邵云也忍不住发声，咳出了一口血，沉闷地倒地。

"小云……"田牧的嗓音再次响起，轻微的衣料摩擦声窸窣传来，似是在艰难地从木笼中爬出。

跌跌撞撞的几声响动过后，隔门"吱呀"一声打开，一个黑影扑了出来，匆匆去扶跌在地上的人。

"小云，戒指你戴上，快走！"田牧的声音很急，嘶哑而决绝。

邵云却没有出声。

这时，连通石宫的另外六条甬道里都先后传来了人声。大队人马已经发现异样赶了过来，火光渐渐照进石宫，被邵云毁去的那条防线也已经补上。

这两人——愚不可及的两人——决然再无逃走的可能。

"唉！"锦琅长长叹了口气，摇了摇头，"真是愚蠢。"

李青鸢也已对情况了然，懒得再出剑，向后又退了几步。看见渐亮的火光，他迥然觉出自己尚未穿上衣服，惶急地转身向卧床冲去。

而就在这一瞬，缩在地上的人忽然动了。一个黑影如豹子扑猎般一跃而起，长弓在半空划了半个圆，盘旋着锁向李青鸢的咽喉。

"抓锦琅！"邵云大声喝道。

"喀"的一下，李青鸢回肘一格，硬生生将裂天弓从中击折。另一手迅速出拳，扎扎实实打在了邵云的胸口上。

"砰"的一声闷响，邵云口中顿时喷出一口血雾。然而，硬弓虽断，柔软的弓弦却反折了回去，灵蛇一般缠上了李青鸢的脖子。

"小心！"锦琅震惊尖叫。

邵云双臂拉着弓弦，狠狠一扯。"咯吱"一声响，李青鸢的眼睛立刻暴突出来。长剑"哐"的一声坠地，两手拼死去拽缠在脖颈上的筋弦。

就在同一瞬，另一道黑影向锦琅扑了过来。

"找死！"锦琅闪身一躲，怒极喝道。

她左手一翻，一掌击在田牧肩上，借力向后跃开。与此同时，右手向旁边的墙壁一甩，"啪"的一声，将扣在手里的瓷瓶狠狠砸碎在石板上。

一股浓烟猛地散发出来，腥臭如腐尸。"咳……"邵云和田牧同时发出一声痛呼。

瞬间，锁着李青鸢脖颈的弓弦便松了。李青鸢一得喘息，立刻飞起一脚，将邵云的身体狠狠地踹开，重重摔在墙角。

"公主！""钜子！"就在这一刻，人声和火光同时涌了进来。

锦琅侧身，眯起眼睛，对突然亮起的视野有些不适。恶臭的烟气熏得她自己也皱起眉头，嫌恶地捂住口鼻。

进来的是"琅琊"的另外两位令主文狸、卫邙，还有"隐墨"李青鸢的副手吴送。

李青鸢跪在地上，两手捂着喉咙剧烈地咳嗽着，还没缓过劲来，顾不得赤身裸体的尴尬。

田牧和邵云吸入烟气后同时毒发，一左一右蜷身在石室的角落里，撕扯着头发惨号，身上万虫啃噬，皮肤胀鼓如球。

进来的几人看这场面，立刻分别上前把三人制住。

锦琅深深地呼吸了几次，终于平息了心头的惊惧和怒火。真是好险。她也低头，把自己的衣襟整理了一下，然后慢慢迈步过去，走向邵云。

这时，在卫邙手中炬火的照耀下，她才看清那个原本浮浪而又精悍的年轻武士，此时已经瞎了双目，断了筋骨，蜷缩在角落里如同一团破烂的麻袋。

"哎，邵云啊邵云，说你什么才好？"她实在有些痛心疾首，"我费了那么多心血把你送去南墨，为的是让你好生潜伏，加入'萤火'，有朝一日直抵秦国王座之畔。可是你竟然为了个女人，盗了张破弓就回来了。"她叹口气，"回来也算了，现在这又是唱哪一出？当真以为我不舍得杀你？"

"公……公主！"这时，蜷在另一角落的田牧嘶声喊了出来，手脚并用地往这方爬，"公主……不……不要杀小云……是我……都怪我……"

"住口！"田牧背后，文狸抬起一脚踏在他背上，把他生生踩住。

"呵！"锦琅转过脸，冷笑了一声，"没看出来，你们俩，倒是兄弟情深。"

"当初……是我收他……加入'琅琊'的。"田牧伏在地上，说得断断续续，却很是清晰，"是我……欺骗他……在这里可以……活下去……"

锦琅陡地蹙起了眉。她看到，邵云的身子也耸动了一下。这时，她才想起来当年田牧是如何把邵云收进"琅琊"的旧事——那一次，连田牧自己，都差点死了。

"我田牧……一生……都活在……谎言里……"田牧咬牙续道，"唯有到死……才想……要……坚持一件事……就请公主，看在……与牧……相伴多年的情分上……答应了……这件……小事吧……"

听到这儿，锦琅心中忽然一悚。她发现，自己竟然鼻尖一酸，情绪的翻涌，让自己差一点就要冲动开口答应他了。她一直认为，药物和利益，是控制一个人的最强的武器——没有人不想活，不想好好地活。可如今，她才恍然发现，原来，最能控制人的，竟是那说不清、道不明的感情。

"公主！"田牧见她不应，又继续嘶喊了起来，"邵云……这些年……也为公主……数度出生入死……他只不过是……"

"行了！"锦琅眉梢一扬，烦乱地喝道。

田牧遽然收声。

"你以为现在，我还救得了他吗？"锦琅走过去，用足尖将邵云的身体翻过去仰面朝上，"毒发三期，蛊虫入脑。过不了几刻，就会断魂夺魄，变为行尸走肉！我现在，最好的选择就是把他的脑袋砍下来，做养蛊的容器！"

"什、什么……"这句话出，石室内的众人皆惊呆了。

田牧像被雷电击中，僵成一段枯木。

"呵。"锦琅又冷笑了一声，回转过来，看着田牧，"倒是你，还有得救。"

田牧没有动，怔愣着看向前方，恍若未闻。

而此时邵云却在地上挣扎了一下，抬起头来。"条件。"他咬着牙，艰难地吐出两个字。

锦琅微微撇了下唇角。有件事，她早就计划去做。只是有些舍不得折损手下，也没想到好的方法去说服"隐墨"。已经废掉的邵云，倒是一个好的选择。

"我可以再给你一枚金丹。"锦琅吸了口气，对着邵云道，"能续你一日的性命。"

邵云用手指在地上敲了一下，表示他答应。

"我要你去武安君府，把'南墨'布下的机关，全都探个清楚，破个干净！"锦琅道。

"公主！"田牧再次无望地喊道。

"正好，如今接管武安君府安防的，是你那个老对头。"锦琅无视田牧，冷冷地道。

秋雨过后，咸阳城里的绿色一下子就黯淡了下去。

树叶一片一片地往下落，枯黄深红，层层叠叠堆在道旁。杨柳的枝条也变得僵硬，风一过，黄色的细叶飘零满天。

清晨，一辆马车乘着朦胧的雾气，不疾不徐地驶到了门庭森严的大宅门前。

大宅位于渭北，紧贴着渭水，与高居于北坂上的咸阳宫相对。门上的牌匾厚重宽大，写着"武安君府"四个巨大的篆字，漆墨却有些剥落，显是已上了年头。

马车行到时，已有宅内的仆从把偏门打开，撤去门槛，等候指引马车入内。

驾车的是个相貌普通、身材高大的灰衣人,背着一柄赤铜色的长剑。他停好马,利落地从车辕后跃下,顺手撩开了车厢的门帘挂在耳上。

门帘内黑黑的,好半天都没有动静。直到候立在旁的家老等不及了要上前去看,才听到里面传来一声深重的呼吸,然后有人起身,慢慢钻了出来。

下来的是一男一女,都穿着白衣,身形高挑而枯瘦。

"靖长!"家老猛然间热泪盈眶,上去一把抓住了屠嘉的手臂。

"徐叔。"屠嘉也陡然有些哽咽。

家老徐氏从白起立身之初便在白府做管家,一晃也有三十余年了。冯嘉是他看着长起来的,也如半个儿子一般。冯嘉自从九年前出征,便再没回来过。此时相见,竟恍如隔世。

"快进去吧!夫人和小仲在等。"家老拉着他袖子往里院指了指,又转头看赵宁,语气忽然变得冷淡,只道了句:"一同进去吧。"

屠嘉和赵宁应了,跟着他向里走。一晃眼,那驾车来的灰衣人已不知何时隐去了。

九年未归,府中的景致陈列已有了些许变化。

院子中心的栎树又变得高大了许多,回廊下的花草也换了品种。第三进院中的小校场改成了药圃,兵器架和木桩都撤去了,变成齐整的木头围栏。

厨房旁边的柴房倒掉了,重建了个砖石的瓦房,看着像个小仓廪。来往的家丁仆从大都是生面孔,看着家老领进来的白衣男女,目光里尽是好奇。

屠嘉心中满是感叹,又生出了难以抑制的悲伤。

白珊若还在,此时府中大概会像以前一样,到处都充满热闹而欢快的气息。目力所及的每一个角落,好像都还留着她的影子。何处的围栏她攀过,何处的花枝她折过,何处藏过她那些奇奇怪怪的小宝贝,何处她曾拽着他的袖子要赖……

还有——还有阿靖。

过去几月来被他刻意迫使自己不去想的往事,忽然间都涌现了上来。

阿靖刚被他从战场上带回来的时候,很是胆怯怕人。白珊整日把它揣在怀里,带着它满院子跑,给它起了无数个奇奇怪怪的名字。只是唤来唤去,它都不应。直到白珊恶作剧地用了冯嘉的字"靖长",它才不情愿地哼哼了一声。后来,它就被唤作了"小阿靖"。

屠嘉怎能相信，白珊和阿靖，真的都已死了呢？就那么一瞬间，一切都改变了。

行走在这熟悉的院子里，他总觉得下一刻，那个黄莺似的咋咋呼呼的小姑娘就会从前面的回廊处飞出来，后面跟着一团雪。

可是不会了。再也不会了。倘若九年之前，他能好好地跟她说清楚，不那么畏惧和逃避，现在，她多半已嫁了如意郎君幸福地过着日子，当了母亲。可现在，罪孽深重的他活着，无辜的他们却死了。这人世，就是一场恶毒的笑话。并且，还将无休无止地讲下去。

"屠嘉……"赵宁察觉到了他的失神，伸手拉了一下他的袖子。

他这才反应过来，他们已经走到了堂前，应当脱履入内了。

"徐叔。"屠嘉忽然转过身来，对家老道，"我想……先去祭拜一下珊儿。"

白珊的灵位设在大宅东首的家庙内。

小小的一块木牌，前面放着几碟祭果，旁边燃的小烛很多，把室内照得亮堂堂的。

屠嘉走进去，怔怔地盯着那木牌，半晌没有说话。又过了一会儿，突然落下泪来，上前去对着灵牌郑重跪下，额头碰在手背上，久久不起。

家老和赵宁立在门侧，不忍看他，也不敢出声打扰。沉静的哀痛在小烛的燃烧声中，显得愈发直白和明显。可是，没有任何办法可以去安慰。

一直过了半个时辰，屠嘉才微微直起身，哑着嗓子轻声道了句"是我对你不起"，然后从怀里取出来个手掌大的小物件，摆放在了灵牌旁边。

是个精巧的木雕——雕的是只昂着头、竖着尾巴的小狐狸。

在等待赵宁恢复的那段日子里，他雕了不知多少只阿靖，睡着的、躺着的、吃着的、蹦着的。只是当酒醒以后，发现大都雕得缺肢少腿粗陋不堪，便都扔到火盆里毁去了。最后，终于留下了一个。带来陪着白珊，也算是个慰藉。这也是他唯一能做的了。

"唉，靖长。"家老看他起身，终于叹了口气，开了口，"逝者已矣。夫人和小仲还在前堂等着，还当节哀，莫负了眼前人吧。"

屠嘉点了点头，转过身来，正对上赵宁的眼。赵宁没有说话，眉心却也蹙着，眼角有水光闪烁。也难为她，跟着来到白珊灵前。当时在阵前，她没有杀她，反而差一点被白珊杀死。想必那一瞬，也是顾及他的感受吧。

235

这个姑娘，其实心地软得像云，哪里做得了什么刺客。被逼着走到这一步，也是上天无眼，故意弄人了。

"走吧。"屠嘉叹了口气，跟着家老迈过门槛，三人一同向堂屋走去。

白夫人今日已退了齐衰丧服，穿了一身素，丧髻上也没有再戴白花。见到屠嘉和赵宁脱履走上堂来，她抿了抿嘴角，微微颔首，抬手示意他们入座。

一个十二三岁的男孩站在白夫人左手边，睁着大眼睛好奇地打量着两人，一直没说话。

"小仲？"屠嘉看过去，先唤了一声。

男孩还是没作声，又转头看了一眼白夫人。

"这是你靖长哥哥。"白夫人道，微微笑了笑，"不记得了吧？小时候你最黏他，他在家的时候，就只有他能把你哄睡，抱着你在院子里一圈一圈地疯跑，看得我们眼睛都晕了。"

听了这句，男孩才对着屠嘉腼腆地一笑，叫了声"靖长哥"。

"竟然……这么大了。"屠嘉叹道，还有些愣神。

他离家的时候，白仲才三岁出头。如今再见，仿佛只是一眨眼，就变成了半大的少年。

"那一位，就是你义姊，阿宁。"白夫人又道，"今后住在我们家，你要好好照看，不要随意胡闹打扰。"

"是。"白仲乖巧地应了一声，没有显露出意外，显然是早就被告知过了。

"老师……不在家中吗？"屠嘉迟疑了一下，还是开口询问道。自始至终，家老和白夫人都没有提到白起。在堂中等候他们的也只有白氏母子两人，不见家主的身影。

"他在内室等你。"白夫人道，叹了口气，转向赵宁，"阿宁就不必去了。让他们师徒二人说说话，把多年的心结解一解。"

这句话出，屠嘉心中微微一怔，继而恍然。师娘的安排，确实周到。三年前他在长平跟老师阵前反目，如今再见会是怎样的情形，着实难料。而赵宁视白起为死仇，更加不宜贸然相见。只是，这样的话，他和赵宁就得分开。他们会不会……

"你们的房间已经准备好了，请徐老先带阿宁过去休息。"白夫人也不待屠嘉回答，继续吩咐道，"你放心，我们会照顾好她。请柬已经递出去了，今日昏时，就为你们操办婚礼。"

"什么？"屠嘉吃了一惊。

赵宁也惊得轻呼了一声，有些色变。

"时间太紧，办不了十分隆重。也未曾着意宴请宾客，只求把你们成亲的消息散播出去。"白夫人续道，"靖长明日便要上朝，王上的心思，实难揣测。不论结果如何，只有你二人成婚，让阿宁有了冯氏夫人的名分，才能真正保证她的安全。"

这番话落，屠嘉才明白过来，白夫人的安排比他想象的更加缜密可靠。的确，他总不可能一直把赵宁带在身边。

她此时在秦，照身户籍一概皆无，离了他根本无立锥之地。他若要出征，把她一人留在武安君府中，也决然确保不了她的安全。

老师三抗王命不肯出征，白夫人为了救整个白氏，以保护赵宁为交换迫他返朝。倘若不能彻底打消他的顾虑，后面的一切也都无法实现。

这一步步环环相扣，虽有师徒养育的情分在前，但细细剖析起来，还是充满着冰冷残酷的利益交换和委曲求全的容忍无奈。

想到这些，屠嘉不由叹了口气，望向赵宁。

赵宁垂着眼，没有说话，不知在想些什么。这样的局面，于他是煎熬难耐，进退两难。而于她，又何尝不是两相绝望，痛苦难挨？眼睁睁地看着仇人近在咫尺，却不能雪恨，反要尊为父母，朝夕叩拜；孤身立于狼穴，却手中无剑，也无力搏杀，只能战战兢兢，奢求垂怜。这样的人生，便是他能许给她的"平安"？就因为他的舍不得，便要让她辛苦而委屈地活着，留在他的身边？他是不是……太自私了？就像他对白珊一样？

想到这儿，屠嘉忽然觉得心里有一股热流冲上来，让他瞬间有些昏眩。"阿宁……你……"他蹙起眉，咬着牙关望着她，不知该如何开口。

赵宁缓缓抬起头来，望向了他。那对眸子乌金璀璨，有些疲累，却很清醒。

"我愿意的。"她轻声道，嘴角弯了弯，对他露出个笑意，"你去吧，别担心。"

屠嘉心中猛然感动，忍不住想要揽住她的肩，却又生生止住。她竟然……愿意吗？愿意因这样的理由嫁他为妇，愿意在这样的时刻与他生死相依？还是……他突然想起了赵宁前日对着白氏决然下跪叩首的样子。还是，有什么别的理由？

"我把雪鹰安排到你们房里。"白夫人不等屠嘉回应,冷冷吩咐道,"你不在的时候,她总会有人照看的。这个,我可以保证。"

听到这句,屠嘉心头又狠狠颤了一下。

果然。

从此之后,白夫人要把赵宁当成囚犯了。

"武安君已经起身了,正在书房等你。"

跟随徐老一起安置好赵宁,屠嘉便依着传讯,孤身前去白起的书房。

那间大屋连接着白起的居室,在屠嘉的印象中,有连绵如山的书架,堆放着散发着奇异味道的沉重竹简。阳光很难照射进去,所以屋内总是阴沉沉的。只有东首窗前的桌案一块是亮的。常年掌着灯火。

那块桌案上总是放着一枰棋。从他五岁刚进家门的时候,白起就开始跟他下棋——但从没教过他规则。

白起就让他坐在那儿,然后往他面前推过一盒黑子,让他随意下。刚开始他全无头绪,甚至连子应落在点上都不知,尽往那白格子里填。白起也不管他,任他胡乱落子,然后自去缠斗和做活。

一盘棋后,枰上黑子总是被剔得一颗不剩。

冯嘉虽然纳罕,但对老师何时剔子不敢有异议。长久看下去,终于自行总结出了规则,慢慢开始有些会下了。

白起的棋风霸道犀利,而他则练就了一手在夹缝中生存的巧劲。偶尔反击,竟也势如破竹,奇绝孤勇。

每到这种时候,白起就分外高兴。抛下棋盘后,又拉他出去再练练剑,趁着酣畅淋漓的劲头,再背着白夫人,去渭水边偷偷喝上两坛酒。

那些都是冯嘉十几岁的时候的事了。如今走到这书房门口,回想起来,竟还像昨天似的。

可岁月流过,终不可回头。他已不是那个瘦弱坚韧,又顺从寡言的少年了。而那个威严少语、睿智犀利的老师,又变成了什么模样呢?

屠嘉攥紧拳头,深深吸了口气,踏上了石阶。

过去三年的经历,真如一场梦境一般。他违抗军令,拼死逃军去赵国救人,又去楚国躲起来做铁匠,而后鬼使神差地被编织进拯救秦国质子的计划和刺杀战神的阴谋,最后,别无选择地被推回到这个熟悉的门口。

宿命其实从来未曾放松过对他的掌控，到此时，他终究还是要面对那个问题——长平杀降！他要问一问那个一声令下便伏尸百万的人，为什么要这样做！他要问一问，老师到底悔不悔！

他终于抬起手，敲了敲门。书房里传来一阵轻微的衣料摩擦声。过了好一会儿，才有一个苍老的声音响起："进来。"

屠嘉又深吸了一口气，使力推开了门。

房间里依旧洋溢着一股陈旧竹简的腐味，但也有些不同，多了一些飘忽的药香。光线依旧不足，唯有东首的窗前稍稍明亮。

屠嘉脱下鞋子，起步走了进去。一转身，看见棋案边跪坐着一个白发老人，扭头看着窗外，背影有些陌生。

屠嘉陡然蹙起眉，不确定地道："老师？"

这是白起的书房，十分私密，连师娘都很少来。除了白起本人，应也没有第二人敢于坐在那棋案边。

老人缓缓转过头来，喉头一动，轻轻"嗯"了一声。

看到面容的一刻，屠嘉心口如遭重击。

竟真的是白起！

他比之从前消瘦得厉害，脸上遍布皱纹，皮肤松垮地耷拉着，满是斑点。须发已经全白，眼下乌青胀鼓——真的是个沧桑的残年老人了。

"老师！"屠嘉忍不住又喊了一声，快步走上前去，扑通一下跪地叩首。

他原本没想在与老师把旧事分辩清楚之前行此大礼，可陡然间一见，老师竟在短短三年里从英武盛年变成这副模样，他心中的愧疚和憾痛一下子爆发了。

不论怎么说，那是他的老师，是他的父亲。他不能认同老师做的事，却也不能不心疼他这个人。

白起没有说话，只重重叹了口气。等了良久，才清了下嗓，哑声道："起来。下棋。"

屠嘉停了一会儿，吸了口气，平复情绪后起身。这样也好。以弈棋相谈，好过言语交锋。

再一次坐在那棋枰前，屠嘉有些不敢抬头，也不敢说话。

老师即便容颜苍老，但气势给他带来的威严，依旧不逊从前。

尽管房内充满药味，可老师身上，却似乎并没有病态——他的内息依旧绵延深厚，坐在案前，沉稳得像一块磨剑的砺石。

屠嘉深吸了一口气，自然地伸手拿过黑棋，准备落子。

"等一下。"白起忽然抬手打断。他伸出一只枯手，把屠嘉面前的黑棋棋盒拿走，换成了白子。然后自拈了一颗黑子，"啪"地一声落在天元。

"剔去此子，便作你赢。"白起道。

一瞬间，屠嘉忽觉血管一胀，战意陡起。"好！"他拈起一颗白子，也"啪"地一声，紧逼着黑子落下。

师徒二人出手如电，小小的棋枰上顿时杀气四溢。

屠嘉第一次执白，略有些不适。但小时那种无视规则的快意厮杀又浮现在了眼前，让他不由自主地全心投入其中，忘却了一切。

既已定下夺去天元黑子便胜的规矩，两人便以棋枰中心为战场，直面撕咬攻防。

黑棋执先，筑出一道堡垒，又布下几路援军，与中心遥相呼应；白棋直攻不下，张网围堵，继而后退建成防线，分兵与援军逐条缠斗。

时间慢慢过去，双方各有损伤，也各自稳固了做活的领地。然而，虽然前线对峙形势依然紧张严峻，但天元上的黑子仍旧岿然不动。

很快，一张小小的棋枰便下满了。

"唉。"屠嘉找不到落子之处，叹了口气，颓然将白子丢回了棋盒。

白起也停手，没有说话，脸上也没有露出什么得胜的喜色。

"邯郸之战，秦国必输无疑。是吗？"屠嘉盯着天元的那颗黑子，皱着眉道。

其实开局不多时，他便知晓了老师的意图：

那枚黑子就是赵都邯郸城，看似孤绝，其实与广袤中原呼吸相通，荣损与共。魏国与楚国的援军从外路长驱压制，韩国在秦国肘腋蠢蠢欲动。而秦国失其先手，又行军千里，攻人国都，师出无名。就算国内军资再厚，将士战力再强，也经不住经年累月的长期耗损。

白起点了点头，苍老的脸上尽是疲乏与无奈。

"我从邯郸归来，出城时险些殒命。"屠嘉又叹了口气，"赵国妇孺参战，举国皆兵，血气冲天，不可轻视。而秦国军营，看似声威雄浑，却人心已疲，安防错漏百出。这一战，除了枉送将士性命，真不知还有什么别的结果。"

白起听了，也叹了口气，慢慢抬起眼："你明日入宫？"

屠嘉点了点头。

"见到王上，记得两件事。"白起语气严肃，不容置疑。

屠嘉抬眼看他。

"第一，不要为我说话。"白起顿了顿，续道，"第二，若要出征，不可为主将。"

屠嘉怔怔地看他良久，然后点了点头。

老师和师娘，常常看法不同。师娘事事都会为全家考虑，选取最大的利益或最小的损失。而老师，心中想的，却往往只有最简单直接的——情义和军国。

行到此处，反倒是一直给人以威严寡情之感的老师，更加真挚地为他着想——他已明白自己与秦王之间的嫌隙不可弥补，所以让屠嘉自保，不要来蹚这浑水。他也明白屠嘉的出征不可避免，只能尽自己最后的努力与他分析时局，寻一条出路。这些，对于这个风烛残年的老人来说，已是能做的所有。

"你带回来的那个姑娘，叫赵宁？"白起忽然问道，转头望向了窗外。

屠嘉心中震了一下，应道："是。"老师应也知道，师娘在为他们操办婚事了。今晚的仪式，他应当也会出面，接受他们的叩首和敬酒。

"她若要杀我，便由她去。"白起忽道，"你不要阻拦。"

"什么？"屠嘉赫然吃惊，"老师！"

白起一笑，无奈又苦涩地摇了摇头："我知道她是谁。奉明拿过她的画像给我看，那眉眼与她哥哥，如同一个模子刻出来的。"

屠嘉遽然无语。

"我知道，你始终还是过不去长平杀降这道坎。"白起叹了口气，神色有些颓然，"'降卒不杀'，乃治军之大道。这也是我教你的，你记得很好。可为何最后，竟是为师自己决定杀降？你一直想知道原因，是么？"

"是！"屠嘉心魂一震，昂声应道。

白起深吸了口气，又缓缓转回脸来，把深沉的目光投到屠嘉的脸上。

"我可以告诉你。"他顿了顿，"但是，你却未必想告诉她。"

屠嘉心中又是一震，一下子咬住牙关。

"我白起一生，杀敌百万人，百战无一败，为的就是让秦国一统华夏，永远消弭战乱。"白起续道，"你很清楚，在这条路上，谁也挡不住我。"

屠嘉没有说话，心中又有些痛。

"三十年了，想杀我的人，何其多也？几乎每一日，都有刺客的尸身从我的府上被抬出去。"白起叹了口气，又顿了一下，"而我，也从来不惧。"

屠嘉不由皱起眉。这件事，他也清楚得很。

在武安君府邸周围，五十步一个岗哨，来往的小贩都要接受盘查，不敢随便往这边走。府外来的访客，不论身份地位，入府以后，还未近厅堂，身上的佩剑、锐器便统统都会被收走，绝不可能带入一件。

整个武安君府的围墙上和屋檐下，凡是能进刺客的地方，都由"南墨"工师布置了丝网和机括。庭院的地面上，看似寻常无物之处，也可能有隐藏的陷阱和利刃。不熟悉的外人不经意走上去，多半顷刻就枉送了性命。

而除了这些之外，在老师的手下，还有一股看不见的力量，在暗中守护着。不只是秦王派下的"萤火"，还有曾经受过白起之恩，立誓追随、死不旋踵的整个"南墨"！

"那，究竟是因为什么？"屠嘉心头陡然涌起一阵烦躁，"这些，又与长平杀降，有什么关系？"

他语气有一些冲，白起听了，忽然收了口，脸上神情黯淡了几分。过了良久，白起才又重重叹了口气。

"靖长。"他第一次唤了一声屠嘉的名字，"你，是不是也认为老师，是不可战胜的'战神'？"

屠嘉心头陡然震了一下。这个问题，他，真的想过。过来之前，师娘说，老师自从在长平被刺，身体一直不好。故而王命有三，却实在无奈不能出征，这才要他回来。

他记得长平时赵宸的那一剑——那时他刚刚走出军帐，一回首就看到了那电光穿云、劈风碎雨的绝杀之剑。

老师的武艺冠绝天下，连"北姜"姜谢都难以匹敌。但那从帐顶刺下的匪夷所思的一剑真的太令人震惊，一瞬之间，竟让人恍为神迹，怔愣不已。

那是屠嘉平生唯一一次见到白起受伤。在那一刻，他才真正意识到，"战神"白起，也是会输的。或许正是因此，他后来才会鼓起勇气逃军弃印，决定与老师一刀两断。

而这时，面对这个容颜苍老、却依旧强大威严的老师时，屠嘉竟又感到犹豫了。

他分明感受到，在这个他从小长大的府邸里，墨家布下的安防还是如往常一样严密。

而静渊——那个亲自驾车去司马靳府把他和赵宁接回来的人——即便因任务失败被"萤火"除名，却又回到了"南墨"，全面接管了武安君府的布防。

虽然老师三抗王命，已是戴罪之身。可"战神"的威名还是无损，实力也未曾被削弱。那些想要刺杀他的人，不论是赵宁，还是什么齐国"琅琊"，怎么可能有半分机会？

看到屠嘉脸上的表情阴晴几变，白起神情一松，竟弯起嘴角，轻轻笑了起来。

"看来，为师是对你太过严苛了。"他忽地伸手，拍了一下屠嘉的肩，自嘲地摇了摇头。

屠嘉的心头陡然一阵不是滋味。老师一眼就看出了他心底深藏的恐惧。经历了这么多事情之后，他还以为他已完全不同了，再不会因为老师的一句话、一个表情而战战兢兢。可谁能想到，哪怕他曾作出那样猛烈的反抗和决裂，回到此处之后，他还是不太敢直视老师的眼睛。

"既然生而为人，就必定心怀恐惧。"白起又叹了口气，语意难得地带着抚慰，"即便可以深藏不露，不为他人所知，但在漫漫长夜、独立中宵之时，也不必对自己掩藏，一味自欺。"

"老师……也有恐惧？"屠嘉皱眉。

白起又自嘲地笑了笑。"那样的刺，那样的伤……"他摇了摇头，"岂能不惧？"

屠嘉怔了一下，然后脑中响起一记霹雳。

他已明白了过来。原来，老师决定杀降，竟是因为被刺！他惧的并非个人的生死，而是——他这一伤，直接导致了秦国可能无法在他的有生之年一统华夏，永远止战了！所以，他一反常态，下令杀降，然后拼却一切军力长驱攻赵，直捣邯郸。

那样一场令整个天下都几乎魂飞魄散的大屠杀，背后的原因，竟是这个老人对梦碎的恐惧。而这样看来，那场可能逆转长平战局的刺杀，反倒成为了降卒被屠、赵国被灭的契机！

一时间，屠嘉不知该如何应对了。这因果的轮转，何其惊人？何其可笑？

难怪老师说,即便他知道了杀降的原因,怕是也不想告诉赵宁。若她知道其实长平杀降竟是因她哥哥的行刺而触发,又该如何自处,如何面对?

"唉……"白起长长叹了口气,脸上神情变得极度疲惫而颓丧,"其实,对她哥哥,还有整个赵国,你以为我这些年,便没有分毫内疚吗?"他顿了顿,"我一直以为自己是对的,可到现在,终局将现,却是一败涂地,无可挽回。"

"老师……"屠嘉陡然哽咽,红了眼眶。

"所以,她若要杀我,便让她来杀。"白起道,"你既然决定护她,就休要食言,护她到底。"

这句话出,屠嘉忽觉胸膛里一热,一股热泪再也忍不住,夺眶而出。

"老师!"他猛地跪下,然后恭敬地叩首拜了下去,"学生愚钝,但不敢忘恩,也不敢负情。此生苦短,朝聚暮散。学生只求,用此身的每寸骨血,偿还故错,力保两安!"他额头紧叩在手背上,声震肺腑,字字决绝。

白起也被他撼动了一下,眼角泛起了一点晶莹。然而,良久之后,白起还是无奈地摇了摇头,长叹了一口气。

"靖长。"他缓声道,抬起手,像儿时一样轻轻抚了一下屠嘉的头顶,"你还是不明白。这世上,从来就没有两全之事。想要的太多,只会反受其累,两相惘然。"

白起的声音疲惫而嘶哑,透着股屠嘉从未了解过的绝望。

而就在这时,突然,窗外传来了"咔哒"一声轻响。

"什么人!"屠嘉俄然惊惧,手心一推地面,整个人翻跃而起。

下一瞬,"咻"的一声锐响。一支通身漆黑、唯有尾羽是白色的铁箭,倏然从窗外射了进来!

第十章

刺

今日的风有些凉。赵宁坐在窗前，面对着妆台上的铜镜。窗户开着，时不时飘进来些碎叶和秋日特有的潮气。

在她身后，白夫人派给她的侍女雪鹰正在给她梳头。

雪鹰年纪不小，应是二十有余了。个子不高，身材细瘦，眉梢微坠，生了一张冷脸。许是知道内情，她对赵宁没有什么多余的话，只是按部就班地做着应做的事，把赵宁当做玩偶似的打扮，而且，手还很重。

赵宁心中暗叹，除了头发被扯疼了的时候皱皱眉，也没有表露其他的不悦。她现在，是白府最不受待见的人。就算屠嘉在侧，怕是也很难维护她几分；更何况，这个雪鹰，显然是有武功的。

整个武安君府——她一进来就发现了——除了白夫人，其他上上下下所有人，都是会武的，连院中扫洒的老翁，厨房进出的妇人和小厮，前庭后院穿梭来去的侍女和听差，都是不弱的技击之士。也许其中，还有不少是曾经名震江湖的高手。怪不得多年来，刺杀白起的人都有去无回。这座府邸，就算没有墨家布下的机关箭网，也是一座滴水不漏的堡垒。

看着铜镜中苍白憔悴的面孔，赵宁不由遗憾嗟叹。好不容易进来了，可她此时偏偏被废了武功。这一次重伤，让她在生死边缘徘徊了两月有余。不光是右肩关节被毁，再也拿不起剑，这么长时间的卧床，也让她全身肌肉萎缩，虚弱得多走几步都要气喘。

在这种时候，不管这个侍女雪鹰的功夫深浅如何，她决计是不能妄动的。不太过分，也就罢了。

"高一些。"雪鹰一手扯着头发，一手在她的背心上轻拍了一下，叫她挺直。

赵宁赶忙把胸挺起来。婚礼的发式十分复杂，她已经在妆台前跪坐了将近一个时辰，实在有些疲累了。

就在这时,房间外面忽然传来了响动。

"有刺客!"屋外响起警示声。

赵宁猛地抬头,一串轻巧的脚步从房顶上踩过,快如奔驰的猎豹。

雪鹰的身体突然绷紧,出指如电,一下点住了赵宁颈后的穴道。"在这儿别动!"她一声轻喝,身形立刻向门外飘去。扬起的发丝尚未落下,人已消失不见。

赵宁只觉一股锐利的内力从穴道刺了进来,脑中"嗡"的一下,身子立刻僵住了。

是"南墨"的"六芒手"。果然,这个森严的府邸,完全被"南墨"罩住了。

赵宁渐渐感到有些喘不过气来。那股内力不算霸道,但足够坚韧。像根绳子把她的内息缠住了,让她既不能不动声色地悄悄运功疗伤,也不能去查探外面的情况。

她的头还稍稍向上仰着,正面着敞开的窗户,看到檐下垂着的铃铛在风中轻轻摇晃着,发出急促的声响。

来的刺客,是谁呢?她已经很久都没有田牧的消息了。来咸阳之后,她一直被困在司马靳家的后室里,在屠嘉的身边。连阿桥,怕是都不知道她来了这里。

赵宁没有任何办法推断现在的情势,只是直觉感到那脚步声,有些耳熟。一个矫健的弓手形象,在她脑子里浮现出来。会是邵云吗?他带了多少人?

就在这时,"咔哒"一声,那拴住檐下铃铛的丝线,突然断了。

临近的院子里传来了打斗声,伴随着稀里哗啦的瓦片碎裂和弩箭的呼啸,分外激烈。

赵宁有些心焦,想去看,却没办法动弹。屠嘉,跟白起在一起。他一定会遭遇刺客,而他的身体——赵宁知道——也因这一场大劫而濒临崩溃。难以言喻的焦虑像蚂蚁一样啃噬着赵宁的心。整个院子檐角上的铃铛都在噼里啪啦地往下坠落,像是在下一场纷乱的雹子。

而这时,突然,"啪"的一声,一个细小的黑色物事从窗外落了进来,准准地砸在了赵宁面前的妆台上。

赵宁心头一跳,艰难地弯下脖颈定睛去看,竟是一枚小小的果核。

赵宁的脊梁骨猛然一凛,眼眶里像是被一件锐器扎了进去。

那是?她的身子颤抖了起来,深深提了一口气,拼命去冲被封的穴道。

一阵昏眩之后，她终于抬起了手，迅速把那果核抓住，攥进手心里。

果核上的纹路，渐渐在她紧握的掌中印刻了出来。那是两个赵国的文字。赵宁一度以为，她再也不会看见了。

邯郸的行刺，因为莫迟的背叛而失败。赵国名震中原的"黑衣"，也因为这个叛徒而成为残酷的笑话。可是，在短暂的几个月之后，有一些她不知道的变化发生了。在她的故国，那个让她的父兄、让她赵氏阖族倾尽一切、肝胆涂地的图腾，又回来了。

她抬起手，慢慢张开手心。两个小字清晰地展现在眼前，熟悉得就像它们原本就在那里：

"有为。"

隔壁的院落里，一场实力悬殊的战斗正在做最后的收尾。

屠嘉没有想到，动静这么大的一场刺杀行动，进来的竟然只有一个刺客，并且，还是他认识的——只不过，和他之前在楚国相见时，差别实在太大了。

静渊把那刺客从房梁上逼下来时，脸色也十分阴沉可怕。

已经在武安君府严密运转了将近二十年的"蛛丝刀网"和"乱云弩阵"，竟然被一个目盲的刀客破了。那刀客不是别人，正是十年前叛出"南墨"，重伤红槛，盗走裂天弓的叛徒邵云。

邵云很熟悉南墨的机关之术，轻易就找到了总控的阵眼。

他没带裂天弓，只带了柄轻巧的短刀，出手干脆而狠辣。等到静渊的手下们反应过来府里进了刺客时，他已毁了中枢。邵云拆了一支弩机，摸到了白起的书房之外，对着窗户向里射出了一箭。

刺杀当然没有那么容易成功。屠嘉一出手就挡下了那一箭，追出来时，满院警报大响。静渊率领手下从四方合围，弩箭齐发，将邵云一步一步逼到了这院落地面的中心。

然而，要拿下他，还并不太容易。

此时的邵云，除了目盲，还有些别的不同：随着战斗的推进，他似乎，在渐渐失去神志，成为一只嗜血的野兽。

他身上的皮甲，已经残破得几乎全都剥落了。露出的身体肌肉健硕得有些反常，布满了伤口和黑红的斑纹。有不少弩箭射中了他，但是他狂啸一声硬拔出箭头，竟没喷出多少鲜血，也好似不会疼痛。

屠嘉跟他交了一次手,发觉他招式凶狠得完全异于常人,对于敌手的攻击根本不会闪避。只两三回合,屠嘉便支持不住,退了下来。在那之后,静渊便只有用远程的弩箭攒射压制,把他逼回绝地。

"他好像,也不认识你了。"屠嘉皱着眉,对右侧按刀而立远观战况的静渊说道。

静渊的眉心深深陷着,比屠嘉更为忧虑。

自郢都一战之后,他设想过无数次与邵云最终的对决。不只是因为他自己的重伤和任务失败,红楹的死更是让他难以接受,仇恨蚀骨。过去的百余个日夜里,他时时刻刻都在咒念着邵云的名字,发誓要将他碎尸万段,挫骨扬灰。可如今,当他再见到这个人时,却发现——他已不能再被称为"人"了。换言之,邵云已经死了。

如今被送到他面前的,只是"琅琊"的一颗弃子,一个肉盾。哪怕把他捉住、拷问、千刀万剐,也不可能报仇雪恨或是得到比杀掉他更多的东西。

然而,作为"南墨"派驻守护武安君府的总统领,静渊其实明白,他是需要从邵云身上挖出一些东西来的。

这些年来,"萤火"在咸阳城里发现了一些蛛丝马迹——在夜深人静的时候,某一些隐蔽的街道深处,会传来若隐若现的金石摩擦声;还有一些时候,某些水渠会被沙石堵塞,挖出来看时,却发现是本应当深埋地下的陈年旧土。

另外,也有一些可疑的人。他们出没于咸阳的街头巷尾,有的是商旅小贩,有的是士人门客。虽然他们照身户籍一应俱全,盘查起来也说得头头是道,但他们身上,总是有种令人不安的神情和气味。

统领嬴栎曾经使用过一些非常手段,抓了几个人来拷问,却什么都没问出来。除了隐约知道一个叫"琅琊"的词语,其他的讯息便都没有了。

而此时,一切迹象都表明,一个可能翻天覆地、云海倒悬的变故,即将发生了。静渊所守护的武安君府,正处在这旋涡的中心。而眼前的"邵云",又可能是他撬开"琅琊"秘密的唯一希望……

想到这些,静渊深深地吸了一口气。

"雪鹰!"他偏过头,对站在后面备战的侍女盼咐,"去取'濯魂'。"

"是!"雪鹰立刻应道。

"等一下!"静渊又叫住她,顿了一下,补充道,"去我房里,把赤藤索取来。"

赵宁把那枚果核藏进了袖子里，揉了揉掌心，让那两个字的痕迹尽快消去。果核里是一枚钩吻草制成的毒丸，添了些祛味的料剂，溶在醺酒里，不会有什么破绽。

"黑衣"知道她的踪迹了，应当也知道了她武功大损，于是给她送来了刺杀白起的武器和指令。只是，如今执掌"黑衣"的，又是何人呢？

她实在不记得，当年在父兄身边，除了莫迟，还有哪个出类拔萃的弟子或同僚。

外面的战斗声变得愈发激烈了。进到府里的刺客，仿佛战力强悍异常，却形单影只，没有援手。

她不敢去看——雪鹰随时可能回来，若是发现她冲破了穴道，说不定会怀疑什么，要借故搜查她身上的东西。所以，她只好维持原样跪坐在妆台前，运起了北姜的内功绝学"抽丝"，让五感超脱于身，飞游到那小院之外。

这么凝神一听，赵宁忽然狠狠打了个哆嗦。那进来的刺客，好像根本不是个人。静渊的手下围成一圈，用铁索织成的网把他困住，隔上一会儿便用弩机攒射一轮——而那人，竟还不死。

接着，静渊"嗯"了一声，叫了"停"。弩机撤走了，铁索喀啦喀啦一阵乱响。中间那人伏在地上，低沉地嘶吼着，像受伤的野兽。

这时，铁索打开了，周围的人迅速撤去，半空中突然响起一声清脆的鞭响。赵宁感觉到脊梁骨狠狠地震了一下。

"邵云。"静渊的声音锋锐而清晰，像是磨剑时，剑刃离开砥石的最后一声铿响，"这是红榀——要向你讨回来的！"

起风了。院子里，地上的草叶被风卷着飘飞了起来，沙沙地响着。

"啪"的一声轻振，他感觉到眉心接到了一滴雨——然后，那一点冰凉就突然化开了，把他灼热的皮肤穿了一个洞。忽然，他发觉自己能动了。被锁死的喉头耸动了一下，裂开了一条缝隙。牢牢箍在他骨骼上的那层精铁般的硬物也慢慢开始崩碎、脱落。

邵云深深地吸了一口气，让冷风把干瘪的肺灌满了。此时，他才感觉到剧烈的痛楚像大山一样向他碾了过来，身体每一寸骨头都像是碎了，跟血肉混在一起。眼前的黑色也密实地压在他的脑中,一瞬间,他有些弄不清楚,自己究竟在何处。

"邵云!醒过来!"

这时,一个熟悉而永远带着愤怒的男子声响起。

邵云忽觉脖颈上一痛,气息又被掐断了,整个身子都被带着往前冲去。

是静渊!他猛地反应过来,手肘一抬,向缠在脖子上的长索抓去。

"咻"的一下,那长索又松开了,尾梢恰好从他的掌心溜走。

邵云忽然僵住——指尖轻轻一触,他就发觉了那长索是什么。

在几个月前,在那条长长的入秦之路上,他曾整日地在黑暗中摩挲着那根长索,回忆着那个人脸上的梨涡。

那是红榻的赤藤索。

藤索断了,又被他用铁片硬拗着接了起来。索上的每一处凸起和纹理,都与他手心的纹路相合——曾经,也与她的相合。

只是,他却不能留下它。他们入秦以后,姬雨桥便将赤藤索和红榻的骨灰一起送还给了"萤火"。

他以为,这条长索会跟红榻一起下葬。不管生还是死,都会陪在红榻的身边保护她,而那藤索上,曾有他的血。

可是,原来邵云想错了。静渊留下了这条藤索。而他留下它的意义何其明显。他要让邵云,死在这条藤索之下,以慰红榻这一生的憾痛与委屈!

"啪"的一下,游蛇一般的藤索又呼啸而来,狠狠地在他胸膛上抽出一道血痕。

"你,可知错?"静渊的愤恨从牙缝间一字一字地蹦出来。

锐痛传来,邵云也咬紧牙关,勉力站直了身体。虽然看不见,但他完全能够想象静渊脸上的表情。这个素来不善言辞的师兄,只会把心中的愤怒写在脸上,然后化为手中毫不留情的狠绝招式,就像他记忆里那些愚蠢而暴虐的家主一样。

"呵。"邵云勾了下唇角,冷笑了一下,"我犯的错可多了。你说的,是哪一遭?"

"明知故问!"静渊怒吼,又一鞭抽来。

邵云这次却不再轻受,辨认鞭风,身子一错便躲了开去,顺手抄起了地上散落的几支弩箭。

死在红榻的鞭下,他没有意见。

他也知道，今日无论如何，他都逃不了一死了。

但是，静渊，就算了。他宁愿被乱箭射死，或者，找一个没人的地方，等金丹的药效彻底过去，慢慢地流血而亡。

"真是找死！"静渊看他还能反抗，被彻底激怒了。赤藤索在他手里慢慢化成一条咆哮的狂龙，把整个小院里的落叶都翻卷了起来，搅碎成一片片细小而锋利的碎屑。

鞭声涌起时，邵云忽然想起了一件事。原来，在过去的十年里，红樾左手的功夫，是和静渊师兄一起练的。他们大概，每日每夜，都在一起，成双成对、相敬如宾。

邵云稍稍想象了一下，忽然没来由地在心里泛上来一股伤感。他有些意外——按他惯常的性子，那感觉，应当是嫉妒才对。

可是今日，在这满院肃杀的秋风里，他突然感到了难以言喻的伤感和空落。

静渊虽然蠢笨，但对红樾，始终是一往情深，无怨无悔的。红樾跟他在一起的每一天，大概都在受着他的疼爱和保护，没有过半点的委屈。

可是自己呢？自己就是一根刺。一根不应当存在的、没有丝毫意义的刺。如此这般，他当年还不如不要接住那根垂下来的绳子往外爬，就死在那口井里。

"啪"的一声，便在这分神的一瞬，赤藤索猛地绞上了邵云的手臂。脆弱的皮肤"嗤"的一声绽开，露出几乎已泛白的肌肉。

"'琅琊'到底是什么？"静渊喝问道，"你同伙在何处！"

邵云忽然凛了一下。

"呼"地一下，赤藤索剥开他手臂上的皮，又蛇一样缠上了他的脖子。

"我问你，田牧在何处？"静渊上前了几步，语意愈来愈阴森严厉。

田牧么……邵云呼吸一窒，脑袋里的黑暗又密实了几分。手里的弩箭掉落在地，他彻底失去了战力。

田牧，大概，也不会比他有更好的结局。

锦琅虽然答应了他，只要他破尽了武安君府的机关，就留田牧一条性命。可他知道——那多半，还不如一死来得干净。

若十五年前，知道所谓的"活下去"是这样，邵云一定不会答应被他救，跟他走。做一个奴隶的儿子，被家主早早打死，丢在废井里腐烂，才是最好的结局，也免得田牧被打到经脉尽废，再也不能习武。

"静渊。"就在邵云的意识开始变得模糊，即将倒下昏厥之时，忽然一个沉静的男声阻止了赤藤索继续加力。

"你看他的眼睛。"屠嘉道，"你问到点子上了。"

赤藤索震颤了一下，然后，"咻"地缩了回去。邵云干涸的眼窝里竟流出泪来，身体支撑不住，终于向前跪倒。

"你为什么一个人来？"屠嘉走上前来。

邵云咬紧了牙关，没有应答。

"田牧怎么了？"屠嘉在他面前站定，把长剑拄在地上。

邵云屏息了一刻，终于忍不住，跪着咳出了一口血。

"你们……给我用的什么药？"他开了口，声音极度嘶哑，嗓子已被损毁。

屠嘉皱起眉，转头看向静渊，示意让他作答。

静渊眼中的怒火还未熄灭，下颌的青筋微微颤动着。迟疑了片刻，他终于把怀中的玉瓶拿了出来，托在掌心递给屠嘉。

"一个月前,鬼谷忽然派来信使，将这瓶药送给'萤火'，说可能会有用。"静渊冷冷地道，"叫做'濯魂'。"

屠嘉把那玉瓶拿起来看了看，没说什么，又放回了静渊手中。

邵云却突然抬起了头，脸上忽然涌起一阵狂喜："能解'摄蛊'之毒？"

静渊拧起眉，没有回答，把那玉瓶又好好放回怀中，半晌才反问道："你认为呢？"

邵云的表情猛然又冻住了，渐渐冷了下去。"这药，只有一小瓶吗？"想了片刻，他再次问道。

静渊"嗯"了一声。

邵云深深地吸了口气，然后在地上摸索着捡起一枚断箭，艰难地慢慢爬了起来。

他一动，静渊手里的长索又游弋起来，直欲对他头顶抽下去，却被屠嘉横过终南剑制止了。

"我可以告诉你们'琅琊'在哪里。"他声音沙哑，语意悲怆，唇角却显露出一抹奇异的笑，"只要你们答应，用这药，救田牧。"

屠嘉皱眉，与静渊对望了一眼。

邵云已经活不了了。药力退去之后,他上身发达异常的肌肉已经以肉眼可见的速度迅速干瘪下去。身上被箭头扎出的洞眼汩汩向外淌血,脚下的泥土已经被浸润成了黑色。而他此时所想,竟是救人,救田牧。他此来的唯一目的,也就是救田牧。

"可以。"屠嘉决然道,"我答应。"他等不了静渊去犹豫。

而邵云听到这句,忽然一声冷笑。

"可是,我凭什么信你?"他站立不稳,脚下趔趄了一下,满脸的自嘲与苍凉。

"呵。"静渊也冷笑了一声,慢慢将手里的赤藤索一寸寸收起,盘在腕上,"就凭你没有第二个选择。"

长索摩擦地面,发出轻轻的沙沙声。邵云侧耳听着那声音,嘴角的苍凉渐渐隐去,慢慢变成了孤注一掷的坚毅。

"也是。"他轻声道,摇了摇头,"人生在世,不过是个赌。我贱命一条,怎么赌,也不算输。"

邵云缓缓抬起头。风又起来了,卷着破碎的细叶,黏在他满是鲜血的脸和身上。

"地底下,咸阳宫。"他抬手,把那断箭的箭镞抵在了自己的喉咙上,"'琅琊'要的,可不只是一个白起。"他顿了一下,"而是整个秦国。"

"嗤"的一声钝响。箭镞刺破皮肤,从他的喉头对穿而过。

天色渐渐暗了,日近黄昏。

武安君府已经完全恢复了安定。内院里的箭镞和血迹都处理干净了,围绕在屋室檐角的铃铛没那么快能复原,就被全部拆下,收拾利索。

参加婚礼的宾客们陆续都在吉时之前到了。来的不过十余位,都是白起曾经的挚友或旧部,多半也已年逾五旬,淡出了朝堂。如今白起因不肯领兵,明面上已被秦王罢黜夺爵,只是拖延着还未离京。敏感时期,也不好太过亲近。

不过,接到消息送来的贺礼倒是有一大堆,杂乱地堆在厅堂边的耳房里,不一会儿就要放不下了。白夫人让家老拣了一些贵重的,送到新人的房间去,其中就有应侯府上送来的金丝木盒。

那木盒里是一套宝簪,华贵而俗气,却是应侯的宠妾姬夫人亲手挑选,又亲自送过来的。这种时候，白夫人拉不下脸跟权相作对，只得好好收下，命人送到新人房中，再好好将姬夫人迎送回去。

因一对新人都无父母，皆算是武安君夫妇的义子义女，纳彩、问名之礼自然也就免了。亲迎也就是新郎把新娘从东厢迎到西厢，"奠雁稽首"，应父母诫。

一场仪式，做得简单而庄重。并无什么喧闹欢声，也不举乐燔情。重的只是一对新人之间的夫妇之义与结发之恩，眼中只有彼此，诚挚又安稳。

其间，武安君只在东厢出席了一下亲迎，受了新郎稽首，按礼诫了新妇一句："戒之敬之，夙夜毋违命。"然后便回去了，竟连亲友都未谋面。

赵宁身穿缁衣边的礼服，由保姆女伴左右相陪，仓促间，几乎连曾经日夜惦念杀之后快的仇人到底是个什么样子都没看清楚。不过，今夜，她也决定不想了。总不能在自己的婚礼上毒杀父母。"琅琊"已经失败，她若再不谨慎，就将彻底失去刺杀的机会了。

入寝门之后，两人盥手入席，对坐共牢而食。而后以爵对饮，又剖瓠合卺，全了夫妇之礼。御、媵设好卧席，撤去案上酒馔，便退了出去，为他们闭好门窗。

很快，周围便静了下来，只剩默然对坐的两人和摇摇晃晃的烛光。

赵宁抬起眼，还有一丝丝的恍惚。这便礼成了。从这一刻起，她便是屠嘉的妻子了。他们两个人，将生同居，死同穴，生死都绑在一起。可是，这是真的吗？

她和屠嘉之间，经历了那么多恩怨，积攒了那么多仇恨。而从今往后，也还有不知多少的纠缠和对决将要发生。这场婚礼，只是……

"累吗？"忽然，温和的声音响起，打断了赵宁的思绪。一只手伸了过来，轻轻握住了她的。

赵宁定住神，抬头向他看去。眼前人一身整洁的礼服，六寸白玉冠下，满头乌发一丝不乱。鬓角下颌都刮洗得干干净净，高直的鼻梁，更衬着一双漆黑的眼眸深如寒潭。

这不是她认识的那个屠嘉。她认识的屠嘉一直是落拓而颓废的，从来不曾给过她清俊秀美的印象。可是眼前的这个男子，下颌消瘦，坚定儒雅，竟也像是个翩翩士子。

赵宁回想在郢都初见的那个浑身油污腌臜落魄的铁匠，这一切都像做

255

梦一般，让她实在怀疑，自己是不是堕入了一场臆想，从头至尾，都是假的。

"怎么了？"屠嘉见她怔愣不答，微微蹙起眉头，追问道。那温柔的忧虑一下又如温泉注入寒潭，让他的眼神动人起来。

"不累。"赵宁倏尔回神，赶忙摇了摇头，弯起嘴角，微微笑了一下。

屠嘉也宽慰地笑了笑，松开手，从席案边站起身来。

"明天一早，我就要进宫去了。"他叹息了一声，"你就好好休息，等我回来。"

"不用去拜舅姑吗？"赵宁也慢慢起身。

屠嘉皱着眉，沉吟了一会儿。淡淡的忧愁又悄无声息地滋长了起来。

赵宁明白了。他还是担心，不愿她去见白起。

"我不在的时候，你还是，最好不要出门。"果然，屠嘉叹息道，"静渊在府里，我怕他伤了你。"

"嗯……"赵宁应了一声，低下了头。原来，他还是不信，她放弃了刺杀白起的念想。

他猜对了。

"不用瞒我。"过了一会儿，赵宁终于轻轻叹了口气，"我知道，邵云死了。"

屠嘉的眉心蹙了起来，下颌的线条一下子变得坚硬。

"阿宁，你跟他们……"他突然伸手，握住她手腕，欲言又止。

赵宁抬起头，看着他的眼睛，宽慰地笑了一下："没事，我跟他们，早就没什么关系了。"

屠嘉轻轻松了口气。而后又想起什么，皱眉紧张道："你没有服什么药吧？"

赵宁摇摇头，抬手放在屠嘉胸膛上，安慰地拍了下："没有。别担心。"

屠嘉一下子攥住了那只手，然后探身把赵宁拥在了怀里。

"别做傻事。"他托住赵宁的头，嘴唇在她鬓角边，呼吸轻软，"你要活下去。别的，都不重要，哪怕……暂时要受些委屈。"他顿了顿，又补了一句，"我会陪着你。等料理完这些事，我就带你走。"

听到这句，赵宁忽觉鼻尖一酸。从始至终，屠嘉都是全心全意在保护她的。可她，却无以为报，也给不了他任何承诺。她已经忍受了这么多的伤痛和磨难，才走到了这一步，走进了武安君府。赵国四十万男儿的血仇近在眼前,她是发过誓的,一定要把白起的人头割下来,吊在邯郸的城门上祭军。她怎么可能放弃呢?放弃的话,她百年之后,又如何去九泉之下面对她的哥哥、她的父亲,甚至那些和她一同在邯郸行刺的相里氏之墨?

烛火还在桌案上轻轻摇晃。外面的夜已黑透,有虫声阵阵。

赵宁忽然觉得眼眶有些湿。没来由地,她反而突然觉得,这个时刻真好。这个时刻,有屠嘉在身边,她不用立刻就拿起剑,去做那件"大义"的事。他们还有一个晚上的时间,整整的一个晚上,可以静静地待着,不去想除了他们二人之外的事。

这是他们的新婚之夜。

"别动。"屠嘉抬起手,扶住她的颊,轻轻地把她头上沉重的发簪摘了下来。丝绸般的青丝立刻散开,坠下,铺了她满肩。

屠嘉把发簪扔开,又小心地帮她摘去各种繁杂的首饰,解开紧勒的丝绦和衣带。

赵宁一下子轻松了,深深地呼吸了一口气。胸口起伏间,她发现屠嘉的眼神闪动了一下,脸颊上生起了些许潮红。

"阿宁⋯⋯"他轻声唤了一声,却又停住,没有说下去。

赵宁猛然间想起了前日的那个吻。那时他喝醉了。他把控不住心中的伤痛和绝望,也把控不住对她的爱恋和情欲。那么深重的情绪压在他心头,才压出他不管不顾的一个吻。而除那之外,他对她表露的,唯有冷静的关心和克制的敬重。现在,他还是如此——哪怕她已经成为了他的妻。这个男人,只要清醒着,就不会允许自己有丝毫的放纵和忘情。真是傻。

赵宁笑了笑,抬起头,看向他的眼睛。

"你,想我吗?"她红唇轻启,吐出几个字。

"阿宁⋯⋯"屠嘉的嗓音陡然颤了一下,气息也急了起来。

赵宁抬起左手,轻轻触摸他的脸颊。肌肤相碰的瞬间,她感觉到一股控制不住的战栗,从指尖一直传到她的身上来。

"我想你。"她说完,踮起脚尖,向他唇上吻了上去。

屠嘉的身子猛地一颤,然后忽然苏醒了过来,展臂把她使劲拥在了怀里。

炽热的吻一下子把两个人的情欲点燃了。屠嘉扯落她的外衫,把她横抱起来,放到卧床上,将绵密的吻印在她的脖颈和耳后。滚烫的手心抚过皮肤,像要把她的身体揉碎,把每一寸都揉进他的名字和气息。

衣服渐渐剥落，相亲的肌肤越来越多，终于融为一体。在这个时刻，赵宁这才明白，那时锦琅所说情和爱，究竟是什么意思。

接近破晓时，赵宁终于沉沉地睡了。

屠嘉的胸膛贴在她的后背上，手臂还紧紧环着她的腰，像是生怕她在睡梦中跑掉。

可赵宁不知道的是，屠嘉却睁着眼，一点都睡不着。他很快就该走了。

昨天，静渊已经把"琅琊"的消息传递给了嬴栎。也许就在这个夜晚，咸阳城里已经发生了一些难以想象的惊人变化。

而当他穿上昔日的铠甲，再次步入那个朝堂，他曾经决然抛弃的一切责任和重担，又将不可抗拒地重新压回到他的肩上。

他并不知道，自己还能坚持多久，也并不知道，自己最终能不能勒停秦国这匹失控的战马。唯一知道的是，他别无选择。

黎明一点一点地淹没过来了。这人生里最好的一夜，就这样快地过去了，怎么也抓不住。天亮之后，他们二人，又得去面对无尽的夜了。希望她，能够好好地活下去，不管他在不在她身边。

辰时三刻，赵宁在床上睁开了眼睛，一骨碌爬了起来。

屠嘉已经走了。旁边还留着他躺卧的压痕和她脱下的凌乱的衣衫。

反应过来的一瞬，赵宁忽然觉得脸上发起烧来，赶忙扯过衾被裹住身体。她还裸着身，胸前的皮肤上遍布着红色的星痕，浑身都缠绕着他的味道。

他们，真的是夫妻了。

她想起来，先前锦琅为她用药"换肤"，曾说过她的身子太硬。不知道，屠嘉嫌她身子太硬吗？

不会的。她刚一想，就马上摇头否定，不然他也不会那样，精疲力竭也不肯睡去。那种浸满了绝望的爱意——就好像，明天他们就要死了。

外面的天光已经大亮了，鸟雀叽喳悦耳，又是一个好天气。

意识到这一点之后，赵宁的心却忽然冷了下去，从里到外打了个寒战。今日拜舅姑，大概就是她刺杀白起的最好机会。也许，她确实，今日就要死了。屠嘉一定是有着那样的预感，所以才叮嘱她留在房里不要出去。

可拜舅姑之礼乃是婚礼的最后一步，她既然嫁入这高门深宅，于情于理，都该遵从礼制，不由得屠嘉随意更改。

"夫人,醒了吗?"就在这时,门外响起了雪鹰的叩门声。

赵宁惊了一下,然后赶紧应声,慌乱地穿起衣服。

"老夫人已经起了,赞者也已备好礼器馔酒。夫人已经起身了的话,妾就进来服侍沐浴梳妆了。"雪鹰又道。

赵宁从枕缝里摸出那枚果核,藏进袖口,深吸了一口气:"好,进来吧。"

此时此刻,咸阳宫的朝堂上,空气凝固着,像是一动就要崩裂。

"又败!"秦王稷愤怒地一声大吼,把战报重重摔在了地上,"我大秦的高官厚禄,岂会养这样一群废物!"

一个时辰前,两道军报前后脚送上了朝堂。

送信的军吏两腿抖如筛糠,伏跪在阶前不敢起来。

秦王看过之后,立刻震怒,把战报的竹简扯得烂碎,狠狠摔在脚下,还气急败坏地跺了几脚。这些年,这个老人的脾气变得愈发暴躁而古怪了。

朝堂上站着的群臣没有一个敢出声,众人心里都有数,又是邯郸前线大败的消息。这场对峙了三年的仗,似乎终于要决出胜负了。

自几个月前王龁代王陵为主将攻打邯郸,魏国、楚国各出兵十万驰援。敌人援军虽然一度因各种原因被阻,最后还是进军邯郸与秦军血战了。

眼看着王龁一败再败,气势全灭,秦国朝堂上下一片惶急。秦王把能派的大将几乎都派了出去,就差武安君白起一个,无论如何都命令不动。到今天,这两道战报,终于把秦王忍耐的极限击穿了。

"传我令!命白起代王龁,即刻发兵伐赵,不得有丝毫拖延!若再违令,阖族立斩!"

此令一出,朝堂众卿齐齐悚动。

"王上!"屠嘉再也忍耐不住,出列跪倒叩首,"王上!武安君病笃,实在无法出战啊!"

秦王看着他,鼻中哼然冷笑,仿佛早已料到他会出面。

"王上!罪将冯嘉,愿代武安君出征!请王上体恤老臣,收回成命!"

屠嘉的前额抵在手背上,身体像弓一样蜷曲着。

"呵!"秦王冷笑了一声,"此时知道请战了?你回秦日久,却不来觐见。当寡人不知你们的心思?"

屠嘉伏着身,不敢动。

"一个个的,自恃曾经有些功劳,眼里就没我这个君王了!"秦王仍在大发脾气,"你代白起?你算什么东西?代得了白起?!"

"王上!"屠嘉咬紧牙关,抬起头来,"冯嘉,罪无可赦,不敢执帅印。愿为副将,为我王马前驱驰,肝脑涂地,在所不惜!"

"什么?"

"冯嘉!你好大胆子!"

朝堂上陡然炸开了。

"你……是叫……寡人亲征?"秦王也明白过来,气得声音都有些发颤。

"我军久战在外,士气低沉。"屠嘉沉声道,"非我王亲至,灭赵无望!"

"你……你……"秦王抬起手指向他,却一时找不到话语辩驳。

这时,应侯范雎上前一步,拱手行了一个礼。

"王上莫恼,冯将军年轻气盛,又新婚燕尔,急于建功立业,说话不免急躁了些。"他面色不变,话音不卑不亢,十分沉稳,"御驾亲征太过冒险,本也不必,臣另有良将举荐。"

"哼!"秦王仍气愤地瞪了屠嘉一眼,然后转头面对范雎,"说来!"

"臣举郑安平为将。"范雎顿了顿,"冯嘉可为副,带两万轻骑,直奔邯郸,先解王龁燃眉之急。"

"郑安平?"秦王皱起眉,有一些纳罕。看其神色,似连听都没听过这个名字。

"郑安平乃当年助臣逃出魏国的义士。"范雎解释道,"其人深谋远虑,胆大心细,重情守诺,义名远播。臣来秦之后,郑安平也举族迁来,现在军中任职。"

"噢!"秦王恍然,"寡人想起来了!范叔曾提过数次。"

"如今'战神'挂帅已不可期,他人又无声望可代王龁,不如事急从权,先解近渴。"范雎侃侃续道。

秦王皱起眉,仔细考虑。

屠嘉没有出声,只是心中有些忧虑。

郑安平其人,他倒是听说过,但印象不深。只知应侯着意报恩,一力为他铺路提拔。但这么多年过去,此人始终声名不显,只能说明是个庸才,难堪大任。

但秦王此时,却被顶住了。倘若他拒绝了应侯的提议,却又没有其他人选，岂不是真要如屠嘉所说，挂帅亲征？

想到这儿，屠嘉不由有些后悔。方才他又急又气，确是失言了。他怎么都没想到，在朝已五十年，开疆拓土一世英明的秦王稷，到老来竟会变得这般昏聩！虽然老师着意嘱咐不要为他出头，可那一道王令，是要斩尽白氏阖族！他岂能不管？

"王上！"屠嘉一咬牙，再次开口，又伏身拜了下去，大声道，"罪将冯嘉，附应侯议！"他顿了一顿，"只求王上暂缓前令，待冯嘉邯郸归来，再做决断！"

声音回荡在殿内，一下激起了文臣武将的议论声。很快，就有几位老臣出声附议，请求秦王收回成命。

看到满朝为白起求情的臣子，秦王的怒火又熊熊地燃了起来，鼻中发出一声冷哼。

"你们倒是都很顾念白起，还都一口一个'武安君'！莫非，当寡人下的罢黜之令，是空口放屁？"

"王上！"屠嘉急声辩解，"并非如此啊！"

几位老臣也纷纷色变，下跪请罪。

"冯嘉。"秦王转过头，阴恻恻地冷笑了一声，"若不是看在你营救我孙儿有功，自己也还有几分本事的分上，你这颗头颅，早该落地了。"

"是。"屠嘉伏在地上，不敢反驳。

"这一仗，是寡人给你最后的机会。"秦王绫道，声势陡然严厉起来，"命郑安平为偏将军，冯嘉为副，领两万轻兵驰援邯郸。即刻出发，不得拖延！如不能灭赵，提头来见！"

屠嘉心头剧震，脸上一下子没了血色。尚未应答，又听秦王下了第二道令。

"贬白起为士伍，迁之阴密。白氏阖族，今日务必离开咸阳，违令者斩！"

这日和煦的秋光在晨间露了个头，竟就毫无征兆地突然隐去了。仿佛是从北方刮来了什么不祥的寒潮，厚厚的密云翻卷着向咸阳城兜头盖了下来，一转眼就阴沉得如同冬日。

沐浴完毕之后，赵宁趁雪鹰被夫人唤出去，径自走到耳房门边堆放的贺礼前挑拣翻看。昨日人杂事乱，她没有机会好好看这些东西。只是直觉其中应该会有什么重要的东西，需要她找上一找。

她进了武安君府，嫁给了冯嘉。这么大的事，"琅琊"要是不知道，就有些蹊跷了。还有身在应侯府上的阿桥——若今日刺杀不成，应当想办法去见见她。断联了数月，也不知她那边有什么新的情况。

　　寻了一会儿，赵宁便看见了那个金丝木盒。盒上缠着红绸，绣着应侯府的字样。打开来看，里面放着一套华贵的宝簪。

　　赵宁把宝簪取出来，放在一旁。正要伸手抠那薄木的隔层，雪鹰忽然提着妆盒走了进来。

　　"夫人要戴这个？"雪鹰挑起眉，看了下那木盒，又道，"这是应侯府上送来的？"

　　赵宁赶忙把那宝簪又放了回去："只是好奇，随便看看。"

　　"放着吧，别碰。"雪鹰仍然冷着脸，指了一下妆台，让她过去，"老夫人最讨厌应侯府送来的东西，可别让她看见，徒惹不快。等下我叫人把那东西扔掉，省得碍眼。"

　　"不用了。"赵宁一惊，截口道。又觉得反应有些突兀，补道，"我自己收起来不碰就是。应侯势大，想必眼线众多。传闻他睚眦必报，还是不要多事了。"

　　听了这句，雪鹰稍稍怔愣了一下。过了一会儿，才敷衍似的点了点头。

　　梳妆完毕之后，赵宁跟着雪鹰一同出门，前往武安君夫妇寝门去行拜见舅姑之礼。本来屠嘉应当同来，但情况特殊，便略过不提。

　　赞者已经等待在门口了，见新妇前来，便入堂内以告，准备好盛着枣栗的竹筓递于她手。

　　赵宁小心地接了，走上堂去，却发现堂上东序的舅席上空无一人，房户之西的姑席上，白夫人正等着她。

　　白起竟然又未出现。

　　赵宁微微皱起眉，但心里却不由得一松。

　　那颗毒丸被她藏在指缝里，本打算投在醴酒之中，再伺机泼洒一些到献给舅姑的吃食之上。按照礼制，舅姑食毕，由新娘食舅姑之余——这样，这刺杀便干干净净，敌我偕亡。

　　然而，白起却没有给她这个机会。也不知，他是知道她的身份目的，所以加意防备着她，还是另有什么缘由？难道，他又如当年长平之战时故伎重演，表面称病不出，实际已偷偷前往战场，暗中换将？

怔愣了片刻,在赞者提醒之下,赵宁只得径去拜姑。送上竹筭,两相答拜,受了赞者之醴,便算完成了拜舅姑之礼。

白夫人礼数周全,神情却始终十分淡漠,也不愿与赵宁多说额外的话。正好赵宁也无事可说,除了行礼之外,两人便沉默着,任凭礼官和侍者忙碌。

不多时,整个婚礼便算礼成了。赵宁想着那件从应侯府上送来的贺礼,急赶着向白夫人告辞回去。谁知刚走出几步,忽然碰上家老徐氏慌慌张张地跑了进来,一路大声喊着:"夫人!有……有王上诏令至!"

白夫人大惊失色,赶忙从席上站了起来,急忙穿履准备去迎。一面匆匆差遣家仆去书房寻告武安君。

赵宁知道,定是有什么大事发生了。难道是屠嘉出事了?她心中一紧,也赶忙提裙跟在白夫人身后。

"你先回房,不要出来!"谁知,白夫人柳眉一竖,将她大声喝止,然后又急匆匆地跑了。

赵宁心中震了一下,然后道了句"是",便依言转身回房去了。正好,她该趁机把那贺礼中的东西拿出来。整个武安君府一下子热闹了起来,仆从来往匆匆,没人盯着她这新妇。

回屋关上门,确认了一下房中没有人,她便又去耳房,把那金丝木盒拿了出来。幸好,雪鹰也没有来得及收。

她很快把外盒打开,宝簪取出,然后往那隔层的木板上一按。"喀"的一声,薄木板应声而碎,露出了里面淡黄色的羊皮软臂甲——墨家"鱼渊"!

天气果然瞬息剧变了。只在一个时辰间,寒潮竟夹裹着黄豆大的冻雨砸了下来。

赵宁才刚戴好"鱼渊",理好衣袖,房门便被雪鹰粗暴地推开来,大声叫她"快些收拾东西去前院"。

赵宁万没有料到,白起竟会忽然被夺爵出迁,且今日便要离开咸阳。

屠嘉还没有回来,也没有任何的消息托人送来。整个武安君府忽然就在那一道严峻的王令之下乱了起来,来来往往的家仆在家老的指挥下匆忙地收拾家什细软,一个个清点装车。府外,中尉手持秦王符节,调来京师屯兵两百,将整个武安君府围了起来,不许任何人出入。

赵宁没有什么东西要带,就跟着雪鹰站在前院的堂前,等候家老进一步的指示。据称，秦王只给了武安君府两个时辰的时间收拾。两个时辰一到，中尉便会按照名录清点人数，查验照身，押送白氏全族前往阴密。

风雨呼啸刺骨，陡变的天气更加增加了迁行的难度。府外淋着雨等候的甲士们也十分辛苦，却也无人敢有异议。

赵宁锁着眉头，心中忧虑烦乱至极。

这个变数她没有意料到，却未必不好。

这将是一个绝佳的刺杀机会——行路途中，白起周围的防备，将远比府中差。而这个消息传出后，只怕不止"琅琊"一支，六国还有无数刺客志士会闻风而动。只是，她不知道，屠嘉去哪儿了，会不会一起走。如果真如之前预料，屠嘉会被派去邯郸出征——那么昨夜，竟就真的可能是他们的最后一次见面了。

"徐老！"看到家老徐氏匆匆从堂前走过，赵宁赶忙上前去，见缝插针地唤了一声，"可有冯嘉的消息了？"

徐氏一脸烦乱，摆了下手，喊了声"没有"，脚步都没停一下便奔到后院去了。

就在这时，大门口突然出现了一阵骚动。几声高亢的吵闹声后，一个熟悉的人影闯了进来，后面跟着好几个全副武装的甲士。

"赵宁！"那人也是一身铁甲，身材高大，嗓音急切而粗犷，正是司马靳。

他一进来就看见了赵宁，然后向着堂前直冲过来："快！跟我去一趟东门，冯嘉要见你！"

"等一下！"赵宁尚未应答，雪鹰已经上前一步拦下，"谁的指令？"

司马靳有些吃惊，但一下子就明白了雪鹰的职责和身份，横了她一眼，粗声道："没空解释！你也一起去！"

东门外，分拨给冯嘉的一百近卫亲兵已集结完毕，整装待发。雨已经下了很久，天色眼看就快黑了，而此去蓝田大营还有近百里路，他们随身带的补给和照明火种都很有限，再不开拔，路上的确是要有麻烦了。

"将军，来不及了！快走吧！"旁边的亲兵再次劝道。

屠嘉还是没有动，手控着马缰，一直望着里城通往东门的那条路。冷雨打在铁甲上，顺着缝隙往里面流，早已将他浑身皮肤都湿得麻木皴皱。

"再等一下。"他皱着眉，沉声令道。

就在这时，嗒嗒的马蹄声终于响起来了，微黑的人影从城中迅速冲出。

屠嘉精神一振，两腿一夹马腹，迎了上去。

来的是三匹黑马，奔驰得快而矫健，马上的骑士皆是一身灰衣，携着长刀，没有戴遮雨的斗篷。为首的一人身形枯瘦，眉目间透着股沉稳和精悍，竟是"萤火"统领嬴栎。

"吁……"三丈远处，嬴栎勒停了马，向屠嘉比了个抱拳礼，"冯将军。"

屠嘉心中稍有失落，但并没有显露出意外，也停马唤了声"嬴统领"，恭敬地回了一礼。

"此去邯郸，征途凶险。"嬴栎微微侧身，让出了右后方的年轻武士，"这位是'萤火'澄空，派给冯将军为影守。"

"见过冯将军。"那武士策马向前，对着屠嘉抱拳点头，然后自然地走到他这一方来，在他身侧立定。

屠嘉心里稍稍被刺了一下。

这位名叫澄空的"萤火"，如当年的月移一样，也是一个年轻而坚韧的少年人，眼神透亮，正如其名。仿佛今日行得匆忙，他唇角的青涩没有褪净，一路奔来衣发凌乱，但他浑身上下的那股胆气和决绝，还是昂扬得令人无法忽视。

"多谢。"屠嘉郑重回礼，眉头却不由愈皱愈紧。

嬴栎亲自前来派影守给他，说明他此去邯郸，要面对的境况必然危险万分。而他离开之后，今夜，咸阳城内外必定有一场大行动，让一切朝野的暗流有一场最终的了结。

可是，这么重要的时刻，他却不能留下。

王命如山，箭在弦上。哪怕只想多等待片刻，与新婚妻子再见一面，都要冒着君王震怒，祸及满门的危险。更别说贻误战机，多留一夜了。

"冯将军为国远征，不宜瞻前顾后，心神不宁。"嬴栎仿佛听到了屠嘉心中的话，顿了顿，语意变得激昂而严肃，"邯郸之战，关乎秦国今后几十年国运，断不可败！"

屠嘉一凛，赶忙点了下头，应道："在下心里有数。"

嬴栎点了点头，语气又变得柔和下来："其实嬴栎此来，不光为了影守，还为给冯将军送上一粒定心丸。"这时，应着他的话，一辆双马轺车穿过雨幕，沿着同一条来路快速奔驰了过来。

屠嘉又是一凛，转头去看，发现那辆车两侧有几名甲士骑马护卫，为首之人正是司马靳。

"阿宁！"屠嘉忍不住出声高呼。

转瞬间，马车行至军前停了下来。车帘一动，黑色绣金的油布伞撑开，侍女雪鹰先跳了下来，然后转身接下了赵宁。

"阿宁！"屠嘉一翻身从马上跃下，快步抢了上去，握住了赵宁手腕。

"你……你要去……"赵宁看着他一身戎装，眼神里尽是痛苦。"邯郸"二字就在她唇边，颤了一下，没有发出来。

屠嘉咬紧了牙关，不知该如何作答。只情不自禁地手臂加力，把她拉近身前，揽在了怀里。

"我绝不会负你。"他用其他人都听不到的声音在她耳边轻道，"你信我。"

"冯将军。"这时，嬴栎上前两步，开了口，"我已禀明王上，特许冯夫人脱离白氏，不必随迁。"他顿了一下，"冯将军可自行决定，是带着夫人随军，还是交于'萤火'安置。"

屠嘉心中一震，蓦地蹙起了眉。

带赵宁随军是决计不妥的。一来秦军中无此先例，他既为将领，必当以身作则，严守纲纪；二来，此次出征，乃是攻伐赵都邯郸，赵宁如何受得了孤身陷在敌营，眼睁睁地看着百万大军攻打故国，残杀自己的同胞？

"'萤火'能如何安置？"屠嘉松开怀抱，转头看向嬴栎，语气有些犹疑。

"在终南山麓，有一处书院，是'萤火'选拔英才之地。"嬴栎沉声道，"嬴某会派鹿鸣，将夫人送到那里暂避。"

他说完，抬手向左侧一指，一个同样年纪轻轻的高大少年走上前来，向屠嘉和赵宁抱拳作礼。

屠嘉觉得这倒是个能让赵宁避开乱局的方法，转头看向赵宁急声问道："阿宁，去终南等我，你可愿意？"

赵宁蹙起了眉，咬住嘴唇，没有马上答话。

"哎哟！这还有什么可说的？雨这么大，还磨蹭什么！"身后，司马靳控着战马在原地团团走动，忍不住焦躁地吼道，"直接送去便是！我等得赶回去护送武安君了！"

"阿宁！"屠嘉也有些焦急了，"你便答应，在那里等我回来，可好？"

"就这样定下吧。"嬴栎不再等赵宁答话,已做了决断,"冯将军就请安心开拔,武安君这边,嬴某也都已安排妥当,绝不会给刺客可乘之机。"

"好。"屠嘉点头,也不再看赵宁,抱拳向嬴栎郑重一拜,"就倚仗嬴统领,千万护家师和内人周全!"

嬴栎点了点头,示意鹿鸣下马,去接替车夫之位。

赵宁还是没有出声,眼神却十分复杂,仿佛有千言万语要说,又不知从何处开口。

"阿宁,你要听话。"屠嘉转过头,两手捏住她的瘦肩,蹙着眉,深深望着她的眼,"什么都别管,一定要好好的,等我回来。我一定回来,也绝不会负你!"

急切的话语声被雨水打湿,把这匆忙的别离笼上一层淡红色的疑虑。

"你答应我啊!"看赵宁始终咬着唇不出声,屠嘉的情绪终于爆发,手指上的力量也陡然加大。

他知道赵宁在想什么——这是她最终的抉择之机。是刺杀复仇,舍弃生命,还是退后放弃,置身事外?她若选择了后者,那他们终有一天将会重聚,泯去恩仇,远走高飞。可若选前者——那此时此地,就是他们的永诀之处了。

"阿宁……你快答应我啊!"屠嘉感觉到心里有根弦快要绷断了,连带着他的手臂和身体,都战栗了起来。

他明明知道,赵宁还是想要杀死白起,为她哥哥、为赵国复仇的,更何况如今,他又接受了王命,千里奔袭她的国都,企图吞灭她的故土。让她怎么能安心呢?她又凭什么非要接受他的安排,被重重围困在敌国深处?

"阿宁……"屠嘉皱起眉,感觉到赵宁的手臂开始发力,身子在往后退,想要脱离他的控制。

"若我不答应呢?"她没能一下挣脱,但一抬眸,泪珠就从眼中坠了下来。

"阿宁!"屠嘉心中一阵剧痛,浑身都颤抖起来。

"你去伐赵,我去刺秦。"赵宁胳膊一拧,向后退了几步,彻底甩开了屠嘉的手,唇边忽现一抹冷笑,"很公平,不是么?"

屠嘉心头如遭雷击,那根一直绷着的弦终于断了,让他疼得"啊"的一声惨号出来,膝盖一屈,跪在了泥水地里,痛苦地抱住了头。

赵宁看他如此,也心痛得偏过头去,后退的脚步踉踉跄跄,几乎要跌倒。造化弄人。他们这一生,行至此处,终于山穷水尽。倘若早知有今日这一幕,不如一开始,便不要相见。没有生死托付,没有工坊夜饮,没有悬崖同坠,没有战场相争,更没有……红烛对饮,相拥成眠。

"白云在天,丘陵自出。道里悠远,山川间之。将子无死,尚复能来。"赵宁慢慢往后退,口中哼唱,却已泣不成音。

她知道自己如今武功尽废,走不了,也刺不了秦。可她却也不想骗他,给他一个虚幻的妄念,以为此别之后,还能回头。

"走吧。冯将军。"赵宁退回到辂车旁边,侧过身去接下雪鹰手里的伞,"就别管我了,我回舅姑处去。"

"阿宁!"屠嘉绝望了,仰起头来,在泥水里向她膝行了几步,却说不出别的话来。

见两人如此,嬴栎等人一时都不知如何是好,司马靳更是暴躁得哇哇叫唤起来,扬着马鞭几乎想抽到赵宁身上。

而就在此时,又有一辆马车从城门内快速飞驰过来,带起一大片飞溅的泥水。

"什么人!"屠嘉手下兵士立刻反应,分成两队包抄上去阻挡。

"吁!"那马车在六丈远处停下,车厢门帘一开,走下来一个一身白衣的中年男人。

"吕客卿?"嬴栎眯起眼睛,示意手下不必上前对敌。来人竟是吕不韦——那个跟他和王孙异人一同从邯郸逃出来的卫国商人。

吕不韦没有让仆从同行,自己打着木伞,踏着泥水走了过来。他遥遥对嬴栎几人拱手行了礼,行到当中,忽然抬高嗓音喊道:"冯夫人,请借一步说话!"

赵宁反应了片刻,才知他是喊自己。转头望去,那白衣商人已遥遥站定,对着她招了招手,笑容柔若春风,身姿挺拔如白鹤,竟有几分田牧的影子。

"冯夫人,在下只有几句话,许能解惑,不妨一听。"吕不韦又对她喊了一句。

赵宁皱起眉,虽有些诧异,但心一横,便提起裙角向他走了过去。场中也无人阻拦,都想看看这突然出现的传说中的王孙座前恩师究竟有什么本事,能解冯嘉所遇的这一死局。

"你是谁？"赵宁举着伞走过去，皱起眉头。

"我是吕氏甲兵铺的东家，吕不韦。"吕不韦笑了笑，手臂一转，竟从腰后解下了一柄青色的长剑，递给赵宁，"我寻到墨家工师，复刻了一柄青螭剑。你看看，是否称手啊？"

赵宁一下子瞪圆了眼睛，惊得说不出话来。原来当初收留屠嘉的，竟是眼前这位白衣商人！而此人在邯郸十年，扶持秦国质子王孙异人成势，又策划破城突围救王孙回秦，还能将"琅琊"引入自家在郓都的商铺，连对她的佩剑都了如指掌……

"你怎会知道……"赵宁不由伸手去接长剑，手指触处，确实与青螭一般无二。

"消息灵通罢了。"吕不韦笑了笑，略略顿了顿，"我还知道，这一次大战，秦国肯定赢不了。"

"噢？"赵宁皱眉看他。

"信陵君魏无忌，窃虎符杀晋鄙，眼下已自领大军奔赴邯郸抗秦救赵。"吕不韦扬起嘴角，"六国已动。夫人放心，这一战，不管去的是冯嘉，还是白起，秦国都不可能赢。"

"当真……"被他这样把握十足地一说，赵宁发觉自己的心真的松了下来。

"所以，夫人今天应该让冯将军安心离开。因为，冯将军只有离开咸阳，才能活下去。"吕不韦顿了顿，"而只有冯将军活下去，才能救更多的人。不管是秦国人，还是赵国人。"

听了这句，赵宁心头又悚然一惊。

"为什么？"她脱口问出，但马上又知道了答案。

屠嘉领命出战，离开咸阳之后，便可自己做主，脱离王命行事。他是名将之徒，吕不韦能看清的局势，他自然也能看清，不可能白白领兵送死。而以他的为人，更不会肆意再造杀孽，将形势推向更惨烈的深渊。

但反观此地——今夜的咸阳，却势必有一场围杀白起的血战。"琅琊"已动，"黑衣"已现，嬴栎"萤火"早已遍布全城，只待第一声弓弦的弹响。屠嘉倘若留下，又会怎样呢？当他面对义父的命悬一线，又怎能不血战到底，保全家人？

"听我一句，让他安心离开，别回头。"吕不韦再一次劝道。

赵宁咬住了嘴唇。

吕不韦轻轻叹了口气，伸手入怀，掏出了一个小小的玉瓶。

"我师出鬼谷。这'濯魂'，我还有一份。"他把玉瓶托在掌心，送给赵宁，"夫人留好，会有用处。"

赵宁又是一惊，忙把那玉瓶攥进掌心。她听到过些许邵云死前与静渊的对话，知道邵云用自己的命，换他那瓶"濯魂"去救田牧。而听吕不韦的意思，静渊的那一瓶竟也是出自他手。

"你知道'琅琊'？他们到底想做什么？"赵宁忍不住追问。

吕不韦却摆了摆手，意思是他言尽于此，就此别过。

"夫人保重。"他拱手做了个礼，又直起身遥遥冲嬴栎等人招呼了一下，便后退回去，收起伞登上马车走了。

"阿宁！"看吕不韦离开，屠嘉快步奔了过来，再次伸手揽住了赵宁的肩，把她身体扳了过来。

"这是？"看到青螭剑，屠嘉也吃了一惊。

"吕先生复刻了一把，赠我防身。"赵宁垂下眼，抚摸着剑身，脑中又回忆起当年在甲兵铺第一次见到屠嘉时的情形。

"那……你是……怎么决定的？"屠嘉小心翼翼地追问。

赵宁鼻子陡然酸了一下，垂下青螭剑，叹了口气。

"叫我怎么办呢？"她抬起头，眼中流下泪来，伸手触摸屠嘉的下颌，为他擦去覆满脸庞的雨水。

"阿宁……"屠嘉握住她的手，眼中泪水也越蓄越多。

"我答应。"赵宁终于开口，轻轻应道，"我去终南等你。"

骑兵队伍的最后一人消失在视野里的时候，冷雨终于开始收了势，慢慢小了下来。

赵宁没有一直站在车下等到屠嘉离开。在说完那句话、道完别之后，她就主动转身，拿着青螭剑返回了车上，关上车帘，静静听着大军开拔的声音。

其实，她也并没有什么选择的余地。

从邯郸刺杀失败的那一刻开始，她就已是个余生都身不由己的囚徒了。嬴栎也好，屠嘉也罢，他们要她活着，都只不过是为了物尽其用罢了。若真像司马靳所说的直接把她绑了去终南，她也没有什么反抗的力量——哪怕现在剑横在膝，她也没有曾经那份充沛的内力去握住了。

可她也实在不忍，再让屠嘉伤心。世间的希望本就不多，幸事更是太少。能让他暂且心安，哪怕只有一夜两夜的好眠，也是好的。

雨声渐小，外面喧嚣的车马声也越来越远。屠嘉走了，司马靳也走了，停在原地的只有"萤火"所驾的这一辆小小的轺车。

"走吧。"赵宁叹了口气，对驾车的鹿鸣道，"耽搁得太久，要赶不上了。"

鹿鸣的背影微微耸动了一下。

"什么赶不上？"雪鹰听出了些不对，皱眉问道。

来东门的路上，司马靳便跟她们交代清楚了上令的变化。雪鹰和赵宁都不必再回武安君府，今后一切都听"萤火"的安排。

他们刚刚才说好，要去终南山的书院暂避。路途虽然有些远，但也不必非要在这样恶劣的天气里赶路。

"雪鹰。"鹿鸣忽然侧过身来，回头看向车厢里。

如同所有的"萤火"，他生得年轻精悍，眉宇间气质沉毅，话语干脆决绝。

"把冯夫人的穴道封住，看护严密。"他交代道，"答应了冯将军的，我们一定会做到。只是，去终南之前，还要先去另一处地方。"

"哪里？"雪鹰讶然。

"杜邮亭。"

雨停了，天黑了下去。

姬雨桥换上一身灰黑色的窄袖胡服，拿了柄短匕，悄悄从应侯府的后门溜了出去。

今日午间她便听到了传言，武安君白起被秦王夺了爵，正被特派的京师兵抄家，阖族赶出咸阳城。只是直到现在，她才寻到机会，从一片静谧的应侯府寻个机会跑掉。

刺杀的时机，终于来了。虽然，与他们原先想象的，完全不一样。

这将不再是一场暗杀，而是一场狩猎。——一场在广阔江湖之中，上天入地、不死不休的狩猎。

不过，今日的应侯府也有些不对劲。

天气冷，又下了雨，天黑得很早。这样的日子里，大家歇息得比平常早些，倒也不稀奇。

但是,今天在朝堂上,范雎是获了全胜,终于将恩人郑安平推上了帅位——虽然只是一支两万人的增援队伍。按照他平素的行事习惯,今夜必将大张旗鼓给恩人饯行,然后宴饮宾朋直到天亮,一抒多年来报恩不得的郁气。

可范雎竟什么都没有做,从咸阳宫一回来,就独自扎进了书房,然后早早歇息了。

姬雨桥没有得到机会近前去问,只是默默观察,发现府里稍有身份的人,都不约而同地躲了起来,不再走动。这架势,倒像是得到了什么预警。难道那刺杀白起的终局之战,与应侯也有什么关联?

姬雨桥一边想着,一边沿着后门出去的墙根行走,打量着这座宅邸之外沉浸在黑暗中的咸阳城。

应侯府离武安君府并不远,同在把咸阳一分为二的渭水北岸,以渭桥为中轴,一左一右对称排布。沿着水岸慢慢走过去,不到半个时辰,就能抵达。

然而,姬雨桥才走出二十步,就停了下来。她看到了人,并且,不止一个。幢幢的人影每十步便立着一个,皆手持利刃,把应侯府密密地围了起来。

映着府里小楼上的灯光,姬雨桥惊恐地发现,在这些人里面,竟有几个体格如野兽般健硕。低低的呜噜声从他们嗓子里发出。而在那蓬乱的头发下面,眼睛里映出的光,竟是一片血红!

马车还未行过渭桥,车轮便被泥水糊得几乎有原先的两倍重,两匹马儿都有些拉不动了。

赵宁坐在车上,靠着车厢壁闭目养神。雪鹰却十分焦虑,倚在另一侧的车窗边,每隔一会儿就要掀开车帘向外面望上一望。

其实也望不到什么。咸阳城被渭水分为两半,但咸阳宫和主要的居民住地都在渭北。没过渭桥之前,外面几乎看不到什么灯火。最亮的,也就是他们这架马车上挂的风灯了。

在鹿鸣交代完那句话之后,雪鹰非常尽责地上前来扣住赵宁手腕,连点了她八处重穴,封掉了她所有可能动用武功的机会。幸好"鱼渊"十分隐蔽,没有被她探查出来。

赵宁知道,在咸阳以西的杜邮亭,此刻应当已经部署好了一个战场。

邵云既然告诉了静渊"琅琊"的所在,"萤火"必定不会怠慢。昨夜怕是已经启动了一场突袭清扫。但"琅琊"也不是那么好拔除的。锦琅既是这般使毒用蛊不择手段之人,自然也不会大意到只派邵云一人前来武安君府。双方的拉锯,应当就在今夜,将有分晓。而杜邮亭,便是那最终的决战之地。

马车走得很快,赵宁闭着眼睛,想象着这条路走下去,究竟会碰到什么。她已经猜出了一些,但还不甚确定。毕竟,她已经太久没有与他们碰面了。

"当心。前面要过桥了,会有些颠。"就在这时,驾车的鹿鸣转过头来,嘱咐了一句。

雪鹰马上扣住窗棂稳住身形,赵宁没有力气,也无可挣扎。

可话音刚落,前方奔驰的双马就齐齐长嘶,车辕狠狠一震,撞上了什么坚固的东西。

"喀"的一声脆响,整个车厢竟都飞弹了起来,向侧面倒去!

竟有伏击!赵宁心中一震,徒劳地握紧了青螭剑柄。

就在马车倾倒的瞬间,一声清脆的拔剑声在黑夜中响起。紧接着,车厢的木顶便被掀了开来。

"什么人!"雪鹰一声娇叱,雪亮的利刃在手中一闪,一个纵身便从车顶开裂的缝隙中突刺了出去。

赵宁没处把手,身子随着车厢的震荡翻腾跌撞,只看到一个矫健的黑衣人与雪鹰闪电般交上了手,然后便同马车一起重重摔到了地上,木屑四溅。

鹿鸣也同时遭遇了敌手,在马车失控时飞身而起。只是这方交手双方实力悬殊,鹿鸣还未出声,便一声闷哼摔了出去,在地上滚了一段,很快便不动了。

一股强烈的杀气在渭桥周围升腾起来。

赵宁浑身剧痛,强忍着惊骇,慢慢从马车的残骸中爬了出来。就这么片刻之间,雪鹰也迅速落败——被一剑断喉,尸身踢落到了滚滚的渭河中去。

赵宁强忍惊骇,缓缓站起身来。转头去看,黑漆漆的渭桥桥头,立着一个人。渭河旁边,刚刚杀死雪鹰的黑衣人擦了一下剑上的血,把剑收回了鞘中。

这是……一种熟悉的感觉从背后升起来。

"嗬。"那黑衣人开了口,慢慢转身向她走来,"阿宁,好久不见。"

赵宁心中狠狠一震，陡然睁大了眼："梁大武？你……你……加入了'黑衣'？"

梁大武又"呵呵"笑了一声，在她面前一丈处站定："不如说，我本就是'黑衣'。"

"什么……"赵宁不敢相信自己的耳朵。

"我本就是'黑衣'安插在吕氏，监视冯嘉的。"梁大武道，然后长长叹了口气，万般遗憾地道，"可是，我们怎么想得到，我们的赵氏'有为'的继承人赵宁，在知道了仇人的身份之后，竟然都不杀他？一转头，还开开心心地嫁了他？"

"我……"赵宁心中像猛地被扎了一刀。紧接着，她也突然反应过来了一件事。

"你是'黑衣'……"她抬起头，眼中的光刀刃似的，"所以，在邯郸，你们是故意牺牲我和墨家？你们……你们疯了吗！"

"若不是你软弱荒唐不杀冯嘉，莫迟早已跟着嬴异人进了秦国庙堂！"梁大武的语气也严厉起来，"这会儿，应当连'萤火'都拿下，直抵秦王座前了！"

赵宁脑中陡然响起一记惊雷。

"你们……"她说不出话来，脚下有些站立不稳。这样深邃的布局，这样残酷的取舍……很像是他的手笔。除了他，应当也没有别人做得出来了。

她缓缓转过头，再次去看那个挂着剑立在桥头的人。是个身材中等，平平无奇的人。但那个身体投下的阴影，却是她从小到大，甩脱不了的噩梦。

他——她的父亲赵崧——竟然没有死！而这么多年，他竟从来不曾告诉她，从未见过她。他只在背后默默做局，勾连"琅琊"，操纵墨家，还把她也陷入局中，一步一步打造成为刺杀白起的武器！

这时，那个人也提起剑来，缓步走了过来。

"你以为，就凭你和墨家那几个人的阵前刺杀，就能救得了赵国？"老人的嗓音粗粝而雄浑，带着威严和嘲讽，"不过是以卵击石，多此一举。"

赵宁被那声音兜头砸下，脚下一个趔趄。

"爹……"她几乎要哭了出来，"不是这样的……"

"你若早杀了冯嘉，无人危及莫迟，与他争功，一切都不会如此复杂！"赵崧怒喝道，"那些无谓的牺牲，全都是因为你的软弱和愚蠢！"

"爹！"赵宁再也忍不住，哭叫了起来，"可是……屠嘉是我的恩人啊！"

"他杀了你哥哥！"赵崧把长剑往地上重重一杵，暴怒道。

赵宁脚下一软，终于跌倒在了泥水里。巨大的恐怖对着她兜头罩下，而她却无丝毫办法反抗，也逃脱不了。

是啊！他们怎么可能破除这一切呢？就算她知道屠嘉没有亲手杀了哥哥，也不能改变他们曾经生死相斗的事实。此刻，在她心中残存的最后一丝信念，就在父亲对她的这一声怒吼中破碎了。

"跪好！"赵崧的长剑又在地上重重一杵。

赵宁逼不得已，慢慢调整姿势，跪在了地上，垂下头去。

赵崧抬步向她走去，把厚重的手掌放在了赵宁的头顶心。

"呵，区区六芒手，竟也能制住你。"他一下就发现了赵宁被封住的气脉，冷笑了一声。

话音落，赵宁感到一股沉厚的内力从头顶汹涌灌入，霸道至极地冲破了她体内所有的枷锁。可那气力实在太大，丝毫没有顾及她身体的承受能力。只在一瞬间，她浑身一阵剧痛，整个人仿佛被撕成了碎片，一口血猛然从喉中冲了出来，然后便向前扑倒，晕死过去。

"真是废物！"赵崧向后退了几步，万分嫌恶地唾了一声。

一旁，梁大武叹了口气，提着剑走了上来："统领，现在怎么办？去杜邮吗？"

"你认为呢？"赵崧皱眉。

"'琅琊'的消息未必可靠。"梁大武道，"本想可以向赵宁打问白起的行踪，可现在……却又难了。"他顿了顿，"依我看，秦王不会让赫赫'战神'这般涉险。白氏出迁，夜宿杜邮，只不过是为捕杀六国刺客做的一个局罢了。"

听了这句，赵崧沉吟了一会儿，忽然提起剑，又冷笑了一声："若是如此，那我们更该去杜邮。"

"为何？"梁大武皱眉。

赵崧用手指扣了扣剑鞘，发出两声沉沉的闷响："若无'战神'亲至，秦国凭何捕杀六国刺客？就靠区区'萤火'吗？"他顿了一顿，忽然抬首扬声，"嬴统领，你已利用我女儿引我现了身，却又为何还缩着不敢出来？"

话音落时，"啪啪"两声清脆的击掌从渭桥的另一端传了过来。"赵统领别来无恙。"嬴栎从桥上缓步走来,沉稳的嗓音里像夹裹着翻卷的春雷。

应着他的话,渭桥的两岸,突然出现了点点的萤火。数十名灰衣武士从黑暗里踏出来,手持利刃,把整个桥头密密包围。

"布阵!"赵崧陡然眯上眼睛,背后爆发出一股冷冽的杀气。在他说话的瞬间,数十名隐藏在黑夜里的赵国"黑衣"也纷纷现身,后心相对,向他们靠了过来。

嬴栎在桥顶站定,看了看赵崧脚下扑地昏死的赵宁,拧住了眉心。

"长缨。"他侧过头。

"统领。"一个灰衣少年立刻走上前来。

"别的你不用管。"嬴栎令道,"务必救冯夫人出来,送她去终南。"

"是!"话音落下,黑夜中,战斗陡起,风卷雷鸣。

一刻之后,赵宁又被塞到了马车上,一路奔驰,跌跌撞撞。颠簸之间,她又呕了一口血,终于醒了过来。

"冯夫人!"驾车的人一下就发现了,侧头询问,"你可还好?"

赵宁猛然一惊,发现那是个陌生的灰衣少年,身形挺拔健壮,但浑身衣服似都带着血味,腥气被马车疾驰带起的劲风吹得直往车里灌。

"你是谁?我们去哪儿?"她不由抓起一旁的青螭剑。

"'萤火'长缨。我送你去终南!"少年慨然答道,又抽了一记马鞭,让马车奔驰得更快。

赵宁恍然,背靠着车厢壁松了口气。原来,嬴栎当真践了诺,怕是付出了不少代价,硬是把她从旋涡的中心扯了出来。

而此时,她也彻底明白了自己被保留性命的真实原因——"萤火"早已查知了赵崧并没有死,于是留她做饵,引赵崧现身。不得不说,这比在偌大的咸阳城里大海捞针地一点点查,要快得多了。

想到这,赵宁觉得自己的头快要裂开了,胸口也气血翻腾,几欲作呕。

全都是算计和利用。这一场生,这一个世道,这一条路,怎么走,都像是毫无意义的。就像她现在,即便还活着,却还不如死了,轻松自在。

马车走得很快。这辆新换的车轻巧而坚固,却没有窗户,像个铁笼。赵宁抱住膝盖,把头抵在车厢壁上,想让震动抵消一下太阳穴的抽痛。

真的没有办法了。"萤火"和"黑衣"的对决,她帮不上忙。即便能帮,也不知该帮谁。她的父亲,她的家国,都让她绝望,不忍再顾。那么,以后呢?真的去终南,好好地待着,什么都不想,什么都不问,只等屠嘉回来接她?似乎,那也不错。至少她确定,屠嘉是爱着她的。放下剑,做一个平凡的女人,才能像他说的,好好地活下去。

赵宁咬住牙关,狠狠地抽泣了一声,然后抬起手背擦干了眼睛。那就这样吧。好好地活下去。

她深深地吸了口气,抬起头来。倾身向前膝行了几步,掀开车帘。

冰凉的夜风一下子灌进车厢。往外看去,天上的阴云依然厚重,却有半轮明月从云缝间露了出来。

"夫人好些了吗?"长缨侧了侧头,问道。

赵宁"嗯"了一声。

"等会儿到了白亭,我们休息一下。"长缨又道,"还是进去吧。夜风太凉,当心身体。"

赵宁应了一声,又待了片刻,感觉方才的气闷已被风吹走,才后退放下车帘回到厢中。

可就在这时,长缨忽然"吁"了一声,降下了车速。

赵宁心头一跳,赶忙又上前去掀开了车帘。

几次顿挫,马车停了下来。

"何人挡道?"长缨在车辕上站了起来,对着前方喝问道。

赵宁定睛一看,前方的道路中央,竟有个剑客双臂抱胸,背对着他们,直挺挺地立着。

听到长缨的喝问,那人缓缓转过身来。一张平凡无奇的脸,两眼的距离略窄,精悍中又显得有些猥琐。

"赵宁姑娘。"他笑了笑,"在下'隐墨'钜子李青鸢。受琅琊公主之托,请你去一趟杜邮。"

"什么?"赵宁震惊了。

李青鸢抬起手,两指之间夹着一只小小的玉瓶。

"你可是我们最锋利的一柄剑。"他勾了下嘴角,"这一颗金丹,你不要,也得要了。"

已近子时,应侯府内外,火光通明。

姬雨桥终究没杀出去,又躲回了内室,正给不慎受了伤的侍女小英包扎伤口。

外面的战斗已经持续了一个多时辰,还没有停止的迹象。虽然没有完全摸清楚那些人是哪里来的,但姬雨桥有种确定的感觉——那就是"琅琊"。

邵云走的时候,曾经对她撂下过一句话:"应侯府也不安全。"今天突发的情况正印证了他所说不假,而那些杀不死的怪人,也跟邵云曾经蛊毒发作时的样子一样诡异。

幸好,打起来之后,姬雨桥才知道,应侯府是有准备的。中尉派来了两百京师兵,一直等在府外的渭水之畔。而"萤火"也早早在府内布好了防备,通知了所有尊贵的主人和家眷在屋中躲避。

"琅琊"刚一跃墙发难,便遭到内外夹击。那些人虽然个个武艺高强,但也禁不住持久战。起先靠着残暴和血勇见人就杀,是造成了不少恐慌。可府中几名"萤火"高手出手如电,很快就把危险解决了。

现在,唯一解决不掉的,就是那几个眼睛血红的怪人。他们数量倒也不多,只有五个。可战力之凶猛,几乎无人能匹。

他们浑身的肌肉反常地发达,遍布血红色的斑块。刀剑斩在身上都不太流血,箭镞扎进去也不知道疼痛。神志几无,只知道不停地杀人,用沾满黑血的爪子扯烂对手的身体。

内室中,下人们挤在一起,躲藏在矮几后面的墙角里。凡是看见过那些怪人厮杀的,都在瑟瑟发抖,叨叨咕咕地叙说那可怕的场面。

姬雨桥竖着耳朵听着,感觉心中的忧虑越来越重。

"我看见了,那些怪物,都长着獠牙!"

"被它爪子碰上一下,沾了它的血,那伤口马上就烂了!"

"是啊,我也看见了。门房的阿修已经死了,说是烂得都只剩骨头了……"

"这可怎么办啊……"

"是秦国杀人太多,遭天谴了吗?当年长平杀降……"

"噤声!这个不能提,不想活了吗?"

"为什么不能提?都要死了!还不都是因为白起老匹夫……"

"行了行了,别添乱。都听不见外面动静了。"

姬雨桥深吸了口气。

"你从旧宅过来,真的看到了国尉府上也一样遭了袭?"她剪断了给小英包扎的布料，扎了个结子。

"是啊。"小英说着，嗓音还有些发抖，"遥遥看着，好几座重臣的大宅，都火光冲天的。"

"武安君府呢？"

"那倒是没动静。不过，白氏不是受令出迁了吗？说不准在半途就会遭袭了。"

姬雨桥点了点头。愈发确定，这就是"琅琊"蓄谋已久的行动。"琅琊"要杀的，不仅仅是战神白起。秦国所有的重臣良将，甚至秦王本人，都在他们的目标里。

"你就在这里躲着吧，小心一点。"姬雨桥收拾了一下药材器具，又拿起了放在旁边的短匕。

"夫人去哪儿？"小英紧张地一把拉住她的袖子。

"你不用管。"姬雨桥扯开她的手，很快向门口走去。在这样的情况下，正是杀白起、为赵宸报仇的好时机。她等了这么久，终于等到了。

子夜，杜邮亭。

赵宁醒来的时候，发现自己躺在一辆宽车上。右手边，乌发冠玉的年轻男子端正跪坐，眉目清秀如画，静静地凝神看着她。一瞬间，竟有些时空倒错之感——仿佛还是当年在邯郸城外，她被他所救，在他的马车上醒来。

"阿宁。"田牧开了口，上前抚住她手臂，满脸都是关切。

是她熟悉的称呼。

赵宁皱了下眉，挪动身子，坐了起来。这一动，她忽然发现，自己的气脉里的内力异常地充沛，原本几乎残废的右手竟也恢复了力气。

这时，她才回想起发生了什么事。

那个半道出现的李青鸢剑术极强，身受重伤的长缨全然不是他敌手，很快落败身死。而后他冲入车来，扯住她的脖颈，撬开牙关，把那颗金丹用内力强行送进了她的喉管。

后来，她跪在泥地里干呕了好久。直到血都呕出来，还没能把那包裹着蛊虫的金丹吐出。

李青鸢扯着她的头发把她拽起来，将霸道无匹的内力送进她的气脉，催动金丹里的蛊毒入血。她承受不了，一下子就又昏了过去。再醒来便是现在，到了田牧的车上。

"阿宁……你……可还好？"田牧看着她，眼中尽是痛惜。

上一次分别，还是在紫山之巅，他向她诉说衷情，想骗她服下那金丹。赵宁心中有气，却又懒得说什么，只咬住牙关，偏过头去不搭理他。

"你服了金丹，内力应恢复了不少吧？"田牧有些尴尬，但还是试探搭话。

"在何处？"赵宁不理，一边问，一边抄起手边的青螭剑，起身下车。

外面已是子夜，风寒冷透骨。天上一颗星子也没有，曾经一闪而过的半边月影也渺无踪迹可寻。

"山下便是杜邮亭。"田牧跟下来，抬手遥指了一下。

赵宁看到他们所在的位置是在临近杜邮亭最近的一处山岗顶上，周围的树木并不太密，正好能看见那座驿馆。她在原地转了一圈，突然眼角一刺，看到山下更低一节的肩台处有一丛诡异的蓝色火光正在升起，愈燃愈烈。

"那是什么？"赵宁讶然地睁大了眼，向前走了两步凑近去看，心里生出一股极其不祥的预感。

"锦琅并非师出鬼谷。"田牧跟在她身后，苍白地笑了笑，"而是阴阳家邹衍。"

"什么！"赵宁愕然。

"她的巫蛊之术源自百越，与邹子方术交相融合，十分狠绝。你若见过邵云，应该知道，此毒完全发作之后，几乎无解。"

听到这句，赵宁心惊得说不出话来，只能怔怔地蹙眉看着山下的那丛炬火。炬火的火种很快传开，越燃越亮，形成了一个圆圈。那竟不止一两个人，而是上十——不，是上百人。

就在这时，怪异的乐声忽然响了起来，像是某种古老的化外歌谣。赵宁感到自己的心跳怦怦地如同擂鼓，血脉里的蛊虫似乎也随着歌声舞动起来。

那是一个巨大的圆形阵列，排成了阴阳太极的形状，缓缓转动着。而阵眼当中，却是一个着红衣的巫女，额上涂了白灰，两颊一片血红，手持着形状怪异的藤杖，仰头冲着天空跳跃起舞。

随着她的歌声和舞蹈，手举火把围着转动的人的形貌开始慢慢变化——肌肉开始胀鼓起来，皮肤上出现浮突的血块，喉间发出野兽一般的呼噜响声。

"去！"那红衣巫女吟唱完毕，手里藤杖向着天空一指，突然爆出了一朵莹蓝色的火焰。

怪人们齐齐发出一声吼叫,然后接连丢下火把,四散开来。一大半向东边咸阳城的方向奔去,另一半转过身,沿着山岗往下冲,直奔杜邮亭!

"锦琅到底要干什么?"看到这些,赵宁忍不住转头质问田牧,"什么叫'要的是整个秦国'?"

田牧稍稍愣了愣,而后叹了口气,解释道:"其实,杀白起,不过是'琅琊'整个计划里的一小部分,但也是最难的部分,所以公主亲自来跟。"他顿了顿,"今夜,不仅仅在杜邮,整个咸阳城里,所有秦国重臣的府邸都会遭到突袭,甚至,还有平民聚居的里市。"

"什么?"赵宁俄然震惊。

"应侯、国尉、秦国朝堂上的三公九卿……每一座府邸,都会调派三到五个药奴。而咸阳四十多个里,据我所知,也有屈里、完里、沙寿里等十余个,正在调派人手。"田牧说完,又叹了口气,摇了摇头。

"她……竟然……是要屠城?"赵宁惊得言语都有些不顺,"为什么?"

田牧苦笑了一下:"很简单,她想要震慑天下。"他顿了顿,"秦国最强,她便挑了秦国,如此而已。在此之后,别说回齐国争权,放眼华夏七国,她想取哪国,便能取哪国。"

赵宁陡然收声。虽然秦赵血仇不共戴天,但她也绝没想到,秦国的平民竟会遭受如此的无辜屠戮。

"那王城呢?"赵宁又问道,"总不成你们连王城也能攻破吧?"

"本来可以的,只是出了些问题,琅琊的总舵所在不知怎地被泄露了出去。"田牧道,"不过,这次攻不破,也没关系。反正当今秦王已经年迈,活不了多久了。斩断他的左膀右臂和血脉子嗣,也是一样。"

这话说完,赵宁不免又倒抽了口凉气。这计划,着实太恶毒了。比之她父亲赵崧的"弑神"之策,还要可怖万分。

"其实,闹到这般境地,都是我的错。"忽然,田牧深吸了口气,坦白道。

赵宁的心微微震动了一下,却还是嘲讽道:"原来如此?你倒是很了不起,担当大任。"

田牧叹了口气,不理她的讥讽,续道:"这些年,我在锦琅身边,主要便是帮她招纳死士。如今的局面,都是因为我贪生怕死,造下的孽。"

"她也用毒逼迫你?"赵宁的神情微微悚动了一下,转过头来。

田牧点了点头，长叹了口气："每月，少说也得找到一两个能用的人吧，不然，毒发之苦，总也少不了的。"

赵宁又不说话了。隔了一会儿，她又问道："邵云，也是你召来的？"

田牧怔了一下，点了点头。

"邵云，是我招纳进来的第一个人。那时，我们大概才十三四岁吧！"

正当田牧想要细说，山下突然传出些许异样的动静。

夜色中原本异常安静的杜邮亭四周忽然亮起了明月似的白光，水波似的将冲至近前的药奴张口一股脑卷了进去。铿锵的械斗声和野兽般的惨叫声霎时响起，但仅仅弹指间，所有的声响又全部消失了，仿佛什么都没发生过。

"白起布了阵法！"赵宁皱着眉，脱口而出。

正在此时，轻巧却透着邪异的脚步声在前方响了起来。一身红衣、面孔煞白的锦琅踏着山岗一步步走上来，来到了两人面前。

"看来，还是要仰仗阿宁啊！"锦琅娇媚地笑笑，脸上的白色显得更加可怕，"药奴虽有一身蛮力，可落入'八门阵'中，却丝毫无用。"她说着，上下打量了一下赵宁，"这金丹起效倒快，准备一下，便可出发了，不然，两个时辰后蛊毒发作，可就不好收拾了。"

"呵！"赵宁懒得理她，背过身去，"我赵宁来去但凭己意，何时受过威胁？"

"哈哈！真的？"锦琅抬手掩嘴笑了几声，"你不妨问问田牧，这'摄蛊'发作时，是怎般滋味？"

"无所谓。"赵宁再懒得跟她多说一字，转身便向与杜邮相反方向的山下走去。

"阿宁！"田牧一伸手想拉她，却拉了个空。

赵宁走得很快，金丹的奇效让她步履轻灵有力，几乎在转瞬间便要消失在夜色里。

田牧顿时着急了！凭他和锦琅，若不启用术法提前催动蛊毒，是不可能留住武艺恢复的赵宁的。

"我去追她！"田牧看了锦琅一眼，提起衣角便追了下去。

锦琅鼻中轻嗤了一声，没有说话，任他去了。

姬雨桥沿着渭水的河岸一路向城西跑。

夜风很大，火燎燃得太快，实在不便。试了几次之后，她干脆放弃了照明，运足了目力，凭借天上偶尔露出一角的月亮摸黑急奔。咸阳城里也有些市亭和里门设有长明的庭燎，可以借一些光。这样一段明一段暗地跑过去，倒也没遇到太多的障碍。

然而快到渭桥的时候，姬雨桥忽然感觉到了一丝不对。刚反应过来，想着该放慢一下脚步，她便"哎哟"一声被地上的什么东西绊倒了。

倒地的瞬间，姬雨桥就明白了绊倒她的是什么。血的味道浓烈得连风都吹不散，土地都黏腻得踩上去吱吱作响。

这是一片战场——战斗才刚结束不久，满地的尸体还都是软的，余温未凉。

姬雨桥打了个寒战，然后颤抖着从怀里拿出最后一根火燎，用火石敲打着点燃了。

火光亮起的瞬间，她的手又狠狠地抖了一下。

这场战斗看起来，比应侯府上的还要惨烈。两派人各有十数个，许多到死都还扭在一起，同时把利刃切进对方的喉头。

"喂……还有人活着吗？"姬雨桥站起来，握着火燎，慢慢向战场中心走过去。

看着看着，她心中又再一次惊骇了。

这两派人的服色，她都熟悉得紧。一派是"萤火"，与应侯府上那几位服色相同；而另一派——竟是许久不曾见过的赵国"黑衣"！

"喂，有人吗！"姬雨桥睁大了眼，转着圈向四周寻去。那身黑衣一下子刺痛了她，原本在记忆中已经有些模糊的赵宸的形象，突然间又清晰了起来。他生前的那些同僚——他们也来咸阳了，也来为他复仇了！可是，怎么可能……都死在了这里？

就在这时，一声轻而痛苦的咳嗽声在她背后不远处响了起来。姬雨桥霍地转身，迅速地走了过去，把火燎凑近。

尸堆中间，一个壮年男子半坐着，鲜血将面孔模糊了。三柄利刃插在他的胸腹上，腿上还有硕大的几个血洞，血已经快要流干了。

"你……你是……"姬雨桥感到此人有些眼熟，忽然想起来，"你是梁……梁什么武？"

梁大武费力地睁开眼，看了一眼姬雨桥，眼睛里也泛出了一星半点的光。

姬雨桥认出来了，此人是赵宸当年在"黑衣"中的同僚，在邯郸时她曾见过几次。

"你……是谁……"他艰难地挤出几个字。

姬雨桥陡然语塞。他不认识她。他当然不会认识她。在邯郸时，赵宸也未跟她有过什么公开的关系。

"我……我是赵宁之友。"姬雨桥想了想，问道，"你可见过她？可知她在哪里？"

梁大武听了，轻轻咳嗽了几声，缓缓摇头，从牙缝中挤出两字："杜邮。"

姬雨桥长叹了口气。这名"黑衣"伤重至此，已经不可能活过来了。她没办法救他，也不能帮他收尸。来这一遭，也就只能说几句话，聊表安慰了。

"你放心吧，我一定会杀了白起，为宸哥复仇的！"她说完这句，伸手轻拍了一下梁大武的肩，准备离开。

"等一下……"谁知梁大武却拼尽全身力气，一把揪住了她的手腕。

"你……"他上气不接下气，"你帮我看看，在这……死去的'黑衣'……有……多少人？"

姬雨桥讶然应了一声，然后抽出手来小心起身，举着火燎在四周查看。

"有……二十四人。"片刻之后，她回到梁大武身前，一边说一边叹了口气。

"统领……"听到这个数字，梁大武一下子哭叫起来，整个人都崩溃了，"大武没用！竟只剩下你一人……"

姬雨桥吓了一跳，向后退了两步，转过头不忍再看他。只听他大哭了几声，突然又呕了几口血，然后便歪倒在地，再无声息。

一阵强烈的激愤在姬雨桥心中熊熊燃起。但一转眼，手中的火燎竟燃尽了，火星溅到手上，变为尖锐的刺痛。她赶忙甩了下手，看着最后几颗火星掉落在地上，渐渐熄灭。渭水河畔又进入了没有一丝光亮的长夜。

夜又深了几分，杜邮亭外的山岗上，锦琅抱着手炉，神色忧虑地看着山下的大阵将凶悍的药奴一拨一拨地吞噬。

这样的情形她并非没有预料到——白起精通奇门遁甲之术，若要布防，自当如此。当初在郢都的田氏商社，"萤火"月移尚能布下八门阵困住他们，何况白起本人？

对这等大阵，几乎失智的药奴全无用处。在锦琅的计划中，原本赵宁是最佳的破阵人选，但她着实没有想到赵宁竟能如此硬气，丝毫不受蛊毒胁迫，直接扬长而去。

时间转瞬即逝，锦琅愈发焦急。待到天亮，咸阳苏醒，白起拔营，又将是另一份结果无法预料的麻烦。而就在这时，她身后的丛林中突然传来了脚步声。

"公主。"一个好听的男音响起。紧接着"哗啦"一声，一个沉重的物事被他甩在了地上。

锦琅霍然转身，发现李青鸢带着一个白发老人来到了山上。那老人浑身是血，瘫在地上，不知死活。

"这是赵崧？"锦琅皱起眉头。

"不错。"李青鸢答道，又弹了弹自己右边袖子，"从嬴栎的手上把他抢过来。还真是不容易，险些丢了条手臂。"

锦琅冷哼了一声，缓步走过去，用脚把老人的身体翻转过来。那老人已气若游丝，浑身上下布满伤口，血污将眼睛都糊住了。

"只有他一个？"锦琅皱眉。

"这次行动'萤火'押上了所有的人。赵国'黑衣'，自此已不复存在。"

锦琅冷笑了一下，从怀中取出一粒金丹，弯下腰塞进赵崧的嘴里。片刻之后，老人呻吟了一声，慢慢醒转过来。

"哎！赵统领若能早点过来该多好。"锦琅叹息道，"也不必用这浸有蛊毒的百越金丹续命了。"

赵崧却不理会她，一恢复力气，立刻拄着剑，从地上站了起来。

"这便是杜邮？"他四面看看问道。

"正是。"锦琅指了一下山下，"白起在那摆了一个八门阵，厉害得很。我的药奴有去无回，只能仰仗赵统领破阵了。"

"好。我去！"赵崧竟无半点推托，运气调息了一下，立刻持起剑，飞快奔下山去。

看着赵崧的背影，锦琅终于笑了起来。

"想不到竟如此容易。"李青鸢也呵呵笑道，脸上满是幸灾乐祸。

应着这句话，山下的八门阵终于出现了一丝裂隙。

"白起老匹夫，给我滚出来一战！"赵崧的吼声震彻天地。

"百越金丹真是奇药。"李青鸢站在锦琅身后，啧啧称奇，"方才还如死狗一般,转瞬便能复原,气力竟像是还精进了不少。"

"那是自然。"锦琅答道,"把余生之力都挤压在两个时辰之中,能不疯魔倒是怪了。"

山下传来的打斗声愈来愈剧烈。

赵崧手中重剑"有为"威名赫赫,虽然未能与"南邓""北姜""东蛟""西屠"并列,却也曾是强赵勇武的第一高手,尤其是赵氏家传绝技"裂风",更是传说中可于万军之中行刺上将的绝杀之剑。

长平的白起,邯郸的王陵,都分别在赵崧儿女手下被行刺重伤。而此番有赵崧本人亲身入阵,对决的局面瞬息变化,牢不可破的大阵转眼被撕开缝隙,放入了成群嗜血的药奴。

看着这般局面,锦琅心中一动,又生出了别样的想法。

"不知,若是天下第一的'西屠'白起中了这蛊……"没想到,李青鸢一开口,也同她想到了一块儿去。

锦琅掩着嘴笑出声来。

"若是白起中了蛊,再把他引到咸阳宫……"李青鸢愈发来劲了,脸上的邪气盛得骇人,眼中都似发出绿光来。

"那可就有意思极了。"锦琅媚笑着接道。她说着,从衣襟里拿出了一个小小的水晶瓶,托在掌心里,递给李青鸢,"劳烦钜子跑一趟了。"

"相当乐意。"李青鸢伸手拿了瓶子,顺便还摸了摸锦琅的玉手。

"可要小心。"锦琅笑着叮嘱道,"这里面的蛊虫可没有金丹包裹,沾身便要发作的。"

李青鸢应了,把瓶子放入怀中,弹了一下腰际的鹤鸣剑,便在长铗的嗡鸣中追着赵崧的脚印向山下的大阵奔去。

山岗的另一面,赵宁走在下山的路上,忽地一阵风过,打了个哆嗦,赶快紧了紧袖口。

田牧走在她身后,看她一身衣服沾满泥水还未干透,叹了口气,抬手把自己的外袍解下,搭在了她肩上。

"不用。"赵宁侧身一躲,迅速把袍子扯下来还给他,然后加快了步子,"你不必跟着我。"

"阿宁!"田牧无奈而又责备地喊了一声,却是徒劳,只能摇摇头再把外袍披上,又加快步伐去追。

"你跟着我也无用,我就算毒发,也不会为'琅琊'做事。"赵宁语气渐渐变得狠厉,"你也莫要以为,我不会动手杀你!"

"阿宁,我知我罪孽深重,也不指望你跟我回去。"田牧却锲而不舍,"我只是想知道,邵云他……"

听到这个名字,赵宁脚步停了一下。刚才在山顶时,田牧说过邵云的事。对于那个凶悍寡情的男人,她虽然谈不上有什么好感,但毕竟数次为他所救。在亲历他的死亡时,也曾为之心魂震动,痛惜惘然。

"他死了。"赵宁叹了口气,缓下了脚步,"自杀的。"

"为何?"田牧惊问,但立即又反应过来,"想必是蛊毒发作,太过痛苦。"

赵宁侧头看了看田牧,忽然心里一软,险些一句"那倒不是"冲出口来。

该不该告诉他——邵云是为了赌静渊手中的那瓶解药来救他,才甘愿出卖"琅琊"的消息,而后自杀的呢?对田牧来说,这个真相会不会太过残忍,让他也经受不住,彻底入魔?而静渊手里的那瓶解药,他又哪里有什么方法能拿到呢?就算有,锦琅又会给他吗?

怔愣片刻之后,赵宁忽然叹了口气,抬手指了一下不远处的一片小松林:"过去休息一下吧。讲一讲你和邵云的事。我考虑一下,要不要帮你。"

她说完,马上加快了步伐,向前走去。

田牧有些讶然,落在后面,看到赵宁的细瘦背影,忽然觉得那背影似乎浑身都透着股孤绝的意味。

没来由地,他忽然就想起邵云跟他告别时那个背影。当时他没回头,只是抬起手来摆了摆,说了声"秦国见吧"。那时他只觉寻常,邵云也是一身痞气,对此浑不在意的样子。谁都不知,那竟是他们所见的最后一面了。此时回想起来,田牧才感觉到,那个背影,明明也是这般的孤绝和……无常。

赵宁在松林里找了一块空地,捡了几支稍干的木枝,拿出火石来点了一小堆火。田牧也没闲着,不知从何处拾来了几串松果,又挪来两块石头,放在火堆近旁给赵宁坐。

稍稍休憩了一会儿,田牧终于深吸了口气,将那个已经埋在他记忆里近二十年的冬天,又拽回了眼前。

"邵云,是个奴隶的儿子。"他一边剥着松子,一边慢慢开始了叙说。

"他生在齐国一户巨富人家,从小就被当成畜生养着。因为长得细弱,说话又不中听,一直遭受所有人的欺辱和凌虐。

"我那时刚刚进入'琅琊',学了一两招功夫。有次恰巧路过他们庄园,见他被殴打得极惨,便趁夜悄悄翻进去找他,把那几招教给了他。谁知他是个武学奇才,下一次被少主鞭打,竟还了手,打掉了少主两颗门牙。家主因此暴怒,唤人把他打得筋骨尽断,扔在了后院的废井里。

"我后来找他不见,便去庄园里一寸一寸地翻,终于循着血迹翻到了那口废井。可是他受伤太重,根本没法爬上来。我想了各种办法来回折腾,不慎闹出动静,让庄里人发觉了。情急之中,我只好把身上带的那枚金丹扔进废井让他吃下去,然后放下绳子就跑了。

"可是,我也不是什么高手,没跑几步便被捉住。也很讽刺,我自以为能去救人,最后自己竟也被打成残废,挂在旗杆上晾了一天一夜。"

他说到这,稍稍顿了一下。他看见赵宁捏着拳头,手臂微微颤抖着,瞪着火堆一动不动。

"再后来,就很简单了。"田牧苦笑了下,"金丹起了作用,邵云活了过来,从井里爬出,又把我救走了。那时,我身上没有一寸皮肤是完好的,只剩下最后一口气了。回到'琅琊'之后,锦琅救了我,又用'换肤'之术将我变成现在这般模样。而邵云,也就跟我一起留下,成为锦琅最倚重之人。"

话音落,赵宁长长叹出一口气,身体的战栗慢慢平复,肌肉却紧绷起来,修长的手指扣住了膝上的青螭剑。

田牧知道,她被他所说的事触动了。

他和邵云相识的这段旧事,其实一点都不离奇。不过是两个不知天高地厚的少年,受了苦,要反抗,然后便要承受那反抗带来的后果。十几年后,他们已经不想再提当年的义气和血勇。但不能否认的是,当走到生命尽头时再回头去看,那依然还是他们此生最为珍视的东西。

"邵云的自杀,并不是因为毒发之苦。"赵宁忽然开了口,抬头看向田牧,"他用死,给你换了一瓶解药。"

"什么?"田牧心头巨震,不敢相信自己的耳朵。

"鬼谷的'濯魂'。"赵宁道,"在静渊那里。"

田牧的神情一下子乱了,原本剥了满手的松子也撒在了地上,沾上了泥土。

"你是说……他……是为了救我,出卖了'琅琊'?"田牧问完,又觉得多余，垂下眼喃喃地自解，"是啊……他在此前，都杀到了公主座前，差一点便……"

"你有办法去取吗？"赵宁打断了他，目光灼然，"进八门阵，去找静渊。"

"我……"田牧顿时语塞。

赵宁叹了口气，摇了摇头，脸上似乎有几分遗憾和后悔。而同时，她又有两次欲言又止，似在犹豫应当如何作为。

等了片刻，两人突然听到不远处的黑暗里响起来一个簌簌的脚步声。

"什么人？"赵宁一下子从地上弹起，手指按住青螭剑柄。

"阿宁？"一个纤细的身影从黑暗中钻了出来。

"阿桥！"赵宁又惊又喜，没想能在这里碰上姬雨桥，冲上去一把抱住了她。

然而，姬雨桥看到赵宁竟全然无恙地和田牧在这里烤火谈天，脸色一下便沉了下来。

"冯夫人倒还挺会享受。"她推开赵宁，半讥半讽地道。

赵宁蹙起眉，不明白她的意思。

"赵国'黑衣'已经全部覆灭！"姬雨桥绷不住情绪爆发，向她怒吼起来，"就只剩下你父亲一个人，独自去杜邮杀白起了！而你、你竟还在这儿……"

赵宁心魂巨震，但后退了两步站定，咬住嘴唇没有说话。

"你到底在想什么？最后关头，做缩头乌龟？"

"你够了阿桥！"赵宁也忍不住爆发了，"你又何时站在我父亲一边了？他怎样对我，你不清楚吗？"

"我……"姬雨桥陡然语塞，脸上也闪过一丝惶惑，仿佛对自己现下的立场有些迷惘。她一时没法解释，转头看到田牧，忽然想起自己这些天来的忧虑："邵云呢？他眼睛怎样了？中的蛊毒解了吗？"

而一旁的田牧此时还沉浸在对邵云之死的震惊与痛楚中，并未听见姬雨桥说什么。

"行了！阿桥，你别管了！"赵宁忽然一横心，咬牙道，"我回去！你和田牧留在这儿等我回来，哪儿都不要去！"

"为什么！我跟你一起去！"姬雨桥不依不饶。

"邵云已经死了！你这点武艺，能去破八门阵？能去杀白起？"赵宁毫不客气地甩开姬雨桥的手，"还是别去送死了，行吗！"

"可是……"姬雨桥还想争辩,但赵宁已出手如电,直接用剑柄点住了她膝盖后的穴道。

"放心,我还有'鱼渊'。"赵宁拍了一下自己左手小臂,在姬雨桥耳边轻声道。

"阿宁!"这时,田牧终于缓过劲来,焦急地走上前来。

"你帮我看好她,别让她乱跑!"赵宁拉住两腿动弹不得的姬雨桥,把她拽到田牧身侧,"我去找静渊,把解药给你拿回来!"

话说完,赵宁便转过头,疾步向来路奔去,很快消失在了茫茫的夜色里。

山岗的另一侧,杜邮亭周围,已是尸首成堆,一片狼藉。

杜邮亭是位于咸阳西去大道上的第一个都亭,距咸阳王城十里,有两座两层高的木楼夹道而建。一侧是都亭缉捕盗匪、处理诉讼等日常事务的官署;另一侧则是关照行旅,停留食宿的寓所。

原本白氏出迁的大小车辆都停在了右侧驿站背后的车马场,白氏一家和随行的仆役都住进了驿站里,只等明日清晨亭长到来,查验众人文牒照身后开关放行。可现在,一些由不知何处来的巨石、奇树和棘条布下的阵法将整座都亭都罩住了,两座木楼被浓重的白雾完整淹没,什么都看不到了。

赵宁捏着青螭剑柄,绕着大阵走了一圈。

药奴们的尸体或说尸块密密麻麻地堆在阵外,许多瞬息间便已腐烂了,发出浓浓的腥臭。而细看那些尸块的裂解之处,有些是被利剑割的,有些是被刀斧斩断的,有些是被长鞭或藤索抽碎的,有些是被羽箭洞穿的。看起来,阵中的高手不在少数。而她父亲孤身一人入阵,也不知如今吉凶如何。

思索了一会儿之后,赵宁咬住牙关,寻到阵门,一脚踏入。

刹那间,星光亮得近乎刺眼。

赵宁慢慢张开眯住的眼睛,知道自己已经进入了大阵之中,不再有机会回头了。头顶的天幕星光灿烂,广阔无边。两栋木楼凭空消失了一座,只剩下等待她前去的那座,尖顶正对着光芒极盛的北辰。

赵宁抬起手,把青色的长剑抽了出来,扔开了剑鞘。

这座大阵,远比当时月移在田氏商社布下的八门阵更加阔大和缜密。不过,当时她什么都不懂,只能倚赖屠嘉的指点。如今却是不同了。在那一战之后,她了解了对手的长处,便着意在养伤和行路的缝隙中重新捡起了《易》。她曾说过，她依赖的只有自己手中的剑。而行到此处，她才知道，自己真正做到了这一点。

看着她左一步、右四步地缓缓前行，田牧没有多余的话，对她十分配合和信任，拿出一把小小的弩，在她身后始终保持着两步的距离。

这样走了大约一刻，漫天的星光突然一变，开始以北辰为中心，慢慢旋转了起来。

"赵姑娘终于来了。"忽然，一个优柔的男声在耳边响起。

赵宁吃了一惊，挥剑转头，发现竟是那个面目猥琐的"隐墨"钜子——李青鸢。

"奉劝你离我远点。"赵宁懒得理他，也不想在危局之中把气力花在这种人身上。撂下一句之后，她便加快脚步，踩着点位向阵中一层走去。

"那怎么行？都是来破阵的。"谁知李青鸢却毫不知耻，也快步跟了上去，跟在赵宁身后步步深入。

"这个大阵，是'奇门'之中，套了一个'北斗'。"李青鸢看去倒也识货，"虽是在短时之内草草布阵，但守阵之人个个都是顶尖高手。我观察了片刻——他们出手干掉一个药奴，没有一个人需要出到第二招。"

赵宁冷哼了一声，没有接话，但心下十分震动。转过几步后，阵中响起了呜呜的风声，吹得二人衣衫猎猎，剑刃上响起颤动的嗡鸣。

"都是些什么人？"赵宁沉吟了一下，还是开口问道。

"是'南墨'中的'七尊者'。"李青鸢沉声道，"都是名震一时的技击高手。入了'南墨'之后，很快便销声匿迹，也很少在总院出现。此时才知，原来他们都去了白起府上。"

就在这时，赵宁发现剑刃上的风声突然一变。天幕上的第一颗极亮的星"天枢"突然灭了。

"来了。"赵宁手腕一震，长剑上响起一声尖锐的鸣啸。

从天而至的一道厉风笔直地向下突刺，速度愈来愈快，像是一口巨钟要把两人兜头罩住。

赵宁却未躲避，身形陡然拔起，将锐利的剑尖直向那巨钟刺去。"当"的一声鸣响，厉风化成的巨钟应声而碎。来袭者路径向右侧偏转，在三丈外稳稳落地。

赵宁也落地收剑，胸口不断起伏，背后冒出了一层虚汗。她已许久没有和人动手了，连剑都有些陌生。如今的身体在药物的作用下突然增强，对力量的控制还不熟练。这一剑出去，力竟有些使大了。

"终于来了个高手。"来袭者鼻中哼了一声，站直了身体。是个身材有些肥胖的中年男人，手里拿的是一对巨斧。赵宁眯起眼睛，依稀有些印象，那是武安君府里的厨子。

"'贪狼'何值。"李青鸢也拔出了鹤鸣剑，在赵宁身侧低声道，"他是魏国人，早年从军，曾做过魏武卒千夫长。体魄惊人，武器沉重，劝你还是不要正面为敌。"

赵宁气喘了一会儿，平复了心跳，再次摆出了起手式。

"叫静渊出来！"她朝何值喊道，"我有事跟他说！"

"呵！"何值当然不理她，两斧在手中一掂，走上前来，"要见阵主，喊一声就成吗？"

赵宁叹了口气，有些焦躁，却也不敢放下剑："我无意杀人，也没有时间跟你周旋！"

何值却已不再多话，抡起巨斧便对她斩了上来！

这次正面交手，赵宁才明白李青鸢刚才说的"体魄惊人，不可正面为敌"是什么意思。那巨斧上传来的力量，青铜质的青螭剑根本无法承受，只要一沾上，马上就会崩裂。而那力量带起的厉风霸道至极，想不沾上也着实太难。

几个回合之后，赵宁被逼得节节败退，眼看就要被逼出"生门"，进入另一片未知之地。

"李青鸢！"赵宁高叫了一声。

"嗖"的一下，三枚石子连珠射出，直袭何值后背。

这一偷袭效果不大，何值只偏身回肘一拨便挡开了。但赵宁，却在这一条缝隙间找到了刺杀的机会。

只见那青色的剑刃上忽然漾起了一道波光，苍龙的鸣叫声倏尔破浪而出，盘旋着扑向手持巨斧之人的喉头。

"嚓"的一声，血如瀑涌。雄壮的身躯还未来得及发出一声惊吼，便不甘心地向前扑倒在地。

赵宁后退几步，收了剑，深深地吸气，平复气息。

虽然干脆利落地得胜，一种更深切的恐怖却瞬间浸入了她的心脏。

有些太容易了。她能明显感到，如今她手中的战力，比她刚刚艺成下山的全盛时期还要强大。有种说不清道不明的神秘力量，正在她全身的血管里奔流，毫不客气地推着她向前冲刺，把剑尖送进敌人的身体。而在见血之后，那力量竟爆发出一声狂欢，让她全身的每一个毛孔都绽出了欢愉的快感。

"嚯！还真是厉害！"李青鸢立刻凑了上来，笑得一脸邪异，"比你那老父亲，还要利索呐！"

"再近一步，我便杀你！"赵宁感到自己血管中有一股控制不住的怒气快要喷出，举起长剑制止李青鸢靠近。

"哎？刚才不是配合得蛮好嘛！"李青鸢止了步，一摆手嗔道，"要我说，我们应该去把你父亲也找到，三个人联手破阵！"

听到李青鸢说这句，赵宁忽然冷静了下来。

先前他劫持马车，强喂她金丹之仇，她当然不会轻易放过。但如今他们身陷险阵，生死一线，在此时算这笔账，却又好像有些不太明智。

更何况，李青鸢说的也不无道理。以刚刚出现的"贪狼"何值为参照，倘若阵中其他高手都在此水准之上，外加八门阵本身的无穷变化，他们任何一人单打独斗都绝无逃出生天的可能，更别说杀到白起座前与他一战。

"赵姑娘可识得'七尊者'中的另外六人？"李青鸢趁势追道。

"不知。"赵宁老实答道。

"'巨门'屈左，'禄存'司马广，'文曲'张鹤，'廉贞'钟离因，'武曲'徐孟，还有'破军'邓陵波。"李青鸢掰着指头一个个数过去，"其中，有三人使剑，一人用刀，一人使鞭，还有一人使弓箭。

"用刀的是'禄存'司马广，他出自少梁司马氏，刀法快而凌厉，是战场之术；用鞭的是'武曲'徐孟，传闻年轻时是墨家的天纵之才，自创了一套鞭法留在总院，然后便销声匿迹。

"使弓箭的，是南墨钜子的嫡孙，'破军'邓陵波。我听田牧小哥儿说过，邵云当年在南墨时，曾被邓陵波挑去，教了三天。"李青鸢说到这，收声顿了一顿，抱着剑饶有意味地看着赵宁脸上的神情变化。

的确，弓箭手……是个大问题。

在这样变幻诡谲的大阵中，最怕的就是神出鬼没的冷箭。赵宁皱着眉，思考了一下假若邵云在这阵中与她对敌，自己能有多少活下来的把握——

答案令她胆寒到不敢细想，几乎只有十之一二。

"看赵姑娘的样子，好像并不是来刺杀白起的？"李青鸢忽然意味深长地道，"莫非，是当真对白起那义子动了感情，准备临场倒戈，连父亲都不要了？"

"我要做什么，不必向你交代。"赵宁不屑看他，冷冷答道。

"嘶！还真硌牙。"李青鸢又挑了挑眉。"再问一次，你当真不想见你父亲？我见他伤势不轻，是服过金丹之后，才入的阵。而在这之后能不能从琅琊公主那要到解药，还得看你能不能帮他杀掉白起了……"

"呵，何必白费唇舌。"就在此时，忽然，一个沙哑沉重的老人嗓音惊雷般炸响，"她懂什么？"

赵宁被这声音轰得眼前一暗，不由自主地踉跄后退了两步，才站定看去。

提剑的老人从大石后走出，浑身已没有一片衣衫不带血，在夜风中散布着浓烈的腥臭气味，越来越像大阵外面躺着的那些腐尸了。

正是赵崧。

"爹……"赵宁忍不住还是唤了一声，心中又生出了与方才在桥上初见时一般无二的恐惧。

然而赵崧冷哼了一声，根本不将她放在眼里。

"李兄进阵也有一段时间了。"他拄着剑一步一步走过来，对着李青鸢发问，"可看出什么门道了？"

李青鸢挑了挑眉，又把鹤鸣剑抱在胸前，叹了口气："这大阵变幻无穷，守门人又都是绝顶高手。我们若三人联手，倒也可以像赵姑娘这样一个个杀下去，只是阵中的时间流转与外面不同，等杀到中心，怕是天都要亮了。"他说到这顿了顿，上下觑了觑赵崧，"何况，赵统领服的那枚金丹，也等不了那么久。"

"那该当如何？"赵崧把剑尖在土地上一顿，皱起眉来。

"最好是……"李青鸢转头看了赵宁一眼，"想个办法，让'北斗'一起出来。"

"如何一起出……"赵崧又问。

"我知道。"忽然，赵宁打断了赵崧的问话，干脆地答道。

"你？"赵崧惊讶扭头，满脸都是不信与讽刺。

赵宁冷笑了一下，并不答话。她收起青螭剑，直接向最近的一方石块走过去,双手抱上,开始挪动。

"作甚!"赵崧又惊又怒,一声暴喝,满脸髭须都竖了起来。

见赵宁不理睬,他一提长剑,便要上前动手,却被李青鸾抢到前面拦了下来:"赵统领莫急,且看她摆弄,无碍的。"

赵崧皱着眉,完全不信。而就在这时,阵中的情景已在赵宁的修改中起了变化,周遭笼罩的浓重白雾开始渐渐散了。

"阿宁在楚国时,曾破过一次'萤火'布的八门阵。"李青鸾继续宽慰赵崧,"此事交由她,最是稳妥。我等拭目以待便是。"

听到李青鸾这么说,赵崧终于"哼"了一声,不再阻拦。

接下去的半个时辰,便是赵宁一个人在阵中走来走去,一会儿停下来想想,一会儿过去搬动一个石块,或是挥剑砍倒一棵树。

李青鸾坐在何值的尸首旁边,用他的巨斧砍了几段柴,生了个火堆,时不时地直起腰望一望赵宁,阴阳怪气地鼓一鼓劲儿。赵崧则盘腿打坐养气,眼不见心不烦地闭着眼,但仍然耳听八方,手里压着剑柄准备随时一跃而起。

半个时辰之后,赵宁挪动了最后一段枯木,然后背对着两人小心翼翼地一步步退了过来。大阵中所有的声音都在她这一挪动之后消失了,李青鸾和赵崧皆猛地起身,手按剑柄警惕地四面看着。

"放心,我还没有挪到位。"赵宁也按着剑,看着那一段躺在土地中央造型诡异的枯木,手心里全是冷汗。

她这番改换阵法,"北斗"不可能没有发现。前几次修改时,她都明显发现了对手的对抗——她搬走布好点位的尸块,总是回身后便被挪走。但过了一会儿,她就发现那对抗消失了。

"北斗"并不害怕她修改阵法,让他们一起现身,甚至,他们反倒希望她这样做——因为,有"破军"邓凌波在,第一个踏入双方对敌阵眼者,必死。

最后一段枯木挪动到点位后,他们就会看到那个阵眼了。那将是他们三人与"北斗"剩下六人的决战之地。

"那还不快去挪?"背后,赵崧又发出一声雄浑而霸道的命令。

赵宁没有作声,停下了步。她此时才发现,自己似乎为了争那一口气,平白把自己送上了绝路。赵崧怎么可能自己第一个入阵送死,当开路的肉盾呢?

这里的三人——"隐墨"钜子李青鸢为人阴鸷，绝不可能上前自我牺牲，又武艺高强，浑全无伤，不受赵崧胁迫。赵崧身上背着赵国的血海深仇，运作十年誓杀白起，也绝不肯止步于此。那剩下的，就只有赵宁了。得由她，去挡住"破军"贯日裂天的首杀之箭，为身后的两人争得安全进入阵眼的一隙机会。

"呵。"赵宁冷笑了一声，感觉眼角有点湿润，像是溢出了血。

"凭什么？"她一字一字地说，然后慢慢地、转过身来。

"什么'凭什么'？"赵崧怒气勃发，大踏步上前，手中重剑连鞘抽到赵宁膝后，一下便将她抽得重重跌跪在地上。

赵宁也没料到父亲会如此粗暴地动手，"嘶"地倒抽了一口冷气，手撑着泥地稳住身体。

"都是废物！"赵崧恨恨撂下一句，转身对着杜邮亭空旷的夜幕怒吼，"我赵崧，怎会有如此蠢笨的儿女！"

听到这句，赵宁喉头狠狠一痛，像突然被人掐住了脖子。父亲对她不满，也就罢了。可在此时，她才知道，原来父亲对哥哥赵宸，也从未满意过。哪怕他已为国身死。

"父亲。"缓了好一会儿，赵宁终于深深吸了一口气，然后一点一点挪动膝盖，慢慢站了起来。

"这是我，最后一次，叫你父亲。"她抬起头来，看着那个老人孤独又癫狂的背影，"我受你骨血，生而为人，却从未有过一天快乐的日子。我反过你一次，这些年还一直为之后悔，想要补偿。可如今看来……"她顿了顿，"我还要反第二次。"

"你说什么？"赵崧霍地转身，长剑"嚓"地出了半鞘，重重架在了赵宁的颈侧，"你再说一遍？"

"我知道我在做什么。"赵宁凄然一笑，眼中有泪坠下，语气却很坚定，也没有退后一步，"你可以打我、杀我，但是，你无法把我，变成和你一样的人。"

"你！"赵崧震惊了，长剑发出"嗡"的一声鸣响。

赵宁的脖颈上立刻被剑气割出了一道血口。然而她只颤抖了一下，还是没有躲。

"你以为，我真的不会杀你吗？"赵崧的手臂不断颤着，气得声音都有些不稳。

赵宁咬住牙关，吐出两个字："请便。"

"好，好。"赵崧点了点头，臂上逐渐加力，脸上的神情开始变得扭曲。

而就在这时，大阵的上空突然出现了一丝变化。漫天的星子开始抖动，像是一碰就要坠落。地上的那段还未移动到位的枯枝也抖动起来，被什么力量拖着转动了方向，慢慢地指向了正北。

"虎毒尚不食子。"忽然，一个苍老而又雄浑的声音响了起来，"赵统领既然不要这女儿，不如就放了她，给我做个好儿媳。"

赵宁浑身一凛，感到浑身血液都在这一瞬间冲到了头顶心。

是白起！

应着这声音，漫天璀璨的星光忽然一震。紧接着，簌簌的声音响起，天上的整整一条银河，都顺着北斗的斗柄直直倾泻了下来！

"老匹夫！"赵崧一声狂吼，长剑离开赵宁脖颈，"嚓"的一声出了鞘。他向后几个翻身，四顾寻找声音来源，却无所获，只厉声大喝："敢不敢出来一战！"

然而这吼声却落到了空处。一阵寒风呼啸而过，从那星河坠处的"门"里走出来的，却不是白起，而是一身黑衣的嬴栎。

"虽然赵宁杀了我数位兄弟，但也不妨我嬴栎，敬她是个为家为国、奋勇忘死的英雄。"嬴栎一边缓声道，一边按着剑柄稳步逼近，"我'萤火'中人，也不外乎如此。赵统领如此待她，连我这敌国之人，都看不过去了。"

听到这句，赵宁心头又是狠狠一震，向侧方退了一步。谁能想到——到头来，竟是这针锋死斗的对手，更能敬她重她。在这一瞬，她忽然理解了哥哥和屠嘉，为何能在那样的情境下结为知己，一起喝上最后一壶酒。

不过是因那一句——英雄相惜。

"哈哈！"而意料之中，赵崧又狂放地嗤笑起来，提剑指向嬴栎，"虎狼贼子，也配来疼惜我女儿？"

他一边说着，一边双足扎地摆出了起手式。黑色的重剑"有为"在他内力激荡下开始嗡鸣，剑刃上缓缓游动起来一条淡金的龙影。

"罢了。"嬴栎叹了口气，挥了挥手。

这一下，天地间又被黑暗席卷，原本暗黑的天幕再次露了出来，阵法造成的幻影迅速地消失了。亭前空地上只余下些许普通的山石和枯树枝，排成了一个半圆,将两栋木楼围在里面。

"哒哒哒哒哒。"赵宁看到五个人影在嬴栎背后稳稳落地。抬起头,驿馆的房顶上,响起"咯吱"一声弓弦的绞动。

"我来补'贪狼'之位。"嬴栎拔出了腰间的阔剑,缓缓指向赵崧,"南墨'北斗',请赵统领指教了。"

场中剑光纵横,而杜邮亭的两栋木楼黑漆漆的,都正在沉睡。

赵宁后退了几步,没有加入战团。她如今是白起的儿媳,嬴栎也为她出面。她不上前,"北斗"也不主动来攻她。李青鸢倒是拔了剑冲了上去,与赵崧并肩对敌。这是他们利用赵宁共同求来的决战之机,不必再有什么保留和算计。

看着场中的战斗,赵宁一面退,一面心中戚戚。她着实没有想到,白起竟然会为了放她一条生路而松了手,直接撤去了保护两栋木楼的八门阵。

如今,地上的一圈枯枝被引燃用作照明,场内"北斗"与"黑衣""隐墨"生死相搏,场外堆叠着"琅琊"药奴的尸骨。白起一族被保护在一片黑暗的木楼中,而赵宁立在当中,进退维谷。

怎么办呢?她应该帮谁?她应该杀入阵中,继续执行刺杀"战神"的使命,还是抽身离去,任凭这些人争斗至死,不管不顾?

黑暗中,赵宁手指捏着青螭剑鞘,站在大阵的边缘皱眉思索,犹豫不决。而就在这时,一个轻盈的脚步声在身后响起,奇异的香气顺风飘来。

"只剩一刻时间了哦。"锦琅柔媚的嗓音灌入耳中,"阿宁你还不着急吗?"

听到这句话,赵宁突然身子一僵,想起来一件事。

"静渊!"她没有回头看锦琅一眼,脚下一动就飞身入阵,直奔后方的两座木楼而去。

"止步!"果然,才刚入场,"文曲"张鹤便仗剑劈来,一剑便阻住了赵宁的脚步。

"我要见静渊!"赵宁横举着青螭剑,手按在剑柄上,并未拔出。

"呵!"张鹤冷笑了一声,"护君统帅,也是你随便能见的?"

"我不想再杀人了!"赵宁银牙一咬,眼中快要流出火焰,感觉血管里的那股疯魔又快要压制不住了,"你快叫他出来,我有事情问他!"

而这一句，却把张鹤彻底激怒了："老夫倒要看看，你杀不杀得了我！"

一句暴喝之后，雷电般的剑光再一次劈头而至。赵宁吃了一惊，脚下却没有退，反倒迎了上去，在半空中把青螭剑拔了出来。青色的蛟龙长啸而出，锐利的剑尖上忽然突刺出一抹艳极的红！邯郸赵氏的刺杀绝技"裂风"！

"噗"的一声，赵宁干脆利落地一剑洞穿了张鹤的咽喉。收剑回撤之时，张鹤那一剑直劈落在了她的左肩上，"呲啦"一下带出一大条血口。

不可置信的光在张鹤眼睛里闪了一下，立刻熄灭。尸首倒地时，赵宁忽然头顶寒气一凛，生出一缕极其深刻的恐惧。

她听到"砰"的一声弦响——一支不知从何方射出的、没有任何破空之声的幽灵冷箭向她袭来！

瞬息之间，赵宁以最快的速度四周寻看，却无任何发现。最后一隙，她凭着本能向前踏了一步，竟刚好避开了箭锋，却在后腰留下一条尺长的血口。

"破军"邓凌波！

"老张！"这时，"巨门"屈左也发现了赵宁入场一出手便杀了张鹤，还躲过了邓凌波一箭。

"妖女！"屈左怒气勃发，挥剑刺上，剑上的杀意几乎把空气都要震碎。

赵宁深吸了口气，发觉刚刚受的两处不算轻的伤竟不太疼，而血管里的快意却随着她真气的运转越来越明显。

时间真的不够了！她心里忽然一颤。

她身上还有一瓶吕不韦给她的"濯魂"，可解锦琅金丹中的蛊毒。一刻之后，她若还不服药，便会意识消退，变成药奴。可若现在服用，她这依赖金丹药力而恢复的战力也会迅速消失，怕是转瞬就要死在"北斗"手中。

"静渊！"屈左的长剑刺来之时，赵宁又运足力量长啸了一声。紧接着，她转过了青螭剑，以剑柄迎上屈左的剑锋，一个翻身向侧面跃去，像一只灵燕在半空中忽地展翅，变了个方向。

屈左没料到赵宁会以这个角度抽身，剑势顿时落空。只见赵宁飘忽的身姿在半空中倏然一转，青色的长剑也像跟着弯折了过去。而下一瞬，那细瘦的身体又像韧竹一样弹了回来，剑中的青龙破云而出，一下子绞上了他的脖子。

"静渊，出来！"赵宁绕至屈左身后，青螭剑横架在他喉间，嘶声对着木楼喊话。

这一次,木楼终于有了反应———一支炬火亮了起来,在黑暗中迅速变大,随后一个人影来到了他们面前。

"冯夫人何苦去了又来?"静渊提着长剑面向赵宁站定,深皱着眉头。

"我不是来杀人的!"赵宁气喘吁吁,直接放下了青螭剑,把屈左一脚踹开。

"噢,那是?"静渊有些意外。

"有一瓶药,你答应过邵云,要给田牧的。"赵宁道,向他伸出一只手,"给我!"

静渊又皱了皱眉,稍想了片刻,然后伸手入怀,摸出了那个小玉瓶。

"就为这个?"他干脆地扔了过去。

赵宁一把接住,然后终于松了口气。是个精致的玉瓶,里面装着小半瓶的药液,果然跟吕不韦给她的一样。

"多谢!"赵宁把那药瓶牢牢捏在掌心,转头就走。而就在这时,她忽然发现自己裸露的手背上竟出现了一大块红斑,一阵剧痛忽地从她腹中突刺出来。

"嘶……"她痛呼出声,膝盖一软跪倒在地。

"你也服了金丹!"静渊讶然喝道,然后恍然,"也对,不然怎会恢复?"

赵宁不理会他,咬牙忍了一会儿,又站了起来,准备离开。

"等一下!这药,你自己服了!"静渊忽然抢上来横剑拦她,"你若变成癫狂药奴,以你的战力,岂不是要生灵涂炭!"

赵宁心中一凛,但脸上却未表现出来,只把长剑一横,喝道:"让开!休要管我!"

"你别逼我动手!"静渊也怒气勃发,"锵"的一声拔剑出鞘。

赵宁只觉有一股即将失控的怒气从血管里炸出来,劈手拔出长剑,对着静渊便斩了过去。她这一斩的力气极大,招式却笨拙凶悍,与她平素的路数完全不同。

静渊惊得睁大了眼,却也没躲,红色的长剑直接与青螭剑对刃相抗。只见"嚓"的一声脆响,醉霞剑应声四裂,金属碎片飞射而出,一半刺入了静渊前胸,一半没入赵宁身上。

静渊一声痛呼,立刻疾步后撤。而赵宁却毫无停留,被他这一撤让出通路来之后，灵鸟一样迅速离开，转瞬便消失在了黑夜里。

"咳……咳咳……"静渊捂着伤处，看着手中的断剑和赵宁离去的方向讶然不已。而同时，他也发现了一个更大的危机。

"大哥！"他站起来，向着不远处仍在与赵崧缠斗的嬴栎高声大喊，"速杀赵崧！要来不及了！"

赵宁在黑暗的山岗上一路狂奔，感觉到心脏跳得快要炸开。她知道她浑身的血都快要流干了——那几处伤口真的很大——但是却毫无痛觉。

她不知道田牧是什么时候服的金丹，又是什么时候会毒发。她只能让自己跑得更快，不要跑错，马上找到田牧，然后把药给他。到那时，她也可以服下自己的那瓶药，然后找个隐蔽的地方躺下来疗伤，是生是死就听天由命了。

很快，赵宁看见了熟悉的景象，奔入了方才与田牧坐下生火的松林。隐隐约约中，她看见还有一丛小火生着，有人坐在一旁，拿着竹棍敲打着地上的石头哼唱着不成曲调的歌。

"田牧！"她冲了过去。

"阿宁！"那人真是田牧，一下子从地上跳起来，上前来迎她，"哎呀！你怎伤成这样！"

赵宁停下来，弯下腰一手支着膝盖喘息，一手摆了摆："无碍。"

她缓了一瞬，继而立刻把怀中的玉瓶摸出来，塞到田牧手中："解药。"

"阿宁……"田牧一下子哽咽了，双手握着赵宁伸过来的那只手，却没有把玉瓶接下。他知赵宁自己也命在旦夕。只这一瓶解药，还是她拼却性命抢来的，他怎能就这么拿去？

"你少废话！快吃！"赵宁不由分说抽回手，"我自己也有。"

她说着，又伸手去拿怀中的另一瓶准备服下。但眼光一扫，她突然脸色大变，失声道："阿桥呢？"

"呃……她……她穴道解开了。"田牧整张脸都拧了起来，"我……留不住她。"

"她去哪儿了？"赵宁僵住了，心中狠狠一震。

"杜邮亭。"田牧叹了口气，"她要去帮你。"

赵宁心中如遭雷击，拿取解药的手停了下来，从怀中抽出，又握住了剑柄。

这不行。阿桥为哥哥复仇心切是一方面,另一方面,也是担心她的安危,不容她独自面对生死决战。也不仅仅是今晚,从她们再次相逢开始,她就一直在为自己的目标而努力,不惜赌上自己的身份和性命。如今,反过来了。赵宁离开了,她却入局。自己怎能丢下她?

她又怎能,在此刻放弃她战斗的武器!

"我回去找她。"赵宁直起了腰杆,转身面对来路。

"你快要毒发了!"田牧着急得伸手去拉她,却拉了个空。

"你走吧!找个地方躲起来!越远越好,别回'琅琊'了!"赵宁的身影越来越远,声音也很快消失了。

田牧望着她消失的方向,攥紧了手里的玉瓶。那终究是每个人的战场。入此局中的每一个人,都逃不掉。

夜风里的腥气越来越重了。天空黑而低沉,仿佛一座大山将要压下来,把这世间的一切纷扰争斗都碾个粉碎。

赵宁跑得很快,直往杜邮亭下的战阵而去。而她越跑,越觉得这具强大到令人恐惧的身体不属于自己。

奔跑中,她听到了远处又响起了歌声——哀婉、诡秘,如泣如诉,召唤自己快快过去,为她而战。

很快,赵宁发现周围的山林里有东西动了起来,也加入了她奔向战局的路线。腐臭的味道一下变得浓重起来,让她不由抬起手臂捂住口鼻。

"归来兮……归来兮……"

那音调像是一只锋利的钩子,钩在赵宁的喉咙上,扯着她快速往前跑。侧目看去,那些窸窸窣窣的声音已经破裂开来,一个个不知从何处钻出来的药奴睁着血红的双眸,发出野兽般的低吼,飞快地超过她向前奔去。

是锦琅加入了战局,提前催动了蛊虫!

赵宁心头巨震,再次拨开袖口,发现皮肤上的红斑里已有点点的凸起动来动去,像是有小虫要咬出来。不行了!她深吸了口气,催动内力,强行控制住身体,缓下步来。若是这样贸然过去,万一抵抗不了锦琅的阴阳方术,被蛊虫攻破了心脉,一切便完全超脱自己的控制了!

"我师出鬼谷。这'濯魂',夫人留好,会有用处。"吕不韦的话又在她耳边浮现。

赵宁喘息着停步,从怀中取出了那个小玉瓶,揭开了瓶盖。一股异香立刻冲了出来,让她浑身一颤。她深吸了口气,倾倒瓶口,在指尖滴了一滴药液,抹在唇上。

奇迹一般,就在几次呼吸之间,她忽觉脑中无所不在的吟唱声陡然消了大半,身上伤口的疼痛也慢慢锐利了起来。赵宁赶紧塞回木塞,收起玉瓶,深吸了一口气,继续往杜邮亭赶去。

"杀了吧……都杀了……"

此时,杜邮亭前的战场上,已是一片血海。

八门阵被赵宁破除后,白起下令撤去了最后一层幻象屏障,将两栋木楼彻底暴露在了敌人的围攻之下。

起先只有赵崧、李青鸾、赵宁三人时还好,而待锦琅抵达,发动阴阳方术召来了大批药奴,南墨"北斗"的防线便有些守不住了。

"杀!杀!杀!"司马靳率卫军全部出动,在木楼前围成战阵,抗击着猛兽般的药奴。静渊也换了长戈,披上战甲,杀得双目血红。

赵宁跑到近前,看到大战惨象,惊得几乎支撑不住,快要软倒。

"阿桥!"她屏住呼吸,铆足气劲大喊,"阿桥!你在哪儿?"混乱的战场中无人应答。她等了片刻,实在无法,只能也把青螭剑从鞘中抽出,扔掉剑鞘,提剑入场。

"赵宁!"忽然,她听到一个熟悉的男声遥遥喊她,"去杀白起!"

赵宁霍地转头,发现那是李青鸾,正奋力与"禄存"司马广交战。而在他们身后,赵宁发现,战场后方的木楼里亮起了灯火,一个身形高大的白发老人在亲卫的簇拥之下从楼中走了出来。

一瞬间,身处战场的赵宁感到浑身血液都冻住了。那是白起。他终于出现了!

"武安君!武安君!武安君!"秦军将士立刻受到激励,大喊起来。

白起没有披甲,只穿了一身灰白的布衫,手中也无兵刃,像是个闲庭漫步的寻常老人。而他一现身,场中形势却立时逆转过来。

秦军奋起压进,药奴被斩杀大片,纷纷发出狂吼。连李青鸾也在司马广和屈左的夹击下连连败退。

"赵宁,你还等什么!想我们全都死在这儿吗!"李青鸾嘶声大吼,目眦欲裂。

赵宁如梦初醒。

是了!这是杀死白起的最后时机。那个一生百战无一败绩的"战神",斩杀百万人的"人屠",此时不死,更待何时!可是,她低头看了一眼手中的宝剑,心中又浮现了那个一心想让她好好活下去的男人深皱的眉心。情与义,终难两全。此生行至此处,生死爱恨都已历过,又还有什么不满足的呢?

想到此,她一震宝剑,龙吟声弹刃而起,直冲云霄。足下运力一点,身体翩然跃起,直向木楼冲去!

然而,就在她影动之时,隐身在高处的"破军"又发现了她。

"砰!"一支劲箭雷霆般射向赵宁顶心。赵宁偏身一躲,铁箭擦着肩头掠过,将身旁一个药奴钉死在了地上。

紧接着,快箭"嗖嗖"连射,一路追随着赵宁身形的腾挪,直抵激战的旋涡中心。赵宁虽然心里已有准备,但每一箭都躲得惊险万分,又落下七八道气劲割出的伤口。

抬头望去,白起负手站在木楼前的台阶之下悠然观战,神情镇定无比,未受丝毫惊扰。而为锦琅所控的大批药奴却似已到了强弩之末,连连溃败。

就是这样了吗?赵宁心中闪过一丝精疲力竭的怅然。即便她浑身无伤,也很难穿透秦军和南墨布下的这道铜墙铁壁,完成刺杀白起的使命。

而就在这时,她想起了一个人。他在哪儿?他已经死了吗?死在了谁的手上?那个曾被她称为"父亲"的男人赵崧,已经死在了乱战中,化为铁蹄之下的污泥了吗?

"去……速速!"突然,一声尖利的咒令从阵外的红衣巫女口中发出。

应着这一声,一个巨大的身影突然拔地而起,发出凶兽般的吼叫。

"白起,受死!"沙哑的声音最后说了几字,然后便化作震彻天地的嘶吼。它丢弃了长剑,徒手扫过周遭攻击它的兵刃,霎时便撕碎了近身的"武曲"徐孟。

是赵崧!

高处的"破军"也发现了异常,转过了箭头,将铁流向他倾泻过去。

然而赵崧却全然不顾,挥起利爪击开数枚利箭,刺进身体里的便决然拔出，依旧全力向楼底的白起冲去。

"拦住他！"司马靳嘶声大吼。

然而没有用，赵崧已彻底成为药奴，对所有伤害毫无反应，反而借着袭来的力量快速突刺，一掌便击开了挡在白起前面的司马靳。

一瞬间，赵宁只觉心脏快要从喉间跳出。眼睛一眨，一个暗灰的影子也跟在赵崧后面，穿过了秦军的铁网。

"唉。"就在这时，布衣老人叹了口气，向前走了一步。

赵崧整个人已化作那招绝杀"裂风"，右爪带起撕裂空气的霸道剑气，直取白起喉头！

白起抬首，眼中流露出一丝轻蔑。而下一瞬，那轻蔑便化作了威严，随着他抬起的手臂，决绝地击向了赵崧的利爪！

只听"砰"的一声闷响，赵崧的身体仿佛撞上一面铜墙，浑身骨骼"噼啪"而碎，轰然飞出，砸落在地。

"啊！"周围秦军这才反应过来，发出一声喝彩。

白起运气收拳，脸上泛起一阵潮红，神色却无太多改变。他摇了摇头，一句话都未说，准备转身返回楼上。

赵宁心中大恸，百感交杂，一时竟僵住不知该如何是好了。她的父亲，就这么死了？在白起手下，那出手无回、从无落空的绝杀"裂风"，竟会如小儿游戏一般，脆弱得不堪一击？

而就在此时，奇变又生！

在白起身后，一个暗灰的影子突然闪现，向他激射出一枚小小的"石头"。

"什么人！"近卫持刀砍去，将那暗器击开。

可谁知，那"石头"却在这一击之下碎成了千万片，里面包裹的液体四下溅开，在白起的后心沾染了大片。

"哈！"

刺耳的笑声突然响起，快速地逼近。赵宁回头，发现锦琅一挥长袖，亲身飞入了战局当中。

"武安君！"司马靳发觉不妙，快速抢了过去。

白起被那液体沾染，身子一下子僵住了，呆立在原地半响未动。赵宁这才发现，方才那暗灰的影子乃是跟着赵崧杀入的李青鸢。

"这'战神'，终于是我的了！"锦琅一手捏着诀款款走来，指尖飘

305

着一朵蓝色的火焰。

"武安君！"司马靳抢到白起身边，伸手去扶他手臂，将他拉转过来。而在看到白起面容的瞬间，他又向后退了一步，发出一声惊恐的"啊！"

赵宁陡然明白过来。锦琅的目的，竟然是给白起下蛊！而她给白起下的蛊似乎与金丹中的还有所不同，只一沾身，马上便起了作用！

"咔哒"一声，锦琅打了个响指。在这一声召唤下，白起缓缓仰起头，发出了一声仿若来自远古神界的嘶吼！

"锦琅！"赵宁不敢相信自己的眼睛。这已不是什么"弑神"，不是什么"复仇"！她是要用自己的邪欲，将这世间不肯臣服于她的人全都毁灭！

"锦琅，你给我住手！"赵宁忍无可忍了，一震青螭，飞速向锦琅袭去。

"咦？"锦琅也发现了她，微微侧身，向她奔袭而来的身影弹了弹指。

赵宁忽觉腹中一阵锐痛，脚下一软，便跌了下去。

"啊……"她忍不住痛呼出声，身体猛然痉挛，缩了一团。腹中被药力暂时压制的蛊虫都跑了出来，沿着她浑身的血脉，从内向外开始啃噬。

"这天下，也终于是我的了。"锦琅掩嘴嬉笑，燃着火苗的手又打了个响指。

白起停住了嘶吼，慢慢转过身来。在火光的照耀下，所有人都看见，老人的眼睛变成了血红色，两条胳膊上的衣服寸寸崩裂，露出布满了暴突的红色血管的两条铁臂。

"先杀谁呢？"锦琅想了想，看了一眼站在人群中冷笑着看热闹的李青鸢，"要么，就先杀那个没服药的吧。去！"

她抬手轻轻一指，白起立刻动了起来。

"公主！公主！"李青鸢惨然色变，撒腿就跑。然而他哪里逃得过白起？不过两三次起落，便被白起抓住，轻巧地扭断了脖颈。

锦琅放声大笑起来，也像中了蛊一般，状如疯魔。她左指右指，白起竟就在她控制下连杀数人，转瞬就将"北斗"灭尽。

赵宁感觉到自己快要疯了。锦琅就在她前面数丈之远，而蛊虫已经啃噬到了她的经脉，让她连站起来都做不到了。

"死妖女！"忽然，一个纤细的人影从人群里窜了出来，直扑向锦琅脖颈。

一小片雪亮的刀刃从阴影中激射出来，准准扎在了锦琅的右臂上。锦琅吃痛一缩，指尖的蓝焰陡然灭了。

"阿桥！"赵宁认出了来人，惊恐得心都要炸开。

"滚开！"锦琅不防竟有人偷袭，更没想到来人会直接扑到她头上，用手死死抓住她的头发，蛇一样缠住了她的身体。

"去死吧！"姬雨桥伸手卡住锦琅的脖子。

"啊！"锦琅真的暴怒了。她掌心一转，浑身突然爆出一蓬巨大的光焰，把姬雨桥也吞噬了进去。

"阿桥！"赵宁用剑撑着地，拼命站了起来。而在这一瞬，她突然想到，自己还有另外一件武器。

鱼渊！她扔下剑，开始拆左手的护臂，将那件刺杀神器露了出来，按住机括对准锦琅。但按下的一瞬，她又犹豫了。锦琅若死，已然失控的白起怎么办？这鱼渊虽是七箭连发、伤敌必死，可发出就结束了，没有第二次机会！

"阿宁！"这时，姬雨桥已支撑不住，嘶喊起来。

不管了！赵宁银牙一咬，按动了机括。只见一道细细的微光从她袖中射出，几乎看不见。只有一声极轻的空气炸裂声，就像一条鱼，从深海中浮起，吐了一个泡泡。而后，"哗"的一声，那泡泡绽放开来，击碎了海面上悬停已久的积雨之云。

"呃……"锦琅痛呼了一声，直接倒在了地上，气绝身亡。

赵宁膝盖一软，也扑通一声跪在了地上。然而她不敢停留，喘息了几下，马上忍着浑身的剧痛向一齐倒在地上的姬雨桥爬了过去。

"阿桥！阿桥！"她心中生出了一股无与伦比的恐惧，第一次泪水上涌，滚滚而出。而这时，一个人影闪了过来，扶住了她的胳膊。

"阿宁！"来人竟是田牧。

"你……"赵宁呼吸又窒了一下，想骂他为什么要来，却说不出话。

田牧把她架到姬雨桥身边，只见姬雨桥半个身子都被焚得焦黑，人已昏死过去。不过按压了一下胸口，发现仍有心跳，呼吸也还有。

"你快服药！我带了马车来，我带你们走！"田牧急道。

而赵宁看着姬雨桥，咬着牙，屏息了半晌，扭过了头。她听得见，白起仍在杀人。他已变成了药奴，将一直追寻蛊母临死前给他下达的最后一道指令——杀人，一个不留！

"我得去会会白起。"赵宁从怀中拿出"濯魂"，又滴了一滴，抹在唇上。几次调息之后，她拿起青螭剑，又站了起来。

　　"你帮我，把姬雨桥送回应侯府。"她前走了几步，斩下锦琅的头颅，拎在手中。又向田牧最后交代了一声，接着便一震长剑，头也不回地向白起冲去。

　　天快要亮了。杜邮亭地面上的血，在黎明的微光之中显得愈发可怖。

　　战阵之中，白起双目血红，被司马靳的人马团团围着。

　　司马靳仍不死心，还在徒劳地一声声哭喊着"武安君"，企图唤醒他敬爱一生的上将军。

　　赵宁的去而复来，又引动了秦军的注意。她能感觉到，楼顶的长弓再次不动声色地瞄准了她。

　　"没有用了！"她缓步上前，昂起头向司马靳喊话。

　　看着她手里提的人头，秦军给她让出了一条路来，让她走到了暂时围困着白起的阵前。

　　"我已杀了锦琅。"赵宁"砰"地把人头扔在司马靳面前的地上，"但蛊毒已入侵心脉，他醒不来了。"

　　"那怎么办！"司马靳崩溃地嘶声大吼，眼泪都流了出来。

　　"杀了他！"赵宁也怒吼出来。

　　"你敢！"司马靳横刀一挥，握着刀的手却在不停颤抖。

　　赵宁不再说话，而是举起青螭，摆出了起手式。未等司马靳反应，她已轻身一跃，从他头顶翻过，将剑向白起刺去！

　　可就在此时，楼顶的长弓也发动了。蓄势已久的电光终于寻到了云开的间隙。铁箭直贯而下，势无可当地射向半空中的赵宁。

　　刹那间，风云失色。赵宁只觉一条笔直的冰凌从头顶上呼啸而至，随着她的身体移动不断生长，不论她向前还是退后，绝无可能躲开。而面前，竟又横空出现一个人，用阔剑挡住了她的突刺！

　　"冯夫人！不可！"嬴栎嘶吼道。

　　赵宁陡然一惊，但已无路可退。行，那就再杀！

　　她不再理会头顶的铁箭，强行激起了气脉中所有的真力，将长剑送进了嬴栎剑下的缝隙里。青色的游龙从她的剑刃上飞出，卷上阔剑的剑刃，逆着剑锋旋转着扑向嬴栎的咽喉。

"铿"的一声长响,阔剑上的火焰被青龙吞灭,剑刃翻卷,向侧面歪去。剑尖贴着嬴栎的手臂切过,直直穿透了他的喉头。然而,几乎同时,那支从天而至的铁箭也"噗"地一下扎透了赵宁的身体,把她从半空刺落,钉在了地上!

"嬴统领!"

"阿宁!"

两声惊呼同时响起。

嬴栎的尸体猛地向前扑倒。而那支铁箭从赵宁背后左肩胛骨搠入,穿胸而过,深深扎在了地里,眼看也没了生机。

周围众人都震惊了,一时间无法相信这场战斗竟是这般结果。赶入场中的田牧也惊得止住了脚步,一时不敢上前。

可下一瞬,更加令人震惊的场面发生了。晨曦之中,伏在地上的赵宁咳嗽了一声,慢慢抬起头来。

"阿宁!"

田牧赶忙绕到她前面去,伏低身子伸手扶她。眼神与她一触,忽然打了个寒战。

赵宁乌金色的瞳仁里竟闪烁起了红色的火光,秀丽的脸庞也痉挛得趋近狰狞。她调整了一下姿势,用两手撑着地面,一寸寸挺起身来。

"你,走。"她吐出两个字,然后低下头咬牙使力,不再看田牧。

那支铁箭极长,足有三分之一钉入了地下,凭赵宁瘦弱的身体根本不可能撼动。可她竟没有拔箭——而是推着地面,让自己的身体从箭尾处一寸一寸地退了出来!

最后一瞬,赵宁双掌内力尽吐,身体猛然脱出了长箭的尾羽。她抄起青螭,伸足在箭尾上一点,轻灵的身体飞跃而起,竟攀上了木楼的栏杆。

"怎……怎么可能?"司马靳目瞪口呆。

赵宁躲在檐下,避开"破军"的锋镝。而在此时,她也完整看清了杜邮亭的战局。

"琅琊"已完全被斩灭了,战阵外围的药奴尸体,甚至已在被赶来增援的秦军拖走处理,消除痕迹。

远处有辆马车正在离去。那应是应侯府派来接姬雨桥的,难怪田牧可

309

以再回到战场上来找她。

这场大战,结局已定——除了白起。白起必须死!不管是为六国的滔天血仇,还是为秦国的无辜百姓!

想到这儿,赵宁深吸了一口气,调整身体的姿势,准备居高临下,再次发起一次绝杀。

而就在这时,背后的窗户忽然"嘎吱"一动,响起了一个稚嫩的嗓音。

"阿姊!"竟是屠嘉的弟弟,白起的幼子白仲。

"你怎伤成这样?快,进来躲躲!"白仲一脸惶急,想要伸手拉她。在他身后,白夫人皱着眉欲言又止,最终却未出声,也没阻止儿子探身上前。

"我……"赵宁陡然语塞,脑中又回想起嬴栎临死前对她喊的那句"冯夫人,不可"。

原来,他说"不可"的意思并不是她不可杀白起,而是她不可毁掉她付出了所有才得来的一切吗?当屠嘉归来时,得知白起最终还是死在她的手上,又会作何感想?这毕竟,也是屠嘉倾尽一切,给她的一个家。

"阿宁。"这时,白夫人缓步走了过来,把白仲拉到一边。她站在窗边,与赵宁一同看向远处天边渐渐升起的鱼肚白,轻叹了口气。

"娘知道,你不可能原谅我们。"等了片刻,白夫人先开了口,"长平杀降,是他错了,是秦国错了。我们欠下的血债,无论用什么,也还不清。"

赵宁的心头巨震。

"可是,耗费了这么多生命,我们才知道,以杀,不能止杀。"白夫人顿了下,呵出口气,两颗珠泪从眼里坠了下去,"能够止杀的,唯有……"她说到此处忽然停住,映在眼里的晨光像是即将碎裂的琉璃。

赵宁心里一刺,脸上却慨然笑了出来。"唯有不杀。"她接完了话,然后从怀中拿出了那瓶"濯魂",从栏杆上跃了出去。

邓凌波没有想到,在他跑来跑去好不容易找到了可以把赵宁藏身之处纳入射程的位置时,一抬眼,那浑身浴血的女子竟然坐到了檐角的瓦当上,双腿荡在外面,晃晃悠悠。

"你这女娃,真是不要命!"他转过箭尖,瞄准赵宁,丝毫不敢松懈。

谁知赵宁却是一副懒得动的样子,连青螭剑都扔开了,看着楼下苍凉地笑了笑。过了一会儿,她侧过身,两指捏着一个小瓶子向他亮了亮,说了句"接着"便抛了过来。

邓凌波一把抄住,满是狐疑。那是个精致的玉瓶,瓶口有些药液残留,异香扑鼻。

"涂在箭尖上,射他。"赵宁懒洋洋地道。

"这是什么?蛊毒解药?"邓凌波刚刚问出,便猜出了答案。

"多磨蹭一会儿,就多死点秦人。"赵宁在瓦当上躺了下来,把胳膊枕在脑后,仰头看向越来越亮的天幕。

邓凌波心中一凛,马上决断。他打开玉瓶,将药液全部涂在了箭镞上,然后张弓瞄准白起的大腿,果断地一箭射中。

只听楼下一阵骚动,白起轰然倒地,就此一动不动。

"射中了?"赵宁挑了挑眉。

"废话。"邓凌波怒气冲冲地道,但一直悬着的心却终于放了下来。

"那,你还有箭吗?"赵宁又问,用胳膊支地,又坐了起来。

"作甚?"邓凌波皱眉。

"射我一箭。"赵宁伸手,点了点自己的眉心,"给个痛快。"

"什么?"邓凌波瞪大了眼。

"不然,我就会变成他那样了。"赵宁耸了下肩。

邓凌波心头巨震。这个费尽心机的女刺客,竟然把自己的解药,给了白起!

"有什么好犹豫的吗?"赵宁苦笑了一下。

"当,当然。"邓凌波感到背后有些发汗,"杀了你,冯靖长不得追杀我一辈子?"

"哈……"赵宁这下真的笑了出来,"刚才怎没见你手软?"然而说完这句,她似又被触动了什么,鼻尖一红,扭过头去。无论如何,她现在,真的要死了。昨日,她刚与冯嘉新婚,接受了整个白府甚至整个咸阳城或真或假的祝福。可现在,一切都将化作灰烬,永不再来了。

"就这样吧!"她坐在檐角边,看着东边渐渐初升的红日——那也是她故土的方向,冯嘉出征的方向。

"好。"邓凌波深吸了一口气,摸了一支箭,再次开臂,绞动了弓弦。死个痛快,也算人生一大幸事。无论如何,白氏会将她厚葬。

"阿宁!阿宁!"忽然,就在这时,楼下传来一个男人的嘶吼声,"救我!"

赵宁忽然背影一紧,倾身向楼下望去。竟是田牧,被司马靳双手反缚着,长刀架颈,跪在地上。

"喂！住手！"赵宁一下弹起，从瓦当上抄起青螭剑，快速攀着檐角飞身下去。已经知道真相的秦兵不再拦她，让出道路来，让她直抵田牧与司马靳面前。

"此人乃'琅琊'要犯，决不能留！"就在赵宁即将赶到时，司马靳手上长刀一转，干干脆脆地割开了田牧的脖颈。

"田牧！"赵宁一声大喝，抢到前去，却已晚了。

田牧仰面躺倒在地，喉间鲜血汩汩喷涌，不能止歇。

"活……活下去。"他动了动唇，发不出声音。但却用最后的力气，将手中攥着的玉瓶塞到了赵宁手里。

"田牧，你……"赵宁睁大了眼，看见田牧嘴边竟流露出了一抹笑意，继而气绝。一瞬间，她全都明白了。田牧是故意的。只有他死了，她才能服下他的解药，再无顾虑。而他，终于也可以了无遗憾地去往来世，与他无法放下的故人相见。

天光开始寸寸变亮。日月轮回，正如她活下去的机会，又兜兜转转，回到了她的手中。

背后，秦军开始打扫战场，将一切拨回正轨。

那乱哄哄的脚步声，听着倒也有点像当年她随着田氏商队进入郢都的时候，天边滚落的层层叠叠的雷声。

尾声

"阿姊,阿姊?"

赵宁被摇晃着醒过来,天光已经大亮。

皱着眉睁开眼,她才发现自己躺在驿馆的床上,旁边白仲一脸忧愁地看着她,然后那表情在看见她醒来的瞬间变得欢呼雀跃。

赵宁挪动了一下身子,发现胸口的伤好像并无想象中的那么重,便硬撑着坐了起来。

"阿桥呢?"她举目在四周扫视了一下,发现这房间里乱糟糟的,只有她一人。

"姬夫人吗?"白仲上前去扶她,一面道,"她伤得有些重,应侯已经接她回城医治了,想来也无大碍。"

赵宁"噢"了一声,靠在墙边,垂下眼睛。

终于结束了。

"阿宁醒了?"忽然,外面传来一阵脚步声,门一响,白夫人端着碗粥走了进来。

"你去看看你爹。"她赶开了白仲,径直坐到了赵宁的卧床边。

"阿宁,来,先喝点粥。"白夫人用调羹舀起一点,竟送到赵宁嘴边,想要喂她。

赵宁慌忙一躲,抬手挡住:"不必……"

刚说完,她又反应过来——如今她是白氏的儿媳,这不过是母亲对她的寻常关心。

白夫人被她一拒,眉角的神情立刻沉落了下来,淡淡叹息了一声。

"委屈你了。"白夫人说不下去,伸手拍了拍赵宁的手背,把粥塞到她手里,转过身去,"多说也没什么意义,只希望你养好身体,跟靖长两人好好的,不要再留遗憾。"

"嗯。"赵宁应了一声。

白夫人擦了下眼泪,站起身来。

"我们要上路了。"她道了一句,没再回头,径直走出门去。

脚步声渐渐远离,赵宁盯着那碗粥发了一会儿愣,然后端到嘴边,浅浅尝了一口,跟许久之前,屠嘉熬给她喝的那碗,味道一样清甜。

赵宁忽然落下泪来。那……就算了吧。这是如今,她唯一能够选择的了。那些已成定局的仇恨,已经无法回来的人,又怎么能比得上那个还活着,还在拼命用一切来保护她的人呢?能够止杀的,的确,只有不杀啊!

然而,就在这时,外面朗朗的天光里,忽然响起了辚辚的车马声,像有一支军队把驿馆包了起来。片刻之后,一声激昂的宣召刺破了行云:"士伍白起,三抗王命,贻误军机。今赐剑自裁,以谢大秦!"

三个月后,汾城。

太阳快要落山了,屠嘉清点完操练的兵马,将印信交还给主将,准备回营帐休息。

邯郸之战结束了。在他和郑安平带兵抵达邯郸城郊之时,魏楚大军已和赵国内外夹击,将围城的秦军击溃。

郑安平心怀不忿,轻视对手,还不听劝阻,执意要从魏军和楚军之间寻一条缝隙插进去,以求奇袭邯郸、一举破城。结果被魏楚大军团团包围,只得缴械投降。唯有屠嘉违抗军令带了两千轻骑撤了出来,撕开魏军的肚腹,与败走汾城的王龁大军会合了。

如今,秦王还未下令撤军回朝,大军驻扎在河西之地,进不能进,退也不敢退。屠嘉只得遵从主将指示,每日练兵养马,巩固堡垒,看不到何时是个头。

白起被秦王赐死在杜邮的消息已经从各个渠道传过来了,大营里哀声一片,却也不敢公开哀悼。屠嘉不想相信,却又无法欺骗自己。

应候范雎终究在朝堂之上对白起发难了。据传言,就在秦王下令白氏举族迁出之后,应候又在秦王耳边吹风,说白起不服,抗拒王命。而后,秦王便遣使臣在第二日一早追至杜邮,赐剑令白起自裁。

此中细节,屠嘉打听不到,而更令他焦心的是,半点都没有白氏家眷被如何处置的消息,写回去的家信也全都杳无音讯。

这日,看着西天的红日慢慢下坠,他突然生出了一股怒气——一股对这人世浓浓的厌烦。原来,当真是无论如何挣扎,都没有用的。

"冯将军!"忽然,在营寨门口,一个传讯兵接到了什么东西,长驱直入向他飞奔而来。

"冯将军,有你的信!"传讯兵拿着一张卷起的绢布,急急地冲上来塞到了他手里。

"多谢!"屠嘉道了一声,赶忙展开来看。还没看完,他脸色就变了,一把拉住传讯兵的胳膊:"藏云山在哪儿?快带我去!"

藏云山不过是汾城东面的一个小土丘。

比较稀罕的是,土丘的峰顶长着一棵大树,应当已有百年,树干需两人合抱才能勉强抱拢。汾水从山脚下流过,俯瞰过去,近水蜿蜒,远山苍茫,也是一处不错的景致。

屠嘉以前从没来过,这次一看那树的苍拔,倒有些怔愣。而还没等他怔愣完,一个清脆的男孩声已经响起,从半山腰上俯冲下来:"靖长哥哥!"

"小仲!"屠嘉一把抱住扎进他怀里的男孩。

就这么一瞬,白仲已忍不住呜呜地哭了起来。目睹了那么多人的死亡,终于在最后一瞬逃出生天。但一转头,竟又被那高坐王宫之人一言之间斩断了生路。秦王赐死白起,白夫人刎颈以殉。若不是赵宁在最后关头冲出去,以冯氏夫人的名头护住他,他怕是也没有活下去的倚仗了。

"没事了。"屠嘉拍着白仲的后背,抚慰道,"以后,靖长哥哥护你。"

他一边沉声安慰,一边忍不住放眼去四处找寻。直到白仲把一切经过都说完,哭也哭得够了,屠嘉才看见山顶的树下,有一角白色的衣袖露了出来。

"小仲,你先等一等,跟常挽哥哥回去。"屠嘉交代好,举步快速向山顶跑去。

"阿宁……"他跑到近前,又突然不敢一步冲上去,反而缓下了步,轻声唤了一声。

那衣袖动了一下,消失了。下一瞬,白衣乌发的清瘦女子从树后走了出来,乌金色的眼底光芒闪动。

"阿宁!"屠嘉猛地上前一步,把她揽在了怀里。热泪一颗接着一颗,奔流而下，所有的担心、怀疑和思念，都在这一刻爆发出来，不能止息。

赵宁也抬起手臂，揽住了他的腰。铁甲有些硌手，她却浑不在意，一点也不放松。

两人就这样抱了许久，并无话语，却很安心。直到太阳的余晖即将散尽，赵宁才轻轻动了一下，在他耳边轻声道："我想走了。"

屠嘉猛然被刺中，松开怀抱，看向她的眼睛："去哪儿？"

赵宁勉强笑了一下，抬手摸了摸他的脸。

"回到牛山上去吧。"她叹了口气，"不管是长是短，总要过一段太平日子。"

屠嘉心中一痛，却也明白过来。她终究没有办法和他一起待在秦国，也再没有必要回到赵国。这世间，能够让她安稳生活的地方，也并不太多。

"我会好好的。"看他不说话，赵宁又笑了笑，安慰道，"你若想来，我便等着。你若不来……"她顿了下，"也没有关系。"

"阿宁！"屠嘉握住她双肩，轻轻震了一下，"你是我妻子，我当然会来！"

赵宁"扑哧"一下笑了出来，笑着笑着，眼中就流下泪来。

"好。"她点了点头，又把脸埋到了屠嘉胸口，"那我等着你。"

屠嘉抚着她的背，看着夕阳在远山坠落下去，忽然心中一动。

"这里是汾城最美的地方。"他擦去了脸上的泪，终于笑了一笑，"我便坏个军规，唤人拿来铺盖。今晚，我们就宿在这儿吧。"

五年后的一天，刚过了端午，天一下子炎热起来。

天才亮不久，明晃晃的阳光已经从树木草叶间洒了下来，落在上山的小径上，明暗交错，分外好看。

这日，舒朗静谧的牛山上来了一个外乡人。

他拄着根竹杖，背着不小的行囊，戴着顶草帽，走得有些吃力。一路上碰到乡农或农舍，他都停下来招呼一声，礼貌地借一口水，聊上几句，再送上点远道而来沿路搜罗的小玩意儿给嬉戏的孩童。

外乡人正是冯嘉。

五年之后，他终于卸了军职，安顿好了已经长大成年的白仲，千里迢迢、一步一步地从秦国走了出来。

这五年里，曾在赵国为质的王孙嬴异人更名为子楚，被太子嬴柱立为嫡子。秦王稷仍不罢战，先攻韩赵，再灭东周，又将魏国纳为属国。应侯范雎终究因言失势，辞了丞相位，离开秦国，病死于封地。乱世的风云，还在聚散。

被时代和命运裹挟的人们，还在挣扎和厮杀。但，总还有一些桃源，在夹缝之中安静而顽强地生长着，就如眼前的牛山。

冯嘉仰头看看天，树叶的缝隙间，那一方天幕碧蓝剔透，白云肆恣舒卷。沿着小径往前看，山腰绿树环绕的肩台上，又有一座农庄若隐若现。他深吸了一口气，拎起竹杖，缓步走了过去。这农庄不算大，只有一座主屋，搭设了简易的围栏隔绝山上的走兽。小院里栽了许多竹柳和果树，中心有一片小小的晒场，还架了座孩童玩耍的秋千，生活器物都布置得十分整洁有序。

冯嘉绕到柴扉前，想抬手敲敲门。忽然，细细的话语声从小院里飘了出来，就在门口不远的桃树下。

"娘亲！那颗，那颗熟了！"娇嗲的女童嗓音响起，仿佛是踮着脚在够一颗桃子。

"哪个呀？"柔和的女声传来，"娘亲看不到，你自己跳起来摘。"

冯嘉心魂剧震，仿佛被一颗雷子击中。

"阿宁！"他一个没忍住，冲上前去直接推开了柴门。

"啊！"女童被吓得一声尖叫，兔子一样一下子躲到了母亲的身后。

冯嘉看着树下的女子，感觉心脏都要从嗓子眼里跳出来了。

赵宁挽起了头发，穿着一身粗布的窄袖长裙。身形和面容都没有太多改变，只是一手提着竹篮，一手挽着一个四五岁大的小女孩儿。

那女孩儿生得粉雕玉琢，一对水灵而明媚的眼，瞳仁里带着浅浅的乌金色。

"阿宁……"冯嘉一下子不知该说什么，只觉整个胸膛都被喜悦占满了。

赵宁弯了弯眼角，对他笑了起来。

"陵儿。"她把女儿从背后拽了出来，"这是你爹啊，不是天天吵着要爹吗？这下他回来啦！"

冯嘉扔下竹杖和行囊，屈下膝来，有些紧张地向着女孩儿张开手臂。

就在这时，主屋里突然传来"咣当"一声巨响。冯嘉吓了一跳，赶忙转头去看。

"哈哈！娘亲，川儿够到角黍了！"一个男孩的声音传来，继而是"哒哒"的奔跑声。

紧接着，就是"扑通"一声，飞驰的小孩儿被门槛儿绊倒，毫不含糊地摔了个狗啃泥，一直滑到院中几人的跟前。

冯嘉又被惊雷劈中了。

那男孩儿还捧着角黍，"呸呸"了几声，吐掉嘴里的土，抬起脸来。

一张眉眼和自己相似却大上许多号的男人的脸出现在他面前——只是鼻梁高挺，唇上有须，眼神里满是不可置信。

"哎？？"他惊叫着一骨碌爬了起来。

（全文完）